钱理群作品精编

钱理群

漂泊的家园

——家人与乡人篇

生活·讀書·新知 三联书店

图书在版编目（CIP）数据

漂泊的家园：家人与乡人篇／钱理群著. —北京：生活 · 读书 · 新知三联书店，2016.9 （2024.8 重印）
（钱理群作品精编）
ISBN 978－7－108－05449－4

Ⅰ. ①漂…　Ⅱ. ①钱…　Ⅲ. ①散文集－中国－当代　Ⅳ. ① I267

中国版本图书馆 CIP 数据核字（2015）第 188194 号

责任编辑　卫　纯
装帧设计　蔡立国
责任印制　董　欢
出版发行　生活·讀書·新知 三联书店
（北京市东城区美术馆东街 22 号 100010）
网　　址　www.sdxjpc.com
经　　销　新华书店
印　　刷　北京隆昌伟业印刷有限公司
制　　作　北京金舵手世纪图文设计有限公司
版　　次　2016 年 9 月北京第 1 版
2024 年 8 月北京第 2 次印刷
开　　本　880 毫米 × 1230 毫米　1/32　印张 11
字　　数　273 千字
印　　数　4,001－7,000 册
定　　价　52.00 元
（印装查询：01064002715；邮购查询：01084010542）

父亲钱天鹤

母亲项浩

大哥钱宁

龚姐

大姐和她的两个孩子（惠濂和陶陶）

三哥钱临三、四哥钱医武

二姐钱树榕

全家人（部分）合影

八十年代团聚（后排从左至右：我、五嫂李效倚、可忻、三姐夫李学朴、三姐；中排：三哥、大哥、大嫂；前排：小凡〔愿武之子〕、心毅〔大哥之子〕、小虎〔三姐之子〕、沁沁〔大哥之女〕、小朱〔大哥女婿〕）

当年的“我”——大学毕业来贵州前所摄（1960年）

和小足球队员在一起（1964 年）（后排右一为笔者）

安顺老同志（前排右一是夏其模）

儒 释 道 三人行（左：戴明贤、钱理群、右：袁本良）

杜应国（右）

在“屯堡第一村”九溪（2005年）

看安顺地戏（2005年）

总序：大时代里的个体生命史

感谢北京三联书店的朋友，要为我编选“作品系列”，这就给了我一个机会，对自己的研究与著述，作一番回顾与总结。

尽管我从1962年第一个早晨写《鲁迅研究札记》，就开始了业余研究，但将学术研究作为专业，却是以1978年考入北京大学研究生班，师从王瑶和严家炎先生为起端的。记得第一篇公开发表的学术论文，是刊载于《中国现代文学研究丛刊》1980年第2期的《鲁迅与进化论》；从那时算起，我已经笔耕三十三年了。粗略统计，出版了六十四本书，编了五十一本（套）书，写的字数大概有一千三四百万。写的内容也很广，我自己曾经归为十个系列，即“周氏兄弟研究”、“中国现代文学史研究”、“20世纪中国知识分子精神史研究”、“毛泽东及毛泽东时代研究”、“中国当代民间思想史研究”、“中国教育问题研究”、“志愿者文化与地方文化研究”、“思想、文化、教育、学术随笔”、“时事、政治评论”、“学术叙录及删余文”。我曾经说过，我这个人只有一个优点，就是勤奋，整天关在书房里写东西，写作的速度超过了读者阅读的速度，以至于我都不好意思给朋友赠书，怕他们没有时间看。在这个意义上，我是为自己写作的，我整个的生命都融入其中，并因此收获丰富的痛苦与欢乐。

这一次将一大堆著作归在一起，却意外地发现了它们之间的内在联系。我的文学史研究、历史研究，关注、研究的中心，始终是人，人的心灵与精神，是大时代里的人的存在，具体的个体生命的存在，感性的存在，我所要处理的，始终是人的生存世界本身，存在的复杂性与丰富性，追问背后的存在意义与人性的困惑。而且我的写作，也始终追求历史细节的感性呈现，具有生命体温的文字表达。这些关注与追求，其实都是文学观照世界的方式。我因此把自己的研究，概括为“用文学的方法研究、书写历史”。

多年来，特别是退休以后，我更是自觉地走出书斋，关注中小学教育、农村教育，地方文化与民间运动，关注的也依然是一个个具体的，有血有肉的生命个体，我和他们的交往也是具体的、琐细的，本身就构成了我的日常生活。同时，我又以一个历史研究者的眼光、思维和方法，去观察、思考、研究他们，在我的笔下，这些普通的乡人、教师、青年……都被历史化、文学化、典型化了。因此，也可以说，我是“用历史与文学的方法研究、书写现实”的。

现在，他们——这些留存于历史长河中的生命，这些挣扎于现实生活里的生命，都通过我的系列著作，奔涌而来。他们中间，有历史大人物，也有民间底层社会的普通人，都具有同样的地位与分量，一起构成了大时代里的个体生命史，一部20世纪的中国精神史，中国“人史”。我所有的研究，所写的上千万的文字，因此构成了一个有机整体，并且都渗透了我自己的个体生命史。

为了能展现这样的属于我自己的研究图景，本系列作品的编选，分为两个部分。第一部分是我的五部代表性研究专著：《心灵的探寻》、《周作人论》、《丰富的痛苦——堂·吉诃德和哈姆雷特的东移》、《1948：天地玄黄》、《我的精神自传》，以展示我的学术研究的基本风貌。第二部分是重新编选的文集，计有：《世纪心路——现代作家篇》、《爝火不息——民间思想者篇》、《大地风雷——历史事件篇》、《精神梦乡——北大与学者篇》、《漂泊的家园——家人与乡人篇》、《情系教育——教师与青年篇》。这本身也形成了一个结构：从五四新文化运动的开创者陈独秀开始，到曾经的精神流浪汉、某当代大学博士生王翔结束，我大概写了将近一百位“大时代里的个体生命史”。为便于读者理解我的研究与书写背景，每一卷的开头都有“前言”，主要讲述我和本卷书写对象的关系，借此呈现研究者与研究对象的生命纠结，同时召唤读者的生命投入，以形成所描述的历史、现实人物与作者、读者的新的生命共同体。——这设计本身，就相当的诱人，但却有待读者的检验。

2013 年 3 月

目　录

辑二　脚下土地

前　言

人是不能没有精神家园的；我有幸有两个精神家园。

首先是我出身的钱氏家族。在我的感受里，我和家人之间，不仅有着浓于水的血缘关系，更有一种精神的交融。我曾以“对内谦让，对外奉献”来概括钱氏家风与传统，在潜移默化中构成了我为人处世的基本准则。对我的影响更为深刻的，是家庭在近现当代社会的历史巨变中的曲折命运。我的家庭在抗日战争和1949年后经历了两次分离，最终导致了“生不团圆，死各一方”的大悲剧。我们家庭集中了中国近现当代各种类型的知识分子：外祖父是晚清维新派乡绅，父亲是作为亲美派的自由主义知识分子进入国民党体制，三哥则是国民党政府的外交官，大哥是一个爱国的自然科学家，晚年又加入了共产党，四哥与二姐学生时代就参加革命，是忠诚的共产党员，而我们最小的三个则完全是新中国培养的。这样，我们的家庭，就是中国知识分子命运的高度缩影；因此，我研究知识分子问题，所面对的就不是与己无关的对象，某种程度上我是在研究我的家族、家庭，或者说是在研究自己。而且家人政治选择的巨大差异与内在的相通，又决定了我的研究立场的复杂性与模糊性：我对父辈与兄长的不同选择都有同情的理解，更自觉从中吸取历史的经验与教训。

最感自豪的是，我还有第二故乡贵州。我从1960年被发放到那里，度过了从二十一岁到三十九岁的青春时光，经历了“自然灾害”

和“文化大革命”的大劫难。我曾说过，在我人生道路最艰难的岁月里，是贵州这块大地和父老乡亲，以其宽厚的胸怀接纳了我，我也和他们一起经受了生命的磨难，而建立起了永远隔不断的精神上的血缘关系。具体地说，“是贵州的真山真水养育了我的赤子之心；和贵州真人的交往，培育了我的堂·吉诃德气；‘文化大革命’中的摸爬滚打，练就了我的现实关怀，民间情怀，底层眼光；十八年的沉潜读书，更是奠定了我的治学根基和底气”。(《漂泊的家园·后记》)

我在1978年离开贵州，回到北大，依然保持了与贵州乡人的联系。于是，我就拥有了北大与贵州两大精神基地，可以自由地出入于高层与底层、中心与边缘、精英与草根之间，我认为这是我的人生和学术的最大财富。在退休后，逐渐远离了越来越陌生的北大，贵州的乡人就更成了精神的依靠。可以说，我的晚年一直处于家人与乡人的爱的温馨的包围之中，这真是难得的福分。我也以同样的温馨为他们造影，以表达我的感激与怀念之情。这同时也是历史的书写：所有的家人与乡人都是20世纪中国巨变中的典型人物。

辑一

生命之根

在项兰生铜像揭幕式上的讲话

（外祖父项兰生先生是杭州七中的前身浙江安定学堂的创办人，2011年学校为他建造铜像。这是我为表弟项湜五代拟的讲话词。这篇讲稿，得到了四哥钱树柏的认可与赞扬，以为是对外祖父的公正评价。现在四哥也远离我们而去，发表此文，也算是对四哥的纪念。）

尊敬的杭州市教委，杭州七中领导、老师和同学们：

首先，我代表项兰生祖父的六个孙子，六个孙女，以及九个三十五世子女，五个三十六世子女，以及项兰生的外甥辈钱氏子女，感谢市教委与七中在校园建造项兰生铜像，这是我们项、钱两家的光荣，对我们后代子孙也是一个巨大的激励与教育。我们一定努力学习祖父的优秀品质，并继续发扬光大，以告慰祖父在天之灵。

我的父亲项仲雍是祖父的长子，我因此应该算是长孙。祖父在世时，我的年龄太小，没有留下太多的记忆，但也有模糊的印象，一是祖父家里的书极多，二是祖父言语不多，总是在那里读书、写字，因此，祖父在我心中始终是一位严正、严肃的知识分子，让人肃然起敬。我是近年有机会读到祖父的《自订年谱》，才对祖父有了更进一步的了解。下面，就谈谈我的一些认识。我认为，祖父项兰生先生一生有三件大事，特别值得纪念，而且这是最能体现他的精神的。

第一，祖父是晚清著名的维新派思想家王韬的学生，祖父的《自订年谱》里特地记录了老师对他的三点教诲：一是“对于八股文不必看得太重，务必多读史书”，二是“认识世界大势，以此为立身行己的基础”，三是“功名问题，要坚决放弃”。在我看来，这三点是影响了祖父一生的发展，而且是显示了他那一代人的特点的。这是具有世界眼光的开放的一代，这是具有改革精神的一代，这是一心为国为民，毫无个人功名之心的一代，因此，这也是开时代风气之先的一代人。我认为，应该把祖父创办七中的前身、当年的安定学堂，放在这样的背景下来认识，才显出其意义。所以他几乎在创办安定学堂的同时和前后，还参与了浙江高等学堂（今浙江大学）的创办，《杭州白话报》的创办，又担任浙路公司公务科长，开发浙江交通事业，最后，还是浙江兴业银行的创始人。无论是办大、中学校，办报纸，还是修公路，建银行，都是“第一个”，今天我们回顾与总结浙江的现代化建设历史进程，是不能忘记祖父这一代先驱者的。作为个人，能够在这么广泛的领域都作出开创性的贡献，更值得钦羡。这不仅显示了过人的智慧和勤奋，更有过人的胆识。这一点，对今天的年轻的朋友，是应该有启示的。

第二，今年是辛亥革命胜利一百周年。祖父时任大清银行总行秘书官、上海大清银行代总办。武昌起义成功的消息传到上海以后，历史的巨变自然造成了人心的浮动，居民纷纷到银行提款，掀起了挤兑风暴。祖父沉着应对，和各方联系，果断地调拨了大量货币，及时解救了危机，对稳定辛亥革命以后的上海局势起了很大作用。这应该算是祖父对辛亥革命的一大贡献吧。

第三，祖父后因不满于国民党政权的腐败和行业风气的颓败，年过五十就宣布退休，以保持一生的清正廉明。1947 年上海的青年学生在共产党的领导下发动“反内战，反饥饿”运动，遭到国民党政府的镇压，年已七十五的祖父，又和陈叔通等十位老人一起联名抗议，声援学生，当时是震动了整个上海的。由于不满意国民党的专制、腐败，祖父的子孙也纷纷走向革命。时任浙江兴业银行总经理的祖父的二子、我的二叔项叔翔和新四军秘密联系，提供经费和药品；孙子项淳一、外甥钱树柏参加了地下党；外甥女钱树榕加入了新四军，祖父一律不干预，不阻拦，客观上起到了保护作用。这都显示了祖父的深明大义，他一生都是随着时代的进步而不断前进的。这或许是他留给我们的最可宝贵的精神财富。

哦，你是我的父亲

这一两年，竟不断地写起追悼文章来——每一篇都偿还一笔精神的债务：给老师，给亡友，给……

最应该偿还的，留在最后。

我不知道该写什么，该怎样去写——我几乎无话可说，却又有太多太多的话要说……

因为你留给我的记忆几乎一片空白。

因为我永远摆脱不了你，我的命运与你紧紧相连。

哦，你是我的父亲，我是你的儿子。

明年某月某日——我甚至都说不出具体的时间——是你的诞辰百周年祭日；在这多雪的北方的早晨，坐在未名湖畔，我想着遥远的南国的海的那一边，端坐在冰冷的石座上的你，却无法想象，更不能具体地说出：你的容颜，你的声音，你的思想……你对于我，永远是一个陌生的存在，一个偿还不清的精神的债主！

多少次，我努力地想从记忆的坟墓里，挖掘出你的形象，但收获的永远只是印象的碎片：1948 年的冬天，南京中山东路一家小吃店里，一个穿着长袍的沉默的中年人，带着长着圆圆的大脑袋的小男孩，在吃着什么——仿佛是汤圆，仿佛又不是，模糊不清了。男孩很快地吃完了，望着仍在慢吞细咽的中年人，中年人微微一笑，把自己碗里剩下的，一个个地夹到男孩的碗里，突然长叹了一声……

这唯一留下的瞬间记忆，经过几十年风风雨雨的拍打，竟化作我生命中的永恒：父亲，你哪里知道，你的沉默，微笑，连同你的一声叹息，是怎样地让你的儿子千百遍地咀嚼，温暖着，又咬啮着他那颗破碎的失落的心！……

还有挂在墙上的你的巨幅画像，留在我的记忆里的，仍然是你的严肃的微笑。这已经是新中国成立以后，在你亲自购置的南京武夷路22号小楼母亲的卧室里，你日夜陪伴着母亲，也时时从墙上望着我、哥哥和姐姐。我知道你在海峡那一边，却不怎么想念你——我们已经习惯于家庭生活中你的缺席；即使当年我们全家住在南京江苏路、中山东路的时候，你不是出差在外，就是和来往不绝的客人谈论公事，少有和家人闲谈的时候。但偶然瞥见墙上的你在对我微笑时，不知怎么的，我总有一种安宁感。“那是我的父亲，父亲。”我对自己说，同时有一股温馨袭上心头。但母亲却时时念着你，每逢过年过节，总要多摆几副碗筷——为你，也为远在异国的大哥和三哥。这时候，我似乎感到了一种生命的沉重与悲凉，但也只是刹那的感觉，很快就忘了：那时候我还不懂人事。

待到你的画像从墙上取下，并且永远在家中消失时，我才开始感到了你的分量：你与我以及全家的命运息息相通。起初还是中学生的我只觉得奇怪，想去问母亲，看到她一脸愁容，却不敢开口。还是“新奶妈”——长住我们家的女佣，你一定记得的——悄悄告诉我，四哥（他是共产党员，在南京团市委工作）因为家里挂着你的像，与你划不清界限，受到了严厉的批评。我已经说不清当时的反应，仿佛觉得有些奇怪，又分明感到了一种精神的威压，而此后母亲死一般的沉默尤使我不安，从此，不祥的预感便笼罩着这个温馨的家庭。

考验终于临到我的头上。1953年，刚满十四岁的我，便提出了加入新民主主义青年团（后改称为“共产主义青年团”）的申请，这在我们那一代是天经地义的归宿，仿佛到了十四岁，就应该、也必然成为青年团员。但我的申请，却遭到了拒绝，尽管当时我是全校老师、学生公认的品学兼优的模范学生。面对这晴天霹雳般的打击，一阵天旋地转以后，我顿时产生了低人一头的屈辱感，仿佛刹那间我从天之骄子变成了二等公民。我永远也忘不了那一番情景：我的入团介绍人、也是我的好友，一脸严肃地正告我：必须从思想、政治与行动上与反革命的父亲划清界限。"反革命？！"我差点大叫起来；我怎能把已经渗入记忆深处的严肃、沉静、微笑着的你，与在我的观念中早已是十恶不赦的反革命联系在一起？！在我这样的十四岁的中学生的心目中，父亲与革命，都同样神圣，现在却硬要在这两者中做出一个非此即彼的选择，这未免过分残酷，我感到了掏心挖肺般的痛苦。我至今仍清楚地记得，我的那位好友，整整一个暑期，每天都要到家里来说服我；我知道，那是组织交给他的任务，他自己也怀着极大的真诚与热情，希望帮助我闯过这一关。他总是不等坐定，就急急忙忙地把该说的几句话说完，然后突然沉默下来，用急切的眼光望着我。我知道他想让我说什么，我也真想说出他想让我说的话，那样，我们俩都可以松一口气，卸下那对于我们来说是过于沉重的精神的负担，然后可以痛痛快快地去做我们愿意做的事——我的朋友当时正在狂热地学习作曲，我也正热心于作词，我们本是天然的合作者……但我却怎么也说不出来，只能怔怔地抱歉地望着他；他也呆望着我，似乎也怀着某种歉意。时间到了，他默默地站起来，我也默默地送他到家门口，空气沉重得令人窒息。我真想恳求他不要再来，但第二天他仍然来了，在同一个时刻，一分也不差。呵，父亲，你这时正在海峡的那边为台湾农业的振兴奔波，你当然不会想到，你竟使你的小儿子承受了这样的精神折磨！但我却因此而深深地怨恨你了。多少次望着那曾经挂过你的画像的白墙，我默默地想：要是父亲的形象也能像画像一样永远消失，要是我根本没有这样的父亲，那该多好。呵，我竟敢否认自己父亲的存在，我这罪孽深重的儿子！我为自己的念头吓坏了……

从此，与反动父亲划不清界限，就成了我永远洗刷不清的罪名。我终于从北京流放到了贵州安顺，正是传说中的夜郎国的所在。在我简单的行囊中，有一张父亲的照片，这是我从母亲那里要来的。但我从不敢翻出来，仿佛看一眼本身就是一种犯罪；但又始终保留着，我知道那是我们父子间最后的精神联系。不管看与不看，“他”存在着，这就足以给我的越来越孤寂的心以某种慰藉了。但万万没有想到，这一点慰藉竟使我付出了极大的代价：“文化大革命”中，当红卫兵从我的箱底里翻出这张照片时，我再也逃脱不了反革命孝子贤孙的罪名。面对着红卫兵的质问，我无言以对。当时正盛行着“老子反动儿浑蛋”的革命逻辑，我也为自己的大胆（解放后几十年，还保留着父亲的照片）吓蒙了。我唯有低头、认罪、忏悔，说不上真诚还是不真诚，只恨不得割断一切社会联系（因为每一个联系都是一种罪恶），还一个一无牵涉的“自己”。因此，当后来学校革命师生给我平反，将父亲的照片还给我时，我几乎是毫不迟疑地将它付之一炬——事情过去很久以后，我才惊讶自己当时的平静。记得有一位学生提出了异议，他问我：“儿子为什么不可以保留自己父亲的照片呢？”我望了他一眼，只觉得他的问题提得奇怪：我已经心如死灰，以为人世间早已无感情可言，更不说父子之情……

但我很快就受到了惩罚：当我得知父亲1972年在台北悄然去世时，我才猛然省悟，我做了一件多么可怕的事情——

我亲手烧毁了对我有着养育之恩的父亲的形象！呵，我这大逆不道的、罪恶深重的儿子！

尽管70年代末，旅居美国的三哥归国，又带来了父亲的照片，我却再也不敢正视。我的眼前，永远晃动着那地狱般的图景：我亲手点燃的火，一点一点地吞食了我的父亲——他的沉思、微笑，连同他对我全部的爱和期待！……

我仿佛又听见了早已埋葬在童年记忆里的父亲的那一声叹息……

哦，你是我的父亲，我是你的儿子！

1991 年 12 月

钱天鹤先生的农业思想及其对中国现代农业发展的贡献

钱天鹤先生在大陆中国是曾经被遗忘了的；即使在台湾，他的身后也颇为寂寞[1]。直到90年代，他的名字才出现在大陆出版的《中国科学技术专家传略》里，被誉为“中国现代农学界的先驱”。在1992年台湾“中华农学会”召开的“钱天鹤先生百龄冥诞纪念演讲会”上，与会者高度评价先生“在五十余年间对中国农业之贡献卓越，实为农业界令人钦敬的领导者”。这是一个很好的证明：一切为中华民族的发展、进步所作的诚实的努力，终会得到历史的承认。

但钱天鹤先生一生的业绩，特别是他的许多曾经对中国现代农业发展产生了重要影响的宝贵思想，至今仍没有得到认真的整理和总结。这固然与先生生性淡泊，疏于著述有关，但毕竟是一个遗憾。本文系在多方收集遗文、编辑《钱天鹤文集》，阅读了有关材料后写成，纯属一个后辈的外行的观察与体会；真正的科学总结与评价，还有待于研究中国现代农业史的专家。

（一）

钱天鹤先生为中国农业的现代化奋斗了一生：这是他的一切活动与著述的中心点。为实现这一民族与个人的神圣目标，他作出了多方面的努力与贡献；他的不断进取的生命历程也因此可以分为三个时期，即早年学习、准备期，在以中国科学社为代表的留美自然科学家群体中脱颖而出（1913—1918 年），在农业教育、科研领域初试锋芒（1919—1930 年），在现代农业领导与组织岗位上鞠躬尽瘁（1931—1961 年）。他的著述也随之而显示出不同的重点与特色。

钱天鹤先生于 1913 年毕业于清华学校高等科，公费入美国康奈尔大学农学院深造，攻读植物育种。这正是 20 世纪第二次留学高潮；与始于 1903 年、1906 年达到最高点的第一次留日热潮偏于习文，以法政、军事为热门（其佼佼者有邹容、陈天华、秋瑾、宋教仁、蔡锷、鲁迅、周作人等）不同，这次出现于 1912 年前后的留美热潮，大多数学生都学习理工农医，学工程技术者最多。由此而产生了不同的思想倾向与选择；一位研究者曾作过这样的概括："留日学生把留学和反清革命联系起来；留美生把留学和经济建设结合在一起。"[2] 这大概是有道理的。发表于《留美学生年报》上的一篇文章或许可以代表许多留美学生的想法："中国今日为建设时代，政治须建设，法律须建设，铁路、开矿、实业及一切之事莫非建设问题。故吾人生于今日，非性情天才不太近于实用之学者，不可不注重实用之学。"[3] 因此，在这一次留学潮中涌现了大批自然科学家就绝非偶然；他们中间的杰出者（可以开列出一个很长的名单：侯德榜、竺可桢、茅以升、秉志、戴芳澜、钱崇树、周仁、过探先……）后来都成为中国现代科学的先驱。而钱天鹤先生正是这第一代留美自然科学家群体中一个方面（农业）的代表人物：或许只有置于这样的大背景下，才能更清楚地显现钱天鹤先生科学活动的特色、价值与地位。近年来人们在研究现代思想史、文化史、学术史，探讨现代知识分子的历史道路与命运时，已经注意到了对留学生群体的考察；但关注的重点似乎仍在留日学生，对第二次留美热潮的研究也偏于其中的人文学者。对前述第一代留美自然科学家群体的研究，至今仍限于自然科学专业史的范围，而且多是个案的讨论，研究视野的相对狭窄与片面，显然会影响认识的广度与深度。因此，我们在这里强调要将钱天鹤先生作为第一代留美自然科学家群体的代表来加以考察，也并非无的放矢：不过这已经是题外话。

钱天鹤先生留美学习自然科学，以农科作为自己的攻读方向，这选择本身也是别有一种意义的。据有关著作提供的“1918 年留美学生所学科目统计表”，七十三门学科中，农科学生占第十一位，共三十五人[4]，显然居于前列。这本是不难理解的：正如钱天鹤先生在他以后的著作中一再提及的，农民占中国人口的大多数，以农立国，这是中国的基本国情与传统；因此，近、现代以来，一切有志于探寻建立统一、独立、富强的现代民族国家之路的知识分子、志士仁人，都不能回避中国的农民与农业问题。为此而提出了种种改造乡村（传统农民，农村社会结构与传统农业）的方案；有学者说：“仅仅在战前的十年里，就出现了数百种。”[5]其中最有影响的计有：孙中山先生提出的“耕者有其田”的土地纲领，以及以后中国共产党所领导的土地革命，尽管前者主张和平赎买（后来在台湾得到了实现），后者强调群众的暴力革命，但都是首先着力于封建土地制度的变革；在二三十年代又出现了晏阳初的平民教育实验，梁漱溟的乡村建设实验，都是主张以乡村教育为中心、突破口，进行农村社会的全面变革；此后又有费孝通鼓吹发展农村工业的乡土中国研究。而一批从西方以及日本学习农业科学的学者则另有一种思路。钱天鹤先生写于 20 年代、载于《科学》杂志的一篇题为《近世文明与农业》的文章，或许有一定的代表性。这篇文章主要考察了由文艺复兴开始的西方“近世文明”（现在一般又称为“现代化过程”）与农业的关系；文章指出，正是“科学之产生”、“工业之革命”，以及“政治之渐由专制而趋于民治”，带来了“农具之改良”、“新种之输入及传布”、“农学之进步”、农业教育之发展，最终导致“农田面积及收获量之增加”，以及“农民地位之增进”。钱天鹤先生和他的同道显然由此得到启发：在政治民主的前提下，通过科学的手段，改良农业技术与工具，实现农业生产的现代化，以增加农作物的产量，提高农民生活，与整个社会的现代化相适应：这或许是一条振兴中国农村之路。曾有学者把持这样的主张、做这类选择的知识分子称为“农业派”，指出“这派人士多为留美研究农业科学的专家”，并举出沈宗翰先生为其代表[6]这是有道理的：沈先生自己就曾明确地与前述晏阳初先生的主张作了这样的比较：“晏阳初先生主张应从扩大民众教育着手，然后进入农村经济的发展”，“我则主张先积极增加农作物的生产”[7]。这里仅想作一点补充：钱天鹤先生也应视为这类“农业派”的代表；正像许多农业界的同仁所指出，钱、沈二位是亲密合作，互为补充的，为发展中国现代农业各自发挥了既相互配合，又不能替代的作用[8]。事实上，几乎所有前述改造中国农村的方案都是可以，而且应该互补的。20世纪中国农村发展的事实，不论正面的经验，还是反面的教训，都证明了：中国农村的改造与发展必须是多方面、多渠道、多层次的综合工程，需要在国家的统一领导与规划下，从政治、经济、社会、文化、教育、科学、技术……各个方面互相配合，因而一切有志于农村变革、农业振兴的知识分子都可以立足于各自的专业作出自己的贡献：我们也应基于这样的多元化的立场去看待与评价包括钱天鹤先生在内的一切农业先驱者的贡献。过去钱天鹤先生以及几乎所有的农业科学家的贡献，之所以在大陆得不到应有的评价，其中一个重要原因，就是将某种选择（例如土地制度的革命变革）的价值夸大与绝对化，而将不同的他种选择（例如钱天鹤先生所坚持的类似今天所说的“科技兴农”的主张）斥为改良主义而全盘否定：这种思想一元化、独断论与绝对化的危害今天已经看得很清楚，也算是20世纪所付出的一个历史代价吧。

以上的议论大概并不过分离题；但我们的讨论仍要回到20世纪初留美自然科学家群体这里来。有关研究表明，20世纪初的留美学生界已经形成了某种氛围、风气，例如科学、民主精神的熏陶与追求，以博求专、文理工的互相渗透，对实践活动的重视，群体意识的强调，社会组织能力的训练，等等[9]。这都构成了钱天鹤先生的成长背景，对他以后事业发展的影响也是明显的，看下文便可知。而影响更为直接与深远的，则是创始于这一时期的留美学生的科学社的活动。据科学社主要发起人与负责人任鸿隽先生回忆，“中国科学社是以发展科学为唯一职志的学术团体”，却起源于1914年几个康奈尔大学中国留学生在大同俱乐部廊檐上的一次闲谈。当时正是第一次世界大战爆发的前夕，“谈到世界形势正在风云变色，我们在国外的同学们能够做一点什么来为祖国效力呢？于是有人提出，中国所缺少的莫过于科学，我们为什么不能刊行一种杂志来向中国介绍科学呢？”于是决定集资创办《科学》杂志，仿照集股公司的办法，“凡赞成此举者，得入股为社员”。《科学》于1915年1月创刊后，社员又“感觉到要谋中国科学的发达，单单发行一种杂志是不够的，因此有改组学会的建议”，经过一段酝酿、准备，中国科学社于1915年10月25日正式成立，同时举出任鸿隽（社长）、赵元任（书记）、胡明复（会计）、秉志、周仁五人为第一届董事会董事，杨铨为编辑部部长[10]。当时也在康奈尔大学求学的钱天鹤先生是否参加了前述具有历史意义的廊檐闲谈，目前尚无材料，无以考证；但《科学》2卷1期公布的1915年11月以前入社的“中国科学社社友录”里，第二十二名即为“钱治澜，安涛”，而据考证，钱治澜即为钱天鹤；另据《科学》2卷2期所载《科学社特别月捐报告》公布的“民国三年6月本社成立时起至民国四年10月改组时止”社员捐款名单里，也有“钱治澜，美金20元”的记载：以上事实表明，钱天鹤先生虽不一定是科学社的发起人，但他是科学社第一批社员则是确定无疑的。而且，他很快就被选为第二三届董事会董事，并于1916—1917年间兼任《科学》月刊第2卷编辑员，驻美经理，学会农林股股长、副股长[11]。这样，钱天鹤先生就事实上成为20世纪初留美自然科学家群体的核心组织——中国科学社的中坚力量[12]。

近年来学术界已经越来越意识到中国科学社在现代科学史，以至现代文化史、思想史上的重要地位与价值；有的研究者指出，“中国科学社的早期活动，像《新青年》之传播新文化、北京大学之整顿一样，应该看作‘五四’新文化运动的构成部分”[13]，应该说这是一个符合事实的判断。《科学》在其发刊词中即开宗明义地指出，“世界强国，其民权国力之发展，必与其学术思想之进步为平行线，而学术荒芜之国无幸焉”；在文章结尾处又大声疾呼：“继兹以往，代兴于神州学术之林，而为芸芸众生所托命者，其唯科学乎，其为科学乎。”正像论者所指出的那样，这里所表述的思想与八个月后陈独秀在《青年》（后改名为《新青年》）创刊号上的主张“近代欧洲之所以优越他族者，科学之兴，其功不在人权说下，若舟车之有两轮焉”，几乎同出一辙，都是提倡科学与民主以作为救国之策[14]。而《科学》在排版方面首次采用汉字横排法和全面采用西文标点符号，尽管其动因在“便（于）插写算术及物理化学诸程式”[15]，实际上却是中国出版文化上的巨大变革，并直接推动了“五四”白话文运动，其意义与影响是更为深远的。我们感到兴趣并想着重强调的，则是钱天鹤先生作为《科学》的基本作者（1916—1928年间先后发表十九篇译著，1916—1918年即有六篇），他的著述正是前述《科学》宗旨的具体体现，从而与新文化运动保持着总体思想倾向的一致。这首先是对人民生活与民族命运的强烈关注：在其所发表的第一篇论文《玉蜀黍浅谈》里，钱天鹤先生一开篇即满怀感情地写道："作者南人，且城居，幼时曾不辨菽麦，弱冠游京师，见推车负担者流都以玉蜀黍磨粉作团，粗而黄，坚硬如铁，以污水和而食之。悯之。问其何不如南方之食米饭，则曰，价贵且不易饱也。"或许这正是钱天鹤先生选择农业的最初动因之一吧；他从此将改善农民生活作为终生奋斗目标确是不争的事实：这自然包含了传统的悯农思想成分，但与同情下层人民的新思潮也是一致的。第二篇《机器孵卵》仍然诚挚表明心迹："我国政治不良，天灾人祸又接踵而来，人口增减问题遂如权物之在衡，亘为消长，无轻重之可言。然吾人一日不死，则希望国家富强之心一日不绝。"这拳拳爱国之心自然也是钱天鹤先生献身农业事业的不绝的动力；对"政治不良"的批判也可以看作是这一代人对现代民主政治、国家的热切呼唤。而在进一步追问中国落后的原因时，这些自然科学家更为关注的则是传统经验型思维方式、方法的弊端："世界蛮人，如美洲之红人，非洲之黑民，其射矢之术，世人孰不知其为一绝技"，"然此区区之经验，不知经若干次之失败，若干次之损失，若干次之痛苦，而始得之。若在科学发达之国，则制度齐全，机关完备，今日作一事而失败，当日即有人起而追究其故，以思改良之法，不久而大功告成矣。故吾以数千年之经验，而彼以数易寒暑之研究，即可驾而上之矣。可不惧哉！可不惧哉！世之不乏爱国之君子，盍不兴而研究科学，以为根本之计乎！"[16]这里所表述的仍然是一代人用现代科学理性精神、思维与方法来改造中国的理想与追求。在他们看来，这首先就意味着对传统文化的某种冲击与改造。钱天鹤先生在其早期著作中就一再强调破除迷信与农民的某些传统观念的必要[17]；直到晚年在论及"中国科学停滞不前"的原因时，也仍然明确归之于"汉武帝之崇宗儒术，罢黜百家，使全国思想定于一尊"，"殆至明宪宗将科举考试科目改用八股文后，使全国青年学子浪费光阴于无用之学"，"中国科学从此更无产生机会，遑论发展矣”[18]。这里所显示的文化观照与五四新文化运动的基本方向也是一致的。但钱天鹤先生和他的朋友并没有因此而全盘否定传统，在写于1920年的《论蚕忌》一文里，他就对“近世新学之士”将“讲农古籍”所载与民间流传的“蚕忌”一律“斥为迷信之谈”的简单化做法，提出批评，认为应作具体分析：其中有些显属荒谬，而有些则包含有可经试验证明的科学因素。在前述晚年之作里对于传统文化也是具体分析的：在钱天鹤先生看来，孔子初创的儒家“一方面努力于道的维持，作为人类精神寄托；一方面努力于器的研讨，作为人类对于物质的利用，两者必须相辅而行，不可偏废”，“自汉武帝表彰儒术以后，儒家已空存其名，孔子所讲之道与器，已名存实亡”；因此，所应批判与否定的仅是汉以后“渗入了阴阳家的思想”的“名存实亡”的所谓儒家，今日提倡科学，强调精神与物质的并进，正是“符合儒家的真正精神与实现孔子的固有的理想”[19]。这又显然有异于五四新文化运动中一些更为激进的思想与主张。

其实早已有学者注意到，“社会角色意义上的中国第一代科学家，与新文化运动的先锋们是平行前进的。他们都提倡科学，但两者又有所区别”，“从总体上看，大多数科学家对激进派保持着相当的距离”[20]。在这一点上，钱天鹤先生的上述观点显然具有代表性。我们可以把钱天鹤先生和他的中国科学社的大多数同仁的文化（以至政治）立场作如下概括：一方面，他们是主张革新与进步的；另一方面，他们又是保守与稳健的。前者区别于守旧、复古派，后者又与激进派不同。在现代中国的政治、经济、社会、文化变革中，包括钱天鹤先生在内的相当多的自然科学家常常持稳健的革新的立场与态度，这是一个值得注意的思想文化现象，应从多方面去研究其原因与意义。这里，仅想指出一点：自然科学是偏于建设而非破坏的，而现代科学，正像钱天鹤先生在很多文章里所强调的那样，其发展“固全赖科学家之努力，但其基本关键，不在科学家，而在政府与社会之提倡。否则科学家无能为力也”[21]。因此，自然科学家们当然期待“施政之目的为富国强兵，或为改善民生，则对于科学，自然提倡”[22]的清明政治的出现，但他们同时也渴求社会稳定，而反对对现存秩序的大破坏造成的社会大动荡，因此，他们对于现政权，只要不是腐败到无可救药，即使不尽如人意，在提出批评的同时，一般都采取了促进其渐变的补台态度，甚至不惜以从政的方式，力争在可能的范围内，利用政府的力量实现，哪怕部分地实现发展科学的理想，而另一方面，他们对以推翻现政权为目的的主张与行动则常常怀有某种疑惧。可以说钱天鹤先生及其科学社的大多数朋友在20世纪初即已确定了他们的前述稳健的革新立场，这对他们以后的事业选择自然是起着决定性的作用的。

对中国科学社及其对钱天鹤先生的意义，我们还想指出一点，即中国科学社作为“中国历史上出现的第一个综合性学术团体”，正像有的研究者所指出的那样，它“为近代中国社会的组织结构增添了新的成分”，也为“推进中国科学的体制化作出了巨大的努力”[23]。科学社在章程中即明确规定其宗旨为“联络同志，研究学术，以共图中国科学之发达”；对此科学社的发起人任鸿隽有一个说明，他强调，现代科学的发展必须仰赖社会与国家的赞助，同时依靠“共同组织”：“盖科学之为物，有继长增高之性质，有参互考证之必要，有取经用宏之需求，皆不能不恃团体以为扶植，是故英之皇家学会法之科学院，成立于科学萌芽之时，实为科学发生之一重要条件。”因此，作为一个发展科学的民间团体，它的活动就不限于定期举行学术交流，更有按照一定的指导思想与原则所开展的一系列的事业，如任鸿隽的前述报告所说，计有：“（一）发刊杂志，以传播科学，提倡研究；（二）著译科学书籍；（三）编定科学名词，以期画一而便学者；（四）建立图书馆，以供参考；（五）设立各科研所，施行科学上之实验，以求学术、实业，与公共事业之进步；（六）设立博物馆，搜集学术上、工业历史上，以及自然界动植矿物诸标本，陈列之以供研究；（七）举行科学演讲，以普及科学智识；（八）组织科学旅行研究团，为实地之科学调查与研究；（九）受公私机关之委托，研究及解决关于科学上的一切问题。”[24]这里所提出的“研究与实地调查相结合”、“学术与实业相结合”、“学术研究与学术传播（普及）相结合”等原则显示出一代学者新的学术眼光与境界，对钱天鹤先生以后一系列农业思想的形成显然有重要的影响；而钱天鹤先生这一时期的写作——无论是对国外科学论文的翻译介绍（如《吾人常梦之证》等），还是科学实业的鼓吹（《机器孵卵》等），以及以后的学术工作——从科学名词的考订（《园艺植物英汉拉丁名对照表》），科学旅行研究团的组织与介绍（《广西科学调查团成绩之一斑》），到主持自然历史博物馆，创建中央农业实验所等，都无一不是科学社前述事业的身体力行，这无疑是一个有力的证明：钱天鹤先生不愧为中国自然科学家群体——中国科学社的杰出代表之一。

（二）

钱天鹤先生在他一生事业的第二个时期（1919—1931年），尽管后一阶段已逐渐转向行政（就任中央研究院自然历史博物馆主任、浙江建设厅农林局局长等），以为下一时期作准备，但他主要还是作为一个农业教育家与科学家为中国的农业现代化作出自己的贡献。

1919年至1923年钱天鹤先生任南京金陵大学农林科作物学、育种学教授，兼蚕桑系主任：以此作为他的事业的开端，这是有着重要意义的。正如沈宗翰先生在《中华农业史》“中国近代农业学术发展概述”一章中所说，“中国采用外国科学新法谋改良农业者，初由学校入手”，但这是有一个过程的：光绪二十二年二月张之洞在湖北高安设蚕桑学堂，“是为中国实业学堂之开始”，大学设立农科则始于清末北京京师大学堂，尽管“我国农业科学实发轫于清末学校教育”，但因当时教育多脱离实际，是故“实地改良农业则尚鲜涉及”[25]；民国以后，先后创立了我国第一批农科大学：北京农业专门学校（1914年），南京金陵大学农科（1914年），国立南京高等师范农业专修科（1918年），“大学举办农作物试验，则始于民国八年”即1919年[26]。沈宗翰先生前述《农业史》认为由此开始了“农业发展的重要转捩时期”，其标志是“农业教育之新作风”[27]。金陵大学农科的改革即是一个典型。金陵大学农科创立于1914年2月，同年11月聘毕业于康奈尔大学农学院农艺系的美籍教授芮思娄任科长，他将一整套美国高等农业教育的办学方法，特别是康奈尔大学农学院的教学、科研、农业推广三合一的经验引入，使金陵大学农科成为国内第一个四年制的较为完备的农业大学。钱天鹤先生即是在这样的背景下应聘为金陵大学农科教授，继美国人吴伟夫之后任创办于1918年的蚕桑系主任，并成为前述学科改革的中坚人物之一。他一方面抓紧基本建设，扩大桑田至一百三十亩（1920年），建成设备齐全的蚕业院大楼一座（1922年），以作为教学实习与科研的基地；同时大力开展以“改良品种”为中心的科学研究，并取得了显著成就：先后发现多种新的蚕病，设计了新式制种盒，培育出多种优良蚕种，特别是育成无毒蚕种，被认为是“民国十六年（即1927年）以前最著成绩者”[28]。钱天鹤先生十分重视科研成果的应用与转换，除及时补充教学内容外，还通过编印《蚕业丛刊》（非卖品），举办养蚕速成科等广为普及，并与中、英、法、意、美、日合办的中国合众蚕业改良会及苏南丝厂合作，大力推广，据有关报道，“至民国十年（即1921年），始行出售，当年计选得无毒蚕种三千余张，各省来函定购，顷刻而尽”[29]，以后发展到每年推广三万至五万张。1921年还将前述蚕业改良成果参加在纽约、里昂举办的万国丝茧展览会，以图打入国际市场。钱天鹤先生所进行的上述教学改革与创新，充分体现了“课堂基础教学，田间实习，科学研究，农业推广”四者的结合，并“为（教育与）农工业合作与国际合作之创举”[30]，这就为发展中国农业教育提供了宝贵经验，至今仍不失其意义。1988年编印的《金陵大学农学院院史》（内部交流稿）将钱天鹤先生列为金大农学院以至整个中国农业教育的“奠基人”之一，这是有充分事实根据的[31]。而金大农学院的师生对中国农业（包括战后台湾农业）的发展所起的巨大作用，更是举世公认的。

钱天鹤先生这一时期的关注中心，始终是中国蚕丝业的发展，为此先后写了《中国蚕丝业之研究》《法意两国蚕丝业之概况》《发展我国蚕业刍议》《改良蚕种方法论》《蚕丝业的劲敌》等十篇文章。这不仅是出于个人的专业爱好，更表现了一种战略眼光。他在文章里反复指出，我国自古为产丝名国，是“世界最宜于蚕业之国”；第一次世界大战后，世界四大蚕丝国中，法、意两国已渐行衰退，日本也无甚发展希望，而国际市场对蚕丝之需求又日见增长，同时国内市场也提出了新的需求，这就为中国蚕业的发展提供了一个难遇的时机，“而蚕业务在输出贸易上，又有种种便利，为其他大宗商品所不及”，因此，抓住“蚕丝商品化，国际贸易化”这一中心环节，就可以带动整个中国农业，以至经济的全面发展，即所谓“蚕业立国”[32]。尽管钱天鹤先生的这一发展中国农业的战略计划在当时中国的条件下，没有、也不可能实现，但他“着眼于国际、国内市场的需求，根据本国的客观实际（自然优势，发展现状等），选择某一发展方向，中心突破，带动全局”的思路，或许具有更普遍的意义，并给后人以长远的启示。

钱天鹤先生在前述文章中还探讨了我国蚕业“衰退之原因”，以及“发展之方法”，其中所内含的农业思想也许更值得注意。他指出，正是“蚕病之蔓延”“育蚕法之不合”“丝厂之不合”“金融机关之不完备”“政府之漠视”等综合原因造成了中国蚕丝业的落后，也只能寻求综合的解决方法：必须从“检定蚕卵”“推广桑园”“防止蚕商之操纵茧价”“由政府及公共团体及丝厂筹资创设茧行于蚕业素未发达之地区，以辅助蚕户”“提倡国际直接贸易”“政府及银行业对于金融上之辅助”“改良厂经及设立生丝检查所”以提高质量与竞争力、“振兴蚕业教育”等多方面入手。可以看出，钱天鹤先生在探讨蚕业（农业）发展之路时，目光并不只限于农业自身，而是将农业置于和其他部门的关系中来加以考察，这里包括“农业与教育、科技”与“农业和工业、商业、金融、贸易”的关系。前者主要要解决通过科学技术与科学管理来提高农产品的产量与质量的问题，这是发展农业的基本要求与前提。但这并非发展农业的全部，钱天鹤先生一再强调，现代农业不同于传统农业的基本特点即是农业的商品化，因此，仅仅提高农产品（如蚕丝）的产量，不同时使农民在农产的出售中获得较高的利润，同样不能达到提高农民生产积极性、发展农业的目的：“夫以至苦之事，获些微之利，甚或利未见而本已亏，乡民又何乐养蚕。此中国蚕茧不丰，桑业凋敝之根本原因也。”[33]因此，在钱天鹤先生看来，提高农产品的商品化程度，提高农产品的利润，以便在实质上提高农民的生活水平和生产积极性，这是发展现代农业的目的与关键。为此，就必须从工业、商业、金融、贸易等各方面给农业以实际的扶植，否则，“虽蚕校林立，人才辈出，试验场地遍地皆是，亦无影响”[34]。这就是说，早在20年代我国现代农业发展的初期，钱天鹤先生即已在实际上提出了“农业与教育、科研、工业、商业、金融、贸易一体化发展”的思想（尽管当时还不可能作出明确的理论概括），这是难能可贵的。近年台湾学者在总结沈宗翰先生的农业思想时，曾经指出，“沈先生一生所发表有关农业发展的论著，显示一个重要的观念：整个经济活动体系的各部门（农业、工业、商业等各部门）相互间构成有机的结合关系，交互影响，互为因果。他从未将农业从经济体系中抽离出来，作为孤立的单位来处理。相反地，他把农业放在整个经济活动的架构中来考虑，视农业为整个经济体系中的一个环节。根据这项有机的观念，沈先生分析农业发展的问题，极注意农业部门与非农业部门之配合发展的问题。就这个意义而言，沈先生不是绝对的农业本位主义者。”[35]应该说这种“有机的农业观”是钱天鹤先生与沈宗翰先生所共有的，对整个中国现代农业的发展也是至关重大、影响深远的。

钱天鹤先生本期关于发展蚕桑业的思考中，还提出了一个重要思想：“改良蚕种其事极繁，非一二年所能成功。即成功矣，犹须两年之精密试验。试验既当，然后付诸农家饲育，农民守旧多疑，劝导之功，又非二三年莫能见效。盖综计已在十年以上矣。”这自然不是“改良蚕种”一事而已，它显示了对农业改革的长期性与艰巨性的清醒认识与把握。由此得出的结论是：“目的不可不坚定，而希望不可太奢”，“如能逐步进行，假以时日，继以耐力，其结果自有可观也”[36]。这里提出的“坚定、逐步、持久”的方针，与前述稳健的革新立场是完全一致的，并且是充分显示了钱天鹤先生的个性的，而作为一种发展中国现代农业的指导方针，同样是意义重大的。

（三）

从上文的分析中可以看出，钱天鹤先生在他第二时期的工作中，已经充分显示了他的战略眼光，善于从全局把握问题，作出决断的思维特点与沉稳、果断的性格特征。而当他从“农、工、商一体化”的大视野来思考农业的发展战略时，就必然越来越重视政府的组织、统筹、协调、扶植作用：这本也是发展现代农业的基本要求与特点。这样，对钱天鹤先生，一般的科研与教育领域已显得过于狭窄，他需要到领导、组织也即行政的岗位上，以便在更大的活动范围里去实现自己的理想与抱负，这也是发展中国农业的客观需要。据沈宗翰先生回忆，在1933年他与钱天鹤先生相互畅谈抱负，并有“兄行政，我技术，共为中国农业而努力”的“豪言壮语”[37]。这表明，在30年代钱天鹤先生转向农业行政工作，在某种意义上，乃是一种自觉的选择，并从此开始了他一生事业中最重要的第三个时期。

据有关专家研究，国民党政府于1928年完成第二次北伐，统一中国以后，在加强党治的同时，也开始着手进行国家建设，并“征用一批受过良好教育的技术型专家参与组织经济、外交的工作”[38]。在这样的背景下，钱天鹤先生从农业教育、科研转向农业行政，就不仅是纯粹的个人选择，而成为30年代“专家参政”（尽管这一“参政”是极其有限的）的代表之一。当时的南京政府在“土地整理诸多举措失败”以后，开始“将改造乡村的重点转向纯粹的技术性改良”[39]，其中最重要的措施即是于1932年创办隶属于农垦部的中央农业实验所，这是我国第一所全国性的现代农业科学技术综合研究机构，在其组织规程中明确规定，该所的任务为“主管全国农业研究改良和推广事宜”[40]。钱天鹤先生作为中农所的主要筹建者与主持日常所务工作的副所长，以及1935年增设的全国稻麦改进所副所长，也就在实际上担负起了领导全国农业研究工作的职责。抗日战争爆发以后，重庆国民政府调整机构，实业部改组为经济部，钱天鹤先生被任命为经济部（部长翁文灏）农林司司长，“为全国农业最高行政长官”[41]。1940年，为加强对战时农业的领导，单独成立农林部，钱天鹤先生被任命为常务次长。自此至1947年，农林部长三度易人，钱天鹤先生始终以农业专家的身份襄理全国农业大计。正如有的专家所指出的那样，“自（国民）政府西迁以迄还都整个阶段，钱先生为全国农业实际负责人。复忆民国二十一年（即1932年）实业部创立中央农业实验所，钱先生即以副所长而实际负创办及发展该所之责，则其对中国早年农业建设曾有不间断二十五年之领导与贡献”[42]。但也正如沈宗翰先生所说，这类行政领导方面的贡献却往往容易被忽略[43]。钱天鹤先生本人倒并不在意于此；也许他真正感到烦恼、痛苦的是在他领导农业的这二十五年，正处于外敌入侵、政治不清明的混乱时期，他的发展现代农业的思想、计划，只能在极其有限的范围内得到部分的实现，有的甚至成为纸上谈兵，仅仅是一种不能实现的梦想。

但这些思想并不因为当时未能全部变成现实而失去其自身的价值。这一时期，钱天鹤先生由于把主要精力集中于繁忙的行政事务，他的许多发展农业的思想、计划也往往以机关公文、报告的形式出现，并不个人署名，今日已难以辨认；但从可以查寻的少量署名文章与演讲中，仍然可以看出由于身处领导地位，他的思考更带全局性，也更具启发性。

首先是发展中国农业的战略选择的思考。在《中国科学与农业》一文里，钱天鹤先生对中、西农业作了如下比较：“西洋的农业，虽也各国不同，但大体言之，是日趋于工业化和商业化；中国的农业是家庭化，注重在自足自给，而不以商品之彼此交换为目的。因为西洋要使农业工业化，所以提倡大农制及利用机械，使劳力可以减少，成本可以降低。”在钱天鹤先生看来，实现“农业工业化和商业化”是各国农业发展的共同方向，也是区别于传统农业的现代农业的基本特征，自然也是我国农业发展的长远目标。但如何实现农业工业化和商业化的具体道路，却不能亦步亦趋于西方国家，而必须充分考虑中国的国情。他指出，“中外农业制度的不同，是因为环境各异的缘故；中国农民的人数甚多，若骤然采用大农制，及大规模提倡利用机械，则实业者将更见多，农产品的价格，必愈形低落，这是无疑的”。在以后所写的文章里，他又指出，“俄国式之集体农场制度，系属效法资本主义国家如美国之大农制度而摈弃其私有性与家庭方式者。其结果则大失农民之所望，致参加集体农场者兴趣索然，勉强敷衍，不能通力合作，而专致力于允许私耕之小块的土地，以致大为失败”，“故我国绝不可采用”[44]。钱天鹤先生进而提出应重视同是东方国家的日本的经验：“日本未实行大农制，应用机械也未普遍”，但“因近年来用科学方法努力增加生产结果，不但自给有余，且能销售海外”[45]。在钱天鹤先生的中国现代农业观念中，“家庭化”的传统农业经营方式仍是一个可利用的资源；在晚年所写的文章里，他更明确地指出，中国“农业经营制度，仍宜采用家庭式农场”，合作经营也宜于“以供销合作为限”[46]。尽管钱天鹤先生也很重视农业的机械化，但他清楚地意识到，这必须以整个国家的工业化为前提，将是一个漫长的历史过程。因此，他提出，实现中国农业的现代化，其现实可行的道路应以改变传统的自足自给的农业观念与生产方式，逐步实现农业商业化为中心；为此，要抓住两个环节，一是“研究科学，利用科学，以科学方法发展农业，借科学知识来解决农业问题”，即通过科学实验改良农产品品种，防治病虫害，从积极与消极两方面来提高农产品的产量与质量，以提高在国内外市场的竞争力；另一则是实行经营现代化，在将农产品转换为商品的各环节都要实行科学管理，以最大限度地降低农产品的成本[47]。钱天鹤先生这一实现中国农业现代化的思路显然是前述“农、工、商、贸一体化”思想的深化与发展：更具有了战略选择的意义，发展农业科学研究也被提高到发展现代农业的战略地位。前述“农业派”的思想此时已完全成熟。

关于发展中国农业科学研究的基本方针与道路的思考。钱天鹤先生在《科学与农业实验》一文中指出，“科学应用与农业实验，有广狭二义，狭义的解释，仅在利用前人已经发明之原则与方法，作解决实际问题之工具；广义的解释，则不仅应用前人已有之发明，并须由吾人发明新原理新方法以补前人之不足”，“本所在筹备期间，原名中央农业研究所，后政府以研究二字，范围过广，乃改名实验，其用意即欲确定本所工作目标，凡有试验均应从实用着想，故本所之农业实验，偏于狭义方面”。这里所讨论的实际上是“基础研究与应用研究的关系”问题。钱天鹤先生及其同事选择以应用研究为发展中国农业研究的重心，显然是从中国农业发展的客观需要与中国农业研究的实际出发的。钱天鹤先生反复强调，要发展农业应用研究（即农业实验），必须破除“以农业为技艺”的传统经验主义，以及“只知钻研书册，不重实际问题”的八股取士之风，本身即是农业观念与方法的变革[48]。这一时期所确立的“以应用研究为主”的原则以后事实上就成为整个中国农业研究的指导方针：无论是30年代中期“农业学术发展的黄金时代”，还是40年代“战时农业改组与推广”及“战后农业复员”时期，甚至“台湾农业改良推广”时期，我国农业研究无不以“改良农作物品种及防治病虫害”为中心，同时把“推广”置于与“研究”同等重要的地位，并在这两方面都取得了可观的成就[49]，对中国农业的发展起了巨大的推动作用，这是有目共睹的。但正如沈宗翰先生在《中国近代农业学术发展概述》里所指出的，“农业学术的发展，注重应用方面，以解决实际问题为目的”的另一方面是“对于基本科学的研究，未免太少。例如各试验机关多从事于水稻及其他作物的育种工作，少作遗传细胞工作，多作栽培试验，少作生理研究。循此趋向，实地改良的进步，将受限制”[50]。这是很有见地的。后人将吸取前人的经验、教训，在理论与实践上处理好应用研究与基础研究的关系：这是可以期待的。

如何对待西方农业科学研究成果，是发展中国农业科学研究的一个重要理论与实践问题。曾有过这样的观点："只要一面保持我国农民原有的优良传统，一面再酌量加入西洋的新法就成了"，而"所谓掺用西法亦不过只是抄袭，不肯用心研究，至于所抄袭的方法是否完善，对于中国农业环境是否适合，则一概不问，依样葫芦，人云亦云，把西洋最好的方法，到中国来弄得非驴非马，一无成绩"；针对这样的"徒事抄袭（或沿袭）"的倾向，钱天鹤先生一再强调，"农业是有地域性的。各国的农业问题，各不相同，一国的经营方法，未必适合于他国，甚至适宜于甲省者，未必适宜于乙省"，"且农学进步，一日千里，今日以为新颖者，明日或嫌陈旧，今日之合于实用者，明日或因情事变更，已窒碍难行，虽欲抄袭，亦属无益"[51]。正是基于对农业发展的地域性与变异性这一基本特点的科学认识与把握，钱天鹤先生认为，发展中国的农业研究必须从本国、本地及现实具体的"特别之对象"出发，进行实地实验，这种"厚植根基"、立足于自己独立创造的思想[52]，与学者所概括的沈宗翰先生的"中国本位的农业建设论"[53]，其基本精神也是一致的。在钱天鹤先生的农业思想中，独立创造与借鉴"他山之石"并不是对立的：他一再强调"师法他人之组织精神，及其研究方法"的重要[54]，告诫"从事农业实验工作者""对于新书杂志，更须勤加研读"[55]。他自己更是身体力行，时刻关注国际学术研究的最新成果及其在农业上的应用；本时期即写有《科学之最近进步：爱克司光与生物之关系》等文，晚年在台湾也多次撰文讨论"如何利用原子能以改进动植物品种"[56]。特别值得重视的是，钱天鹤先生在讨论中提出的如下思想：后进国家在学习他国科学技术时，"不可专师袭其陈法，亦步亦趋"，必须"择善而从"，即选择最新科学成果、尖端技术，结合本国实际，进行创造性的应用，以收“迎头赶上”之效[57]。这对前述“立足于己”思想是一个很好的补充，为后人思考与处理创造与借鉴的关系无疑会有许多启发。

钱天鹤先生在这一时期继续关注与思考上一时期已经提出的“农业教育、科研与农业建设的关系”问题：他思虑的重点是组织机构上的落实，这是又一个有关农业发展的全局性的问题。早在创办中央农业实验所时，天鹤先生即已意识到，无论是改良品种的研究与推广，还是防治病虫害，都必须“运用全国力量”，推行从中央到地方的“组织、技术、经费”三方面的大协作，因此他多次组织了由中农所发起的全国性讲习会、研讨会，以为全国性的统筹规划做准备[58]。在抗战开始后的“战时农业改组”中，又不失时机地提出在各省成立农业改进所，并由中央农业实验所派遣技术人员分驻各省，成立工作站；以后又成立了中央农业推广委员会，各省设推广繁殖站：这样，不仅将中农所的研究、组织模式推向全国，并使“科研与推广的结合”“中央与地方的协作”在组织上得到了落实。1941年先生又与梁希等农业界著名人士联合向教育部提出《教育与建设之联系》的呈文，建议依照农业自然环境分区，在各大规模农业试验场临近地区建立专业的农学院，以便于“教育（各农学院）”与“科研（前述中央与地方各研究机构）”的合作与人才的互相利用；并在此基础上由中央教育部与农林部联合成立“农业建教合作委员会”，“以期农业教育与农业建设互相策应”。尽管上述组织机构的计划最终未能全部落实，但其全国统筹、协调，实现农业教育、科研、推广机构组织一体化的设想，对如何组织、领导现代农业生产，仍不失其意义。

在1948年的时局大混乱中，时已脱离农林部的钱天鹤先生发表了《泛论中国农业建设及其前途的期望》的长文，尖锐地提出了当时还不被广泛注意的“中国人口与农业发展的关系”问题。他指出，“盖古人不知注意人口调节问题或疏导办法，且反有不孝有三无后为大之说，听其人口自然繁殖，而有重农轻商之政策，以阻绝过剩人口之出路，致使数千年来，一治一乱，循环往复，永无尽期，所谓重农，实少成效可言”。这里所提出的是人口过多与过剩人口的出路两个问题。早在30年代中期，钱天鹤先生即根据中农所的调查材料，指出自1873年至1933年，全国农业人口共增加百分之三十一，而同期全国耕地面积仅增百分之一，“故农民生活，异常困难；历年祸乱，其根本原因，即在于此”[59]。十年后的此时，天鹤先生又明确地指出：“人口问题，如无合理解决办法，农业建设，绝无悠久成绩之可言”，并提出了他的应对之策：“劝导人民自动限制人口过分繁殖，实为根本之图”，还可以采取一些“疏导办法，同时并行”。为此，他又重申了孙中山先生“实业计划”中的主张：与铁路建设相配合，作大规模之移民；实行“农产商业化，工业乡村化”，在农产品出产地建立有关工厂，就地取材（农业原料），消化农业剩余劳动力。应该说，钱天鹤先生就人口问题发出的警告，以及提出的对策，包括他对孙中山先生的实业计划的重大意义的强调，都是及时而有远见的；但在当时的战乱中，却无人注意。以后我们终于为忽视人口问题而付出了沉重的代价，回顾钱天鹤先生当年的警告，是不能不感慨系之的。

（四）

在台湾农复会的工作是钱天鹤先生对发展中国现代农业所作的最后贡献。此时，台湾的农业在特殊的历史条件下得到了相当可观的发展，但钱天鹤先生已不再处于决策地位。尽管如此，他仍在力所能及的范围内，在台湾农业前期发展的各个时期都发挥了他人所不能替代的作用，他这一时期的著述仍包含了许多宝贵的思想。

众所周知，台湾的农业腾飞是以土地改革为起点的；钱天鹤先生的主要贡献是受命起草农会新的组织章程，积极参与、领导了“农会的改组”[60]。台湾农会早于1900年即已成立，为兼营性合作组织，分省、县市、乡镇三级，同村之农会会员组成农事小组，是为基层组织。如钱天鹤先生所说，在日据时代，受日方控制的农会成为“配合日本国策实行控制全岛农村经济业务”的机构，但对“推进农业生产，改善农民生活”也起了一定作用。因此所提出的改组方案包括两个方面：从根本上改变原农会的官方性质，使其成为“真正的民治机关”，并真正代表全体农民的利益，而不再为少数地主所控制；同时又充分发挥原农会的“合作”功能，“除办理信用、运销及农业推广外，尚有提倡文化福利，排除会员纠纷，及供应家庭与农业用品等项服务。此外，乡农会又接受政府之委托，经营碾米、仓储及作物与家畜改良业务”[61]。经过改组的农会以后对台湾农业的发展起了很大作用；但钱天鹤先生更为看重的也许是农会的建立对“组织现代农业生产”的意义。如前所说，早在抗战时期，钱天鹤先生即已着手于建立从中央到地方（当时仅限于省）“教育、科技、推广”一体化的政府组织机构，战后他又不失时机地在十四省四百八十五县设立县推广站，把政府农业机构延伸到县[62]。但至此为止，仍缺少两个环节：一是县以下没有相应的机构，一切农业现代化措施都不能直接落实到农民；二是仅限于政府机构，缺少民间组织的辅助。而台湾的农会正是提供了这样的环节，可以说这是终于找到的“政府与农民间的桥梁”[63]，通过它，钱天鹤先生30年代即已提出的“教育、科研、推广、商业、贸易、金融”一体化的理想才真正落实到基层（农民），并获得组织机构上的保证。在这个意义上，钱天鹤先生和他的同事“改组农会”的经验是具有更普遍的意义的。

在台湾农业恢复重建时期，钱天鹤先生作为农复会的农业组组长发挥了很大作用。正如沈宗翰先生在《农复会与我国农业建设》一书中所说，“他与专家协助省农业厅试验场与乡镇农会，密切合作，经常实地观察，访问农家，研究问题，以增加稻米、杂粮、凤梨、柑橘、茶叶等生产”[64]，在此期间以及以后各阶段，他都始终抓住品种改良及防治病虫害两个环节，他所支持、领导的南非310蔗种的引种，尿素肥料的推广，新杀虫药剂的大规模应用，等等，都被认为是台湾农业研究与推广的重要成绩，对恢复与发展台湾农业起了很大作用。1951年台湾稻米与其他农业生产已恢复到日据时代最高峰，1953年台湾开始实行经济建设四年计划，台湾农业也面临“摆脱日本的殖民地经济政策与农业政策，改造为独立的经济政策与农业政策”的根本转变[65]。在这样的关键时刻，钱天鹤先生先后写出了《近年来台湾农业建设之成就》、《台湾农业的若干问题》等重要文章，发表了一系列具有指导性与启示性的意见。

针对有人提出的“台湾农业已发展到登峰造极的地步，农民生活程度已经太高，应暂勿再促进，转而加速工业发展”的主张，钱天鹤先生一方面重申，“吾人欢迎台湾之工业化，并认为唯有台湾工业化，台湾农业方有真正出路与真正发展之可能”；同时指出，“极点论”并不符合事实，台湾农业“极有发展希望”，而且“台湾农业如能继续发展，必可帮助台湾之工业化，并协助其成功，两者必须相依为命，祸福与共”[66]。他的结论是：台湾经济“成功之关键在于农业能与工业相配合，农工两业能同时发展，齐头并进”[67]。——这当然不只是台湾经济发展而已。

钱天鹤先生还进一步从“发展农业生产的目的”上批评了“台湾农民生活太高”的说法，并由此而探讨了台湾农业发展的新方向。他指出，“今日的台湾与日据时代不同，那时日本人提倡台湾农业建设之目的，在于适应日本本土工业化之需要，而对于台湾农民之利益，不但不加以顾全，且不惜任意摧残，以达到其杀鹅取卵之目的。今则不然，为实现立国根本之三民主义起见，人民利益与国家利益必须密切配合，上下一致”，简言之，“台湾农业建设之唯一目标为增产，其最后目的为增加农民收入，提高人民生活程度，所谓人民当然包括农民在内”[68]。——这固然是钱天鹤先生的一贯思想，但现在作了如此明确的概括，并作为方向问题提出，自然是有重要意义的。

问题是在台湾农业已经有了相当发展以后，如何继续增产？钱天鹤先生的回答是：“增产有两种方法，一为种植面积的扩充，一为单位面积之提高。前者限于本省之地形与水土关系，其可能之希望甚微，后者则前途无量，大有作为”，“故今后台湾农业建设工作应行努力之方向，应以增加单位面积之生产量为最重要之方法”。钱天鹤先生还具有远见性地指出，由于台湾系一岛之地，省内市场有限，农业增产以后，“若有剩余农产品，其唯一出路，即为外销”，否则就会出现虽增产而农民收入反而降低的后果。“故今后台湾农业建设工作之另一努力方向，为尽量鼓励农产品之外销”[69]，钱天鹤先生甚至认为，“提供市场比提高单位面积的产量与价格更重要”[70]。至于如何提高单位面积产量，钱天鹤先生也根据台湾的地理、气候等自然条件，提出了“发展特用作物，多种经营”、“实行复作栽培制度”等积极建议。可以看出，钱天鹤先生在思考台湾农业发展道路时，始终坚持从台湾的实际出发，具有具体可行性；但也正因为如此，也就能在更大的范围内给后人以启示。

钱天鹤先生于1952年任农复会委员以后，还曾主持筹定金门农业大计，经过十年努力，取得了辉煌的成绩。金门人民特为先生建立铜像，“以志盛德而垂久远”。而先生关于发展中国现代农业的深刻思考，更是一座思想的丰碑，后人在为中国农业现代化而努力奋斗的过程中，可以不断从他那里得到丰富的启迪，并将永远怀念这位先驱者。

1996年1月1日写毕于京郊寓所

注释

［1］［8］［60］［63］ 龚弼:《钱天鹤先生遗爱在农村》。

［2］［4］［9］ 李喜所:《近代留学生与中外文化》，天津人民出版社 1992 年版，315、312—313、314—323 页。

［3］《留美学生年报》，1910 年。

［5］［38］［39］ 许纪霖、陈达凯主编:《中国现代化史》第 1 卷，上海三联书店 1995 年版，468、427、457—458 页。

［6］ 马保之:《教育事业与研究工作》，收《耕耘岁月》(沈君山、黄俊杰编)，正中书局 1993 年版。

［7］［35］［53］ 转引自黄俊杰:《沈宗翰先生的农业思想及其领导风格》。

［10］ 任鸿隽:《中国科学社社史简述》，收《文史资料选辑》第 15 辑，中华书局 1961 年版，1—4 页。

［11］ 据《科学》3 卷 1 期（1917 年 1 月）、3 卷 2 期（1917 年 2 月）、3 卷 10 期（1917 年 9 月）、3 卷 12 期（1917 年 12 月）有关报道。

［12］ 后来中国科学社一直坚持活动到 1948 年。钱天鹤先生在 1918 年以后，仍长期担任《科学》月刊总经理兼经理部部长，多次参与科学社年会筹备工作，以及科学社的日常工作，1928 年十二届年会上，与竺可桢、翁文灏等同选为编辑部编辑。

［13］［20］［23］ 樊洪业、李真:《科学家对五四新文化运动的贡献》，原载《自然辩证法通讯》1989 年第 3 期。

［14］ 同上文。当然，二者的区别也是重要的；该文的作者同时指出:“(科学家）其目标是发展科学，并以科学影响社会。陈独秀等则把科学意识形态化或信仰化，把科学方法推演为普适于自然、社会和人生的哲学，被称为科学主义或唯科学主义。”

［15］《例言》,《科学》1 卷 1 期。

［16］ 钱天鹤:《中国固有之机器孵卵》。

［17］ 参看《论蚕忌》等文。

［18］［19］［21］［22］ 钱天鹤:《论中国科学停滞不前与西洋科学突飞猛进之基本原因》。

［24］ 任鸿隽:《中国科学社之过去与将来》,《科学》8 卷 1 期（1923 年）。

［25］［27］［28］［30］［43］［50］ 沈宗翰:《中国近代农业学术发展概述》，文

收沈宗翰、赵雅书：《中华农业史论集》台北商务印书馆1979年版，275—276、278、279、301、303、278页。据南京农业大学农业教育研究室蒋美伦等考证，高安蚕桑学堂实际上并没有创办起来，第一个中等农业学堂应是1897年杭州太守林迪臣在西湖金沙港设的蚕桑学堂。

［26］［41］［42］［62］张宪秋：《政府播迁台湾前中国农业改进的重要阶段》，原载1968年12月14日台北《中华农学会成立七十周年纪念专集》。

［29］《金陵大学农林科蚕桑系进行状》，原载《金陵光》12卷2期（1924年）。

［31］南京农业大学校史室编：《金陵大学农学院校史》（征求意见稿），1988年油印本，181页。

［32］钱天鹤：《发展我国蚕业刍议》。

［33］［34］钱天鹤：《废止取缔茧行暂行条例平议》。钱天鹤先生在本期还写了《实业家对于农民的新态度》一文，强调"原料为实业之基，农民为实业家养命之源，而农民亦恃实业家而生，两者相依为命，利害相同，其关系至为密切"。

［36］钱天鹤：《改良蚕种方法论》。

［37］［40］沈宗翰：《悼念钱天鹤兄》。

［44］［46］见钱天鹤关于"1954年之台湾农业"问题的论述。

［45］［47］［51］［52］［54］钱天鹤：《中国农业与科学》。

［48］参看钱天鹤：《中国农业与科学》、《科学与农业实验》。

［49］参看沈宗翰：《中国近代农业学术发展概述》有关分析。

［55］钱天鹤：《科学与农业实验》。

［56］参看《原子能与动物品种之改进》、《原子能与农业》、《放射性同位素与农业发展前途》等文。

［57］钱天鹤：《原子能与农业》。

［58］参看《欢迎江浙皖三省及南京市治蝗讨论会暨第一届全国治虫讲习会会员》、《七省治蝗会议闭幕后》等文。

［59］钱天鹤：《中国农业现况鸟瞰》。

［61］钱天鹤：《农会与合作社合并改组》。并参看沈宗翰：《农复会与我国农业建设》，台湾商务印书馆1972年版，83页。

［64］［65］沈宗翰：《农复会与我国农业建设》，135、136页。

［66］［67］［68］［69］钱天鹤：《近年来台湾农业建设之成就》。

［70］钱天鹤：《台湾农业的若干问题》。

这也是一种坚忍与伟大

—— 先母逝世二十周年祭

周作人在一篇文章里谈到，他读了清人笔记《双节堂庸训》里的一段记载："吾母寡言笑，……终日织作无他语。"不禁黯然，因为他的祖母就是这样"忍苦守礼"，"生平不见笑容"。周作人的这段话同样引起了我的共鸣：在我的记忆里，母亲也是这样坐在那张破旧的藤椅上，"终日织作无他语"，并且不见笑容。

我的母亲不是周作人祖母那样的封建大家庭的旧式妇女。外祖父项兰生先生是杭州著名的维新派人物，除了开办新式学堂、白话报以外，还专门请了老师让自己的长女从小习读英语，母亲至少也算是半新半旧的女性，她应该有不同于周作人祖母的命运。而且，我知道，母亲的本性也不是如此：家里的人都告诉我，她是喜欢热闹的。

然而，从我懂事时起，母亲留给我唯一的印象，又确乎是这样终日织作无他语，也无笑容。

这是在1949年以后，父亲一人到了海峡那一边，把母亲和年龄最小的三个子女一起留在南京武夷路22号那栋空空洞洞的大楼房里——历史翻开了新的一页以后。

一夜之间，母亲由一位受人尊敬的夫人变成了反动官僚的家属，成了人人都以怀疑的，甚至敌视的眼光望着的"不可接触的人"——这是历史巨变必然带来的个人命运、地位的变化。

母亲以惊人的决断与毅力迅速地适应了这种变化。她主动上缴了留在身边的父亲的“反动证件”，以及一切可以让人联想起父亲的东西（但她仍然留下了她与父亲结婚时的合影，并且一直保存到她生命的最后一刻），长长地叹了一口气，环顾四周，选定了那张破旧的藤椅，坐在上面，开始编织毛线，缝补衣物，并且再也不动了。

从此不再和我们——她的子女，以及任何人谈论父亲，以及与父亲相联系的家庭的、她个人的历史。尽管她内心深处仍时时煎熬着对于父亲以及远在太平洋彼岸的两个儿子的怀念。开始，她每逢过年，都要多摆上几副碗筷，用这无言的安排表达自己无言的思念。后来，外在压力越来越大，这样的仪式也都取消，于是，思念也变得了无痕迹。本来她满可以借某种倾诉减轻内心的重负，但她不，她守口如瓶：既然人们已经宣布那是一段罪恶的历史，那么，她的口就是那道关住罪恶的闸门，而且一关就是几十年，至死也没有开。

而且她小心而顽固地断绝了与海峡彼岸的一切联系。60年代，在美国的三哥辗转托人带来口信，表示愿意对家庭有所资助，尽管这显然有父亲的意思，母亲断然拒绝。70年代中美建交后，三哥又托人登门看望，请母亲在录音带上留下几句话，母亲依然一口回绝：她宁愿沉默到底。

但她却以极其谦和的态度对待周围的一切人。无论是谁，包括邻居的孩子，对她提出的一切要求，她都全部满足。政府的、居委会的一切号召，从为灾民捐赠寒衣，到大跃进献铜献铁，她都一律响应。后来居委会要求借我们家的汽车间举办学习班，全家人都不赞成，母亲毫无二话，表示同意，自己也去旁听，跟着邻里的老老少少学唱革命歌曲。以后居委会又提出，周围居民住房紧张，希望我们将楼下的客厅、餐厅全部让出，母亲依然满口答应。客户搬进来后，每月计算水电费，母亲总是以自己多出钱为原则。在日常生活中，凡有争执，无不退让了事。我多次责怪母亲过分小心，大可不必，母亲总是默默地看我一眼，却不作任何辩解。

几十年的风风雨雨，总算平安过去。当那场史无前例的风暴掀天动地而来时，全家人都认定这回在劫难逃，惶惶不可终日。母亲依然坐在那张藤椅上，织作不歇，仿佛一切都在预料之中，显得比我们还要镇静。最后一切都没有发生，居然逃脱了抄家之灾。在那个横扫一切的年代，真算是个奇迹。后来，有人悄悄告诉我们，是居委会的老工人师傅劝退了红卫兵，保护了“老太”（这是邻居们对母亲的昵称）。

但母亲的身体却越来越衰弱，她终于挺不住，病倒在床上。我清楚地记得，在那个寒冷的冬夜，母亲拥被而坐，咳喘不止，对着从数千里之外赶回探视的儿子，断断续续地说道：“这几十……年来……总算……没有……连累……你们。”说完凄然、坦然一笑，又沉默了……

我的灵魂却受到了猛的一击：呵，母亲这几十年如一日地默默不言，忍苦守礼、守法，全是出于对她的子女刻骨铭心的爱！我凝望着因习惯于无语而显得麻木的母亲石刻般的脸，突然醒悟：在这历史的大风暴中，正是母亲用她那瘦弱的肩膀独自承受了一切，默默地保护着我们每一个子女，这是怎样伟大的母爱呵！……

我无言，不由自主地低下了头。

我愿意永远地俯首于这幅圣母图前——母亲端坐在藤椅里，终日织作无他语，也无笑容。

1994年3月5日夜急就

悼大姐

去年，匡武哥和效琦姐从美国回来，我们相约去为大姐扫墓。大姐的儿子早已去世，女儿远在异地，无人陪同，我们自己也多年未来了，因此，到了金山陵园，却怎么也找不到她的墓地。好不容易在一个偏僻的角落里，发现一座荒芜的坟塚，那就是大姐的安息之地了。

我们默默地打扫，献上祭品，心却是沉甸甸的。

回家的途中，也是一路无言，心里却想着大姐的一生。

我也是 1946 年从重庆回到南京后，随同母亲到上海，才见到大姐的。

大姐给我的第一印象，是惊人的美丽。我们钱家兄弟姐妹，有两种脸形：大哥、三哥、二姐、韡娟姐和我，都是“父亲型”的，脸的轮廓比较大，显得粗壮；大姐、四哥、匡武哥属于“母亲型”，长得比较清秀。而大姐于清秀之中，另有一种端庄之气，不愧为“钱家大小姐”。

还有，她的字写得秀气、漂亮。说话也细声细气，得体、大方。这都深深地吸引了我。

此时，大姐在上海著名的国际饭店当会计。后来不知是谁告诉我，抗战爆发后，父母带着大哥、韡娟姐和刚出生的匡武哥南下重庆，在那里又生下了我；大姐、三哥、四哥与二姐就留在上海，分别寄居在外祖父和几个舅舅家里。大姐中学毕业以后，尽管她的成绩非常好，考上大学应该没有问题，但她为了不增加舅舅们的负担，照顾弟妹，就毅然弃学，早早地进入社会工作。这件事给我印象很深，让我对大姐另眼相看：在她柔弱的外表下，自有一种坚毅的力量，她对家庭的承担与牺牲，使我不由得对她增添了一份敬意。

更多的接触，是1948年我们全家“逃难”到了上海，都寄居在大姐、大姐夫的家，胶州路247号那座小洋楼里。可以说，在局势混乱之中，大姐再一次出手相助，帮助母亲支撑了这个家。

这一次长达一年多的相处，给我印象最深的是大姐特别在意自己的打扮。每天都要在她独有的十分讲究的梳妆台前，坐上一两个小时，画眉毛、涂口唇，精心化妆。这在我们家庭里，就显得有些异样：母亲从来都是素服淡妆，我们兄弟姐妹全都是书呆子，又是在重庆乡下长大的，从不注意自己的衣着装扮。

还有他们的生活方式和习惯。今天看起来，不过是典型的上海市民生活：平时都是按点准时上班、下班，休息时就听听苏州弹词，看看消闲小说。家里的饮食是讲究的，但也很节约，每天和金奶妈（家里的保姆）算账，一分一厘都不差。这和我所熟悉的书香门第的气氛有点不一样。或许正是这样的难以言说的细微差异，使我和大姐之间有了距离。但她身上的华贵的气质，依然吸引着我：我只是远远地欣赏她的美丽。

1949年下半年，我和母亲回到南京以后，和大姐、大姐夫还见过几次面，都没有留下什么印象。1956年我正在准备考大学，传来了大姐夫病倒的消息，最后终于不治。全家都感到极度震惊：因为大姐夫的干练、厚道，早就得到了大家的尊重，母亲也特别满意与器重这位好女婿；更因为我们都知道，大姐完全是在姐夫的庇护下生活的，姐夫的远去，正有如天塌下来了一样。我和母亲、四哥赶到上海时，看到大姐伤心欲绝的模样，真为她的未来担心。于是决定以全家之力来帮助大姐：把小女儿陶陶接到南京，由母亲、四哥抚养；大哥出面请求组织照顾，将大姐调到水利科学研究院图书室任职，她和儿子惠濂和大哥一家住在一起。这样，在失去了姐夫之后，大姐又得到了全家的庇护。

到了北京以后，大姐的生活，包括子女的教育，都由大哥，特别是大嫂包了起来，大姐自己的日子，至少在表面上是相当平静的。图书室的工作，就她的才能，应对起来是绰绰有余的，她也就尽职尽责，得到研究院上下一致好评。业余的时间，依旧是看闲书，听收音机（那时还没有电视）。而且她还竭力保留当年打扮的习惯：每次周末，必定去理发店里洗发、烫发。尽管革命的气氛越来越浓，她还是我行我素，一直坚持到"文化大革命"到来。

到"文革"，她也同样在劫难逃了。但当时我们并不知道她有什么具体的遭遇。说实在，大家都自顾不暇，对家人的命运的关注，也都集中在母亲、大哥、二姐夫、四哥这些运动的重点冲击对象身上，很少想到她的日子是怎么过的。后来听说她随着大哥，下放到山西沁县，好像是在县农业局当会计，这才有点担心：大哥显然无法照顾她，她一个人，怎么生活呢？但当时也只能想想而已，谁也无力相助。突然听说，她病倒了，而且是半中风，这把大家吓坏了。二姐和女儿小沁，匆匆赶去，把她带回北京，才抢回一条命。

不久，"文革"结束了，我们又在北京见面了。这时，她已经半瘫痪，虽然依旧衣装整洁、风姿犹存，但显然憔悴多了。她当时被安排在一座公寓里，好像有保姆照顾日常起居。后来三哥回国，看到她的处境，十分动情，表示要为她买一套房子。而这时，我虽然留在北京大学任教，但一家人（可忻和她的父母）生活都没有住处。于是三哥就出资在城南刘家窑买了连在一起的两套房子，安排我一家人和大姐住，我们就成了邻居，朝夕相处了。在她儿女与保姆的精心照料下，大姐身体稍有起色，但我发现，她的精神却彻底垮了。她整天呆坐着，一言不发，无论和她说什么话题，她都毫无反应，木然、冷然地望着你。有时候看得我浑身不自在，甚至感到恐惧。

日子久了，我便产生了怀疑：大姐究竟受了什么刺激，才发生了如此巨变呢？后来，还是二姐悄悄告诉我大姐的人生悲剧。大姐夫去世时，大姐才三十六岁，本应该重组家庭，但虽然不断有人介绍，却始终找不到她满意的对象，再加上一切有大哥大嫂照顾，生活过得去，也就拖下来了。后来，她和图书室的一位上海老乡，平时比较谈得来，相处久了，彼此就产生了感情。但那位老乡是有夫人的，身体很差，就相约等其去世后再谈。这时“文化大革命”爆发了，这件事就作为一件丑闻被揭发出来，这对从未受过任何冲击的大姐自然是极大的刺激，而且她也有口难辩，从此一蹶不振。这是下放山西、孤苦伶仃生活中的大姐真正的痛苦所在。说不定她的中风就是由此引发的。据二姐说，“文革”结束后，她和那位老乡还偷偷见过一面，并得知那位夫人身体反而变好了，而大姐却已是半个残废人。这样的致命一击，自然是本来柔弱的大姐所难以承受的。——我听着二姐的述说，大姐一生的一幕一幕在眼前闪过，在我的感觉里，在命运的捉弄下，美丽的大姐逐渐变成了一尊冷冰冰的石像，这是怎样的残酷啊。我突然想到，也许在姐夫去世后，全家将大姐庇护起来，就是一个错误：如果让大姐独立地面对生活的一切艰辛，说不定她就能创造出一个新的天地。但生活毕竟不能假设，谁知道会有什么在等待着大姐呢？……

在懂得了这一切以后，我简直有点害怕见到大姐，看着她直愣愣的眼神，我的心一直往下沉、往下沉……而且大姐的身体一天弱似一天，终于病倒不起，我们将她送到医院。在临终前，是我和可忻第一个赶到的，她没有说一句话，就悄然远去，是我为她合上了美丽而无光的眼睛……她的儿子与媳妇随即赶到，在哀泣声中，我只感到心里一片空虚……

大姐就这样无声地走了。以后的家庭谈话里，也很少说到她。而我总忘不了她那美丽而寂寞的身影。

大姐，在我们家庭里，是一个特异的存在。没有她，钱家的历史就是不完整的。因此，我要记下这一切，并以此寄托我的哀思。

2013 年 3 月 23—24 日

哭好哥

四年前，癌症夺去了二姐的生命，我哭二姐——但只能忍泣吞声，唯恐也在病中的大哥知道这一噩耗。

如今，癌症又夺去了大哥的生命，我哭大哥——现在，可以放声痛哭了，但大哥已经听不见了。

钱氏家族不幸，短短几年间，竟被病魔连续夺走了两位精英！

好哥（我们从小习惯于把大哥叫做“好哥”）与二姐一直是我们全家的骄傲。特别是在我们年纪最小的三弟妹心目中，他们是我们崇敬的对象。二姐以她的传奇般的革命生涯，她的豪放、热情、真诚使我们对她产生一种迷恋；好哥则以他学术上的卓越成就，他的淳厚、执着、朴实，深深地感染着、激励着我们。

二姐生前曾与我商定过一个写作计划，将我们全家——从外祖父一辈到父亲一辈，再到我们八兄弟姐妹的不同经历写成一部长篇小说，以反映20世纪中国知识分子所走过的艰难历程。在初步的构思中，二姐、四哥与好哥将是其中的主角，他们最初选择了革命救国与科学救国的不同道路，而最后殊途同归。在这一过程中，他们的遭遇、矛盾、斗争、痛苦……无不具有极大的典型性，甚至无须艺术加工，只要如实写下来，就会产生一种逼人的、史诗般的思想与艺术力量。

如果这部小说真要写成，好哥的最后七年无疑是其中最具光彩的一页。

说起来，连我们自己都难以置信：尽管我们兄弟姐妹之间情意笃深，也经常有相聚的机会，但我们每个人都一心扑在自己的工作、学习上，见面时来也匆匆，去也匆匆，竟很少在一起长时间地交谈，我们似乎也不觉得有这样的必要。但好哥的突然病倒，却使我们猛然意识到，个人生命的有限，彼此相聚时间的短暂。于是，我们又产生了一种紧迫感：寻找一切机会相聚，彼此交换思想，吐露心曲，仿佛要将中国近代历史的曲折性造成的八兄弟姐妹从未团圆的损失弥补过来，将几十年来不及倾诉的感情一起抒发出来。我们谈着、笑着、玩着……但我们的心却有一种莫名的感觉：无忧无虑的童年、青少年时代毕竟一去不复返，我们每一个人都已两鬓斑白，死亡的阴影暗暗威胁着好哥、二姐的生命，而且我们中间始终空着两个位置——我们的父母早已撒手而去！……

但也就在这隐伏着悲凉的欢聚中，我们对于好哥有了更深切的了解，留下了一个又一个永远难忘的记忆……

好哥是我们钱家的长子，这个地位对于他的思想、性格、心理都有深刻的影响。他从小给人的印象就是孝顺、有礼，他时刻记着自己对于家的责任——上对父母，下对兄弟姐妹。他性格内向、忠厚，忍辱负重，都与这有关。鲁迅先生曾经说柔石，无论从旧道德，从新道德，只要是损己利人的，他就挑选上，自己背起来，其实，这几乎是概括了一代人的性格特征的。好哥也是这样习惯于对人，处处克制自己，损己而利人。这是美德，同时也蒙上某些阴影，给人以精神的重压。1955 年他从海外归来，当我告诉他，母亲每逢过年，都要为父亲留下一副碗筷时，他痛苦地流下了眼泪。他自觉得由于父亲远在海峡那一侧，他不仅应尽母亲的长子，兄弟姐妹的长兄的义务，更要部分地承担起父亲的责任。于是，他自动地与二姐一起默默担起了供养母亲与培育三个最小的弟妹的重担。1956 年，大姐夫过世，为了不让大姐一人带着两个孩子寡居上海，他通过组织将大姐调到水利科学研究院图书馆工作，又肩负起大姐与外甥的生活费用。他同时不忘自己继子的责任，将一直独居在广西娘家的伯母接到北京同住。好哥工资虽不算低，但这样的负担却超过了他的经济能力。对于这一切，好哥都默默地忍受下来，还不让大姐与弟妹们有所觉察，他宁愿一个人独自承受。由于父亲远在台湾，三哥身处异邦，这个事实本身就足以使钱姓成为一个有罪的家族。每有运动，我们每一个兄弟姐妹都要在这个问题上受到不同程度的冲击。记得我在大学读书期间，曾一度因为与家庭划不清界限而受到班上同学的严厉批判，思想苦恼已极，实在忍受不住，就跑去找好哥，问他父亲与三哥究竟有什么罪恶事实。好哥无言以对，沉默良久，才劝说我要多想想旧社会劳动人民的苦难，并说我们这样的家庭对劳动人民是负了债的，等等。他说得很诚恳，他自己大概确实有这种负债感，这是他在那个时代一直自觉地夹着尾巴做人的重要原因。但连他自己也明白，这种理论要说服当时才只有二十岁的我是困难的。于是，说着说着，他终于默默地流下了眼泪。我至今还不能忘怀当时兄弟俩相对饮泣的悲凉情景，并以为，这恐怕是好哥以及我们全家心灵深处最大的创伤与隐痛。正因为如此，在粉碎“四人帮”，批判了极左路线以后，全家大大地松了一口气，感觉得到了真正的解放。但是谁也不愿提及这些往事。对于我们每一个人来说，这是一根最敏感、最痛苦、也是最脆弱的神经，谁愿意再去随意拨动它呢。我们是宁肯向前看的。自觉地把个人、家庭的命运与祖国、民族的命运联系在一起，竭精尽智地献身于国家、民族，这是中国知识分子的传统，也是我们钱家人的传统。在灾难已成为历史，民族正在奋起时，夸大、炫耀自己以往的痛苦，甚至以此为资本向国家与人民索取，固为我们所不齿；在面临的新的困难、矛盾面前，无休止地发牢骚，怨天尤人，亦为我们所深恶痛绝。抓住历史提供的新的机会，为中国的改革事业，贡献一切，这是我们钱家兄弟姐妹的共同心愿。在这一切方面，好哥都是我们的榜样。

但好哥到了他生命即将结束的时候，却频频念及父亲、母亲，念及家庭的每一个成员。在考虑后事时，他首先想到的，依然是自己作为钱家长子的责任。记得三哥第一次从海外回来时，好哥曾说过，他做了一个梦，梦见父母终于安葬在一起。他一直将父母分离二十余年终未能一见引为深深的遗憾。在 1986 年他在北京医院住院病势日益加重时，他突然感到一种不安，甚至对父母产生某种负疚感。他不止一次地谈到，在母亲病危时他从外地匆匆赶来，最后一次尽长子的义务，亲侍病榻旁，而母亲却因病痛很不耐烦，多次厉声呵斥家人，他当时对此表现不快。而现在，他自己处于重病中，有了切身体会，又深为自己当时对母亲的态度而感到悔恨。1986 年 10 月，在三哥、三嫂自旧金山赶来探望的前夕，好哥突然郑重其事地对龚姐宣布，他要集合全家，向弟妹们好好地讲讲父亲的事。于是，在龚姐的精心安排下，全家兄弟姐妹都从外地赶来，聚集于北京。待到三哥到达北京那一天，好哥却因过于激动突然有了热度，竟不能相见。以后，每次见面，好哥都因激动而又极度衰弱，欲言又止。他终于没有向我们兄弟姐妹讲述父亲的事。但他的意思却向龚姐和我透露过：他深为弟妹们，特别是年纪最小的几个对于父亲的隔膜而感到不安（父亲离开大家时，我才九岁，匡武哥十一岁，韡娟姐也只有十三岁），他觉得自己作为长子，有义务将父亲的真实面貌告诉弟妹以至钱氏后代子孙，让家人正确对待这样一个事实。他想说，父亲早年毕业于清华学堂和美国康奈尔大学农学院，曾任金陵大学农科教授，中央研究院自然博物馆馆长，中央农业实验所副所长，是一个农业科学家、教育家。父亲确实有过类似胡适那样的好人政府的幻想，因此，抗战时期，他应翁文灏先生之邀，出任经济部农林司司长，后又任农林部常务次长，对发展大后方农业生产，支持抗战，作出了重要贡献。最后在台湾孤独地度过了自己的晚年。好哥还想诉说，父亲对于他以及我们兄弟姐妹的爱——这种爱由于父亲一直忙于公务平时很少流露，而他自己，在许多方面是受了父亲的影响的。他希望钱家兄弟姐妹不要用阴暗的心情去回忆自己的父亲，要恢复父亲应有的历史地位，由此去掉身负的沉重的家庭包袱。我至今还记得，这些话是断断续续说的，说话的时候，好哥的表情是肃穆的，又有几分凄楚，含着说不尽的感慨。我强烈地感到，好哥所思虑的不仅是父亲一个人的毁誉，一切为中华民族振兴尽过力的人，都应当受到历史的尊重（90年代，在中国科协主持编纂的《中国科学技术专家传略》里，收入了父亲的条目，誉之为中国“现代农学界的先驱”）。好哥对父亲的思念中流露的历史责任感是令人感动的。

据我观察，1986年10月，我们全家在北京最后一次聚会时，好哥已经清醒地意识到自己终于到了生命的最后一刻。但他仍不愿让我们特别是龚姐觉察到他已经知晓一切；尽管他内心已对自己的病感到绝望，但他仍不愿让绝望情绪笼罩他生命的最后一程，更不愿因此而影响大家，因此，他没有向任何人留下遗言。但他却在这最后一次会面以及在此之前的会面中煞费苦心地向几乎每一个人都表示了他最后的关怀：他渴望失去了二姐的二姐夫能安度幸福的晚年；他深为四哥的潜在才能没有得到充分发挥而惋惜，关心其子女的成长；他仔细地询问远在新疆的韡娟姐晚年生活的安排；他希望担任福州大学副校长的匡武哥不要丢掉自己的专业，再三叮嘱他要尽可能参加实践活动，重视解决生产实际问题；他关心我的著作何时出版；他对大姐终于有了较好的安排而感到欣慰，但仍关心她的健康。对于三哥三嫂，他的感情是复杂的：在内心深处，他期望他们最后能落叶归根，回到祖国大陆，期待他们为祖国统一尽力（记得三哥第一次回国时，好哥谈及海峡两岸的统一，曾大动感情，声泪俱下，三哥亦为之动情）；但他理解他们的处境和他们多年形成的生活习惯难以适应我们现有的环境，他绝不愿将自己的意志强加于三哥三嫂。他充分地尊重他们的选择，相信他们能够处理好自己的事情，同时又不免为他们的晚年担心……这些意思都是对龚姐和我断断续续说的，当着三哥三嫂的面，他没有说一句话，千言万语尽在无言之中……

对于下一代，包括他的子女，好哥也许有着更为矛盾的心情。他为小明、丁沁和陶陶未能受到完整的高等教育而惋惜；又为更年轻的几个侄、甥学业上的进步而感到高兴。对于钱家下一代中第一个出国深造的李小明，更寄予厚望。他有时为下一代似乎缺少我们这一代人所特有的坚定的信念、强烈的事业心、坚强的毅力而感到痛心；有时又冷静地表示，事物的发展有自己的客观逻辑，各代人有自己的选择，应该放手让下一代走自己的路……

好哥最关心的自然是龚姐。然而，他唯一似乎没有留下什么话的竟也是龚姐。他们之间已经达到了这样的心灵的契合，无须说话，只要一举手，一扬眉，尽能理解一切。在这样的时刻，要说的话太多，说不尽，也不用说，更不敢说。几十年朝夕相处，相依为命，一切都已诉说，现在再嘱咐什么，反而多余。于是，在病房里，龚姐一刻不停地找事情做，仿佛不愿有说话的机会。好哥只默默地凝视，有时连眼皮也不眨，他们就这样在无言中度过了最后一刻！……

好哥，真像是远行的当家人一样，将家里的一切都作了仔细、周详、妥帖的安排，深情的一瞥之后即悄悄离去。他至死也不忘让自己背起历史的十字架，只把温暖、光明留给后人……

这自我牺牲是伟大的，也是令人心酸的。

我们每一个兄弟姐妹都有这样的感觉：我们也许只有在好哥去世之后才真正认识了他。读着他的同事、学生写的悼念文章，展现在我们面前的好哥，既具有大将风度，高瞻远瞩，指挥若定，思维敏捷，富于想象力，擅长宏观把握，又有精细的工作作风，事必躬亲，周密细致，善作准确的微观分析。借用文学上的用语，他的学术风格达到了浪漫主义与现实主义的结合，而这实际上又反映了他个人的气质、性格，融入了他的人格在内。只要一进入科学领域，好哥就如鱼得水，充裕自如，自由驰骋，才华横溢。但在我们的印象中，好哥似乎还有另外一面：在日常生活中，他往往又拘谨、克制、谨慎，有时在某些方面是缺乏自信心的。可以说，这是“大智若愚”，也可以说这是“寓伟大于平凡之中”，但我们又分明感觉到，好哥又受着一种无形力量的束缚与压抑。这首先是传统、习惯势力的束缚（比如，好哥的雄心壮志就常常被指责为“突出个人”“名利思想”，以致好哥常为这种不理解而在家里哀哀哭泣），以后又是极左路线的束缚，好哥生前曾多次不无感慨地发出这样的疑问：知识分子夹着尾巴做人是可以的，但不能不让我们抬起头来呀！这其中包含了多少痛苦的历史经验！不错，在同辈人中间好哥算是发挥得比较好的，好哥自己也明白这一点。他多次谈到，他一生最大的幸运之一就是遇到了好几位好的领导人，如黄河水利委员会李延安老所长，水利水电科学研究院张子林老院长，以及水电部钱正英部长，清华大学的刘达校长等。他们都是一些真正的伯乐，没有他们在关键时刻的理解、支持，好哥不会有今天的成就。尽管如此，好哥仍然为自己的潜力未得到充分发挥、理想与抱负未能完全如愿以偿而感到痛苦。1986 年在北京医院的最后日子里，真正折磨他的正是这一点。他以他惯有的自我克制力向亲人们竭力隐瞒（其实我们都是了然于心，也同样不忍说穿），却忍不住向一位前来探望的朋友的女儿略略吐露一二，他说：“想想我这一生是够坎坷的：刚从国外回来时还不够成熟；待到真正成熟了，正想大干一番时，却遇到了十年浩劫；好容易熬到了头，又准备大干时，偏偏患上了绝症。我还有多少事情来不及做呀。”这发自肺腑的壮志未酬的遗憾，是震撼人心的。他确实是把能为国家、民族作奉献视为生命的最高意义的。因此，他一旦明白时间已不属于自己，再也不能作出奉献时，他就进入了另一种境界。最后守在他身边的人，只是感觉到：他走了，走了……

我们今天无论怎样失声痛哭，也不会把他招回，然而，我们却不能不哭！

呵，大哥，我们的好哥……

心系黄河（节选）

清华大学教授、中国科学院学部委员钱宁于1986年12月6日不幸逝世。在讣告里，论及他的生命价值，仅用了一句话——“钱宁同志是国内外知名的泥沙专家，他对黄河、长江的治理作出了重要贡献。”

这语言是朴素无华的，如同这位科学家的朴实的性格与平凡的生平。然而，它却又具有千钧的重量：的确，钱宁的名字已经与中华民族伟大的摇篮黄河、长江连在一起，他的生命由此而得到了既充满人生哲理、又饱含诗意的升华。它让人联想起这位中国知识分子的优秀代表对于我们伟大祖国、民族的无限忠诚，以及他那充满曲折，却终于以不可抵御的力量奔向大海的一生……

“祖国有黄河、长江”

1947年夏，钱宁远渡重洋，为实现他的“治黄”梦，迈出了坚实的一步。他先是就学于美国衣阿华大学水利系，在亨特尔·劳斯教授指导下获得了硕士学位；后又转伯克利加州大学学习流体力学；最后改学泥沙专业，师从于20世纪最伟大的物理学家爱因斯坦之子、当代国际泥沙权威之一的H．A．爱因斯坦教授。

三十多年以后，钱宁的重要理论著作《泥沙运动力学》出版时，回顾走过的学术道路，他深情地写道：“我本人是在H．A．爱因斯坦教授指导下，开始接触泥沙问题的。我和他相处七年，情谊深挚，他的谆谆教诲，言犹在耳……”钱宁在与他的学生闲谈时也这样说：“我年轻的时候爱好文学，想将来成为一名小说家。后来学了工，在美国遇到了小爱因斯坦，觉得泥沙这门知识对于有黄河、长江这样大河的中国是有用的，我就下决心跟爱因斯坦学泥沙。后来就发展到今天的情况。这里面有一些偶然的因素。但要是今天还让我选择的话，我还会毫不犹豫地作出同样的选择。”从另一方面说，H. A. 爱因斯坦与钱宁的相遇、相知，可谓“相得益彰”。作为一个有远见卓识的世界级泥沙专家，H. A. 爱因斯坦十分重视实验室工作和野外研究的结合，强调研究成果应着眼于为设计实践所采用，“到野外去，到实际工程去”，这是H. A. 爱因斯坦的名言。而钱宁正是怀着要“根治黄河”的实践目的来研究泥沙的。钱宁从选择泥沙专业那一天起，就牢牢地记住了两个数字：世界上的多沙河流，年输沙量名列第一的是黄河，第四名是长江；年平均单位体积含沙量，第一名也是黄河，第三名是辽河，第九名是长江。在钱宁看来，祖国的这些多沙河流为研究、认识泥沙运动规律提供了得天独厚的条件；是自己可以为祖国分忧、作出贡献的广阔天地。H. A. 爱因斯坦与钱宁师生之间在学术思想、作风和研究道路上的这种契合，使他们产生了心灵的交融，这是一般的师生所难以达到的。钱宁每提及他的恩师，总不免动情。当H. A. 爱因斯坦夫人问丈夫谁是他最好的学生时，他也是满怀深情地回答：“钱。”这超越国籍的情谊，是十分动人的。正因为有了忠实于人类科学事业的共同基础，就自然地形成了平等、自由讨论的学术气氛。有一件事是在爱因斯坦学生中传诵一时的。有一次，钱宁看到英国的“稳定渠道”理论在实践中得到较广泛的应用，因而想对这一经验从理论上进行探讨。当他将这一想法告诉爱因斯坦时，却遭到了老师的否定。钱宁经过认真思考，认为仍值得一试，就利用业余时间独自进行研究，并取得了较好的成果。爱因斯坦看到报告后，大喜过望，坦诚地对钱宁说："你让我认识了你真正的才能。"正是在爱因斯坦教授的启示和培养下，钱宁一方面深得爱因斯坦泥沙学说体系的真髓，却又不囿于爱氏一家之说，还在求师于爱因斯坦时，即对苏联维列堪诺夫通讯院士的沉沙池计算方法，英国拜格诺的学术理论，作了深入的了解与钻研。爱因斯坦要求于钱宁的，是做一名胸中有一幅完整的世界范围泥沙研究工作图景的科学家；钱宁则从一开始就认识到必须博采众长，才能创造有中国特色的泥沙学派，既解决中国江河的泥沙问题（在他心目中首先是黄河问题），又能使中国泥沙研究跻身于世界先进行列——这才是钱宁梦寐以求的真正目标。也是在爱因斯坦教授的启示下，钱宁萌发了走跨学科道路发展泥沙科学的思想。他在写给一位朋友的信中，曾详尽地谈到了结合水文、地理、地质、地貌等学科去研究泥沙和河流的设想，并且开始着手阅读大量相邻学科的文献，做了知识上的准备。可以说，走上泥沙研究道路伊始，钱宁即显示了目光远大、视野开阔的学术风格与境界。

钱宁在爱因斯坦的悉心培养下，很快就取得了令人瞩目的研究成果：他参加了爱因斯坦主持的加利福尼亚州工程师兵团密苏里分团实际工程的咨询工作，获取了宝贵的实际经验，并在美国各学术刊物上单独或与爱因斯坦教授联名发表了十多篇学术论文，初步奠定了在国际泥沙学术界的地位。苏联列维教授在50年代所著《河流动力学》一书中就引用了钱宁的文章，可见他当时的影响已不限于欧美。尽管工作卓有成效，工作条件却是艰苦的——直到晚年，钱宁还和他的研究生谈起，由于实验室小，他长期在过道旁的斗室里办公，穿堂风使他从此落下了头痛病根；但此刻钱宁一心扑在学业上，内心是充实的。他甚至无暇、也无心顾及周围的一切。当一些同学陆续回国，而钱宁似乎未做准备——对于钱宁和他的夫人来说，学成之后为祖国效劳是不言而喻的；他认为，认真打好学业上的基础，是更为重要，应该更多考虑的。他甚至没有参加加州大学“留美学生回国服务会”的活动。但服务会同学向他介绍报刊上关于新中国的报道及国内来信消息时，他总是津津有味地听着，时而会心微笑，时而陷入沉思。他更加频繁、也更加热情地向来访的同学们讲泥沙、谈黄河，在一遍又一遍的重复里，隐隐流露出他内心的涌动，但他却什么也没有表示。直到获得了博士学位并取得一些实际经验以后，他才郑重地向朋友们宣布：他要回国去参加祖国建设事业。听到这似乎是迟来的宣言，朋友们都理解地笑了。这正是钱宁，水到渠成，他是必然如此的。

但钱宁万万没有想到，美国政府出于封锁新中国的政治需要，竟然禁止学习理工医农的中国学生回国。有的同学已经到了檀香山，也被阻挡回来。在突然而至的打击下，钱宁再一次沉默了。在一次同学聚会中，钱宁多喝了几杯，突然失声痛哭，怎么劝也止不住。直到这时，同学们才意识到，钱宁郁结于心的“有家归不得”的痛苦，是怎样的深沉而强烈。当同学们组织起来进行串联时，钱宁毫不犹豫地参与其间，作为一个普通成员，出席秘密聚会，间或也提出自己的建议。直到 1954 年，一些同学设法与以周总理为首的参加日内瓦会议的中国代表团取得了联系，回国终于有了希望，钱宁也就正式向美国移民局提出了回国的要求

早春二月，两个不速之客突然闯进家里，出示身份卡，钱宁看是美国联邦调查局的，心里一紧。

“钱，你们为什么一定要回中国大陆？”“客人”开始盘问。

“我们回家有什么错呢？”钱宁反问道。

“我们的国家这么富有，这么文明，你们为什么还要回国呢？”“客人”们似乎大惑不解。

在一旁静听的钱宁夫人忍不住了，开口说：“你们的国家再好，

也不是我们的，我们在这里只是客人。我们要回到自己的家里去，建设我们自己的国家。”

对方哑然了，但仍不死心，又追问道：“你们为什么要放弃在美国的地位与前途，回中国大陆去？你们不考虑后果，不怕后悔吗？”

钱宁突然激动起来：不是早已考虑过千百遍了吗？“祖国有黄河、长江”，这就足以使每一个炎黄子孙魂飞神驰，虽九死而无悔！这两名美国特工人员怎能理解这拳拳报国之心？！……钱宁看了“客人”一眼，不再说话了。

“客人”只能悻悻而去。钱宁立即驱车到朋友家，失声痛哭起来：他第一次强烈地感觉到在这处处标榜“民主”的国家里，自己毫无安全可言，蒙受了从未有过的屈辱！

1955年6月，钱宁和他的夫人终于踏上了归程。站在克里夫兰总统号海轮的甲板上，钱宁遥望远方，心头掀起万般思绪，眼前浮现出与爱因斯坦教授告别时的情景。尽管为学生放弃了优越的研究条件感到惋惜，先生仍紧握钱宁的双手，深情地说：“我理解你，你不愿做二等公民，我支持你回去！”临行前，爱因斯坦教授还特地赶到钱宁家中，将一封老爱因斯坦手写的家书赠送给钱宁，以作永久的纪念，并将一些卓有成效的实验结果曲线图绘在小玻璃板上交钱宁带回国……钱宁深为这超越国界的情谊感动了：多好的老师！多么殷切的期望！我能承受得住吗？钱宁想起未来，又不免有些焦躁：等待自己的，将会是什么呢？该怎样迈出回国后的“第一步”呢？……当船驶近国门，看到海边古老的点点帆影时，钱宁终于忍不住热泪盈眶。

一踏上祖国的国土，各种新鲜的印象、感受，几乎应接不暇。且不说参观祖国建设成就带来的兴奋，与阔别八年的老母、弟妹重逢时感到的幸福与辛酸；最使钱宁终身难忘的是，在归国后第一个“十一”国庆节的那个灯火辉煌之夜，钱宁和他的夫人龚维瑶、兄弟姐妹，手挽着手，走在十里长安路上，漫步天安门广场，说不清那是怀着怎样的情感：庄严、肃穆、兴奋、崇敬……钱宁觉得自己摸索了几十年，历经曲折，终于走到了这里，然后，将从这里出发，走向新的远方。呵，远方……钱宁想到了黄河——自己的岗位正是在那里呵！几十年梦寐以求的理想终于要实现了！——钱宁真想大喊一声，在这充满欢歌笑语的广场，八亿人民的心脏；但钱宁仍习惯地抑制了自己的感情，他默默地没有作声。只有真正理解他的龚维瑶才注意到，此刻的钱宁沉浸在一种近乎神圣的境界之中，在节日灯光的照耀下，他的面容竟是那样的动人……

初到黄河

1955 年 11 月下旬，钱宁受聘为中国科学院水工研究室研究员不久，还来不及熟悉工作环境，就赶往郑州，向黄河水利委员会了解黄河泥沙研究工作的情况，并到新乡引黄济卫人民胜利渠等处参观。

钱宁在秦厂水文站度过了他的三十三岁生日。三十年后，他在回忆中写道："那天晚上，月华如洗，在床上仿佛依稀听到黄河滔滔的水声。想到自己终于来到了黄河之滨，今后也许有可能为黄河做点工作，不禁心潮澎湃，久久不能入眠。"正是从那一时刻开始，钱宁的生命终于与黄河连在了一起。

1956 年 7 月，钱宁参加了我国泥沙科研人员对黄河下游河道进行的首次查勘。队伍从郑州出发，沿河查勘河势、险工护岸、灌溉取水口，直达河口段，历时一个月左右。这也是钱宁第一次系统地查勘黄河，他自始至终用心观察、记录，认真询问，每晚都要整理查访资料到深夜。通过亲自查勘，对黄河下游河道有了丰富的感性认识。回到郑州后，大家又一起制定了黄河泥沙研究计划，勾画了初步蓝图。我国有计划大规模开展黄河泥沙问题研究工作，即由此而开端，钱宁无疑是最有力的推动者之一。

1958年，随着三门峡工程的兴建，黄河下游河道治理提出了一系列新的问题。钱宁受水利水电科学院委派（此时钱宁所在的水工室已并入水科院），带领河渠研究所郑州工作组与黄河水利委员会科研所协作，并参加黄河下游研究组的领导工作，钱宁终于获得了亲自参加治理黄河的实践机会，他无法抑制内心的激动，对河渠所同来的年轻同志说："在美国哪有这样多泥沙问题，哪有这么多迫切需要治理的江河？能参加治黄工作，真是中国泥沙研究人员的幸福与骄傲呵！"在黄河下游地区，他与研究组的同志共同奋战了两度春秋。

但他所面临的情况却十分复杂。一开始，他指导两个模型：黄河水利委员会科研所的室内模型和他按自己推导的"动床河工模型律"设计的花园口野外大模型，后者长达两华里。正当一千五百名民工快要完成土方工程时，前来指导工作的苏联专家却提出了异议，钱宁设计的两个模型因此而被否定。钱宁对此似无思想准备，他没有料到他的治黄事业起步竟是如此的艰难。但他没有气馁，以豁达的态度处之，一面真诚、虚心地学习苏联专家的长处（钱宁认为，他过去在美国较少接触苏联泥沙研究的成果，现在正是一个大好机会），一面仍然坚持自己在学术上的不同见解，与专家切磋，钱宁因此而获得了苏联专家的尊重。同时，他又冷静地给自己提出了一个新课题，即把他所谙熟并作出了贡献的爱因斯坦泥沙运动理论与中国实际的泥沙问题（首先是黄河泥沙问题）结合起来，以不断修正、补充、发展这一理论。他清醒地意识到，尽管做了几十年的"黄河梦"，黄河对于他，仍是一个未知的"王国"，他必须作更艰苦的探索。

钱宁就这样迈出了"第一步"。他沿黄河下游进行系统查勘与调查研究，向沿岸群众和老河工请教，所见所闻必认真笔录，每次查勘回来，总记厚厚一大本，即使是听过多次的内容，也耐心记下，仔细琢磨。在黄河上乘木船查勘是相当艰苦的。有一次冬季查勘，船在开封附近搁浅了一天一夜，前不靠村，后不着店，寒风刺骨，船上口粮有限二十个人，每人一碗稀汤当饭。第二天涨水后，船才能开动，到达彼岸。

与此同时，钱宁又带领小组的年轻同志系统收集和分析黄河的实测资料和大量历史资料。尽管这一工作在当时被人认为是“搞理论”，“不结合生产”，钱宁仍坚持不懈。钱宁认为，其他国家不可能收集、保存如此完整的原始资料，这是新中国泥沙研究工作的“无价之宝”。通过近半年的系统工作，钱宁对黄河的认识有了一个质的飞跃。但他并不满足，又回到黄河第一线，征求河道测量员与老河工的意见，从群众的实践经验与智慧中进一步汲取营养，以提高、深化和丰富自己的认识。1959 年夏秋，钱宁主持编写了三篇很有分量的论文：《黄河下游冲淤特性的分析》《黄河下游游荡特性及成因分析》《黄河下游险情分析》。1960 年秋，钱宁写出了一部二十万字的题为《三门峡水库修建以后黄河下游河床演变及河道整治》的研究报告。通过总结，钱宁对于黄河的感性和理性认识都有了很大提高。他非常兴奋地对助手们说：“现在感到顺手一些了。”

作为一位有很高理论造诣与开拓精神的科学家，钱宁感到，积两年的工作经验和广泛收集的资料，总结黄河下游河床演变规律的时机已经成熟，便立即投入了理论创造工作。按照他在美国留学期间即已确立的“走跨学科道路发展泥沙科学”的战略思想，钱宁把河流动力学与地貌学结合起来，总结了黄河下游从古至今的演变规律，与他的助手合作，写出了《黄河下游河床演变》一书。这是我国第一部河床演变方面的专著，无论是在研究方法上，还是在内容上，在我国都是开创性的。它不只对水利学界影响至大，而且对我国地理学界，特别是地貌学界产生了深远的影响。为实现他的战略思想，从50年代末开始，钱宁与中国科学院地理研究所等单位的同志取得了密切联系，协助地理所建设河流地貌实验室并培养了一批专业人才，为我国水利学界与地理学界的通力协作开辟了道路，成为我国河流动力学与地貌学结合研究河床演变的开拓者与奠基者之一。

为了实现创立具有中国特色的新的泥沙学派的理想，钱宁在回国初期就提出了研究黄河泥沙所特有的高含沙水流运动，以此推动泥沙运动一般规律研究的理论设想。现在，他又不失时机地在水科院河渠所成立的理论组中，专门安排化学系毕业的周永洽同志研究浑水流变性质，为开展高含沙水流研究进行理论与技术准备；这显然是一个高瞻远瞩的战略性科研部署。

与此同时，钱宁还利用休息时间，夜以继日地从事《泥沙运动力学》一书的写作。钱宁在师从爱因斯坦教授时即已写出了全书的提纲及部分章节；回国后在水工室工作期间，在给年轻同志讲课时，又用国际学术界研究的最新成果充实了内容。现在他有了治黄的实际经验，在修订与继续撰写中，不仅补充了许多新的资料，而且不断发生认识的深化，在理论上有了新的发现与创造。

钱宁在集中主要精力研究黄河的现状之余，还把关注的目光投向黄河的历史研究。他用现代河流学的原理，对1855年黄河下游铜瓦厢决口以后河防官员上报朝廷的奏章，作了深入的分析，发现决口以后从洪水泛滥到逐渐成河的过程，对黄河下游的河床演变至今还带来深远的影响，进而得出一个饶有兴味的结论：“一条河流的河床演变既决定于河流的近代过程，也决定于它的历史过程。”钱宁的这一成果为黄河河床演变研究开拓了一个新的领域，并且显示出他的理论创造力是何等的丰厚！

但正当钱宁施展才智，在黄河研究领域里驰骋的时候，又遭到了意外的打击，在极“左”思潮影响下，刮起了一阵所谓的“反理论风”。钱宁精心安排的浑水流变性质课题被一刀砍掉，钱宁写作《泥沙运动力学》一书也被横加“名利思想”的罪名。钱宁困惑、迷茫，一筹莫展。他分明感到，某种难以理解的观念束缚了自己的科学创造力，却又无力挣扎。同时，他也抱着虔诚的态度努力改造自己，时刻准备改正自己认识到的错误。水科院的同事至今还清楚地记得，在政治学习小组会上，钱宁常常主动、坦率、诚恳、毫无保留地谈自己的看法，征求别人的帮助。他怀着一片赤诚之心，决心赶上时代前进的步伐，更好地为祖国服务，真诚、淳朴，却又不免有几分幼稚。今天回想起来，实在令人感动而又心酸。钱宁却因此陷入更大的矛盾与苦恼中：在批判高潮中，思想似“通”非“通”，暂时放下了自己的写作与理论探讨；事过境迁以后，又禁不住把未竟的文稿捡了起来。这是他的心血、希望，以至生命所在，绝不能弃若敝帚！但细心的夫人龚维瑶仍然发现，钱宁越来越沉默、谨慎，他似乎是无可奈何地压抑自己活跃的思维，浪漫的气质也渐渐受到束缚，不再多作自由的遐想。她为之痛心疾首，但也只能在暗中忧虑而已。不过，钱宁对他认准的事，也不乏不计后果坚持到底的勇气，这大概就是幼年时即已形成的“犟牛”脾气吧。据南开大学化学系教师周永洽同志回忆，当“浑水流变性质”课题被强行“下马”时，他不得不顺从了有关方面的“命令”，钱宁却赶到实验室和他进行了一次怒气冲冲的谈话。一向温文尔雅的钱宁一反常态，厉声责怪他不该退了下来，说：“只要你能坚持，我就敢承担全部责任。”钱宁是那样的激动，用力挥动着手臂，以至于把桌上的一盏台灯碰倒在地，跌得粉碎……

尽管经历了一段坎坷曲折的道路，但钱宁回忆起他在黄河下游度过的两年零三个月的日日夜夜，总要流露出一种说不出的自豪感与无限神往之情。这确实是钱宁研究生涯中最值得珍重的岁月。不仅仅因为他在治黄事业中初试锋芒，为他以后的研究奠定了基础，对于钱宁来说，也许更为重要的是思想境界和科研境界的升华。在这两年零三个月里，他走出了自己所熟悉的书斋，和成千上万人一起奋战在黄河这个大实验场上。对于他来说，这是一次新的尝试，一个新的世界——过去爱因斯坦所强调的“实验”也只限于实验室范围。钱宁由陌生到逐渐习惯，最后在有了自己的发现与体验以后，获得了新的升华。他意识到，对于治理黄河这样复杂的工程问题，单靠少数人工作是不够的，需要调动千军万马来协同作战。在他从实践中得出了“重大的生产任务是推动科学研究的强大动力”的结论以后，对于诸如“什么是理论”、“理论与实践的关系”这类曾使得许多人为之困惑不解的问题有了自己的独到认识，并逐渐形成了自己的一套研究路子。他一再告诫不要把理论看作是纯粹的数学推导，而是从实践中得出的客观事物的规律，即使尚未形成公式，也是理论。他重视实测资料分析、物理模型试验与理论计算三者的结合，分析问题着重物理概念，从现象到本质，寻求泥沙运动的规律性。他强调要有一定的理论贮备，高瞻远瞩地抓住理论研究的生长点，进行基本理论的开拓，反过来指导、推动实践的发展。如果说1955年钱宁刚刚回到祖国时，仅仅有一个“要走自己的路，发展自己的理论”的总体构想，那么现在，经过在黄河上的摸索、实践，这条“自己的路”就越来越清晰地展现在他的面前了。钱宁当然知道，前面的路还很长很远；但科学家的敏感与求实精神使他确信：他已经走上了一条正确的道路。

放眼黄河中游

1961年至1964年，钱宁继续坚持科研与治黄实践相结合的方向，以三门峡水库降低水位运用及水库工程改建为中心，进行了大量有关泥沙问题的研究。1964年底，周恩来总理亲自主持召开了治黄工作会议。会上围绕用“排”（下游泄洪排沙）还是用“拦”（在三门峡以上黄河中游干支流兴建水库）的办法解决三门峡枢纽工程的后遗症问题，展开了激烈争论。钱宁在会上代表水科院河渠所及黄委会科研所作汇报发言，周总理笑着插了句话：“我听出来你的下江口音，你是个下游派吧。”钱宁一时语塞，头上冒汗。总理笑道：“你可不要紧张，我这是给你开个玩笑。”在会议总结中，总理语重心长地说了一番话。总理指出，在考虑黄河治理时“上中下游要兼顾”，“不能只想一方面，不能只顾下游，不顾中游”，并且把它提到哲学指导思想的高度，谆谆告诫说：尽管黄河问题“从1950年就摸起”，但“很多领域我们还没有足够的认识。我们以为自己已认识了很多规律，但实际还有很多问题没有看清。认识了一些，又发现一些新问题”。周总理反复强调，要全面掌握黄河的规律，进入科学的自由王国，就必须学习马克思主义哲学，自觉地运用辩证唯物主义思想指导研究工作。

周总理这番高瞻远瞩的讲话，特别是那种为全民着想的思想，给钱宁极大的激励，使他陷入了沉思，他为自己没有尽到一个科学家的责任，未能尽快地全面掌握黄河的规律而自责。周总理的讲话为他打开了一个新的世界，在他面前树立起了“向科学的自由王国进军”的目标，使他产生了不可遏制的创造欲望。1965年，跃跃欲试的钱宁再一次来到郑州，和黄委会的同志一起，研究以三门峡工程改建为中心的治黄规划，钱宁负责基本资料及基本规划组的工作。不失时机地把研究工作的重点转向黄河中游，对钱宁来说这是向治理黄河的“自由王国”的一次突进。

钱宁首先着手“黄河中游粗泥沙来源区”的探察研究。早在1959年底，钱宁在调查花园口枢纽施工中挖掘出来唐墓时，就发现历史上淤积下来的泥沙比黄河河床床面的泥沙粗得多。这一现象引起钱宁的极大注意，回到郑州以后，他就设法广泛收集各处河床钻孔的资料，发现淤积在河床深处的泥沙，果真都要比表层的泥沙粗。按照20世纪50年代的水文资料统计，年平均粗泥沙来量约三亿至四亿吨，占黄河下游总沙量的五分之一。看来防止黄河下游淤积恶化，主要应控制这部分泥沙，由此而触发产生了“在黄河中游黄土高原是否存在比较集中的粗泥沙产区，可作为水土保持工作重点”的最初设想。这一设想为揭示黄河下游淤积的根源，从而寻找治理办法，提供了新的可能性。钱宁预感到这将有可能是决定治黄全局的一次攻坚战。在他的建议下，调集了有关水文站网工作的同志，重新分析了以往的测流取沙资料，绘制出黄河中游的全沙和粗泥沙输沙模数等值线图。他亲自带领黄委会的同志和南京大学地理系部分师生互相配合，分别查勘黄河中游黄土地区粗沙来源区。钱宁一行人硬是踏遍了陕北、晋西和陇东地区的山山水水，行程约两千两百公里。这是钱宁第一次查勘黄河中游地区。他白天踏遍山谷河滩，认真查问，深夜还要在灯下记载自己的观察与感受——

7月19日在横山水文站：

车过响水堡，即自峡谷区进入另一个广大平原。这里的河流与绥德、米脂一带不同，滩槽高差很小，只不过零点五米左右，堆积游荡的特性更为鲜明。河谷虽然很宽，但滩地都是不能耕种的心滩或边滩，只在河谷两侧，有很窄的两条耕地，已经水利化。群众一般不住在滩地上，都住在山腰的窑洞内。在波罗看到滩坎完全是沙，没有抗冲性。水很浅，可以涉水而过。

7月20日自横山去靖边：

芦河河谷十分漂亮，已全部水利化，一片葱绿，而且栽培树木很多。芦河下段是弯曲的，河身宽三十米左右。群众有裁弯取直，与水争地的习惯，并避免河流淘刷滩地。但裁直后的流路多沿左岸黄土陡坡，引起大量坍方，增加了不少泥沙，并有堵塞河身，使裁弯归于失败的危险……

在杨桥畔以下，又进入一个更大的峡谷，落差很大，峡谷狭窄不能容身，气象万千。

7月23日下午自靖边至定边：

自靖边至定边已进入平原，北岸远处有垒垒沙丘，南岸则有起伏和缓的黄土梁，而沿着公路两侧则全是农牧地，一片苍绿，远处可以看到海子，水色发蓝。

……近定边处开始见到长城，这一带城垣较矮，但保存较好。安边定边均有围城。

7月24日自定边至银川：

过定边后，才真正进入荒漠区，但裸露的沙丘不多，一般都有覆盖。不断见到类似蜂窝状的地形，乍看时像坟场，一个个坟包直径约一二米左右，均已为植被覆盖。这一带地下水估计含盐分较多，所以没有开垦的，也很少见到放牧，基本上荒无人烟……从定边向西，已看不到长城。

7月28日自青铜峡去中宁：

自青铜峡至吴忠均为灌区，作物生长良好。过吴忠未久，即入荒漠区，可以看到发育在荒漠中的干沟。这些沟因地面高差小，故切割均不深，但坡度陡立，土质疏松，暴雨形成山洪时，仍会挟带大量泥沙。自荒漠区下坡后即进入中宁平原，沿黄河两岸已渠化，是宁夏另一个粮仓。中宁盛产枸杞，是一种补药，在国外销路极广，经济价值高，据说只有用清水河的水灌溉的才生长良好。枸杞高一点五米左右，很像矮小的垂柳，果实成卵形，带红色。种植枸杞，需要用豆饼做肥料。

7月31日自张家湾去固原：

过李旺后，河谷收缩最窄，但向上游看去，又不断放宽，至固原已是一塬地，地面非常平坦开阔，由于六盘山的关系，局部雨量较多，农作物生长非常茁壮，与同心、长山头一带形成鲜明的对比。自张家湾以上，可以看到山坡均呈淡红色，说明这一带新黄土覆盖不厚，老黄土大片出露。自七营至张家湾地区右岸为切割较烈的黄土丘陵，均是泥沙的主要来源。但总的印象是清水河干流没有剧烈下切，左岸丘陵相对高差远不如陕北地区，切割程度因之较弱。

固原是塬面上、塬周有深沟切入，但沟壁植被较好，公路旁见到的深沟头已有谷坊保护……当地习惯在麦收以后并不急于打场，先将麦堆成小垛，有空时再陆续打场。一方面与当地地广人稀劳力不足有关，另一方面也说明农村生活还过得去。

8月1日自固原去平凉：

穿过六盘山。六盘山头已全部绿化，沿路生气盎然，与陕北光秃黄土丘陵形成鲜明对比。山坡上也有耕种的，但因坡度较缓，多已做成梯田或有地埂。时常见到梯田成片，不若陕北梯田只是零星点缀。植被好，肯定与六盘山地区局部地形造成雨量充沛有关。有不少山头均是基岩，岩石有的是灰白色的砂岩，有的则呈暗红色，但也见到有黄土覆盖的。

查勘时麦收尚未全部结束，莜麦正值生长期，呈带灰蓝的绿色，有时与黄色的麦田及绿色的马铃薯田相间，远远望去，色彩调和，蔚为奇观。这一地区人口密度较大，有时可以看到沿着山坡村庄相接……

8月2日自平凉去巴家咀：

自平凉至泾川，公路沿泾河而行。这一段泾河也具有弯曲的外形，河身不齐，滩上主要为砂及黑色的小砾石，在河岸剖面上，可以看到有一层夹黑色砾石的沉积物，说明滩面上的小砾石不是就地来的……

8月5日查勘南小河沟：

……塬面沟壑各占一半，泥沙主要来自沟壑。沟坡崩塌严重，谷坡上出露红色土，风化十分严重，每年可风化零点二米，坡陡，作物不易着根，遇水能膨胀，常产生侵蚀现象，这样的坡面每平方千米可产生泥沙十万至三十万吨，黄土厚，地下水多的地方易产生滑塌。每隔五六年常出现连续降雨或暴雨，将过去在沟床中积累起来的泥沙一下子带走，亦即每隔五六年有一次较大的水土流失。连续降雨加一次大暴雨，泥沙流失占九年总量的百分之三十五。

8月7日由镇原去庆阳：

在镇原县址过茹河，这里河谷更是开阔，车过时滩面上砾石不多，河滩地未加利用……在江口处有北石窟寺，系北魏时所建，一部分石洞内犹保留有完好石像，最高有达四米的。

8月9日自巴家咀至环县：

庆阳以上沿西川至环县，车行河边，河谷与大理河十分相似，两岸为黄土丘陵，丘陵顶上系残塬，丘陵比较连续，比梁还要更长一些，沿岸很少见到支沟，黄土坡上右岸（阴坡）植被覆盖较好，左岸很差。河谷川地已全部耕种，主要作物有高粱、玉米、小米及瓜类，滩地上没有村落，老乡均在旁坡建窑洞。

8月16日回到郑州。

透过这一页页真实而生动的记录，展现在人们面前的，岂只是黄河中游地区的河床地貌！这里的自然风光，连同人文历史、社会环境，尽收入钱宁的笔下；他深情关注的不仅是水情、沙情，更是国情、民心，真正使他牵肠挂肚的是生长于斯、发展于斯的黄河子孙——农民——的境遇和发源于此的整个民族的命运。直到这时，钱宁才感到自己开始能触摸到“黄河母亲”脉搏的跳动，并且将自己的命运与黄河两岸父老兄弟的命运紧密地联系在一起。资料分析与现场查勘的结果更是令人振奋：终于弄清楚了黄河中游产沙最多的地区（输沙模数大于一万吨／平方公里·年）有三片，即晋陕间支流区、广义的白于山河源区和六盘山河源区。而在这三片多沙区中，只有前两片同时是粗泥沙的产沙区，后一片的泥沙则比较细。这样，一方面明确了为害黄河下游的主要是粗泥沙，另一方面又查清了在黄河中游确实存在粗泥沙比较集中的产沙区。在研究思想发展的链条中，现在只剩下一个中间环节：淤积在黄河下游的粗泥沙是否一定来自中游粗泥沙集中区呢？这当然还有待证明，但胜利的曙光确实已依稀可见了。

钱宁同时不失时机地将“高含沙水流研究”推到黄河研究的前沿：1963年、1964年连续两年汛期，钱宁都组织水科院河渠所、黄委会科研所、黄委会水文处的同志，在黄河中游的渭河南河水文站及无定河丁家沟水文站进行黄河高含沙水流的野外观测，首次取得了比较完整的实测资料。黄委会科研所并尝试进行高含沙水流的水槽试验。初步研究分析得出了“含沙量愈高，泥沙愈粗”的认识。由此而开始把高含沙水流来源区和粗泥沙来源区联系起来。“高含沙水流研究”的初步成果，使钱宁更加坚信，黄河泥沙的特殊规律和研究将有助于进一步阐明泥沙运动的一般规律，通过研究黄河典型游荡性河道的特性，将推动一般性河床演变规律的研究。在钱宁的研究蓝图里，这将是把黄河泥沙研究引向高层次的必要的理论储备，是自觉地运用唯物辩证法关于一般性和特殊性辩证关系的思想指导泥沙研究的一次重要尝试。

此时的钱宁，确实很像运筹帷幄的将军，正酝酿着调动千军万马，向千万年为害黄河的泥沙主动出击。

魂系黄河

1966年“史无前例”的政治大风暴开始。钱宁第一个被打成水科院的“反动学术权威”，大字报铺天盖地而来，一夜之间，钱宁的一切蓝图、计划，全成泡影。

钱宁对此毫无思想准备，他目瞪口呆，不知所措。当参加“四清”的夫人从外地赶回家里时，钱宁对她说的第一句话是：“维瑶，我对不起你了！”他只是预感到大祸临头，却不知缘何而来；在科学王国里自由驰骋、指挥若定的钱宁，在政治上却是如此的幼稚、天真，他不可能理解眼前发生的一切。无情的现实也不容他思考：一群人突然闯进他的家中，大肆搜查，说是扫“四旧”，却只拿走了他多年收集的唱片。气氛越来越紧张，有一天，钱宁突然问他视为“掌上明珠”的爱女：“沁沁，要是有人斗爸爸，你去不去看？”孩子一时懵然，不知如何回答才好。那天下午，钱宁特地带了女儿去颐和园，照了不少相，孩子觉得玩得很尽兴，钱宁却不曾说一句话。几天以后，钱宁果然被“揪斗”了。当他低头看见挂在颈上的黑牌上的罪名竟然是“美蒋走狗”时，他既气愤，又感到可笑，心里反而有了“底”：这历史的“荒诞剧”难道会永远地演下去吗？但后来当他知道自己受审查、揪斗的真正原因是当年积极争取回国被怀疑是“别有用心”时，他才真的困惑并且愤怒了。“过去”一幕一幕地重现在眼前：同学们秘密串联；美国联邦调查局特工人员的威逼利诱；重踏故土时的喜悦；难忘的“十一”之夜……他不愿，也不敢相信，在共和国的土地上，会如此是非颠倒，黑白不分，爱国竟然有罪？！有时候，他甚至觉得这不过是一场“误会”，一切都会恢复如常。关在“牛棚”里，钱宁终日苦苦思索，夜不能眠。夫人送去安眠药，钱宁却全部扔掉，唯恐自己因一时想不开而走上绝路！但当他冷静下来环顾四周，却发现同时关进“牛棚”的，竟然还有为新中国流过血的党的老干部，他这才猛然醒悟：自己所面临的是一场全民族的灾难。他倒反因此镇定下来，中国知识分子从来都是时刻准备着，与自己的祖国、民族、人民共患难的。

从“牛棚”里放出后，钱宁到了平与干校。同志们在回忆他这一段生活时，总是说：“人家劳动悠着干，他是那样地卖命干。”人们哪里知道，钱宁是在用劳动的艰辛来冲淡内心的痛苦。夫人前去看望他，见他背着沉重的农药桶打药，全身湿透，两眼通红，便心里说不出的难过，悄悄流下了眼泪。钱宁却反过来安慰夫人，并偷偷告诉她：劳动再苦也能熬过去，唯一不能忍受的是被剥夺了研究黄河的权利。钱宁又不知做了多少“黄河梦”，思念过甚时，就和当年奋战黄河的“老战友”一起回忆往事，连一些日常琐事也谈得津津有味。一次，一位“战友”被派往郑州和三门峡去接洽打井与推土设备，钱宁甚至“嫉妒”他得了这份“美差”。当这位“战友”出差归来，钱宁又立刻赶去打听黄委会和三门峡工程的情况。看着他那渴求工作的神情，“战友”心里一阵辛酸，只得安慰他说：“老钱，黄河还在盼着你去呢。”钱宁却高兴得孩子似的大笑起来。他确实相信会有这一天的！他相信人类要知识，科学要发展，社会要进步——对此他一天也没有怀疑过，可以说历经磨难而信念弥坚。

但等待着他的“命运”，却是水科院被强令解散，他自己也被下放到山西忻县。在突然而至的打击下，钱宁首先考虑的是，即使到了山西，他也要工作！离开北京时他把大部分藏书，其中有不少是他苦心收集的文艺书，作为废纸卖了，只留下了必不可少的业务书。同时带走的，还有他的《泥沙运动基本规律》的文稿——这是他的“生命”。后来他说，他从“牛棚”里放出来做的第一件事就是回家看文稿是否还在；说这话时，他禁不住流泪了。在忻县，每逢打开箱子，看见文稿，总不免感慨万千，难道自己科学研究心血的结晶，就永远只有压箱底的命运吗？想到自己正当盛年，却不能再为治理黄河尽力，钱宁焦灼难忍，痛心至极！

1966年至1973年，整整七个年头，在钱宁的黄河泥沙研究历史中，竟然一片空白。这一“惩罚”，对于他，是过于残酷了。但黄河已经渗透了钱宁的心血，他不可能离开黄河，即使身在异地，也依然魂系黄河。

这是埋在心底的痛苦与渴求，几乎没有留下任何文字的记录。但给我们留下了深深的回忆——

> 1970年钱宁下放到山西忻县地区水利局……没有料到有一天他竟然向我提出这样的请求：你能不能想法子把我调到吕梁地区去？我大吃一惊，反问道：忻县地区天天吃高粱面，生活就够艰苦的了。吕梁地区比忻县地区还苦，你干什么要调到那里去？他说：“那里能看到黄河，能为黄河多做些事情。”（录自曹素滨：《深切怀念钱宁同志》）

“那里能看到黄河”，没有比这句朴素的语言更能显示钱宁那颗金子般的心了。我们也无须再去搜寻别的材料，这一句话就足够了。

黄河母亲呵，你应该为哺育了这样的忠贞儿女而感到自豪！

为了部分地满足钱宁的愿望，在有关部门的安排下，钱宁应邀到运城地区芮城县黄河大禹渡水电站，指导沉沙池设计与模型试验。那是个炎热的夏天，为选择一个合适的引水口，只见钱宁在黄河岸边爬上爬下。有一个两米多高的陡崖，下面不远就是黄河的湍流，他也毫不胆怯地爬过去。虽经艰苦跋涉，他汗流浃背。钱宁心里却感到说不出的舒畅，他终于见到了朝思暮想的黄河，单那滚滚的涛声就足以使他心醉了。

对于一个决心报效民族与人民的知识分子，任何力量都不能割断他与祖国大地的血肉联系，他总能找到自己的“岗位”。钱宁被下放到山西忻县地区，几乎是放下行装，就投入到当地水利建设中去的。他在忻县地区工作两年零三个月，就为当地人民做了两件大事：在极端困难的条件下，进行阳武河灌区沉沙池模型试验，在试验基础上，修建了导沙、排沙工程和沉沙池工程，半年之内就解决了灌区七万亩耕地泥沙淤积的问题；参加省、地、县滹沱河治理方案考察组工作，徒步五六百里，并且亲任工程组组长，深入现场指导滹沱河疏浚工程施工，历时一年多，对忻县、定襄和五台三县沿河两岸二十余万亩盐碱地、下湿地的排水改碱起了积极作用。随着河道的逐年治理，水流归槽，大片滩地变成了良田；饮水思源，人们总要提到钱宁的名字。在钱宁亡故一年之后，他的夫人来到了他曾工作过的地方，人们还向她侃侃而谈钱宁为当地水利建设作出的贡献。尤其难忘的是钱宁艰苦朴素、忘我工作的精神。当地科技人员和群众谈起当年钱宁身穿蓝布老羊皮大衣，背着挎包，沿着积雪的卵石河滩蹒跚而行，千里长途跋涉的情景，总要流露出无限怀念之情。“钱宁与第一书记争论”的故事也还在当地流传：在规划滹沱河的治导线时，钱宁与当时山西省第一把手一起查勘滹沱河。那时流行一种“让河水走直路”的观点。不管治哪条河，治导线都定成直线。那位第一把手认为滹沱河也应裁弯取直，钱宁根据“河性至曲”的科学原理当面说明了自己的不同意见，坚持河道应是弯路。据钱宁事后回忆说，那时真是硬着头皮提出自己看法的，在那种政治形势下，确实是有点冒风险。但钱宁“坚持真理”的科学精神深受人们的敬仰并传为佳话。尽管身处逆境，钱宁仍然把他的智慧与才能献给了在困难时接纳他的山西人民。凡为人民做了好事的人，人民将永远记着他；钱宁留在海河流域滹沱河青山白水间的历史足迹也将永存人间。

向病魔争分夺秒

1979年8月，钱宁应有关方面之请，到内蒙古、辽宁指导工作。

6日下午，钱宁从北京到达赤峰。当晚，参加“红山水库淤积上延问题学术讨论会”预备会。

7日晨，驱车一百八十里，来到红山水库及淤积三角洲的尾部进行现场考察。

8日，早饭后即到大坝码头，本拟乘船去上游察看水草阻淤现场，因风大，又返回驻地，改乘汽车到水库上游左岸太湖山卡口处察看。晚间返回赤峰。

9日上午，参加讨论会开幕式。10日下午，听大会发言。利用晚间及分组讨论时间，查阅了红山水库设计文件、水文泥沙观测资料，认真地做了笔记，并与有关论文作者个别交换了意见。

11日上午，作关于红山水库泥沙淤积问题的报告。下午5时，乘火车离开赤峰，于次日晨7时抵沈阳，下午2时动身去盘锦。当晚即听取营口市水利局双台子河闸管理处关于大闸上下游淤积情况的简要汇报。

13日，早饭后，到盘山码头乘船，出河口，往返行程二百多里。沿河观察冲淤和人工挖、拖淤情况。船到老鸦窝，适逢落潮，搁浅。用小划子摆渡上岸，在苇塘地步行数里到公路上，才坐汽车返回盘山，已是晚八九点钟。

14日晨，先坐汽车到大闸上游二道河子、双台子河与外辽河分流处，察看来水情况，听取情况介绍。午间野餐后，又乘船顺流而下，沿途观察冲淤情况，多次靠岸，登堤看险工。

15日上午，钱宁在大会上作了《关于双台子河闸泥沙淤积治理意见》报告。下午即乘车返京。

半个月后，钱宁又匆匆赶往郑州，出席中国水利学会召开的治理黄河学术讨论会，并作了《关于黄河中下游治理的意见》的报告。会议中途发现血尿，但仍等会议终了才赶回北京检查，确诊为肾癌。这时，人们才猛然醒悟到，钱宁早已身藏隐患，可是他在辽宁之行中，竟十日之内，行走几千里，坐不宁席，席不暇暖，他是在以生命作奉献啊！回想起来，怎能不感到负疚与不安！——但这已经是无可挽回的损失了。

没有人能够确切地说出，在打击突然袭来的最初时刻，钱宁心里在想些什么。钱宁手术后住进肿瘤医院作放射治疗，见到夫人龚维瑶，第一句话就是："国家干什么要那么折腾啊？！我差点连一本书也没有贡献出来。"这撕心裂肺的一声呼喊，是震人心弦的。但当人们纷纷前来探视时，钱宁却对一位过去的助手说："但愿上帝再给五年时间，我就心满意足了。我打算做三件事：一是把我的书写出来，二是把国际泥沙中心在我国建立起来，三是把清华大学的一班人带出来。"时间已经排好，他决心与病魔争夺生命。平静的说话语气同样催人泪下。

在著名的泌尿专家吴阶平教授主持下，首都医院成功地为钱宁作了左肾切除手术。出院后体力稍有恢复，钱宁就开始修订三十年前在美国即已动笔的《泥沙运动力学》一书。仅仅为了完整地反映泥沙运动力学在环境科学和管道输送方面的应用，就在病中读了一两百篇文章。奋战了两度春秋，1981年底全书完稿。钱宁在序言中写道："回顾本书编写过程，握笔伊始，犹在华年；而今掩卷驻笔，竟已白发苍苍。三十年沧桑，经历了多少风风雨雨，此书方得以最后完成付梓……"无限感慨，尽在其中。

第一本书写完不久，钱宁正准备去巴西参加第十四届国际大坝会议，1982 年 4 月，在身体检查中，突然发现癌细胞已转移到肺部。面对病魔再度袭来，钱宁竟是那样镇定安详。他说：“我一生经历过三次大难关，第一次是“文化大革命”中被关牛棚；第二次是得了癌症；这是第三次了。”他没有倒下，几乎是毫不犹豫地又开始了构思已久的第二本书《河床演变学》的撰写。以后，钱宁回顾这一段写作生活时，这样写道：“我总是在病房里浏览文献，进行构思，出院后赶快写成文字，在与时间竞赛中忙忙碌碌，倒也感受到生活的乐趣，增加了我与疾病作斗争的勇气。”在轻松的语气中隐藏着的是严峻的事实：时时受着疾病折磨的钱宁此时执笔已有些困难，不若过去神速，为了加快写书的速度，只得由他自己一面喘着气，一面口授，录下音来，再由他人整理成文。为了抢在死神前面把书写出来，他每天坚持练气功。后来，走路都感到困难了，家人拿着小马扎跟在后面，走几步，让他坐一会儿，再继续往前走。一些同行、好友回忆，大约在 1983 年夏，同时收到钱宁寄来的他珍藏的一些资料，大家都意识到钱宁好像有了什么不祥的预感。但钱宁似乎并不愿往深处想——直到最后，他仍然坚持“人总要存点希望才行”，因此，他总是向好的方面去想、去努力。据中国医学科学院肿瘤医院孙燕教授、冯奉仪主任医师回忆，钱宁常常对同院病人说：“悲观和悔恨是没有用的，要积极与医生配合，把病治好。多想想怎么增强体质，为接受治疗创造条件才是。”他自己也是这样做的，他宁肯忍受着化学治疗的反应，从不肯轻易麻烦医护人员。每次查房时，总是对医生说：“很好，没什么反应，该怎样治就怎样治。”他就这样以难以想象的毅力和积极乐观的精神，赶了两度春秋，终于在 1984 年 9 月，将《河床演变学》全书写成。这确实是一部呕心沥血之作。他半开玩笑地对医护人员说：“你们为我争取了时间，我已经把书写完了。我还能不能开始一个新的项目？”听罢此言，在座的医护人员都感动地流下泪来。

但时间已经不允许钱宁写完他计划中的第三本书——《高含沙水流研究》。这是钱宁"发展自己的理论"的理想的结晶。20 世纪 50 年代回国初期，他就提出了这一研究课题，并作了技术准备；60 年代，他组织有关同志进行野外观察，首次取得比较完整的实测资料；"文化大革命"中他进牛棚，上干校，下放山西，没有可能再问津这项研究，但他仍然利用春节回家探亲的机会，从河渠所堆得乱七八糟的资料柜里"偷"出野外观测资料，抄录下来，带回三门峡工地，一个人悄悄躲在单身宿舍里进行计算、分析，1977 年在兰州泥沙会议上，他竟奇迹般地提供了《西北地区高含沙水流运动机理的初步探讨》的论文。70 年代后期至 80 年代，他在清华大学组建泥沙研究室，修建泥沙馆，首先开展的基础性研究，即高含沙水流研究。钱宁高瞻远瞩，全局在胸，精心安排了各项研究课题，短短几年内就取得了可观的成果。以后，钱宁指导的清华和水科院的研究生中，有五个人的题目都是围绕高含沙水流进行的。通过一个又一个研究生的接力，愈来愈深入地发掘出高含沙水流的本质，提出了一个又一个重要的新概念，在这个过程中，锻炼出了一支实力雄厚的后备研究力量。在丰富的实践经验基础上，钱宁的理论不断得到深化。他曾预言管道固体输送、泥石流、海岸浑浊流、高浓度异重流的运动规律都可以用高含沙水流运动机理统一起来。以后发现的许多现象证实了他的预言，为高含沙水流研究展示了新的前景。钱宁和同志们商讨，及时地提出进行理论总结、写成专著的任务，此时钱宁身体已伏下更大的危机。他仍勉强写下了《高含沙水流的物理性质、运动机理及生产中的应用》，作为全书编写提纲，并开始着手撰写部分章节，而由清华大学水利系泥沙研究室同志编写其他章节。可惜由于等候一位研究生的实验结果，由钱宁执笔的章节未能完稿，竟成了永远的遗憾。1989 年此书终于在钱宁逝世三周年之际出版，算是一个迟来的纪念。

钱宁毕竟以他的重病之躯为后人留下了总共一百八十万字的辉煌巨著。据同行评价，这些著作“具有较高的理论价值”。尤其《泥沙运动力学》“继承与发展了 H.A. 爱因斯坦泥沙运动力学理论体系”，国际水力学会前主席肯尼迪教授誉之为“学术上和治河工程中的一个里程碑”。《河床演变学》“为我国的河流动力学与地貌学结合研究河床演变的开拓起了重要作用”。结合黄河特点进行的高含沙水流运动机理的研究与论述，更处于世界领先的地位。《泥沙运动力学》并获得了 1983 年全国优秀科技图书一等奖。

对于钱宁，这些心血凝成的科学著作仅仅是他功留青史的开始，也只是他对祖国与人民的一点赤诚的奉献。然而，钱宁已经完成的巨著，正如一位同行专家所说的，“恐怕只是部分地实现了他的愿望。有些甚至已经成熟的构思，都还没有来得及写成文字，可能还有更多的东西仍处于构思阶段”。他的一位学生就谈到，钱宁在一次讲课中，曾提出他的新的设想：将泥沙运动力学的理论与地质学中的沉积学相结合，发展一个新的学科——动力沉积学，并表示自己今后将致力于这一学科的研究；这显然是钱宁开拓科学发展生长点、推动边缘学科研究的又一个新的战略目标，而这样的“目标”，在钱宁胸中的研究蓝图里很可能不止一两个。现在，钱宁过早去世。留下了永远的遗憾。

“我的心始终没有离开黄河”

疾病仍在暗暗严重威胁着钱宁的生命。

钱宁自己很清楚地意识到这一点；1984 年——在与癌症搏斗了五个年头以后，他在给中学时代的一位老友的信中写道：“年轻时读过一首诗，并未引起深思，现在方能领会到其中真正含义。那几句诗是：

吾伸双手向生命的火焰取暖
火焰渐低
吾依依不舍！

如今家里盆花开了，会带给我巨大的欢乐；听到楼下孩子因母亲责打哭了，又会带来无名的惆怅……”

钱宁确实依依不舍，他满怀着生的留恋。清晨，他在清华校园的荒岛上练气功时，看见山坡上长满了美丽的野花，会不由自主地发出欣喜的微笑；体力稍有恢复，就想到公园去。重病期间，他先后去过中山公园、颐和园、圆明园。最后一次进北京医院做手术前，他和他的老伴龚维瑶，在颐和园留下了一张合影：夫妇俩坐在长椅上，笑得是那样地开朗；人们认为他们在享受着生活的欢乐，绝不会想到他们正在迎接死亡的挑战——此刻钱宁的病情已濒临绝境。

但钱宁还要顽强地作生命的最后冲刺。

他问前来探视的水电部钱正英部长：两部著作都已写成，现在再干什么呢？——钱宁显然在寻求新的生存目标。

面对着他日益衰竭的身体，钱部长能作什么建议呢？只能把这个问题留给他自己考虑。

后来，钱宁的夫人告诉钱部长，他已在关注长江三峡的泥沙问题了。

钱宁当然知道作出这样的选择的分量与意义。后来他告诉他的弟弟，在三峡工程问题上存在着激烈的争论，卷入这一争论中是要冒风险的：如果意见正确，固然会造福于民族、子孙后代；一旦发生失误，就会“一失足成千古恨”，个人的学术名誉将毁于一旦。以他现在的地位、身体状况，大可不必介入，但要为民族作最后奉献的强烈欲望促使他挺身而出。

钱宁选择参加三峡枢纽工程论证工作作为自己一生所做的最后一件大事，这再一次显示了他的胆识，和他对祖国、人民的忠诚。具体着手工作时，钱宁的态度又是极其谨慎和认真的。从1984年第四季度到1985年初，钱宁以抱病之身，用了几个月的时间，分析三峡泥沙研究各方面的成果及存在的问题，找有关同志谈话，了解情况，常常一谈就是两三个小时。在钱宁逝世后，整理他的遗物时，还发现在他的一个笔记本里，详细地逐条摘抄了持不同意见的同志的论点与论据。在经过充分准备与长时间的思考以后，钱宁于1985年初，冒着病情加重的危险，参加了武汉三峡泥沙协调会议，发表了长篇讲话，对于有分歧的问题明确地表示了自己的意见。钱宁高瞻远瞩、有理有据的谈话给与会者以极深刻的印象，被认为是有关长江三峡泥沙问题的一篇重要文献，而这竟是他最后一次公开演讲。以后，他又抱病出席了在北京召开的国务院三峡工程筹备小组第三次（扩大）会议，国家科委三峡泥沙和航运论证会，发表了重要意见。1986年7月，病情日益恶化，钱宁自觉不支，突然约请钱正英部长谈话，钱部长以为他将托付后事，不料钱宁只字不提私事，竟是针对围绕三峡工程的各种议论，郑重、系统地陈述自己的意见。接着，钱宁又指导清华大学有关同志写出《长江三峡枢纽工程的几个泥沙问题》的长篇论文，这是钱宁署名的最后一篇科学论文，也是这位中华赤子对祖国与人民的最后奉献。

当钱宁关注着长江的百年大计时，他收到了一封远方来信，这是广东的朋友们写来的，他们期待着钱宁“在荔枝成熟的季节，来广东疗养，品尝你最喜欢的岭南佳果……”这封信把钱宁的思念引向南国的珠江，他多么渴望再度亲自到那里去查勘，搞清珠江形成网状河型的原因，充实他的《河床演变学》的有关内容。这封信更勾起了钱宁多年埋藏于心底的愿望：几乎是从他立志于献身水利事业之日起，他即梦想着走遍祖国的所有水系，他的“现场查勘记录本”中还留下了多少空白！……

但最令钱宁梦牵魂绕的，还是黄河——那是他的心爱，他的基础，他的立足之地。

他参与起草给中共中央书记处的《关于加速根治黄河的意见》里，强调“对水土保持和支流治理的减沙作用不能期望短期见效，在估计上要留有余地”。在钱宁最后几年发表的文章、内部通信、意见书里，他一再表达了要因地制宜、因势利导地开展水土保持工作，否则就会造成盲目性的思想。他留给后人的最后一个告诫是：“我是一个水土保持工作的积极支持者，但在战略决策上，我认为对困难要有足够的估计。至于根据一时一地的资料，推断黄河泥沙可以通过水土保持在较短时间内大幅度减少的结论，更是应该慎重为好。”这是钱宁那一代人用生命与血汗换来的历史经验：几十年来因对黄河泥沙问题严重性估计不足，盲目乐观，付出的代价实在太大了。

钱宁在病中念念不忘的还有他治黄战线上的“老战友”。1985年夏天，他在与黄委会水文局的同志讨论“黄河中游水土保持减沙分析”的研究工作时，黄委会的同志谈到“我们的做法很粗，只能勾画出黄河减沙的轮廓”时，钱宁说：“在科学研究中，会用细的方法难得，会用粗的方法也难得。在工程规划中，用粗的方法分析，能够较好地概括全貌，从宏观方面看出问题，这对你们工程技术人员是可贵的；用细的方法分析，能够较好地揭示事物的机理，这是博士研究生干的事，不是你们的优势。”这一番关于发挥各自研究优势的精辟见解，何止是研究方法的议论，这是钱宁对黄河研究队伍的一个概括，一种估价：长期直接与黄河打交道，培养了粗犷、质朴的气质，宽阔的胸怀，善于宏观把握事物的研究风格与气势。就在这概括与估价里，渗透着钱宁对黄委会的同志们的无尽的爱与期待。他是多么渴望与这些老伙伴们继续奋战在千里黄河上啊！……

钱宁在重病中，思考得更多的，还是治黄研究道路，似乎在酝酿着某种突破。在他的一篇文章和写给一位同志的信中透露了其中一部分消息。他写道："过去，在水土保持工作中长期存在治坡与治沟之争，现在表面上虽统一为'沟坡兼治'，但据我多次在黄河中游查勘所见，甘肃和陕西的做法显然是不一样的。前者以治坡为主，后者以治沟为主，这和两个地区自然及社会经济条件的不同有很大关系。水土保持工作究竟在多大程度上要受自然地理条件和社会经济条件的制约，在这些制约不可避免的条件下，我们又应如何因势利导地开展工作，这些都是亟待探明的问题。不然，我们的水土保持规划就会有一定的盲目性。"他表示："我对这个问题有很大的兴趣，也有志于从事这项工作，可惜因为身体关系，我已经力不从心了。"可想而见，在钱宁选定的下一个研究目标中，将出现社会科学向自然科学的渗透，出现"认识世界（黄河及黄河流域）"与"改造世界（黄河与黄河流域）"之间更高层次的统一与结合……

很难说出钱宁在他生命的最后一段旅程中，对黄河的思虑有多么宽广、深厚。1985年，钱宁用颤抖的手写下了《"黄学"研究前景广阔》一文。他写道："黄河流域是中华民族的摇篮，在这里，孕育形成了世界上最光辉灿烂的文化"，"长期以来黄河又成了中国人民的灾难"，"世界上任何一条河流也没有像黄河那样保存有如此浩瀚的历史背景材料，这是列祖列宗传给我们的一份珍贵的遗产"，"要充分利用近代科学的知识"来进行总结，并把它"提高到哲学的高度"。他接着写道："黄河泥沙之多是举世闻名的，正是由于这一点，使黄河从坡面到沟道到河流到河口，都有其一系列的特殊性。黄河的这些独特的性质，一方面为开展科学研究创造了得天独厚的条件，另一方面，阐明了这些特点的物理本质，也就将大大推动学科的发展。”文章结束了，钱宁仍觉得意犹未尽，又提笔写下了一段文字——

“在人文科学的领域里，由于曹雪芹的不朽名著《红楼梦》，激发起几代人的兴趣，出现了大量有关作者生平考据及艺术价值剖析的论著，形成了一门脍炙人口的‘红学’。如果在自然科学领域里，大家都来研究黄河，形成一门‘黄学’，从此‘红学’‘黄学’相互媲美。今天提出这样的希望，也许还不是没有一点基础吧。”

这是钱宁心中为“黄河研究”绘制的蓝图里的神采之笔！他在“黄河”及“黄河研究”里，发现了浓郁的诗意，深厚的文化，他由此而领悟了自然科学与人文科学的内在的相通，他对“黄河”的理解与把握就进入了“化”的境界。钱宁一生酷爱自然科学与文学，尤其视黄河为生命，他对《红楼梦》的迷恋也是少有的。在他生命垂危之际，终将“黄学”与“红学”沟通，表现了对更高的理想境界的一种追求，也表现了他自身内在的浪漫主义气质，他青少年时代的“黄河梦”与“文学梦”于此达到了完美的结合，他的学术与生命都得到了富有诗意的升华。这是很少有人能够达到的，是十分动人、又令人羡慕的。就这一点说，钱宁是幸福的。然而，就从“黄学”与“红学”互相媲美这样的极富想象力的构想里，人们才猛然意识到钱宁身上还蕴藏着多么巨大的潜力！这真是“千古文章未尽才”，人们不能不为钱宁，为无数和他类似的知识分子，为我们多灾多难的民族而惋惜、哀哭！

而钱宁本人却是平静的。1986 年 6 月，他应《黄河报》编辑部之请，写了《我与黄河泥沙研究》的短文，这是他最后一次写“黄河”。在回顾他三十多年的黄河泥沙研究生涯后，他用一句极其朴素的话结束——

“我的心是始终没有离开黄河的。”

回到黄河母亲的怀抱

1986年12月12日，在北京八宝山革命公墓礼堂向钱宁遗体告别，闻讯赶来的好友、学生有六百人之多。

12月22日上午11时。郑州花园口黄河大桥上。

天地是如此的静穆。

黄河缓缓向东流去。

夫人龚维瑶在黄委会的代表以及钱宁的学生、友好的陪同下，肃立在寒风里。

钱宁的长子、胞弟将钱宁的部分骨灰撒入黄河……

钱宁的生命之躯终于融入中华民族的伟大摇篮——黄河的滔滔水流之中。

1987年7月1日初稿

1990年1月21日再修改

（本文在写作中曾利用了《纪念钱宁同志》一书的许多材料，恕不一一列举作者姓名；在此，一并向有关作者致谢。）

钱宁学术思想与教育思想概述

钱宁作为享有世界声誉的我国泥沙科学研究的先驱者，中国科学院院士，清华大学的著名教授，是一位具有深湛理论修养与开拓精神的科学家，同时也是一位有着自己的追求与丰富经验的教育家。他的学术思想与教育思想是留给后人的重要的思想资源与精神财富，急待深入总结与研究。本文仅根据先生的部分论述与他的同行、学生的回忆，作一个简要的概述。

一　注重理论、试验和现场查勘三结合的治学道路

国际泥沙研究培训中心顾问委员会主席、水利水电科学研究院前院长、钱宁的挚友林秉南教授在《学者、工程师、组织者的钱宁》一文中指出："他治学注重理论、试验和现场查勘三结合。"这是对钱宁治学道路与学术、教育思想的一个重要概括。

钱宁这一治学道路的形成，自有一个过程。首先是受到了他的导师、国际泥沙研究的权威 H.A. 爱因斯坦教授的影响。钱宁的同学、黄河水利委员会前总工程师龙毓骞先生在《爱因斯坦和钱宁》一文中，这样回忆说："50 年代初期爱因斯坦教授在从事教学之余，还经常受聘担任一些实际工程的质询工作。其中加利福尼亚州、工程师兵团密苏里分团的一些质询活动，钱宁都曾参与……1971 年在美国举行的纪

念爱因斯坦教授退休的一次集会的论文集中，有一篇爱因斯坦教授发表的即席讲话。在这个谈话中他指出应注意实验室工作和野外研究的结合，应注意将河流作为一个整体来考虑，以研究各种工程和措施对环境的影响。这一席谈话反映了爱因斯坦教授的学术思想作风和独特研究道路。钱宁不仅在学业上师承爱因斯坦，而且在学术思想、作风、道路上深受爱因斯坦的影响。他十分重视对自然现象物理图形的理解和描述，认为这是任何一个理论的必不可少的基础；他十分重视原型观测和调查研究，善于从实测资料进行去伪存真、由表及里、由此及彼的分析；他十分重视理论联系实际，为解决我国不少河流如黄河、长江、钱塘江、永定河、辽河、山西省河流的泥沙问题付出了辛勤的劳动；他十分重视与各部门协作，从规划设计到水文、地理、水土保持等实验研究部门都有他亲密的战友。到野外去，到实际工程去，这是爱因斯坦教授的名言，也是钱宁的座右铭。”爱因斯坦教授将钱宁视为自己最好的学生，这绝不是偶然的。

钱宁于 1955 年告别爱因斯坦回到了祖国，从 1958 年开始，亲自参加了治理黄河的实践。他走出书斋，和成千上万的人一起奋战在黄河这个大实验场上，对于他来说，这是一个新的尝试，新的世界，对他的老师爱因斯坦所提出的“实验室工作和野外研究结合”的道路也就有了新的认识。他经常对身边的年轻人说：“中国有那么多的泥沙问题，为我们提供了广阔的用武之地；中国有那么多众多的、各种类型的河流，而且在不少的多沙河流上修建了水库，发生着剧烈而迅速的河床演变，为我们更快、更全面地掌握河床演变规律提供了客观基础；中国重视野外观测，像中国这样积累丰富、完整的泥沙观测资料在世界上还没有。”（参看万兆惠：《他把自己的一生献给了泥沙事业》）因此，在他看来，泥沙理论研究与治河实践相结合，是从中国的国情出发，发展中国自己的泥沙研究的一条重要的途径。

钱宁在他的长期研究与实践中形成的这一治学之路，主要包括以下要点：

1. 钱宁在他晚年所写的《我与黄河泥沙研究》一文中，在“回顾四十走过的道路”、总结经验时，首先提出的是：“重大生产任务是推动科学研究的强大动力，我们一定要自觉地引导科学研究更好地与当前的治黄实践相结合。”仔细考察钱宁自身研究的发展，就可以发现，他的早期著作都是为解决治理黄河中所提出的问题，对实践经验进行总结，如《黄河下游冲淤特性的总结》《黄河下游游荡特性及成因的分析》《黄河下游险情分析》《三门峡水库修建以后黄河下游河床演变及河道整治》等，这些研究不但对治黄实践直接提供理论指导，而且使钱宁积累了大量的对黄河的感性与理性认识。于是，钱宁又不失时机地进行理论的总结与提升，写出了《黄河下游河床演变》一书，进一步提供了黄河下游河道自然演变的规律性的认识，从而在更高的层次上，为防洪治河提供了理论的依据与指导，提高了广大治黄人员的理论素质，培养了一支队伍；而钱宁则从中不断深化自己的认识，在理论上有了新的发现和创造，于是又有了《泥沙动力学》《河床演变学》的研究与写作。这两部著作不但吸取与升华了前述治黄工作的理论成果，而且继承与发展了爱因斯坦的泥沙运动力学的理论体系，在河流动力学与地貌学的结合上进行了新的探讨，并广泛吸纳了国际学术研究的最新成果，从而达到了一个新的理论高度，并成为国际泥沙研究中具有一定权威性的著作。而在他亲自指导下所进行的由研究黄河泥沙运动的特殊规律引发出来的高含沙水流运动规律的研究，更是在国际上取得领先地位，为世界泥沙研究作出了特殊的贡献。可以看出，钱宁作为一位立志“为祖国服务，为人类服务”的具有使命感的科学家，关注与解决本国河流的泥沙问题，是他天生的职责，他经常对身边的同志们说：“作为一个科学家，不仅要能提出问题，还要能解决问题、要学会用现有的知识去解决实践中的问题，这是我们的责任。”（张仁等:《钱宁同志指导我们进行科学研究》）因此，他的研究必然是从本国的河流（例如黄河）的治理实践中所提出的问题出发的，也即是有明确的问题意识的，这构成了他的研究的基本动力；他的目的不仅是要为本国的治河实践提供理论指导与依据，而且要由对中国河流泥沙运动的规律的认识，引发与升华出对泥沙运动的普遍规律的认识，从而对全球治河工作提供理论依据，人们因此赞扬“他的贡献将永远是人类致力于处理复杂的自然现象的业绩记录的一部分”（美国地理学教授华尔曼）。钱宁在他的研究中，正确地处理了理论研究与生产实践的关系，特殊规律与普遍规律的关系，学术研究的民族性与人类性（全球性）的关系，是能够给后人以启发的。同时，钱宁身上所体现工程师与学者的完美结合，更是令人称羡——这不仅显示了一种更为合理的知识结构，同时也是一种精神的境界。

2. 注重实测资料分析、物理模型试验与理论计算三者的结合。钱宁在前述《我与黄河泥沙研究》一文里，这样指出:“应该继续坚持主要依靠实测资料进行分析，作出结论的道路，这是我们多年来摸索出来的一条重要经验。”他的学生们也是这样回忆钱宁的多年教诲的:“他一再强调不要把理论看成是纯粹的数学推导，从客观事物得出的规律，即使没有什么公式也是理论。他要求我们在实验中要注意观察，善于抓住一些有启迪性的现象，进而追索事物的本质。他一再鼓励我们做一些经过深思熟虑、仔细安排的小试验，通过一个试验，弄清一个问题。不要不了解前人的工作、不明确试验的目的，就去兴师动众地做一些大规模的试验，甚至重复前人的工作。他强调在试验安排中，要把所研究的因素突出出来，甚至加以必要的夸张。他经常教育大家不要轻视实际工作中的一些经验和方法，虽然不应对此满足，但对待复杂的泥沙问题，包括一些实际工程问题，目前还不能不用这种方法去处理。”（万兆惠：《他把自己的一生献给了泥沙事业》）他的同事也这样回忆说：“在指导同志们进行模型试验时，他总是要求大家首先要对试验河段的天然情况有一个透彻的了解。他认为只有认真进行现场踏勘，对河流的天然演变有了清楚的了解，才能正确地判断修建水库后可能发生的变化，使模型试验研究具有一个良好的基础。”他强调，“通过实验的方法，把自然界的物理本质解释清楚，也是理论。在工程实际问题中，影响因素是很多的，如果全部考虑，则数学推导将会过分烦琐，以致无法求解和应用。此时，就必须正确判断其中起重要作用的因素，而忽略次要的因素，这是解决问题的前提。在这一过程中，清晰的物理概念是正确判断的基础。”（张仁等：《钱宁同志指导我们进行科学研究》）

钱宁在《黄河中游粗沙来源区的研究》一文中，生动地回忆了这一被认为是“治黄研究的重要突破”的研究工作的全过程。首先，课题产生的最初灵感就来自一次多少有些偶然的野外观察：1959 年底有人邀请钱宁去看看花园口枢纽施工中挖掘出来的唐墓，无意中发现历史上淤积下来的泥沙比黄河河床床面的泥沙粗得多。这一现象引起了钱宁的极大注意，随即广泛收集各处河床钻孔的资料，证实了他的这一观察，进而产生了“粗泥沙”的概念，并通过对 50 年代的水文资料的初步统计分析，提出了“在黄河中游黄土高原是否存在比较集中的粗泥沙产区，可作为水土保持工作重点”的最初设想、假设。这一设想为揭示黄河下游泥沙淤积的根源，从而寻找治理办法提供了新的可能性。钱宁敏感地感到这将有可能是决定治黄全局的一次攻坚战，立即向有关部门建议，调集了水文站网工作人员重新分析了以往的测流取沙资料，绘制出黄河中游的全沙和粗泥沙输沙模数等值线图。他自己又带领一批年轻人亲自查勘黄河中游黄土地地区粗沙来源区，行程约两千两百里。通过资料分析和现场调查，明确了为害黄河下游的主要是粗泥沙，查清了黄河中游确实存在粗泥沙比较集中的产沙区。在取得这一初步成果后，钱宁立即提出“整个研究工作的链条还有一个中间环节没有扣起来”，即“淤积在黄河下游的泥沙，是否确乎来自粗泥沙的产沙区？”并以此作为研究工作的新的主攻方向。于是，又组织力量对三门峡建库十九年内黄河下游洪峰资料与黄河中游水文站网大量资料进行分析，最终证实黄河下游的淤泥确实来自中游的粗泥沙的集中产区。钱宁又不失时机地亲自查勘黄土高原的水土流失区，并得出结论：在黄土高原四十三万平方公里的水土流失区中，有百分之八十的粗泥沙来自十万平方公里，其中五平方公里的产沙量就占到粗泥沙总量的百分之五十。这五至十平方公里，应作为黄河水土保持工作的重点。——钱宁亲自领导的持续二十年的《黄河中游粗沙来源区的研究》，是能够集中体现钱宁研究工作的特点与风格的。有些问题我们将在下文展开论述，这里所要强调的是，他在整个研究工作中，无论是问题的发现，课题的提出，研究逐步深入的每一个阶段，都始终抓住实地查勘与实测资料分析的环节。这是表现了一种尊重实际，尊重基层工作者的劳动，重视第一手原始资料，一切从实际出发的科学求实精神的。

即使是高含沙水流研究这样的基础性研究，钱宁也十分重视野外观测与实测资料的分析。早在60年代，这一研究的起始阶段，钱宁即组织力量在渭河南河川水文站、无定河丁家沟水文站进行连续两年的观测，取得了被钱宁称作是“迄今为止最完备的一套野外河道资料”，与此同时，黄科所也进行了高含沙水流水槽试验。通过对实测资料与模型试验结果的分析，产生了关于高含沙水流研究的最初认识与基本思路。以后的研究虽然主要在实验室内进行，但钱宁仍始终强调尽可能用野外资料验证实验室研究成果。

钱宁这一重视实践基础的思想也贯穿于他的教育工作中。他在清华的第一个研究生的论文就是结合生产实际的“黄土丘陵沟壑区产流产沙过程的研究”。这是他的学生终生难忘的记忆：“在收集、分析、整理资料的基础上，他又安排我到西北黄土高原实地勘察，增加感性认识，掌握第一手资料。当时他已重病在身，不能亲赴现场考察，但他指导我制订了详细的计划，从踏勘路线，收集资料的范围到具体时间安排都作了认真的考虑。并逐一介绍了我所去的地方的详细情况，甚至在哪个径流场的哪个部位取土样，在哪个单位可作分析等都作了具体指导。他还告诫我一定要向具体工作的同志虚心学习，是他们为了真实可靠的原始资料，常年生活在荒僻的深山峡谷之中，经常顶风冒雪地工作，正是他们的艰苦劳动为我们积累了大量的宝贵资料。他还要我向曾和他一起工作过的同志问好。语重心长的话语，表达了他对基层工作的同志的一片深情。临行前，他又再次嘱咐我要带上雨伞，管好钱粮衣物，路上注意安全。此情此景，犹是当年父母送我离家远行。”（王兴奎的回忆）——从这朴实而感人的叙述里可以看到，钱宁对学生不仅是进行研究方法的指导，更是言传身教着一种精神，引导学生进入一种境界：这正是钱宁教育思想的本质。

而钱宁对基层实际工作者的尊重，也许还包含着另一种深意。1985 年夏天，重病中的钱宁与黄委会水文局的同志讨论有关研究课题时，黄委会的同志谈道：“我们的做法很粗，只能勾画出黄河减沙的轮廓。”钱宁说：“在科学研究中，会用细的方法难得，会用粗的方法也难得。在工程规划中，用粗的方法分析，能够较好地概括全貌，从宏观方面看出问题，这对你们工程技术人员是可贵的；用细的方法分析，能够较好地揭示事物的机理，这是博士生干的事，不是你们的优势。”钱宁关于科学研究中的“粗”与“细”的这一番议论是意味深长的；照我们的理解，可能包含这样一层意思：面对复杂的自然现象，既应该有一种“概括全貌”的宏观的整体把握，也要有“揭示事物机理”

的精细分析，在两者的互动中逐渐深化我们的认识。钱宁显然期待着在实际工作者与学院里的学者、学生的优势互补中，达到“粗细结合互动”的理想研究境界，而他本人前述“集工程师与学者于一身”的特质，正体现了两者的完美结合，这是钱宁“人才难得”之处。

3. 钱宁在《我与黄河泥沙研究》一文中，强调：“一定的基本研究是必不可少的，不然我们就会缺乏理论上的储备，不能使工作向更高层次发展。在这里，领导的高瞻远瞩和必要的支持是至关重要的。”重视基本理论的基础研究与教学，这是钱宁学术、教育思想中的又一个要点。

人们在回顾我国高含沙水流研究的发展历史时，都会提到在研究的启动阶段，钱宁即在水科院河渠所成立的理论组中，专门安排一位化学系毕业的研究人员研究浑水流变性质，为开展高含沙水流研究进行理论与技术准备：这一前瞻性的科研部署，是充分显示了钱宁作为科研组织者的战略眼光的。但却不能为人们所理解，在“批判理论风”的实用主义思潮影响下，理论组竟被解散，“浑水流变性质”的课题也被强行下马，钱宁怒不可遏，激动中将一盏台灯碰倒，这件事给有关人员留下了终生难忘的印象（参看周永洽：《难忘的三年》）。在钱宁晚年，当发现又出现了“片面强调实用，而忽略与削弱了基本理论”的倾向时，他忧心如焚，在所写的《教育改革建议书》中，竭力呼吁“加强学生的基础理论教学”（见《钱宁同志生平》）。

在钱宁的研究图景中，理论储备是一个重要的环节，他总是能够敏锐地抓住理论研究的新的生长点，进行基本理论的开拓，反过来指导、推动实践的发展。一位研究者这样深情地回忆：“在 1964 年，我初次提出用概率论和力学相结合的途径研究泥沙运动的设想时，就得到了钱先生的充分肯定。1974 年，我们在泥沙运动统计理论研究方面的主要成果已经基本完成，但学术界还有不同意见，钱先生在听取了我的口头汇报以后，立即敏锐地抓住此项研究已经显示的好的苗头予以赞扬”，“我深知，在尚处于动乱中的1974年，钱先生以当时的身份支持这样一项单纯的理论研究，是需要一种彻底的唯物主义精神的。我对钱先生油然而生敬意”。在以后的十数年中，钱宁一直关怀着这方面的研究，总在关键时刻及时给予帮助。直到1985年重病缠身，还提出开展三峡水库二维数学模型的研究的建议。

钱宁在对研究生的教育中，也十分注意基本理论素质的培养与提高。学生回忆中，特别提到他“在传授理论知识的同时，还要讲到创立者的思维方式，所采用的方法及理论上存在的问题。这对于一个从学习为主转到以研究为主的研究生来说，无疑是最需要培养的素质”（见王兆印的回忆）。这里提到了思维方式的训练，而钱宁本人给他的学生与年轻同事印象最深的也正是他的理论思维的能力。很多人都在回忆文章里谈道：“大家都很佩服他综合、对比的能力。泥沙问题由于本身复杂，有许多问题上都是众说纷纭，莫衷一是。钱先生十分善于从中抓住问题的关键，从众多的不同形式中找到其本质的共同点。”（万兆惠：《他把自己的一生献给了泥沙事业》）在这些地方，确实是能显示钱宁理论家的特色的。

二　走跨学科的道路发展泥沙科学的思想

林秉南教授在《学者、工程师、组织者的钱宁》一文中，谈道：“约在1950年他还未念完博士学位便在给我的信中表达了要走跨学科道路发展泥沙科学的思想。他提出不应只从水利学或流体力学的观点出发去研究泥沙，而应结合水文、地理、地质、地貌等学科去研究泥沙和河流。”钱宁早在50年代，在他的研究生涯的起点上，即已作出“推动边缘学科研究”这一战略选择，确实显示了他的非凡的学术眼光；

这样的跨学科研究的努力贯彻始终，就形成了钱宁学术、教育思想和他的研究工作的一个鲜明特色。

人们将永远记住这位开拓者与先驱者的历史贡献。在一篇由中科院、国家计委地理研究所沈玉昌等研究员撰写的题为《走地理水利共同协作的道路》的文章里这样写道："钱先生以其学术上敏锐的洞察力和远见，多次向我们指出，研究河床演变应当把水力学、河流动力学和河流地貌学三方面互相结合起来，同时发挥不同学科的长处，彼此尊重各学科自身的特点。他认为，地理学是一门综合性、系统性、逻辑性都很强的学科，在水利界有许多公式不能讲清的问题，地理学家以其完整的系统逻辑性就可以阐释清楚。因此，他一再强调，在协作中地理工作者应该发挥自己的优势，不要简单地重复水利科学的一套，否则会适得其反。钱先生的这些谈话为河流地貌学的研究指明了方向。应该说，河流地貌学之所以能从过去比较侧重研究河谷发展到也研究河床；从侧重研究形态到研究它的成因与过程；从侧重研究河流的历史发展过程到结合研究现代动力过程，总之，能发展成为地貌学中一个独立的分支，是和钱先生的教导与帮助分不开的"，"水利界对河流地貌这门学科原来比较陌生，为了改变这种状态，钱先生不遗余力地做了大量介绍和推广工作"，"水利工作者要学一点地理知识这一思想始终贯穿于钱先生的言行之中，就是到了自己生命最危险的时刻，他仍不忘告诉他身边的年轻同志要设法读一点有关河流地貌的书籍"。

当然，最能体现钱宁这一学术追求的，是他的皇皇巨作《河床演变学》，学术界公认，它"为我国的河流动力学与地貌学结合研究河床演变的开拓起了重要作用"，已经成为水利学界与地貌学界的经典著作。

钱宁已经完成的著作，正如一位同行专家所说，"恐怕只是部分地实现了他的愿望，有些甚至已经成熟的构思，都还没有来得及写成文字，可能还有更多的东西仍处于构思阶段”。他的一位学生就谈到，钱宁在一次演讲中，曾提出他的新的设想，将泥沙运动力学的理论与地质学中的沉积学相结合，发展一个新的学科——动力沉积学，并表示自己今后将致力于这一学科的研究：这显然是钱宁开拓科学发展生长点、推动边缘学科研究的又一个新的战略目标。而这样的目标，在钱宁胸中的研究蓝图里很可能不止一两个：这是一个极富创造力与想象力的科学家，他的过早去世，留下了永远的遗憾。

三　追求自然科学与社会科学、人文科学的结合，工、理、文科的交融

林秉南教授在回忆钱宁的文章中说：“他不但在工程技术方面有很高的造诣，还喜爱文学，他文笔非常流畅，表达能力很强，构思敏捷而逻辑严密。他讲课时口若悬河，出口成章。听他演讲，可以说是一种享受。”他的同事也这样回忆：“我们很快就发现有共同的爱好——都热爱古典严肃音乐。他的趣味很高，理解也深。在言语中我还发现他热爱祖国的河山，常说立志登五岳。”由此引发出了这样一番议论：“我常想，一个科学家，同时也是一个人，不仅应该有严肃认真、孜孜不倦的探索精神，而且也要懂得生活，热爱生活，能够享受人类创造的精神果实，充实自己的内心世界，造就高尚的道德和情操。钱宁就是这样的科学家，他在为实现自己的理想刻苦钻研时，也充分地享受着生命的欢乐。他对祖国高山流水，对大自然的一草一木，都怀有无限深情。他研究泥沙，一生与浑水打交道，但作为一个人却如清澈的泉水，涓涓不息，而又一泻千里，洗涤着人们的心灵。”（沈崇刚：《清澈如泉水的人》）

这里，所讨论的，不仅是钱宁的知识结构——他早年是立志并准

备做一个文学家的，以后他又走上了科学研究的道路，但他对文学与音乐的终生爱好，他的人文科学的修养，也成为他作为科学家的一个独特优势；更重要的是钱宁的精神素质：这是一位具有人文关怀，充满内在浪漫激情的自然科学家。

其实，在我们前文中引述的钱宁关于“黄河中游粗沙来源区的研究”的回顾里，已经不难发现，课题的触发本身即有灵感、顿悟的因素；最初设想，也即科学假设的提出，不仅仰赖逻辑推理的作用，也要借助一定程度的想象。而那些发展边缘学科的设想，那些前人不曾想过的开拓性课题、研究思路提出，不仅需要丰厚、广阔的知识积累，也同样显示了一种想象力。读着他的同事、学生写的回忆文章，展现在人们面前的钱宁，既具有大将风度，高瞻远瞩，指挥若定，思维敏捷，富于想象力，擅长宏观把握，又有精细的工作作风，事必躬亲，周密细致，善作准确的微观分析，他的学术风格完全可以用一个文学术语来概括：达到了浪漫主义与现实主义的结合。他在科学领域里，进入了一种自由驰骋、充裕自如的境地；他的治学与为人，都充满了一股大气。这使人感到，钱宁的具体学术工作后人可以继承与超越，而他的学术境界与精神境界却很难企及，这里一个重要原因，就是钱宁身上所体现的自然科学与人文科学的交融，正是今天的许多研究者所欠缺的。

对于钱宁来说，工、理、文科的交融，不仅是一个现代科学家应有的素质，而且也是泥沙研究学科发展的内在要求。人们如果有机会读到钱宁在实地考察中所写的日记，就不难发现，钱宁所记录的不仅是河床地貌，更包括了自然风光、历史社会的人文环境，也就是说，他关注的不仅是水情、沙情，更是民情与国情。这乃是因为单纯的泥沙问题固然只是一种自然现象，但如果要进一步追溯泥沙淤积的原因与历史，就不能不考虑人的因素与社会的因素；而泥沙、河流的整治，就不仅是水利工程，更是一个社会工程。因此，当他在生命的最后一刻，以更长远的眼光，更根本地来思虑他一生所从事的治黄和泥沙研究事业时，他的思考就必然要超出纯自然科学的范围。他参与起草了《关于加速根治黄河的意见》，强调“对水土保持和支流治理的减沙作用不能期望短期见效，在估计上要留有余地”。在钱宁最后几年所发表的文章、内部通信、意见书里，他一再表达了要因地制宜、因势利导地开展水土保持工作，否则就会造成盲目性的思想。他留给后人的最后一个告诫是：“我是一个水土保持工作的积极支持者，但在战略决策上，我认为对困难要有足够的估计。至于根据一时一地的资料，推断黄河泥沙可以通过水土保持在较短时间内大幅度减少的结论，更是应该慎重为好。”这是钱宁那一代人用生命与血汗换来的历史经验：几十年来因对黄河泥沙问题的严重性估计不足，盲目乐观，付出的代价实在是太大了。——而这些问题显然不是在纯自然科学范围内所能解决的。

因此，钱宁晚年在思考治黄研究道路的未来发展时，就必然要寻求某种新的突破。在他的一篇文章和写给一个同志的信中透露了部分消息。他写道：“过去，在水土保持工作中长期存在治坡与治沟之争。现在表面上虽统一为‘坡沟兼治’，但据我多次在黄河中游查勘所见，甘肃和陕西的做法显然是不一样的。前者以治坡为主，后者以治沟为主，这和两个地区自然及社会经济条件的不同有很大关系。水土保持工作究竟在多大程度上要受自然地理条件和社会经济条件的制约，在这些制约不可避免的情况下，我们又应如何因势利导地开展工作，这些都是亟待探明的问题。不然，我们的水土保持规划就会有一定的盲目性。”他表示：“我对这个问题有很大的兴趣，也有志于从事这项工作，可惜因为身体关系，我已经力不从心了。”这里，“社会经济条件”和“自然地理条件”一起引人注目地进入了钱宁的研究视野；可以想见，在钱宁选定的下一个研究目标中，将出现社会科学向自然科学的渗透，出现“认识世界（黄河及黄河流域）”与“改造世界（黄河与黄河流域）”之间更高层次的统一与结合。

1985年，钱宁用颤抖的手写下了《“黄学”研究前景广阔》一文。他写道：“黄河流域是中华民族的摇篮，在这里，孕育形成了世界上最光辉灿烂的文化”，“长期以来黄河又成了中国人民的灾难”，“世界上任何一条河流也没有像黄河那样保存有如此浩瀚的历史背景材料，这是列祖列宗传给我们的一份珍贵的遗产”，“要充分利用近代科学的知识”来进行总结，并把它“提高到哲学的高度”。他由此而提出了创立“黄河学”的理想——

> 在人文科学的领域里，由于曹雪芹的不朽名著《红楼梦》，激起了几代人的兴趣，出现了大量有关作者生平考据及艺术价值剖析的论著，形成了一门脍炙人口的“红学”。如果在自然科学领域里，大家都来研究黄河，形成一门“黄学”，从此“红学”“黄学”互相媲美。今天提出这样的希望，也许还不是没有一点基础吧。

这是钱宁心中为黄河研究绘制的蓝图里的神来之笔。他在黄河及黄河研究里，发现了浓郁的诗意，深厚的文化；他所设想的“黄学”研究，必定是自然科学与社会科学、人文科学的融合。而他的“‘红学’与‘黄学’互相媲美”的构想，更是把他内在的诗情与想象力发挥到了极致。钱宁一生酷爱自然科学与文学，尤其视黄河为生命，他对《红楼梦》的迷恋也是少有的。在他生命垂危之际，终将“黄学”与“红学”沟通，表现了对人生的与学术的更高境界的追求。他的学术与生命都得到了升华。

钱宁也因此为后来者提出了一个很高的前瞻性目标——这文、理、工科的融通与综合，将是新世纪学术发展的一个趋势。

四 博采众长，创造有中国特色的泥沙学派

钱宁的学生在回忆他时，总要提到："钱先生是一位学贯中西、胸中有一幅完整的世界范围泥沙研究工作图景的科学家。他自始即认识到必须博采众长，尔后才能创造有中国特色的泥沙学派，这样既能解决中国的泥沙问题（在他心目中首先是黄河问题），又能使中国的泥沙研究跻身于世界先进行列。"（周志德：《钱宁与国际泥沙研究》）——这是对钱宁学术思想的又一个重要概括。

众所周知，钱宁是H.A.爱因斯坦的学生，是公认的爱因斯坦学派的继承人之一。但正如丁联臻教授所说，他"师承爱因斯坦"，又"十分重视博采众长，融会贯通"（《忆钱宁学术研究二三事》）。人们回忆说，前苏联维列堪诺夫、英国拜格诺、丹麦英格隆、加拿大雅林等世界著名的泥沙研究的专家的理论都曾引起钱宁的强烈兴趣，并有所吸取；他对各国学者的研究成果无不悉心收集，所藏泥沙文献卡片之丰为国内所少有；他更注意及时阅读刚出版的国内外期刊，从中获取最新的学术成果与信息，不管是泥沙领域里的哪一个问题，只要请教他，他总能向你提供一整套完整的文献目录。这是日积月累、长期努力的结果。也正如丁联臻先生所说，"由于他汇集各家所长，在学术成就上达到了新的高度，受到了各国学者的普遍尊敬。钱先生在《泥沙运动力学》一书中，既肯定了爱因斯坦理论体系的优点，又明确指出哪些有待进一步完善的地方"。人们因此认为，钱宁这部巨著"荟萃了当今世界具有代表性的名家理论"，是最能"反映了他不囿于一家理论、博采众长的学术风格"的（周志德：《钱宁与国家泥沙研究》）。

但钱宁本人也许更为关注的是如何把爱因斯坦的泥沙运动理论与中国的实际的泥沙问题（首先是黄河的泥沙问题）结合起来；如一位同行所说："（他）深深感到，作为一个泥沙工作者，不仅有将国外先

进的泥沙运动理论介绍到国内的义务，更有根据我国的特点和需要发展具有我国特色的自己的泥沙理论的责任。”（费祥瑞等：《高含沙水流研究的先驱》）他一再地对周围的年轻人说，“有着黄河这样河流的中国，理应在泥沙研究领域里走在世界的前列。”（万兆惠：《他把自己的一生献给了泥沙事业》）他因此告诫人们，既不要盲目自大，也不必妄自菲薄，“国际学术舞台一方面是交流讨论，一方面也是实力显示与竞争。中国要提高国际声望，不受人鄙视，必须要靠自己的实力。实力不是抽象的，是要别人承认的，是各个学科顽强努力的结果。”只要联系充满屈辱记载的中国近代科学史，就不难理解钱宁这番肺腑之言的分量；人们可以从中感受到钱宁那一代老知识分子身上的民族正气和自尊自重的精神力量。钱宁当然不是狭隘的民族主义者，“为人类服务”是他的基本信念；但他坚信，只有充分利用中国得天独厚的自然条件，进行独立的理论创造，才能对国际泥沙研究，对人类科学的发展作出自己的贡献。高含沙水流研究即是完整地体现了他的“走自己的路，发展自己的理论”的战略思想。黄河上的高含沙水流是其他国家与地区所没有的，因而也是未曾被研究过的；钱宁和他的学生、同事，正是通过研究黄河泥沙的特殊规律进一步阐明了泥沙运动的一般规律，通过研究黄河典型游荡性河道特性，推动了一般性河道演变规律的研究。在中国召开的第一次高含沙水流国际研讨会上，与会者一致认为，中国学者的研究，在这一领域居于领先地位，对国际泥沙研究是一个重要的贡献。

为了不失时机地将中国的泥沙研究推向国际学术舞台，钱宁在中国改革开放伊始，即积极倡导在中国成立国际泥沙研究培训中心。他激励中国的研究者：“中国有个大的黄土高原，有世界泥沙最多的黄河，更重要的是中国有这样一支有作为的泥沙研究队伍和一大批研究成果，在中国成立国际泥沙研究、培训中心，我们是当之无愧的。”中国泥沙研究界和他的杰出代表钱宁，就这样从黄河走向了世界。国家学术界把钱宁看作是“世界泥沙研究领域内一位有声望的科学家和伟大的指导者”（日本中央大学水利实验室主任林泰造教授）。这荣誉也是属于中国泥沙界的。而这一事实给予人们的启示也许是更为重要的。

五　培养一支队伍

1955 年，钱宁冲破重重阻力回到祖国时，即立下两个宏愿：要建设世界第一流的泥沙研究室，要培养一支高水平的泥沙研究队伍。如林秉南先生在回忆中所说，钱宁是十分强调人才在研究单位中的重要性的。对于钱宁来说，培养泥沙研究人才是他的天职——人们永远记得，1964 年、1978 年、1984 年钱宁三次组织全国泥沙培训班，为水利部门培养了大批从事泥沙工作的骨干，钱宁为培训班编写的讲义，即使在文化大革命期间，也在科技人员和工程技术人员中广泛流传；在调入清华大学任教后，钱宁更是为培养高级研究人员耗尽心血。通过不同途径受过钱宁影响的“学生”几乎是遍布各水利部门。这也许是更能体现钱宁的思想与事业的生命力的。在钱宁身上，体现了教育家与科学家的完美统一。这同样也显示了一种战略的眼光。一位中年研究者这样回忆钱宁对他的“最后教诲”：“要从长远考虑，要重视对青年同志的培养，这样已经开展的工作才能持续不断地发展下去，才能后继有人。”（韩其为：《钱先生关心中青年成长》）

后来者将永远记住，也绝不会辜负钱宁的瞩望。

2000 年 4 月 17 日写毕

龚姐，一路走好

龚姐走了，我是有精神准备的；但她真的走了，我却发现自己并不能适应没有龚姐的生活，这两天，心里一直空落落的，做什么都不安分。她对于我，还有我们全家，或许还有更多的人，实在太重要了，是须臾不能离开的，哪怕她就躺在那里，也是一种心灵的慰藉啊。

在我的心目中，龚姐和好哥是一个生命共同体。好哥走了以后，我曾写文章，说好哥与龚姐“他们之间已经达到了这样的心灵的契合，无须说话，只要一举手，一扬眉，尽能理解一切”。我把文章给龚姐看，她最满意的，就是这一段话。当好哥走了以后，我们都觉得龚姐很快也要随之远行，因为很难想象，失去了生命的另一半，龚姐将如何生活。但龚姐却顽强地活了下来。我多次想过这其中的奥秘，其实道理也很简单：在龚姐看来，钱宁的事业需要她继续做下去。于是，她为钱宁著作的翻译、出版，钱宁基金的设立……耗尽心血；她一如既往地关心钱宁的学生，以后又自然扩展到关心学生的学生、学生的孩子；不仅如此，她还关心清华水利系的发展，以至于中国水利界的种种事情。我多次私下劝她：不要管这么多闲事。她总用惊讶的眼光看着我，意思是说：我怎么能不管？对她来说，这样的管是再自然不过的，钱宁如活着会管的事，她也要管，这是她的责任所在。我终于明白：她在做钱宁要做、该做的事；钱宁的生命在她身上得到延伸，只要她在，钱宁就活着。因此，当她年老力衰，真的什么也管不了的时候，我，以及她身边所有的人，都分明感到，她失去精气神儿了，在生命最后一个阶段，她实际上已经去和钱宁见面，周围的一切都没有意义了。在龚姐终于远行的那天晚上，我坐在她度过后半生的清华大学 16 公寓 304 号房间的客厅里，看着挂在墙上的钱宁的画像，突然觉得，我的好哥，中国水利界的钱宁教授，也随着龚姐的离去，这回真的走了，永远不回来了，他们在天上最后相聚，再也不管我们了。意识到这一点，我顿时有一种述说不清的感觉，整个心都沉落了。最初的慌乱过去以后，我又开始思索龚姐生命的意义和价值。我分明感到，和自己所爱的人构成生命共同体，这不仅是夫妻恩爱的极境，更是一种令人羡慕、神往的生命存在方式。这样的生命，以后再难有了。

因此，龚姐把她对钱宁的爱，首先扩展到钱家，就是很自然的事。我真不知道该怎样来叙说我们的这位大嫂对每一个兄弟姐妹以及我们的子女，每一个家庭的无所不在的关爱，这里有太多太多的故事，太多太多的细节，还有太多太多的心理的情感的沟通，还是什么都不说，就留在我们钱家每一个人，每一个家庭的记忆深处吧。我要说的是，龚姐实际上也和我们钱家构成一个生命共同体，而且她在这个共同体中，始终处于核心的地位，起着中流砥柱的作用。这样的作用，恐怕超过了一般意义上的“大嫂如母”，而成为一种精神的凝聚力和感召力。我们钱家人，最感自豪的，是我们有一个极其和睦，亲密无间的大家庭，它已经超越了血缘关系，而别具心有灵犀一点通的精神的交融，并且形成“对内谦让，对外奉献”的钱氏家风和精神传统。这样的家风和传统，有一种说不出的吸引力，不但对钱家的子孙后代有深远的影响，而且给所有接触到钱家人的朋友留下深刻的印象。这家风和传统自然源自我们的父母、祖辈，但好哥和龚姐，作为大哥大嫂，无疑起着极大的，甚至是决定性的作用。他们不仅是表率，而且是自觉的培育者和维护者，龚姐在这方面尤其下足了工夫。龚姐心里实际上是有一杆秤的，凡是她认为有违、有碍钱氏家风、传统的事，都要干预，有时我也劝她要“少管点”（我在她面前是什么话都可以说的），她总是回答我：“我不怕，我是无私的！”而我每回听到这话，都受到一种震动：无私，这正是钱氏家风、传统的内在底蕴：无私才能谦让、奉献；无私的爱，正是龚姐自身思想品格的核心，是她的精神魅力所在。在今天这个信仰缺失，私利当先的时代，实在是太难得了。

我常常因此而深思并追问：这是怎样的一种无私的爱？我发现，龚姐的爱，是由此及彼，不断扩散的：她爱钱宁，因此爱及他的学生与同事，所有相关的人，以至于他们的后代；她爱钱宁，因此爱及钱家；她爱钱家，因此爱及母亲的娘家项家，爱及我们每一个兄弟姐妹的亲戚，以至于朋友，并且由本人而爱及他们的子女；最后，所有和她接触过、有交往的人，都得到她倾其全力的无微不至的爱，就成了一种博大的泛爱。因此，每一个和她有过接触的人，都会讲出一个又一个的爱的故事，这些故事不仅给每一个当事人以力量，同时也是人性光明面的展示，给处于精神危机中的我们以希望。龚姐没有留下什么具体的文字，但她的这些爱的故事会在我们中间，或许还会在我们后代中口耳相传，这是她给我们，以及这个时代，留下的最可宝贵的精神遗产。

还要谈到的，是她对子女的爱。从表面上看，和对其他人的温情、宽容不同，她对子女是更为严格、严厉的。这其实是一种更深沉、更深刻的爱。在和其他人的接触中，她有着更多的责任感，因此，精神总是紧张的；但在家人面前，特别是在子女面前，她才真正放松，有时就要把她内心的焦躁，甚至脾气发泄出来，显得严峻，甚至严苛。她对子女的优长之处，以及不足，都是心中有数的，当面表扬不多，但在私下谈话里却并不缺乏赞扬之词。她也同样把对子女的爱，延伸到对媳妇、女婿的爱。据我观察，越到晚年，她对子女和媳妇、女婿，就有更多的依赖和依恋，她最后是满意而放心地走的。这样的既严厉又依赖的爱，是龚姐的爱的非常重要的一面，只在她最亲近的人面前表露出来。我因为是钱家的“小弟”，也因为长时期在她的身边，就时时感受到这样的特殊的爱，我对龚姐的感情也是既爱又畏的，在她面前，我总感到一种精神的压力，不敢有任何骄躁的表现。

最后要谈的是，龚姐的爱，不仅是人性的爱，更有着深刻的社会、历史的内容。在写她的生平时，我特意提出，一定要写上：抗战开始时，龚姐曾经是抗敌演剧队的小队员，她当时只有十四五岁。后来在重庆上大学时，才和好哥相识相爱。他们当初的爱情基础之一，就是对彼此的报国之情志的认同与理解。龚姐的遗言是，要将她和好哥的骨灰一起撒向重庆的长江流水，这是大有深意的。因此，1955 年，他们放弃优厚的工作和生活条件，冲破重重阻力，毅然回国，参加新中国的建设，这都是很自然的选择，尽管以后历经磨难，龚姐和好哥都绝不后悔。这或许很难为后人所理解，但对他们，以及那一代人来说，是必然如此的：只有经历过贫弱的中国备受欺凌的历史的人，才能理解一个强大而独立的祖国对于他们的生命的意义。为了实现这样的救国梦，他们是甘愿在自己的土地上，和自己的人民一起，付出一切代价的。在龚姐的心目中，五十六年前的回国，是她一生中作出的最重要、最正确的决定。我永远不能忘记，她对我说的最后一句话：“小弟，国家已经决定对我们这一批回国报效的科学家增加工资，我的晚年生活不用你担心了。”后来，当我得知这不过是龚姐的一个幻觉时，我真想哭，为龚姐，也为我们国家。但龚姐并不会计较这一切，即使没有回报，她也是问心无愧的：她已经将所有的一切都奉献给自己的祖国和亲人了。

这样，我们在龚姐身上看到的爱，不仅是一种传统的爱——她的从家庭出发，由此及彼的爱，是典型的中国儒家之爱；它更是一个现代民族国家的梦想与爱。记得当年鲁迅对柔石有一个评价：“无论从旧道德，从新道德，只要是损己利人的，他就挑选上，自己背起来。”（《为了忘却的记念》）二十五年前，我在写悼念好哥的文章时，就引述过鲁迅这段话；今日龚姐走了，我首先想起的，也还是这段话。这是可以用来评价新、旧交替时代中国最有理想，最有道德的一代知识分子的，好哥和龚姐都是其中普通的一员。

现在，这一代人都先后到天上相聚了。我们这些留在地下的人，该如何自处呢？

2011 年 9 月 28 日急就

无以表达的悔恨

——奉献于三哥的灵前

三哥，你远走了整整三年，哥哥、姐姐们都写了悼念文章，贡献于你的墓前。我却始终没有写一个字——你能谅解我内心的难言之苦吗？

是的，我每回见到你，都不敢正视你那坦然的目光。我多么想跪倒在你的面前，说出我内心的悔恨。但我始终说不出口；不仅是因为我缺乏勇气，我没有把握，我甚至怀疑，这历史的重负，该不该由我来承担，我是否有力量承担。因此，每回在你的面前，我都欲言又止；事后却又一再地谴责自己的犹豫。直到 1990 年 9 月 6 日（这可诅咒的日子！）你终于远走不归时，我才猛然醒悟：我再也不能当面请求你的原谅了！从此，我将背着内心的负疚，永远不能解脱！呵，我真想如鲁迅笔下的涓生那样，仰天高呼："我愿意真有所谓鬼魂，真有所谓地狱，那么，即使在孽风怒吼之中，我也将寻觅你，当面说出我的悔恨和悲哀，祈求你的饶恕；否则，地狱的毒焰将围绕我，猛烈地烧尽我的悔恨和悲哀！"

在悼念父亲的文章里，我曾经谈过，当我十四岁时，曾面临"与反动家庭划清界限"的考验，我写到了将父亲与反革命连在一起的种种矛盾、痛苦；但回避了一个更加严峻的事实：与当时正任国民党驻旧金山领事的三哥划清界限，却并不那样艰难。在我的心目中，几乎是理所当然地把解放前即参加爱国学生运动的中国共产党党员的四哥、二姐，与曾经是蒋介石任校长的国民党中央政治大学的学生、国民党党员的三哥，划分为黑白分明的两大阵营：前者代表光明，是时代的英雄；后者象征黑暗，是人民的天敌。因此，我可以说是毫不犹豫地将三哥从我的心里逐出，甚至对他怀着一种隐隐的憎恨。而且，据我观察，不仅是我，我们几个兄弟姐妹，甚至一定程度上也包括母亲，都对三哥表现出一种冷漠，可以说是我们整个家庭将三哥逐出了。这对于正在苦苦挣扎的海外游子，自是过分的无情；而我们当时竟然觉得理所当然，就更有一种说不出的残忍。三哥却在大洋彼岸一往情深地关心着家人。1961 年他听说大陆遇到了灾荒，忧心如焚，尽管自己刚脱离外交界，生活尚无着落，仍然辗转托人，与我们联系，表示愿助一臂之力。母亲接到这一信息，当即断然拒绝。在当时的条件下，这拒绝自然是形势所迫；但我们兄弟姐妹却一致赞扬母亲的明智，暗暗抱怨三哥的多事。在极“左”路线统治下，我们这样的家庭早已如惊弓之鸟，不敢企求，也无法感应母子、兄弟（妹）之间的情谊，这是多么可怕的心灵的麻木与扭曲。而我们这样对三哥以怨报德，当时尚不觉什么，事后想起却不能不惊惧于自己的冷酷。三哥却爱心不变。1974 年，中美关系刚刚解冻，他立刻托人前来看望老母，我们依然一片惊慌，虽然安排母亲与来人单独见了面，却不肯在带来的录音机里留下半句母亲的祝福——海外赤子这一点微小的心愿也不敢给予满足！但我们依然赞扬母亲的明智，却根本没有想过，这会给三哥带来怎样的感受——在我们的心中，早已没有了三哥的位置。人是自私的，当自我生存安全的考虑压倒一切时，即使是人伦之情，也会置之不顾。这类人性的弱点或许可以原谅，但它所折射出的极“左”路线对于人的心灵，以至人性的伤害，却是不能回避的事实。——但我们有勇气正视吗？

1980 年的某一天，当我正在北大图书馆看书，突然接到通知，说三哥已经来到清华大哥的住处，要我前去相见。我真的感到了一阵惶恐：我不知道该怎样迎接这位曾经被我们家庭无情逐出的亲兄弟，我想象那将是一个十分尴尬的场面。但当我气喘吁吁地赶到时，一个颇为精干的小老头立即微笑着站起来和我握手，说："这就是小弟吧？"我也情不自禁地叫了一声："三哥！"——一切竟是这样的亲切而自然！但我仍然感到陌生与拘谨。直到有一天，我陪同三哥三嫂去故宫参观，正在与三嫂低声交谈，抬头一看，三哥已远远走到前面，那微微前倾的身体、急促的步履，突然使我产生了一种说不出的亲切感——我发现了钱家兄弟姐妹特有的姿势与神态！真的，就是在这一瞬间，我感到了前面走着的这个小老头成了我们钱家不可缺少的一个成员，我又有了自己的三哥！我急忙赶上前去，看他走得满头大汗，慌忙赶到售货亭给他与三嫂买来饮料，弄得自己也满头大汗，却顾不得擦拭，只一个劲儿地憨笑。后来三哥告诉我，我的这一神情也使他大为感动。几十年来人为制造的兄弟隔膜，也许正是在这一刻，才得到真正的消解；而我内心深处，却又急剧地升腾起巨大的歉疚。我多么想在三哥面前，放声一哭，将这几十年的误解、屈辱与过错，倾吐一尽。但三哥没等我开口，就诚恳地谈起了他未能对母亲尽孝、对兄弟姐妹尽责的内疚，以及因为他而使我们受到牵累的不安，一再表示要尽自己的努力对这一切作出弥补：他详尽地谈起他对兄弟姐妹以及下一代的种种安排……他谈得急促而又从容，显然一切早已积蓄在心，并经过了周密的思考。听着三哥的讲话，当年我们无情地将他逐出的情景，一幕幕浮现在眼前，愈见清晰；面对三哥以德报怨的宽阔胸襟，我连一句道歉的话也说不出口，仿佛一说出来就立刻变成了虚伪，我唯有沉默；而这沉默又使我强烈地感到自己的怯懦：我不是连说出真实的勇气都没有么？于是，每回和三哥见面，我都强烈地感受着这种精神上的局促不安；我知道这是我自己酿就的苦酒，我只有独自吞饮。后来，我又默默观察到，三哥虽然从不提及我们给予他的精神伤害，但他仍然不能掩饰他曾被家庭放逐的隐痛，而且，据我的直觉，他似乎至死也没有完全摆脱这种被放逐感——他一再强调，他所从事的商业，与钱家兄弟姐妹一样，也是一种事业，就多少透露出他自己也未必明确意识到的某种隐痛。而我觉察于此，就更感到自己对这位宽厚的兄长伤害之深，几乎无地自容……

而且，我还要受到更大的精神的惩罚。1985年，我的人生道路上又遇到了一个小小的挫折：因为我所在的北京大学不能为我一家四口人（其中我的岳父、岳母都已八十高龄）提供容身之地，我必须离开北京大学，这对我的事业发展自然是一个巨大的损害。正当我面临家庭与事业的两难选择时，三哥几乎是毫不犹豫地向我伸出了援助之手：用巨额美金在北京买了一套住所，供我一家暂住，我知道这援助的分量，我也实在需要这样的雪中送炭；但一想到当年我怎样坚决地，甚至是迫不及待地与同样处于厄境中的三哥划清界限，我又实在无法接受这份兄弟情谊。这情谊火一般地照亮了我的自私、怯懦、无情无义，燃灼着我的心！我觉得，我应该承受的，是三哥对我的谴责，给我以精神的鞭挞，我至少可以因此而获得某种心灵的平衡；然而，三哥却施给我如此的深情厚谊，这对我，无异于另一种精神的鞭挞，使我的心灵永远不得安宁！但我所有这些内心感受，却无法使人理解，更无法向三哥诉说。我知道，我如果真的拒绝了，又会对他形成新的伤害，而我无论如何，不能再给他任何形式、任何理由的伤害了！我只有欣然接受了三哥的援助，却留下了无法弥补的内心隐痛。……

三哥，如今，在你的灵前，我所能奉献的，只能是我的悔恨，与这颗伤痕累累的心。我知道，你有一颗宽厚的大心，在冥冥之中，早已将历史造成的人间一切恩怨化解；我却无法因此而使我的灵魂获得解脱，我要将这一切深埋在心中，直到我们再度相见！……

1993年11月23日深夜

愿你永远是年轻的革命者

——悼二姐

二姐远行已久，我却写不出悼念文章，尽管对她的思念从未停止过。这又反过来成为我精神的重负。

但我知道，我迟早要写出这篇文章，要清理这段感情的历史。

这是因为，二姐不仅是作为我的亲人，更是作为一个老共产党员的形象存在于我的生命中的。

这是无法回避的事实：现代政治长期地成为中国社会生活的主导因素，它支配着一切，也影响着人们的家庭生活与情感关系。而我们的钱氏家族在这方面又似乎具有某种典型性。我在一篇文章中曾经谈到过国共两党的分裂在我们家庭的反映，以及哥哥姐姐们的不同选择，对我这个“小弟”思想感情上的深刻影响。而且我在那篇文章里，还“坦白地承认，我对家庭中的几位老共产党员怀有更多的敬意”。问题的复杂性更在于，我正是研究这一段历史的，而我采取的研究方法又是高度重视研究主体个人的经验与体验的。可以说我是自觉地将个人与家庭的苦难通过自己的研究转化为精神的资源的。因此，我对现代历史上的国共两党及在两党斗争背景下知识分子的选择的研究，主要自然是依据历史的事实，但我对家庭成员中的每一个具体的国民党员与共产党员的直接观察、感受，以至于情感，也会对我的研究产生某些有形无形的影响。一个最明显的例证，就是我在《1948：天地玄黄》里，写作《校园风暴》与《战地歌声》这两章，显然受到了家庭中的两位共产党员——四哥与二姐的启示，他们当时都是“校园”与“战地”里的活跃分子，正是这段历史的参与者和创造者；在书中甚至出现了他们的名字，引述了他们写的文章——我这样做，自然还有暗中纪念的意思。在这篇悼念文字里，说及这些，不过是要说明，我对二姐的情感的复杂性：这自然首先是一种家庭血缘的亲情，但同时也包含着一个学者对他的研究对象的理性分析，因而是一种情与理的交织与对撞。

我曾在一篇文章里说过，在20世纪，我们钱氏家族曾经历了两次分离，都与国家、民族的命运息息相关。第一次是抗战开始，父母亲带着大哥与匡武哥、韡娟姐随国民政府南下重庆，而将大姐、二姐、三哥、四哥留在上海沦陷区。当1939年我出生在重庆时，二姐正在上海读中学，几年后就潜入苏北根据地，参加了新四军。因此，直到1950年我们姐弟俩才在南京相见，那时我已经是初中一年级的学生，而二姐与老丁则是南下解放大军的战士。而那时，父亲与三哥已远去台湾：这是家庭里的第二次分离。

那正是一个历史的转折点。因此，当二姐与老丁一身戎装突然出现时，在中学生的我的感觉中，仿佛是英雄勇士从天而降，颇有几分传奇色彩；他们是与“革命”“解放”这类既新鲜又神圣的字眼紧紧连在一起的，称作“二姐”“二姐夫”反而有些不习惯。而且很快就要求按照新的意识形态重新认识自己的家庭，将其分为“革命”与“反革命”，“红”与“黑”两大类。我在有关的纪念文章里谈到与父亲、三哥划清界限的艰难，但认同二姐、老丁、四哥这些共产党员则是十分容易的，仿佛我们这一代人天生的就是要拥护革命与解放的。特别是1954年左右，二姐随着她所在的总政话剧团到南京、上海演出《万水千山》，我简直被她迷住了。看着二姐在舞台上扮演着李凤莲（剧中主人公蓝马扮演的教导员的妹妹）和老大娘（只上台几分钟，却给观众留下了极深刻的印象，二姐因此而获奖），我激动得不能自制，仿佛她已经与舞台上的、历史上的为新中国献身的革命先烈融为一体了。而作为《白毛女》的作者之一的老丁，在1951年获得斯大林文学奖，更是使得我这个私下也写点文学作品的中学生佩服得五体投地：我真是为有这样的姐姐与姐夫而自豪啊。

后来这种自豪感就逐渐加上了更复杂的成分：随着国家政治生活的日趋严峻，我们这个家庭蒙上了越来越浓重的阴影，有海外关系成了洗不清的污点，我唯一能借以保护自己的，就是与二姐、四哥，特别是老丁的社会关系。而我从母亲那里所感觉到的，却还有生怕连累了二姐、老丁而产生的不安与自卑。实际上，直到今天，我们全家还在为老丁能在那样的政治气氛下，顶住各种压力，政治上平等相待，经济上不间断地给予支持，而心怀感激。我们在他这位老共产党员的身上，感到了一种人情味，这在那个时代是极为难得的。

后来，我到北京上大学了，就有了更多的机会看二姐演戏，特别是她在宋之的编剧、蓝马导演的《雾重庆》里扮演女主角，给我留下了极为深刻的印象：我本来是以一个学文学的大学生的格外挑剔的眼光去看戏的，却被她的艺术才华所折服。而且这一次扮演的是大后方的流亡学生，与我幼小时的生活环境有些接近，就更有一种亲切感。

由于有了密切的接触，特别是大学二年级并入人大新闻系以后，隔几个星期我就要从铁狮子胡同跑到新街口二姐家去解馋，她总有各种好吃的菜饭、点心让我吃个够；那种神秘感就逐渐消失了（尽管我对老丁始终心存几分敬畏），真正的姐弟之间的感情正是在读大学时期建立的。我在北京又有了一个“家”（另一个“家”是大哥的家）。本来我的大学生活并不顺，经常为坚持“白专道路”、“与家庭划不清界限”而受到批判，这种无休止的批判更使我感到人与人之间缺少了爱，有一次在小组会上暴露了这一思想，竟遭到了更严厉无情的批判。因此，可以想见，这种家庭的温暖，对我当时那多少有些孤寂的心灵是多么的重要；而在那个时代，我连对母亲的爱都要竭力的克制，生怕又背上与“反动家庭”划不清界限的罪名，只有在二姐这样的“革命的家庭”里，我才能真正放松地尽情地享受二姐所给予我的亲情，这是怎样的一种令人珍惜又令人心酸的爱啊。

而且终于到了与家人离别，独自走向茫茫人世的时候：1960 年，我大学毕业，经过一番曲折，终被发配到了贵州，而且必须在“十一”国庆前离开北京。在此之前，韡娟姐与匡武哥已先后分到了新疆与福建；此时大哥与大嫂都下放在外地，只有二姐一人为我送别了。那一天的情景我至今还仿佛历历在目：先是我在排演场等二姐排戏，好不容易结束了，才匆匆忙忙赶到二姐家里，划拉了几口饭，二姐塞给我一本附有许多插画的《文艺日记》（以后我就在上面写下了我最初的鲁迅研究的笔记，一直珍藏到现在）算是临别礼物，我们就匆匆上路了。但半路上，二姐又突然跳下车来，我一看，正是天安门广场。“我们坐一坐吧。”二姐说。于是，我们就倚着栏杆，望着灯火辉煌的广场和熙熙攘攘的人群，默默无言。我的脑子里突然跳出一个诗句：“从天安门出发……”但又到哪里去呢？我茫然了。但这一瞬间就永远留在心上了。记得 70 年代的第一个早晨，我正作为一个工作组的成员来到农村，躺在农家阁楼的稻草堆上，思念着远方的亲人，首先想到的就是二姐：那天安门的夜晚的情景又浮现在眼前……

同样难忘的是，“文革”初期的那次相见。“文革”一开始，我就被工作组打成反革命，直到后来批判资产阶级反动路线，才得以平反，我也就自然成了造反派，在我的感觉中，“文革”是一次解放，因此是衷心地拥护这场革命的。后来我和一个造反派的学生一起到了北京，那时候，老丁正作为走资派被他们单位的造反派斗得昏天黑地。记得我们在他家里偷偷见面时，老丁苦笑着对我和二姐说："想不到我们三个人，现在一个是走资派，一个是保皇派，一个是造反派。"历史的演变，人世的沧桑，真是难测啊。老丁的话却引起了我的思考：像老丁这样的正派、廉洁的老干部也被打倒，这里是不是存在着一些问题呢？同时，我又隐隐地感到我们之间似乎发生了某些分歧，这背后或许隐藏着更深的东西……

"文革"期间，我还几次来到北京，因为大哥已经下放，就都住在二姐家里，有一次是和可忻一起来的（当时我们还没有结婚）。老丁已经出来工作，二姐却一直靠边站。她学会了做一手好饭菜，精心地照料"文革"中出生的小松，对我也表现出更多的关切，我甚至感到了某种柔情，这在一向大大咧咧的二姐是很少流露的。她特别关心我的婚姻，可忻同来的那一次，她上上下下地忙碌着，我今天想起来还非常感动。但我明显地感到她内心的苦楚：她实在是适合在海阔天空中任情驰骋的，现在被束缚在如此狭窄的天地里，她憋得慌。后来，她和老丁一起去大庆油田体验生活，准备创作，才算在奋战于荒天野地的普通工人、士兵身上，找到了一点豪情。她参与执笔写出了《油海波涛》，却遇到了种种阻力，到"文革"结束后才得以演出。不知道为什么，她很少向我倾诉，我当时其实内心也充满了矛盾与痛苦，正在开始以后决定了我后半生的新的探索，但我也没有向她吐露，现在回过头来想想，真有些遗憾。

再见的时候，"文革"已经结束。我到北京来参加刚刚恢复的研究生考试的复试，因为自己感觉考得不好，正一脸沮丧地来到二姐家里，准备向她告别，却突然看到了新华社关于首届研究生考试的报道，其中竟提到了我的名字。这真是喜出望外！二姐狂奔过来，拥抱着我：她比我还要高兴！从此，我开始了新的生活，我与二姐也就有可以说是十分频繁的接触。那是一个思想解放的时代，是一个人们坦露心胸，迫不及待地要向他人倾诉的时代。有形无形地横在我们姐弟间的那条线消失了，我们的灵魂真正相遇了。我还记得，那时候，因为家还在贵州，我每到星期六，就急急忙忙赶到二姐家，二姐也似乎是急不可耐地等着我，吃完饭，我们就关起门来，神聊开了，差不多一直要谈到半夜两三点。她可以说是如饥似渴地听我讲我在北大所听到的各种消息：西单民主墙上的大字报呀，“实践是检验真理的标准”讨论的各种内幕呀，北大的民主选举呀，等等。还有我及我的朋友正在进行的思考：关于“文革”的历史经验，关于中国的改革前景，等等。她也向我详尽地讲述她的革命经历：在南洋模范中学读书时，如何闹学潮，反抗校方的压制；如何穿过敌人封锁线参加新四军；如何南征北战，从东北一直打到广州，等等。我们都好激动，讲起来真是眉飞色舞，手足并动，讲到淋漓尽致之处，就放声哈哈大笑。

谈话越来越深入，我们就像知心的朋友那样，无所不谈了：连初恋的经过，以至于家庭生活中的隐秘，都向我和盘托出。面对二姐的坦诚，我觉得十分自然，仿佛她的本性就是不知隐讳为何物的；同时我也从她的倾诉激情里感到了她内心的孤寂。在一次深夜的谈话中，她告诉我，在她千辛万苦参加新四军以后，在政治审查中，人们竟然怀疑她是敌人派进来的特务，理由是：你既然是国民党大官的女儿，为什么不愿意享受荣华富贵，却要跑到根据地来吃苦？尽管后来问题澄清了，但这样的家庭出身使她在部队里始终被视为异类，不能得到充分的发挥。再加上在艺术观点上，她和老丁因为与某位领导始终存在着意见的分歧，更是处处受到掣肘与压抑。现在，家庭出身的包袱总算卸下了，但时光已逝，由于长期靠边身体发胖，就很难再重返舞台了，改为创作，毕竟不是本行，力不从心了。说到这里，她突然一声长叹，眼睛闪着泪光，逼视着我：“理群，你说我该怎么办呢？”我从未看见过她如此的沉重，如此的怅惘，竟一时说不出话来。我的眼前，突然闪现出她当年扮演《雾重庆》女主角神采飞扬的情景，心里想：二姐啊，你是满怀着理想的激情参加革命的，但为什么人们竟不能理解呢？你原是应该大有作为的，你也是壮志未酬啊。但这一切，又是怎样发生的呢？……

但不久，我又目睹了她的一次激情喷发。有一次，听我介绍北大民主竞选的情景，她突然来劲了，表示要来北大听竞选演说。我犹豫了一下，还是带她去了。记得是在一个大的阶梯教室里，挤满了人，二姐走进来，因为穿着一身军装，就引起了许多人的注目，但她似乎并不在意，而且很快就进入了角色。我在一旁默默观察，很有些诧异：她竟是那样的投入，演讲人的几乎每一句话都引起了她的强烈反响：她一脸激动，眼睛闪着光，拼命地鼓掌。演讲一结束，她就拉着我往外走，一面兴奋地说："太棒了！好久没有听到这样的演讲了！完全像我年轻时一样！我当年就是这么讲的！如果我现在还年轻，我也要这样讲！也要为中国的民主、自由而斗争！……"就在这一刹那，我突然觉得我懂得二姐了：她当年正是出于对民主和自由的向往，反抗学校当局的压制，抛弃了安逸舒适的生活，甚至不惜与家庭决裂，来参加革命的啊。而那时候，中国共产党也正是因为高举起"反极权专制，反独裁，争取民主与自由"的旗帜而吸引了三四十年代最优秀的知识分子的啊。后来，我到了台湾，听到了一种说法，仿佛当年反共的人才是真正要求民主的，这种说法近年来在大陆的学术界似乎也很有影响；每当听到这类高论，我都要想起二姐、四哥，忍不住要为他们当年的选择做辩护。我们不能否认当年的国民党政权是一个专制独裁政权这一基本的历史事实，如果把冒着生命危险反对国民党的一党专制的共产党人和他的同情者视为反民主分子，无疑是对历史的歪曲与颠倒。我们更不能囿于成败论英雄的历史观而否认二姐、四哥这样的40年代大、中学生中的佼佼者选择革命的历史合理性。

后来，二姐又写了一个剧本，讲自卫反击战中幸存者对牺牲的战友的怀念，这其实是一个抒情小品，几乎没有什么情节，却写得非常感人：二姐显然是想借此唤起战争年代战友之间的生死之情，这对她来说，是神圣的。我被深深地感动，并且为剧本处处闪烁的创作才能感到欣慰：二姐或许能在生活中重新找到自己的位置？这次初试锋芒似乎也增加了二姐的自信，不久她就兴致勃勃地向我宣布：她要写一个反腐败题材的剧本！我再一次地震惊了：当时（80年代中期）党的腐败问题还没有引起普遍的重视，党内也一直存在着关于对党的主要威胁是什么的争论；二姐却一下子就抓住了反腐败这个要害，这除了表现她的敏锐，更说明她并不回避党的不足，并念念不忘于党自身的改造：她仍在坚守着自己的"党不能脱离人民"的信念。二姐毕竟是二姐！她立刻行动起来，到处采访，后来竟干脆住进河南省的一个检察长的家里去体验生活，收集了大量素材，就开始构思起来：这时候，我们姐弟俩有了共同的话题，又出现了那样的场面：二姐眉飞色舞地讲着，我不时地插话，出点子，说着说着就争论起来，一个嗓门比一个大……

就在二姐的生命和我们的关系都出现了新机的时候，在一次检查中，突然发现二姐患了肺癌，已经到了晚期，并且迅速转移到了骨骼。这真是晴天霹雳！我们谁都没有思想准备，二姐本人更是没有思想准备。而这时候，大哥的癌症也还在发展中：我们全家乱成一团。这时候，大家才想起来：二姐曾多次摔倒在地，最近几年，她的脾气越变越坏：正是病魔在折磨着她啊。我们为什么想不到这点呢？她健壮的外表蒙蔽了我们和她本人！我更是谴责自己：我为什么要这么不断地搅动她的内心世界呢？……

从表面看，面对这突然的生命袭击，二姐是平静的，但无神的眼光却透露了她的绝望。每次去医院看她，她都是呆呆地坐着，很少说话。只有谈到她的剧本，眼睛才发出光来，但很快就熄灭了。在一次探视中，她突然表示，让别的同志来完成剧本她有些不放心，她一再重复这一点，我终于明白，是希望我来完成；但我明白，这是我无法胜任的，但又怎能拒绝呢？我点了头，二姐立刻抓住我的手，手是无力的，但我却感到了它的分量。而令人不解的是，此后，她再也不提此事，并且话更加少，后来就一句话也没有了。这是最让老丁和我们大家伤心的：她没有留下任何遗言，对孩子没有任何嘱咐，就这么无言地走了。……而我，捏着她的手稿，竟是火一般的灼人。但我仍然没有完成她的重托：多少次提起笔来，所有的事，都在眼前一一闪过，心绪是如此的纷乱，一个字也写不出来。我只得将二姐的遗稿交还给老丁，我觉得我的心在流血，却没有一滴眼泪……

而二姐死后的寂寥，更给人以心灵的重压。在酝酿悼词时，著名的歌唱家李双江竭力主张要写上“著名的表演艺术家”这样的评语，但老丁和我都没有同意：二姐确实具有表演艺术家的才情，她应该、可以成为一位杰出的表演艺术家，但是她不是。如果在其他方面发展，她也能做出出色的成绩：在我们钱氏家族中，她本是最有才华的一个。但她没有得到充分的发挥，五十多岁就离开了这个世界：世道对她实在是太无情了。但转过来一想：世上又有多少人实现了自己年轻时的雄心壮志与梦想呢？人就这么平平常常地活着，又平平常常地离去，让死来结束一切，不要再絮絮叨叨地说什么，让二姐安息吧……

但她却留在我的心中，难以忘却。写《1948：天地玄黄》时，想着她，悄悄地在《战地歌声》这一章里，抄录了她当年写的一篇小通讯，让她以一个普通的“二纵宣传队队员”的形象留在历史记载里：就算是我的一个纪念吧，而且我真愿意二姐永远是这样一个忠于自己的信仰的、与普通士兵息息相通的、朝气蓬勃的、年轻的革命者。

2001 年 8 月 25 日写毕

附：女宣传队队员钱树榕

1948 年 10 月 24 日晚，东北大决战进入了最后一刻：广阔的辽西平原有数不清的人马，从四面八方涌来，朝着国民党军东北“剿总”第九兵团司令廖耀湘所在的胡家窝棚疾行赶去。追击的解放军与逃命的蒋军，双方的部队相互穿插，乱成一团，飞机在空中盘旋，也无法扫射轰炸。四处有烟火，四处在混战，东一堆，西一堆，蠕动在整个平原上。这期间，活跃着一支奇异的队伍，他（她）们手持扁担、乐器，身背油印机，一路奔跑，一路吆喝，此刻已顾不上、也无法作战地鼓动，就忙着抓俘虏，一个小同志拿着一根扁担抓了一串，有的则奉命代部队看管蒋军营以上的军官，等待黎明时把他们押送到集合地……

这里所说的宣传队（或称文工团）几乎是毛泽东领导的中国人民解放军所独有的。毛泽东在著名的《在延安文艺座谈会上的讲话》中即已明确指出：“要战胜敌人，首先要依靠手里拿枪的军队”，“还要有文化的军队”……在某种意义上可以说，在人民解放军建制中设立“宣传队”（“文工团”），正是毛泽东的“文武两个战线”，枪杆子与笔杆子相结合的理想的一种体现。这些以初、高中文化程度为主的中、小知识分子，在以文盲、半文盲的农民战士为主体的军队中，确实发挥了重要的作用……文工团（宣传队）除了要用各种文艺形式在战前、战时和战后对部队进行思想、时事、政策、文化教育和现场鼓动，开展文化娱乐活动以外，还要进行战前动员、火线喊话、管理俘虏等政治工作，以及筹集粮草、设立兵站、看护伤病员等战勤工作，参与农村土改、城市军管接收、社会调查宣传等群众工作……这里有一些统计数字：1948 年 1 月华东野战军从东线到西线的千里行军中，政治部文工团在半个多月（每天行军五六十里）时间内，即组织晚会十四次，观众一点六五万人次；教群众唱歌二十一次，有一千六百余人学会了两首短歌；写墙头标语六百八十九条；写墙头诗二百一十首；画墙头画五十七幅……可以说，部队打到哪里，"战地歌声"就唱到哪里；所谓"把秧歌扭到全中国去"绝非夸大之词。

数字可能是枯燥的。经过战火，以及以后的历次劫难，幸存下来的当时的一些现场记录，也许会给今天的关心者以更深刻的印象……

在东北野战军第二纵队政治部编印的油印刊物《立功增刊》第 4 期里，有一篇题为《女宣传队员在连队——生活缩影一二》的小通讯，作者是二纵宣传队队员钱树榕：

"集合教歌罗！"值星班长喊着。一会工夫百多个人整齐地排好队伍。小王跑到队伍前面，认真地说："今天咱们学……"于是踮起脚尖，身子一挫一顿，胳膊飞快地舞动着，教将起来。战士们望着这几乎比自己矮半截的她，自然笑出声来，嘴张得大大的，一个音不漏地学进去了。女声高高地飞扬在上面，低沉深厚的男声跟在后边。

"看不见你啰！""看不见你咋比画！"后面的战士们叫。

"向后转！向前三步走！"像小司令员，她发出口令，一面跑到那边的小土堆上，让大家看到她。

"喝碗水，润润嗓子。"休息时战士们端水给她。"不易，嗓子都教哑了"，"坐一坐，歇歇"，他们又把她按到小凳上。

辑二

脚下土地

“因为我对这土地爱得深沉”

——《贵州读本》编者絮语

为什么我的眼里常含泪水？

因为我对这土地爱得深沉……

——艾青：《我爱这土地》

第一编　天下之山萃于云贵

（一）聚山万座成一国

或曰：“开门见山。”你如是黔人，对此语自有切身体会；你如是远方的客人，一进贵州，扑面而来的就是山。而我们的《贵州读本》，一开篇竟然也是山。这都可称之为“山缘”。

问题是如何看山，而且是贵州之山。

本单元收有曾为贵州巡抚的田雯所写的《山水》，有人读了此文引发了如下感慨：“黔阳山水，奇者神运鬼工，使得列置中州，韵士高流，骖屣者当无停晷矣。以逖在荒陬，不获齿遇，方幅山灵，亦若有不幸矣。”大有为贵州的奇山异水抱不平之意。

山外人少知，视贵州为蛮荒之地；黔人生长于斯，自不觉新奇，又以地处苗区，贫瘠落后，外出也羞于提及，说起“地无三里平”，也就颇含贬义。

但随着“开发贵州”之说日盛，人们开始有了新思路。有不少学者都指出，开发的前提是正确地认识贵州的省情，而贵州乃“山地之国”即应是讨论的出发点：“在贵州，人类生存与发展所必需的一切物质资源、生产生活条件，都是由这个山地所提供的，这是贵州文化生成的根本和基础，是贵州人赖以生存的物质依托，山与贵州实在是有着至关重要的生命联系。”[1]本单元末篇《山崖上的守望》，就深情地谈到了一个山里的孩子对于山的生命感受。于是，就有了“贵州文化是‘山地文化’”之说。

读者朋友，你是如何看待山与贵州、贵州人的关系的呢？——或许你对贵州了解不多，还不能发表意见；那么，就等到随着本书“目游贵州”之后，再来讨论吧。

（二）山道长漫漫

本单元最引人注目的，大概是那横跨两千多年的四幅“黔道图”吧。它唤起的是悠长的历史记忆：战国后期庄蹻这发现贵州的“第一人”寂寞地逢山开路；汉代开夜郎道，发巴蜀兵卒上千、人夫上万，用了近二十年的时间；明代大修驿道，死伤、耗费更不知凡几。先民用生命与血汗，筑成了这一条条城镇之间、城乡之间、村寨之间的大道小径……贵州人就是这样世世代代攀缘在羊肠鸟道上，求生存，求发展，用意志与辛劳与自然抗争，与命运抗争的啊。

山道长漫漫，它又唤起了多少想象：当年是何等样的人物行走在这贵州道上！“莺花夹道惊春老，雉堞连云向晚开”，正赴贬所龙场的王阳明，遥看前路，苍茫无尽，眼前所见雉堞、夕阳，还有楼台、暮角，皆是唐代边塞诗常见意象。“健儿撒手忽鸣炮，惊起群山向天叫”，以翰林编修的身份出点云南乡试的林则徐，仕途正顺，心中没有阴影，初入黔中，山水的奇绝，自让他豪情满怀，兴奋不已。“岭断舟横渡，波回浪拍天”，已任大定知府有年的黄宅中，对贵州山道早已习惯，故心境平静，对沿途山水采取欣赏的姿态。或苍凉，或激越，或淡远，不同身份、处境的人面对山道，竟创造出如此丰富的诗的意境……

作为现代中国人，贵州人，你行走在乡间小路或古驿道上，想起了什么？《古道精魂》的作者以沉郁的笔调写出了他的悠悠遐想，你不妨也放笔抒写一番。

（三）南国此峰尊

梵净山的神奇，在其包容性：就其景而言，“集五岳之奇险幽秀而大气磅礴”；就其自然生态系统，一山而有华中、华南、西南三个区系的动物，森林树种也有七百三十多种。它的周围，又聚居着苗、侗、羌、土家、仡佬等多种兄弟民族。人们称道此山为贵州第一名山，是有根据的：在某种程度上，我们是可以把梵净山视为贵州山水，以至于贵州文化的一个象征的：“此山尊”实非夸饰之词。

梵净山的神奇还在它的景观与生态环境都得到了比较完整的保存。当人的生存环境被人自己破坏得惨不忍睹时，蓦然回首，发现了此方净土，自会有惊奇之感。究其原因，除了山路的险峻，成了梵净山自我保护的屏障之外，主要是因为山民尚存敬畏神山之心。就连地方官也懂得要立“禁树碑”，所谓“草木者，山川之精华，山川者，一郡之气脉”，“十年之计树木，况兹崇山茂林，岂可以岁月计，宜止焉，戒勿伐；弗若焉，未可也”，在崇山茂林面前，竟是一点也不敢怠慢！

不可小看这“敬畏”二字：今天的许多中国人正是因为缺失了对大自然的敬畏之心，而疯狂地暴殄天物，并迟早要受到无情的惩罚。——这绝非危言耸听，望开发贵州，开发梵净山者戒！

（四）黔山多奇洞

“黔山多奇洞”，这是真的，贵州在亿万年前是一片汪洋大海，属于古地中海的一个重要组成部分；经过由海洋抬升为陆地和造山运动的漫长历史，贵州成了世界三大岩溶区之一，处于东亚片区的中心地带。岩溶山地占贵州土地面积的百分之八十四，大大小小的溶洞、暗河、暗滩可以说是遍藏于全省的群山之中。而以织金洞为代表的贵州溶洞，之所以让世人惊叹为“行星上的一大奇观”，就因为它“大”，少有的壮阔与丰富，以磅礴的气势给人以震撼。在《话说织金洞》的作者眼里，这是“自然的大写意，造物的大手笔”，这感受是真实的。而这样的自然的大气象是孕育人的大气象的：这才是贵州溶洞的真正魅力所在。

而造化对贵州实在是格外垂青的：“扶舆灵秀各有分，贵州得此一朵云。……造化之手信幻极，四海不作雷同文。”后人称为“清诗冠冕”的贵州郑子尹在其《飞云岩》诗里，这样写道。这方土地上的溶洞风光是能够激发起人们无限的想象力与创造力的，你看何绍基的《飞云岩》，层出不穷的博喻，随心所至的自由抒写，真个是“人云共行两不知”了。

《古洞三记》里写到的舞阳河畔的青龙洞也堪称一绝。特别引起学者注意的是这里的古建筑群：“在这座由若干风格迥异的单体建筑汇成的建筑群中，你会发现，这里既有传播道教思想的正乙宫、吕祖庙、玉皇阁、斗姥宫等，亦有佛家禅宗的大佛殿、观音殿、望星楼等；既有讲授‘治国平天下，修身齐家’的紫阳书院，亦有锣鼓喧天、俗家百姓演绎历史的戏楼、戏院，还有商贾聚集的会馆等等。在这里，不同民族、不同地域、不同宗教的文化相互融汇、相互渗透、相互统一却又各具异彩，每一次身临其中，总是不由得让人为之慨叹。”[2]

（五）异兽若神附

古人说：“深山大泽，必有龙蛇。”蛇是一定有的，在贵州山泽之中更是随处可见；龙却是想象虚构的东西。但有意思的是，在贵州还有“龙马”，据说就出在养龙坑（今息峰），明朝大学士宋濂写有《龙马赞》，极力赞颂其“精彩明晃，振鬃一鸣，万马为之辟易，鞯勒不可近，近辄作人立而吼，上谓之天地生此英物必有神”。说这些山中之兽全是天地所生，可谓卓见；而“必有神”之说，也非毫无根据：贵州的马确有特殊之处。贵州山大路险，培育出了“水西马”、“乌蒙马”这类名马，马虽不高，但惯行山路，谓之“爬山虎”。彝族还有独特的驯马术：先将三月之驹置于崖下，母马置于崖巅，小马恋母乳不得，不畏险峻而向山崖急驰；又系母马于千仞之上，将驹放在崖上，“母呼子应，顾盼徘徊而不能自禁”，于是狂奔而下。如此再三，训练出来的马，勇猛异常，颇有“志在千里，隐然有不受羁勒之意”，因而“神骏过之”。[3]可见所谓“有神”之说，都是远古先民将事实与幻想混融的产物，由此就衍生出许多神秘的神话传说。而如《蛇的神话》的作者所说，“神话和传说不仅只产生于远古和唐宋，也产生在今天的深山大泽、村墟山寨。”这实在是人的精神发展的需要。也还是这位作者说得好：“‘神话’与‘科学’并存，世界才变得这样美好。”

在科学理性主义至上的今天，到深不可测的贵州大山的夜里来听听关于蛇，关于马，关于牛，关于虎……的传说，感受一点对万物的神秘感，是大有益处的。

（六）草木也有灵

草木是贵州之宝，贵州人对它也分外有情。

贵州的地理气候是最适于草木的生长的，其特点也在其丰富性与多样性，可以说各类植物都在这天然的大公园里，和平相处而各得其所，维护着和谐的生态平衡。因此，贵州保留的原生态的品种之多，是全国罕见的。它尤其是古老的孑遗物种理想的保存生息之地。像珙桐（俗称“中国鸽子花树”）、桫椤、银杉，是恐龙时代的植物，原先广泛地生长于地球的各个角落，后因气候变化，濒于灭绝。仅存的，大部分隐居于贵州山中：珙桐在梵净山、绥阳宽阔水，桫椤在赤水，银杉在道真大沙河，这都是世界植物界的“遗老”，贵州为它们提供了最后的避难所。

这除了贵州独特的自然条件，也得益于贵州山民的善良：他们懂得，“吃山靠山”，也得要有回报：呵护这山中的一草一木。看看锦平的禁砍捐植碑，没有讲大道理，“合乎人心”四个字就把什么都说清楚了。

这背后或许还存有人世间的草民对山野的草木的生命共感。所谓“草木也有灵”，是因为草木中融入了人的灵性。贵州人普遍对刺梨情有独钟，是可以理解的。刺梨无所不在，山间平地，道旁篱落，触处皆有。它明艳而不炫耀的花朵，内美而外陋的果实，也与贵州的边远闭塞，贵州人的善良、辛劳、朴讷，形成了一种对应。宦游京华、最后客死京华的贵州大画家、大诗人姚茫父，曾填过一首咏刺梨的词《御街行》，其中云：“从离乡里几多春，花岁岁，应如故。夕阳归马，开犹待我，人老谁留驻？”那么，他是把刺梨作为自己的家乡贵州的象征了。

第二编　山之精魂聚于石

（一）破石溢水而出

古史凡部族杰出首领的出生，多具神秘色彩。殷简狄吞玄鸟卵而生契，周姜原践巨人迹而孕稷。虽属附会，未尝无由。故夜郎国之王生于竹，以竹为姓，自然与其部族先民的灵物崇拜有关。而竹王"以剑击石，水出"的传说，更是给人以神奇之感。而无论是捐竹成林，还是破石溢水，也都是黔地随处可见之景；也正是这些奇石异水，向世人展示着贵州山川的灵性。

贵州确实是一个神奇的"石头世界"。考古的发现证明，早在几十万年以前（学术界有二十四万年、三十万年、五十万年诸说），远古人类就栖息在贵州这块土地上，创造了"观音洞文化"；而据《中国百科全书》所说，"观音洞文化与北京人文化分别是中国南方和北方旧石器时代早期有代表性的重要文化。"这就是说，从古人类踏上贵州高原开始，便与石头结下了不解之缘。直到今日，我们在贵州行走，依然到处可见石头的山，石头的路，石头的房屋，石头的村寨，石头的城，还有石头的墓葬，石头的碑刻、摩崖与岩画，以及那道家的洞天福地和佛家的山间梵宇，无不显示山岩的风采与神韵。而所谓"山岩性格"更是铸入了黔人的灵魂。有学者因此作出了这样的概括："从距今二十余万年到现在的历史，都记录在岩石上，这就是贵州特有的一种文化现象"，这样的"岩石载体文化"是贵州文化的一大特色，它是"山地文化"最突出、鲜明的表征。[4]

（二）遥远苍凉的生命古歌

贵州的化石发现，不断地给世界以惊喜：1995 年 5 月 21 日，《光明日报》以头版头条发表消息："世界罕见的重大科学发现，贵州龙化石被认定产生于二亿四千万年前的三叠纪，属爬行动物。"1998 年 2 月 6 日，世界科学界最具权威的杂志之一——美国《科学》杂志又报道中国大陆学者与台湾学者在贵州瓮安发现了距今五亿八千万年的最原始的动物化石……

正像研究者所说，每一次发现，都给我们一双新的眼睛，去寻找从未看到过的世界。想想看，二亿四千万年，五亿八千万年，这是怎样一个时间概念！再想想，就是我们脚下的这片土地，当年竟是被称为“古特堤斯海洋”（包括今贵州、云南、西藏一直到欧洲的阿尔卑斯山脉的广大地区）的北岸一线，这又是怎样一番空间景观！

一点不错：贵州化石引发的想象是无尽的；但有趣的是，科学的想象与文学的想象竟是这样的不同：前者关注的是，这些新发现的化石如何将生物进化过程中缺损的环节连接起来；而后者则始终触目于曾有过的生命的存在，以及在突然的灾变中生命的陨落，仿佛听见一首首遥远苍凉的生命古歌……

（三）石是人家乡

这话说得多好：“山是石世界，石是人家乡。”

用石头来构筑家园，这自然是贵州的自然环境、地质条件使然；但也未尝不可以看作这方土地上的人民对自己的生存方式的一种诗性选择。

正像《走近石板房》的作者所说：“在勤劳的布依人看来，这粗糙原始的石头，是淳朴和坚固的象征，用它来构筑家园，也就是用持久和恒定来构筑生活，使那一颗颗不安的灵魂有所归宿，有所寄托。”

但让人们意想不到的是，石头一旦成为“人家乡”，也会显出其柔性的一面，这正是《石城浮世绘》的作者所要告诉我们的。他记忆里重现的童年印象中的“石城”，是那样的满溢着温馨：那“永远被挑夫们溅得湿漉漉的”石甬道，那“阴凉沁人、石壁长满厚苔的门洞”，那“石沿上满是深深浅浅数百年磨出来的绳槽”的石井，还有那“露出斑驳的石骨，好像满天星斗”的石山……唤起的竟是悠然的绵绵情意；而小城的居民呢，“就在这个石窟窿、石世界里，经历每人一份的生老病死，苦辣酸甜"，从容地过着属于自己的闲适、安详而散淡的日子：那石头般的坚韧的生命力已经融化在这石城的日常生活中了。

（四）山石之韵

这一组诗文，写的石壁，石岩，石花，奇石，皆充满石的灵性与诗的韵律。石头因此进入审美的境界。

但这是应该由读者自去把玩的，我们还是不说了吧。

（五）红岩"天书"

贵州多有神秘之处，红岩"天书"即是其一，据说中外很多有关学者都认为，它可以与禹碑、九鼎等相侪，带有绝对的神秘性。由此引发了持久的"释字破谜"的努力，有人综诸家之研究，概为十说，即有禹迹说，殷高宗伐鬼方说，武侯南征手迹说，天然岩石花纹说，道家符箓说，苗民古书说，古濮文说，古牂牁文说，以及原始彝文说——收入本书的日本学者鸟居龙藏即是持古彝文说。读者如有兴趣，似也可加入到这支探秘队伍中：它至少可以多少满足你的好奇心，并焕发你的想象力。

其实，贵州大山深处的悬崖绝壁上，就有不少这样的神秘的岩画。规模较大的是花江大峡谷岩画，包括关岭的马马岩岩画，汉元洞岩画、牛角井岩画和贞丰的七马图岩画，有人有马，有鸟有兽，令人神奇莫测。此外，还有开阳岩画、紫云岩画、长顺岩画、六枝岩画，等等。岩画都在临河的悬崖上，以丹砂或赭石为颜料绘制，都用线条勾勒，风格古朴粗犷怪异，画意朦胧，似风情画，又似战争图，是一些可视而不可指的画面。有学者认为，这些岩画可能与原始宗教有关：把画置于壁立千仞的石崖上，这本身就有一种威不可犯的气势。而画均为红色，它是血的象征，是可以避邪的。岩画仿佛是借助一种巫术来镇住那些兴风作浪的水鬼和出没山间的恶魔，使人畜平安，地方太平。它反映了先民驱鬼祈福的心理，表达了一种不可言状的复杂心态[5]：这或许就是今人难以理解的原因所在吧。

（六）有字无字皆是碑

面对散布在山崖岩壁，桥道关渡，城垣书院，祠庙寺观，楼台亭阁，坟场墓地……的碑刻，不能不顿生无尽的沧桑感。

是的，历史不能无碑，碑上有历史。

《千里乌江百块碑》的作者说得好：碑，这是文字与石头的奇妙结合；碑，赋予冰冷的石头以文化生命。

人们常常为中国典籍中关于贵州的记载的缺失而感到遗憾，却忽略了碑刻上如此丰富的历史记载：这是一个探讨贵州政治史、经济史、军事史、交通史、思想史、宗教史、教育史、文学史、民俗史、民族史、文化交流史……的巨大宝藏。

默默地站在那里，它已经等待得太久了。我们何时真正走近它？

这是有字的碑，还有无字的碑呢？

第三编　真山深处有真水

（一）百河千湖可悟水

这是一个感人的细节：一位外地游客从黄果树瀑布归来，这样写道：“一天之间，年近古稀的我，竟惶惶然地承认：水啊，相识虽久，今朝才刚刚了解你！”《漫谈贵州水》的作者因此说：“当年的王阳明在贵州悟道，今天又有人在贵州悟水。”这都说得极好。我们又想起一句古话：“有山无水山不活。”贵州的山，黔人的生命，有了这百河、千湖、万泉，就真的活了。

在贵州人的眼里，水的流动正是一种生命的运动。看《乌江赋》里的乌江：“骇浪惊翻，激流奔下”“层花卷石”“霹雳而起”——这是何等样的生命的壮观！而赤水河则名“赤虺”，虺，蛇也。长河曲行于崇山峻岭中，如赤蛇逶迤向前，挟带着一股高山密林的蛮荒气息，让你感染着生命的神秘而悚然。而南、北盘江既以点滴之水发源于同一山岳，随即各自在深山峡谷中闯荡一气之后，又在数百公里的下游地带，如两条巨龙大蟒紧紧拥抱、纠缠在一起，这更是引人浮想联翩……

更触目的，是水道上人与水的相生相搏。请看乾隆、嘉庆年间，严如煜在所著《苗疆水道考》中的描述：“苗疆溪河浅濑，一线蟠拆万山之间，莫不怪石森罗，乱岩排列，舟人计篙上下，稍不戒则舟人俱覆。秋冬水涸石露，涛声砰訇，盘涡倾仄，上者必合十余舟夥帮而进。长年整舵，家长拦头，缆夫十数人蚁行于石角树根之前，一舟既上，更迎一舟，故舟行计程潭中日数十里，遇险滩则不过十数里矣。甚至后舟既至，前舟未发，不能越次前进，停泊滩尾守候数日者有之。古称水险必曰蜀之滟预、闽之九龙，以蛮地滩溶较之，殆有甚焉。”——贵州的险山恶水赋予它的子民以怎样一种顽强、坚韧的生命意志与力量啊。

（二）中华第一瀑

《至刚至柔的不解缘》的作者说得好：这真是一处“令人着魔的景观”，是一次“撼心摄魄的人生体验”。不仅是这里的山和水结下“不解缘”，这更是瀑布与人的生命相遇，激发出的是无尽的、各不相同的生命感悟与想象……

这是国画大师刘海粟和他的一位朋友在黄果树的谈话：“贵州山水在孕育着交响乐的情绪，当文化积累到高峰时期，一定要出震古铄今的大天才，来吟唱中华民族心灵深处的大悲欢！”

说得太好了：贵州大山大瀑布里郁积的，正是本土与民族心灵深处的大悲欢，它长期孕育、积累，蓄势已久，只等着那文化高峰时期的到来，等着那震古烁今的大天才、大手笔的出现——那将是一个惊天动地的历史时刻！……

（三）圣泉·草海

贵州多奇景：省城贵阳西北黔灵山中的圣泉即是其一。据观察者言，圣泉历六百余载，盈缩如故，约五分钟涨三四寸，回落又涨，循环往复，计一小时可六七次，一昼夜一百几十次。这自然有些奇，早在清嘉庆、道光年间，就有甘肃武威人张澍列举国内名泉十九处，其中“奇诡尤著者”有七处，而“以黔之圣泉，可验潮汐，为尤足异”。正如贵州大诗人郑珍所言：“大哉造化机，奇出无终究”，大自然的奇观，引发了文人探究奥妙的好奇与奇异的想象，幻化出无数的诗篇：“龙图天生水，羲画山出泉”，“盈涸在顷刻，消息同乾坤”，这就为自然景观蒙上了神秘的色彩。于是，圣泉之奇就成了客观奇景与主观奇思的结合，其魅力或也在此。现在，我们将其还原，把作为历史述说和想象的圣泉与现代水文学家的科学解说并置，读者对照起来读，当会别有领悟。

贵州地势高拔，沟壑纵横，洞穴遍布，故罕有湖泊。西部极高处的威宁县中部，开阔平缓，清道光年间，山洪暴发，所挟木石泥沙壅塞消水洞，积水成湖。这就是贵州少有的天然湖：草海。面积三十平方公里许，虽比不上洞庭、太湖，却是西湖的七倍。草海，自然以草盛得名。草盛则鱼虫多，鱼虫多则鸟类繁。每秋之后，来此越冬的鸟禽成千上万，争食嬉戏，影乱湖烟，或振翅高空，呖嘹咕嘎，声闻数里之外。草海，“一环青山，一汪碧水，一片苍草，一抹灰云”。没有轩榭亭台，没有回廊小桥。这是一种质朴之美，平淡之美，静穆之美。但这种美，不是人人都能欣赏的。

（四）花溪胜景

花溪地在贵阳南郊十六公里处，原名“花仡佬”，明代大旅行家徐霞客在其游记中有记载。清代嘉庆、道光年间，当地塾师周奎一家数代在此始建园林。抗日战争期间，贵筑县县长刘剑魂在河上辟风景区，并改名“花溪”。1940 年，省政府扩建为公园。新中国成立后，陆续增修碧云窝、黄金大道、天河潭等景区。

俗话说，“人心不同，各如其面”，风景也同样各有面目特色和不同意境。本辑选用的几首诗，从不同角度拈出了花溪的特点。元帅诗人陈毅用平白如话的诗句概括了花溪的个性：一是天生的精致，一是农耕与游憩之融洽无间。陈恒安诗刻画山水相得之美。张汝舟乃著名学者，以一位江南流亡者，久居花溪，美景既消解了他思乡之苦，同时又勾起更深的乡愁，很是亲切动人。散文《花溪秀而野》则从当地人的角度，演绎花溪四时晨昏的韵致。

第四编　山乡风物

（一）乡风民俗最迷人

我们说过，有字碑之外，还有无字碑；文化也复如此，有记载在典籍中的文化，更有存在于普通百姓日常生活、生存方式与世代相传的风俗习惯之中的文化，如盐之溶入水，它似乎不落痕迹，却格外深刻，构成了一种文化底蕴。如果说，贵州的典籍文化相对薄弱，其乡风民俗中的文化却是特别丰富的。贵州本地人或许习以为常，山外人只要一踏上贵州这块土地，就会对此留下强烈的印象，人人争说贵州是个“民族风情博物馆”，这大概是真实确切的。

别的不说，单是贵州节日之多与精彩纷呈，就让人应接不暇。有民谚曰：“三里不同风，五里不同俗，大节三六九，小节天天有。”这绝非夸大之辞。有人统计，全省一年中有大约千次以上的民族节日集会，集会地点遍布全省，参加人数约占全省人口三分之一。像苗族的跳花场、芦笙会、四月八，布依族的三月三，牛王节，赶摆，彝族的火把节，侗族的春节，花炮节，仡佬族的拜树节，瑶族的盘王节……都是人山人海，全民同乐，惊天动地，人神共享，这样一种吉祥、喜庆的气氛，充满活力的生命律动，自由、奔放的狂欢状态，是能够让人如痴如醉，甚至有惊心动魄之感的。

也许正是因为贵州的乡风民俗过于丰赡繁复，本辑的编选反倒颇费踌躇，所选的只是长江大河之一勺。只能说，读这些诗文，不仅可以知道一些妙趣横生的旧时风习，而且诗文本身也很堪玩味。随着时代的推移，许多古老的乡风民俗正趋于消亡或变迁，亟须更多的人用笔墨把它们记录下来，鲜活地永生在美文好诗之中。

贵州的乡风民俗是迷人的，但最让人迷恋的，还是其所显示的民气、民魂与生命境界。

（二）黔味

这是《最忆贵阳肠旺面》的作者告诉我们的一个真实的故事：老友侨居海外数十年，去年回贵阳老家探亲祭祖。青年时代的朋友们相邀聚会，席间问他在海外最思念故乡何物？回答说：“当然是肠旺面。”——这其实是人类的普遍经验：几乎所有的身处异地（无论是国内还是国外）的游子，最能撩起他的乡情的，都是故乡的吃食。

这绝非偶然，而且意味深长。

谈起家乡的特色小吃，首先唤起的是一种特殊的味觉，让你垂涎欲滴。

同时浮现的是一抹色彩。你看这碗“肠旺面”：金黄的面条，鲜红的辣油，淡紫的血旺，雪白的大肠，黑亮的脆哨，翠绿的葱花……

耳边又响起那久违的乡音。“跑堂”的吆喝，还加上许多“言子”：“地久天……”哦，“六畜兴……”哦，“牛头马……”哦……

还有那人群熙攘中吃食小铺小摊浓浓的气味，让你吸不尽闻不够，以致整个心都陶醉了……

许多许多的故人，许多许多的往事，一起奔涌而来……

还有呢，那么多美丽的，神奇的传说，故事，山歌，童谣……刹那间都从沉睡中复活了……

这一切，都最后凝定在那永恒的童年记忆里：端锅操勺、摆放碗筷的母亲那双粗糙龟裂的手……

这就是我们这里所说的“黔味”：它是凝结着这方土地的风情、文化、生命与血脉的。

其神妙之处，更在于这一切都实现在有着时空距离的回忆之中。——家乡的形象总是在想象里完成的。

写下来，就是人们说的美食文字。它记录了五官享受的美妙，又向精神享受升华，获得了出于实物又高于实物的审美的价值——从这一角度来看本辑的选文，也是饶有兴味的。

（三）酒之冠

许多人谈起贵州，总要想到酒，实在是因为“贵州茅台”太出名了。

通过“酒”来体验贵州文化，这也不无道理：贵州原本就是酒之乡。

酒里有历史。——《旧唐书》中即有贵州少数民族“婚姻之礼，以牛酒为聘”的记载。

酒中有习俗。——《黔语》说："咂酒，苗俗也，古谓之竿儿酒。其法：蒸野稗（毛稗、苦荞、大麦等）如面实之罂（大腹小口的瓶子），而涂其口。十日招客则设罂堂中。撤涂，注水于口平，浅则复注，逡巡酿成。成细筒插罂腹，众客环而咂之，以次轮转，水味淡则酒力竭矣！"据说，苗之外，瑶、仡佬、彝族也有此俗。想想看，以竹、藤、芦管插其中，"众客环而咂之"，再拌之以歌舞，该是怎样一番群体狂欢的情景！黔南一带，还盛行"女儿酒"。女儿呱呱落地便酿此酒，以泥密封窖入池中，待女儿出嫁回娘家时，再取出与众宾客痛饮，将酒与人生之大喜大乐连在一起，这又是多么富有想象力的豪举！

好酒凝结着山川之美。——贵州之名酒茅台、习酒、习水大曲、郎酒，均产于赤水河仁怀以下河谷，皆因这里水质、气候独特；水色之美与酒味之香，相得益彰，遂有"美酒河"之誉。

酒在贵州与中国，更是一个重要的文化载体。《酒话》的作者说得好："酒文化不仅在酒，还包含酒具、酒场、酒肴、酒令，以及酒态等等，更包括这一切因素熔铸而成的意境。"历来许多咏茅台的诗，写的都是一种意境。如前人写的"茅台香酿酽如酒，三五呼朋买小舟，醉倒绿波人不觉，老渔唤醒月斜钩。"（卢郁芷），今人笔下的《难怪山要跑来》："有的山像已卧倒，有的山歪了身体，不知醉了几匹！"（廖公弦）。但或许更有意思的，还是《酒话》里描写的："乡场初散，两个山中老汉喝罢大碗酒，灌满酒葫芦，相拥踉跄而行，偏偏倒倒，吓得鸡飞狗跳。还不时停下脚步，搂着耳朵说体己话，又何尝不是动人的诗情画意。"而且或许就在这一刻，你走进贵州人的心灵深处了。

（四）黔语乡音

"少小离家老大回，乡音难改鬓毛衰。儿童相见不相识，笑问客从何处来"，这诗句是人们所熟知的，"乡音难改"四个字写尽了游子刻骨铭心的恋乡情怀。“黔语乡音”，对于贵州人，这是温馨的童年记忆，是生命之根；对外乡人，则是进入贵州的最好途径：相信本辑的文字会引起读者的兴趣。

请读贵州大诗人、大画家姚华（茫父）所写的《黔语》。“牙巴丝丝”，“少午”，“消夜”，“平火”……这些或是你平时口中耳际习焉不察的，或是你来到贵州才听到的方言，但你想过进一步去探索它背后的古风、民俗，以及语音、语义转化的奥妙吗？你能够想象出，茫父先生在遥远的北京寓所重新发现乡音的美妙时，他胸中涌动着怎样的浓浓的乡情吗？那么，你自己是不是也来编一本本地方言的小词典？在交通越来越便利、不同区域的人交往越来越频繁，社会发展越来越迅速的今天，记录和保存本地方言有特色的东西，是一件很有意义的事情。

请读了尘和尚的《俗语对韵》。这不是一般的声律书，其所说的“俗语”，一是“方俗之语”，即地方话，二是“通俗之语”，即大白话。像“和尚敲铛铛：上当，上当，更上当；道人打鼓鼓：不通，不通，又不通”，读来自会忍俊不禁，自然好念好记。难得的是，此书不仅记录了井市俗语的资料，而且在字里行间寄托了作者的处世经验和人生体味。这位曾为平坝高峰万华寺、贵阳九华宫主持的大禅师，人说他“出世而入世，了尘不了尘”，读他的《俗语对韵》，我们对生活、生命或许会多一分感悟。

人说童谣和儿歌与人类的摇篮共存，人类的历史在童谣和儿歌声中不断演进，这是一点也不错的。而我们要强调的是，童谣和儿歌不仅表现着人类质朴纯真的共同天性，更体现了民族与地域的特色，生动而各富情趣。比如说吧，幼儿两食指尖相对的游戏，大江南北随处可见，但伴随此一游戏的童谣却各地不同。“斗虫（阳平）虫（阴平），虫（阳平）咬手，疾（阳平）疾（去声）飞——飞到婆婆家，下个略咯蛋，拿给幺幺做早饭”，大多土生土长的贵州人就是在这样的唱念嬉戏中告别自己的孩提时代的。重读本辑所选黔中童谣儿歌，你想起了什么？

我们还要特别介绍的，是民族儿歌；钟敬文先生说，这是民俗文化中的“耀眼的黄金碧玉”。你看那借着萤火虫光亮刺绣的侗族女孩：“天上萤虫亮尾巴，快飞下来伴丫丫。拿只绿灯身旁坐，照我绣朵大红花。”（《萤火虫》）你看这不忍心杀鸡婆而甩刀喝闷酒的阿爸：“鸡伸脖，叫楼脚，爸爸约我杀鸡婆。鸡婆哭，鸡婆叫：‘留我大年好祭灶。’去杀羊，羊慌张：‘留我长毛做冬装。’……猪马牛，鸡鸭狗，个个怕死找借口。爸爸气，爸爸吼，甩刀进门喝闷酒。”（《鸡伸脖》）——你一定发出了会心的微笑：多么善良的民族，多么美好的心灵：这就是贵州人啊。

第五编　群山的灵感

（一）神思奇想：开天辟地的时候

笔立于高山之巅，就会有这样的感受与体验：上面是星空，下面是大山，中间是你自己，再没有（感觉不到）别的，只听见彼此（天、地、人）的呼吸，却无言，也无思，什么都凝定了……

这构成了山里人的永恒的生命记忆。——不管他是否明确意识到这一点。

由此而产生的是对“天、地、人”之间的既亲切又神秘的关系的想象与追问。——这几乎成了每一个山里人的本能的生命欲求。

可以想见，生活在贵州山国里的先民，面对茫茫大山里的种种奇观：那山形的千姿百态，那河流奔腾，密林呼啸，野兽吼叫……所传递的“天籁之声”，风云雪雨雷电的变幻莫测，月落日出的阴阳交替……是不能不感到莫名的畏惧，迷惑与好奇的，并引发出不可遏制的追究、探索的热情：天与地是怎样形成的？人是如何创造的？天地中的万物是由谁安排的？“开天辟地的时候”，世界是一个什么样子？……

于是，就产生了居住在贵州这块土地上的各民族关于宇宙起源与宇宙结构的想象。

而这又是怎样的神思奇想啊——

宇宙如人一样，是一个完整的生命：心是太阳，胆是月亮，石头是骨骼，泥土是肉，毛发是草木，血是河流……（苗族）

天原来有十二层，地也有十二层：“我们就像老鹰，把脚缩在翅膀下，飞上十二层天，腾上十二层雾”，还“要准备麻鞋十二对，要准备花鞋十二双，下水去看看，下水去望望”……（布依族）

（多么美的想象！有人认为足以与但丁的《神曲》相比；但无论怎样比较，它们可能有一个重要的不同点：但丁笔下的天堂与地狱对于他只是一个艺术的虚构，而布依族的先祖却确确实实相信宇宙的结构本就如此）。

古时候，月亮是哥哥，太阳是妹妹，月哥因欺骗了阳妹而被罚天天砍树……（俤家）

（有研究者注意到，这是对汉文化中的“男阳女阴”之说的一个倒转，颇耐寻味。）

曾有过天、地、风诸神争大的局面，后来出现了地神所养育的神人（有三百六十丈高），才安排天、地、日、月四大神各司其职，分管宇宙四方与一年四季，以风神作监督与调节，从而建立了宇宙的秩序与历法。彝族《天地祖先歌》云：“没有天和地，人类无处生。没有人类呀，天地也不美。”

这里所显示的人与宇宙天地万物的相依相存，相近相亲，和谐共生，是动人的，并且至今仍能给我们以启示，葆有永久的魅力。

（二）悠悠古歌：讲老祖祖的故事

来到贵州大山，不可不听歌。在婚礼、祭坛上，节日庆典里，以及乡间小道，冬夜火塘旁，都随时随处可以听到或浑厚，或哀婉，或苍凉，或激越，或轻柔，或欢快，或平和……的歌声。贵州各族人民是习惯于以歌（更多的情况下，是诗、歌、舞三者合为一体的）代言，以歌叙事、以歌抒情、以歌说理、以歌祭祀、以歌表示民族精神的。因此，有古歌、情歌、丧歌、嫁歌、酒歌、祭祀歌、盘歌、飞歌、童歌、理辞等不同类型。

这里要特别说的是“古歌”，多为叙事长诗，是可以一连唱诵几天几夜的。这些被视为“民族史诗”的古歌，是承担着传递民族历史、传统、精神的使命的。像本辑所选的《戈阿楼》，讲的就是彝族的老祖先的故事。后世的彝族死了老人，都要扎纸马，跳“海马舞”。这样，死者就能骑着海马，到天上去和戈阿楼住在一起。由此我们可以体会，吟唱《戈阿楼》这样的古歌，其实就是今人与古人，后辈与先祖的一次灵魂的相遇，其间传递着各民族的祖先对后代子孙的遗训与传言。

那么，传下的是什么呢？

翻开本辑所选的苗族、彝族、布依族的史诗，不难注意到，每一个民族在发展过程中，都曾面临着皇帝的压迫（《戈阿楼》）和异族的入侵与掠夺（《蚩尤与苗族迁徙歌》《王仙姑》），于是，就有了抗争和起义，有了流血和牺牲。而令人惊异的是，在这血与火的历史的残酷中，仍然显示了人性的善良与民心的淳朴。彝族首领戈阿楼在官府强行征来镇压自己民族的士兵面前，深深感叹：“都是老百姓，哪个没父母，哪个没妻子，杀死了一个，我都要有罪。”以至于宁愿自杀，牺牲自己，以平息践踏生命的战争。另一位布依族起义的领袖王仙姑也是听了老人的话：“官兵死伤太多，官兵里头也有穷苦百姓，打死那些穷苦百姓不好。”从而主动停息厮杀，远走他乡。将起义的最后失败，讲述为主动停战，这或许并不符合史实，却更真实地显现了希求人间亲和的心愿与情怀，它悄然潜在民间，氤氲于默默群山之间，构成了贵州文化精神的底气：如《蚩尤与苗族迁徙歌》里所说：“普天下土地宽又广，……我们爱的是有良心人”；也正像彝族史诗《戈阿楼》一开头所言：“人父是我父，人母是我母，人兄是我兄，人弟是我弟，人人一个样，天下是一家。”

于是，我们终于懂得，杂居在贵州这块土地上的多民族，文化习俗殊，却能和睦相处、共生共荣的原因。

（三）丧嫁曲：曼声吟唱中的生命传承

人人来到歌堂内，
个个歌唱伴亡人。
不论客来不论主，
每人唱首到天明。

置身于贵州民间的祭祀歌堂，倾听巫师、歌师的曼声吟唱，和众吊客的应声合唱时，是不能不感受到一种不可抗拒的魅力的。

有学者指出，“生活在大山之中的贵州各族人民，他们对于生命寿终正寝的安排，实在是丰富至极，同时与对生的淡然处之相比，对死亡的重视程度往往令人不可思议。”[6]

请听这泣血的孝歌：“爹娘怀儿在身上，十磨九难苦难当，爹精母血成人样，腹中怀儿昼夜忙。……今朝命苦爷娘丧，养育深恩不能忘。”由父母之死，想到自己之生：这不仅是不忘养育之恩，更有一种生命传承的感悟。

“妈妈长眠啦……歌师来唱歌。唱歌带妈妈，带妈妈远行。”——

这是苗族的祭师用诗歌的形式，引渡亡魂沿着祖先迁徙的路线，返回东方老家，然后从那里上天去与历代祖先亡魂团聚。“我送你到了，我把歌收了”，“把活魂系住，不让跟你走。让它把人护，护活人长寿”。——这是“试图通过死亡而与远古祖先血缘相连”的努力：“死并不是一个生命的终结，而是群族生命永恒联结的开始，借助一个生命的死，族群全体的生命获得一次解脱和升华。”

“树死树又生，人死有人接。树死倒在地，人死进棺材。进了棺材像进家，去到仙界像到屋。”——在布依族的想象中，死亡如归家；而仙界之家，是一个更加理想化的人间世界：依然要种谷，犁地，赶场，骑马，但却有“八哥教你念书，山猴带你走路。天公帮你下雨，神龙帮你种谷”。同时又要“留下好山好水”，“留下好僧好人”，“让凡尘平安得福，让布依欢歌起舞”：在死的哀悼里，竟充盈着如许浓烈的生之欢乐；这是丧葬之歌，更是唱给生者的，为他们开拓了一个新的美好生活的想象空间。在死的哀悼中，还完成了一种心理的转换：由死而深悟追逐名利、显贵的虚妄，进而由对死亡的歌唱，进入平和、宽容的生活之境，体会冲淡中的悠远的生命韵味。

这样一种孕育于深山远野的“因死思生，向死而生”的哲思，让我们不能不感叹这片山水赋予她的子民的聪慧与深邃。

但在盛行于侗族、彝族……的习俗里，“出嫁”这一人生的大喜日子却要泣声吟唱《哭嫁歌》：啊，啊，“明日天亮后”，“我们父女俩”“我们母女俩”“我们兄妹俩”“我们姊妹俩”“我们朋友”，“怎样来分离！”——真的，这失声一哭，不但充满了民间特有的浓浓的亲情，更把人在人生转折时刻生命感受的丰厚表现得淋漓尽致。对人的美好情感的这样一种辩证的把握与表现，也同样显示了民间智慧。

贵州各民族丧嫁歌里的生死观念，生命感悟和体验，让我们想起了“乡人如哲人”这句话。

（四）自然物崇拜背后的企求

“远古那时候，山坡光秃秃。只有一棵树，生在天角角”，苗族古歌《枫香树歌》把人与万物（燕子、猫头鹰、铜鼓……）的起源都归于这棵枫香树，确实意味深长。

在贵州许多民间故事与传说里，都有一个人与动植物相互转化的模式，如本辑所选的《保生树》，善良的苗族小伙子变成一株柏树；布依族传说《直够和他的老虎父亲》里，父亲死了还要变成老虎来保护他的儿子。这都发人深思。

而且还有植物崇拜，动物崇拜，以及山、石崇拜。

但我们曾经把这一切斥之为迷信与愚昧。

其实，新文化、新文学的先驱早在20世纪初就发出过“迷信可存”的呼唤：“此乃向上之民，欲离是有限相对之现世，以趣无限绝对之至上者也”。[7]所谓自然物崇拜所要追寻的正是人与自然的同源共生关系，所表达的是人对尚未认识的自然的敬畏感，而这背后则隐含着人与自然之间如一个大家庭那样和睦相处的企求。——我们在前面所谈的贵州自然环境保持了相对的生态平衡，与这样的自然物崇拜的关系，当是一个很有意思的问题。

在做够了“向自然开战”这类真正的愚昧之举（这或许是20世纪人类最大错误之一），并受到惩罚以后，今天又要回到历史的原点上来：当然不是简单地回归自然崇拜，但保存某种敬畏之心却是必要的；或许我们更应该视大自然为友，建立一种平等与和谐的关系。——读者不妨从这一角度来重读贵州民间故事，一定会别有兴味。

（五）民族服饰、民间建筑里的史诗、图腾

行走于贵州，最令人叹为观止的，除了我们已经领略过的奇山异

水、民俗节日之外，恐怕就是各民族的服饰了，如《带着家园同行的衣裙》的作者所说，“到处是绚丽的色彩在飘动，飘动得那些色彩间的生命，似乎永远都是那么热烈生动。”

研究者则告诉我们，服饰之于贵州少数民族，更是作为一种生活模式和文化传统而存在的；于是，就被称作“穿在身上的史诗图腾”。而且有这样的描述与分析：苗族服饰“其中的各种花纹承载着诸多的史迹，完全可以当一部卷帙浩繁的史书来读。那裙裾上极其简单的道道抽象线条，被看成是一条条河流，有人竟能指出哪一条是长江，哪一条是黄河，那一条是洞庭湖，哪一条是嘉陵江，哪一条是清水江，哪一条是通往西南的山路；那背牌上的回环式方形纹，被看作是曾经拥有的城市，也有人能指出哪是城墙，哪是街道，哪是蚩尤祖先的指挥所，哪是角楼，还有兵把守；那披肩上的云纹、水纹、棱形纹，被看成是北方故土的天地和一丘丘肥田沃土……这些都被笃信无疑地视为本民族生息发展和迁徙漂流的历史路线的形象记录。如今居住在黔西北、滇东南北一带的苗族同胞，几乎没有什么稻田，但他们制作使用的蜡染绣品上却有田连阡陌的图案，这与史书记载的秦汉时期其先民生息在江淮地区相吻合，是“穿在身上的史书”。[8]研究者还提醒我们注意苗族服饰里浓烈的图腾意味：“它大量选用水中游的鱼、虾、青蛙、泥鳅、鸭、鹅……空中飞的野鸟、蝴蝶、蜜蜂、蚱蜢、飞蛾……地上跑的田鼠、鸡、猫、羊、猪、马、狮、虎、象、鹿，以及想象中的动物龙、凤、麒麟、独角兽和花卉植物作为题材，并且还有教复杂情节的人神鬼怪和人兽连体的多种祖神等等原始巫术宗教内容。每当欣赏苗族服饰时，常常会让人感受到巫教观念中灵魂不死的神秘力量，将我们与广袤无垠的自然连接成一个整体，人、动植物、无生物均处在同一层次，不受种或类的时空局限，在超时空中互渗互联。”[9]

有意思的是，人们在贵州民间建筑中，也发现了这样的图腾意味。如收入本辑的《侗寨鼓楼》一文所说，有人认为，鼓楼即是“侗族的一种物象崇拜的体现”：鼓楼的外形很像一棵大杉树，而杉树在侗族人经济生活中作用至大，杉树顽强的生命力，侗族人对蔽荫树的依赖，都说明这样的杉树崇拜是完全可能的。而鼓楼又集政治活动，立法、讲法与执法，军事活动，祭祀、庆典，社交与娱乐诸功能于一身，遂成为侗民族群族意识对象化、物化的结晶，与前述物象崇拜结合在一起，在侗族人民心理上，鼓楼（以及与之紧紧伴随的风雨桥，圣祖母堂）就具有了一种神圣性，甚至成为整个民族的象征与标志。

这或许是一个重要的提醒：当我们注目于贵州的民族服饰、民间建筑时，要有一双“会看”的眼睛，能够从外在的“物”看到内在的“神”：凝聚其中的鲜活的生命，民族的心灵、精神与文化。

第六编　大山的包容

（一）众神庇护下的生灵

我们在这里并不准备对贵州的宗教文化作学理的讨论，我们关注的，依然是以宗教为载体的外来文化对贵州的传播与影响，包括传播与影响的方式。在这方面，学术界已经有许多的讨论。本辑所选的张晓松先生的《中印文化的交汇》一文，即强调了“贵州作为宗教文化传播的边缘地区，迫使文化的交流传播不得不采取与当时当地人们的世俗文化相互契合，吸收并接纳本土基础文化的方式进行文化改造性传播，从而产生了许多文化变异现象”，而“最终演化为一种集儒、释、道、巫于一体，各种教派兼而糅之、地方特色极浓的民间化、世俗化的宗教”。这其实也是从一个特定的层面，显示了贵州文化的“混融杂合”的特点的。

正因为关注多元宗教文化对贵州的传播、影响与渗透，以及贵州文化的接纳，因此，本辑有意选择了三种类型的文本：周渔璜的《黔灵山志序》与陈垣的《明季黔南传灯鼎盛》等，均属历史记载与研究文献，其重要性自不待言；《张三丰与道教圣地福泉山》与《香烟缭绕的三家寨道堂》则生动地展现了这样的宗教影响如何转化为宗教“圣地”、旅游胜景，从而得到更广泛的传播，其影响也逐渐虚化、提升为一种文化想象。而我们最感兴趣的，却是最后两篇《乡间佛事》与《僧尼》，它提醒我们注意存在于普通贵州山民日常生活中的宗教影响与民间信仰，它的多元混杂与世俗化、民间化的特点鲜明而不露痕迹；而我们尤其要关注的，是这些“众神庇护下的生灵”的精神状态：《乡间佛事》的作者谈到他们在贵州农村善男信女中“常常看到的神情——那举重若轻的气定神闲”，“慈祥和善的笑容仿佛在他们脸上凝滞，看惯了宠辱哀荣，留给他们的只是如河水般静静流淌的生活”。而《僧尼》的作者则为我们描述了一个“威猛的仪表、洒脱的风度和温蔼的态度融合在一起”的“真和尚、大和尚特有的妩媚”形象，这都是极有魅力的。或许这里也正蕴含着贵州文化的某些神韵：任何一种文化都要最终落实到“人”的精神状态。

（二）黔驴与印度、希腊、法国驴

“黔驴技穷”与“夜郎自大”，可以说是压在许多贵州人心上的两座“大山”，对此有许多的辩驳，在“重新发现贵州”中，自是一个回避不了的话题。

不过，在本辑中，我们的兴趣并不在此，所要讨论的，是《黔之驴》的“取材来源”，不是贵州（甚至中国）本土，而在域外：这倒是过去很少有人知道的。

感谢我国著名的印度文化与比较文化研究的专家季羡林先生，通过他的旁征博引的梳理，我们至少明白了这样一个道理：某些文化原型的生成，不仅来自民间，而且有可能来自不同的境遇，不同的文化形态。文化原型在流播、演变的过程中，其语境、形态、框架、结构或许会有变异，但构成其核心素材的那些基件却大体不变。事实上，类似的例证还有不少，如关于《西游记》中孙悟空形象的来源。这都是文化传播具有超地域性和相互影响的明证。从黔驴和印度驴、希腊驴、法国驴的故事中，或可察见人类文化的共通性与差异性。

（三）教育：文化的传播

在中原文化中占主导地位的儒学，传入贵州主要依靠儒学教育，但贵州的儒学教育却比中原地区差不多晚了一千多年。史书上载，东汉时尹珍首先走出大山，到中原师从当时第一流的学者许慎、应奉，“学成还里教授，于是南域始有学焉”（《后汉书》），因此，被尊为贵州文教之祖。其实，在他之前，西汉汉武帝时代，就有一名牂牁名士，名盛览，字长通，曾向通西南夷的司马相如学赋，写了《合组歌》《列锦赋》。但尹珍之后，中原长期处于分裂、混战状态，中央天朝无暇远顾，尹珍讲学的影响被历史的波涛冲洗殆尽，一千多年间，贵州文化教育几成一片空白。直到明代贵州建省，朝廷在加强政治、军事统治的同时，强调“广教化，变土俗，使之同于中国”，把贵州人思想纳入孔孟儒学的轨道，“使知君臣父子之道，礼乐教化之事”。而“教化以学校为本”，于是儒学、书院、社学、义学、私塾勃然兴起。特别是书院，明以前，贵州唯有宋代建于今沿河县的銮塘书院；明以后，贵州见于记载的书院在一百五十所以上，其中明代二十一所，清代一百三十三所，各州府厅县都有。声名较著的，有贵阳文明书院、阳明书院、正学书院、贵山书院、正本书院、正习书院、学古书院，都匀鹤楼书院、南皋书院，遵义湘川书院、培英书院、启秀书院，铜仁铜江书院，黎平天香书院，大定万松书院，兴义府城安龙的珠泉书院、梳峰书院，思南的为仁书院等。

贵州书院的勃兴，与他省不同，是在二三谪戍官员的推动下，形成一种风尚的。首先是王阳明，他是真正开启贵州文教新风的人，本书编有专辑，不必赘述。这里要介绍两位大家不大熟悉的，一是张翀，二是邹元标。张翀，字子仪，号鹤楼，广西柳州人，明嘉靖三十二年进士。嘉靖三十七年，张翀在刑部主事任上疏劾严嵩父子，被遣戍贵州都匀近九年。都匀教育本落后，宣德八年（1433年）始建儒学，张翀上任，即大兴讲学之风，深得官民敬爱，共同捐建房屋数间，张翀才得以由自筑茅亭迁居其中，命名曰“读书堂”，后扩展为鹤楼书院。退休在籍的名学者、教育家孙应鳌，从清平（今凯里市炉山）前来访问、讲学，生徒环坐而听。张翀离开十年后，另一位学者邹元标，初为官即以忤权相张居正被廷杖八十，遣戍都匀。他也像张翀一样，拥徒讲学，大谈阳明之学，先后六年，受教士子很多。此外，明代巡抚郭子章、江东之，提学副使毛科、席书、蒋信、徐樾、谢东山；清代巡抚田雯、贺长龄，学政洪亮吉、严修等，也都热心教育。正是在地方官的大力扶植、培育下，明清两代，贵州人才辈出，有“六千举人，七百进士”之说，这有力地证明，大山之中，非无人才，实少有识才、育才者也。

近代贵州也有两次教育发展的高潮。一是1905年首次留洋热，一是抗战爆发后，浙江大学、唐山工程学院、大夏大学与湘雅医学院先后落户贵州遵义、湄潭、平越、贵阳等地，于是，在贵州又兴起了现代学者、文人讲学之风，读收入本辑的钱穆《遵义讲学记》，听钱先生如何大谈“读书当一意在书，游山水当一意在山水。乘兴所至，心无旁及”，不难想象当年讲学的风采。影响所及，也带动了贵州自身教育的发展：贵州大学即是在20世纪40年代再建，迅速发展成为文、理、工、法、商俱全的综合大学；贵阳师范学院、贵阳医学院也创建于这一时期；几个清华校友在花溪创办的清华中学，也是声誉顿起，成为名校，以至于今。正如时为浙大校长的竺可桢所说：“昔阳明先生贬窜龙场，遂成知难行易之说。在黔不达二年，而闻风兴起，贵州文化为之振兴。阳明先生一人之力尚能如此，吾辈虽不及阳明，但以一千余师生竭尽知能，当可有裨于黔省。”——这样一种以王阳明事业的后继者自励的精神，也是“兴黔之风”再起的今日所需要的。

（四）黔南甘雨岭南风

会馆，是旧时市镇中外地寓居者联络感情、保护自身利益的同乡组织。从京城到各省都有。但像贵州这样外地会馆遍及全省，大至省城、府县，小到偏僻乡镇，都广泛存在，却不多见。这或者有更内在的原因。人们注意到，加入会馆的人，并非都是初来乍到，多数是住了几十年，甚至几代人了。会馆，其实是移民的缩影。贵州是一个移民省，绝大多数的住民是移民或移民的后裔。占人口大多数的汉族不必说，少数民族的大多数原先也是从外地迁来的。在贵州住得最长，是夜郎古国居民的后裔的，只有仡佬族。各民族的杂居、交融、繁衍，形成了我们今天的三千七百万贵州人。

因此，在贵州会馆遍布这一文化现象的背后，是一部贵州的移民史。秦汉以后，周边的四川、湖南和两广暨云南，相继开发，原先居住在这些地方的氐羌、苗瑶、百越民族遂纷纷涌向地广人稀的贵州山区；与此同时，汉族也源源不断地移入贵州。汉武帝开“南夷”，巴蜀之民随军大量屯驻，龙、傅、董、尹、赵、谢等望族日渐兴盛而成“牂牁大姓”。唐宋时期，王朝控制了乌江以北地区，大批汉族移入黔北及黔东北。到了元代，“色目人”（主要是回族）和“寸白军”（白族）随元军自云南入贵州，散布在贵州西部。明朝朱元璋实行“调北填南”、“移民就宽乡”的政策，数十万屯军蜂拥而至，商屯、民屯亦应运而生，川、湘、中原、江南汉族“亲戚相招，缠属而至，日积月累，有来无去”，汉族人口剧增。清雍正年间，贵州实行大规模的“改土归流”，千里苗疆大开，汉族更是大量迁入，布满穷乡僻壤，逐渐形成“汉多夷少”的局面。现代以来，又有抗战时期，大批“北方人”与“下江人”涌入贵州逃难，留下者及其后代就成了新移民。1949 年以后，更有“南下干部”、“西进干部”与“支黔干部”及其后代的大量留住，以及“三线建设”的工业化移民。

而我们更感兴趣的是，这些移民及其后裔的文化心理，以及由此产生的精神影响。最引人注目的，自然是几乎所有的移民及后裔，包括少数民族移民，都只把贵州看作是移居之地，而把自己的原籍看作是真正的家乡，顽强地竭力保留原有的风俗、习惯，以至语言。这正是会馆兴盛的心理动因，在会馆楹联中表现得尤为强烈。如江南会馆的“乡心万里，江北江南”，浙江会馆的“风景不殊江左右，湖山还忆浙东西”，都流露出挥不去的乡愁与驱不散的游子情结，这固然相当动人，但对贵州认同感的缺失，对贵州文化的发展，以及他们自身精神的发展，也会产生负面的影响。但另一方面，这些移民及其后裔事实上已经长期居住在贵州这块土地上，并且接受了贵州文化的浸润与滋养，因此，对祖籍文化记忆的逐渐淡化与稀释，也就不可避免，越到后代，就越是成为一种象征性的原始记忆。会馆如不能获得新的发展动力，它的逐渐衰败，也恐怕是一个必然的趋势。在现实文化层面上，贵州移民是带着自己原籍文化的特点参与贵州文化的建设的，这就更加促成了贵州文化的包容性：它将中国各地方文化融合为一体，既包含了各地区的文化因子，但又发生了变异，并相互渗透，形成了与贵州这块土地血肉相连的“多元汇合型”的文化，我们只能称之为“贵州文化”，它的一个鲜明特点就是具有接纳多质文化的开放性，以及相应的弹性结构，这是贵州文化得以不断发展与更新的有利条件。

我们还注意到，这样的多元地方文化的汇合，对贵州不同地域的民风民性的影响。清代乾隆年间做过贵州巡抚的爱必达在其所著《黔南识略》中，曾提出：“（贵州）介楚之区，其民夸。介蜀之区，其民果。介滇之区，其民鲁。介粤之区，其民蒙。大率皆质野而少文，纤啬而重利。”此番分析，尽管具体结论尚可以讨论；但既指出了贵州内部各地区受周边地方文化圈影响而形成的民性的差异性，又强调了贵州民性的某些共性，还是颇有见地的。

（五）六百年屯堡

贵州安顺屯堡，越来越受到省内外、国内外学术界的关注，这是有道理的。人们称它为历史的“活化石”，称它为文化“飞地”，人们在贵州这块中国的边远之地，从屯堡人鲜活的现实生活中，发现了大明王朝江南地区的服饰、建筑、生活习惯、民俗、信仰、民间戏剧，以至语言的鲜明印记，不能不感到这是一个人类文化的奇迹。如研究者所说，“这个（明移民）群体，在六百余年间既自觉地、顽强地固守了自己的故土文化，绝不与寓居之地合流；但群体内部的原有成分本非绝对的单一和纯粹，在长期封闭的屯堡中代代厮守，必然相互渗透。于是，终于形成了这种既迥异寓居地域，又不再能还原于父母之邦的独特的文化现象。这样的文化，既蕴藏着无穷尽的谜底，也就散发着无穷尽的魅力。探之弥远，究之弥深，成为了一门多学科、全方位的‘安顺屯堡学’。”

人们要追问的是，这样的文化传承、坚守与积淀、保存，是怎样产生的？

有的学者指出，这得益于明王朝“三分成边七分屯田”、“寓兵于农”的制度，大批的屯田官兵及其家属集中连片，保留着军事的体制，又以一个家族或几大姓来设屯建堡，同时借助于以世家通婚的姻亲关系，构成相对固定与封闭的生活圈，对屯堡文化的沉淀，起到了固化的作用。

有的学者则强调，屯堡人来自经济文化远为发达的江南、中原地区，他们又是奉天子之命来戍边的征服者，这样，在政治、经济、文化与心理上，都占据了高位，于是就在贵州这个相对狭窄的空间里形成了一个代表主流的文化高地，对当地文化采取拒斥的态度，并实行自我封闭，这是一个自然发展的历史过程。

但也正像有的研究者所指出的，随着时间的推移，“高地”渐渐削平，今天的屯堡，一方面固然因传统的积淀与保存，而仍然保持着某种魅力，也为文化的发展提供某些可资借鉴的东西；但无可否认，长期在封闭环境下应对社会的飞速发展，却也有不能适应的问题。面对现代文明的冲击，屯堡人如何处理传统与现代、传承与变革的关系，走出一条自己的发展道路，也许是人们更为关注的——在某种程度上，这也是贵州文化所要面对的新的历史性课题。[10]

（六）石门坎的兴衰

石门坎，这是贵州高原上的又一个文化奇迹——如今还竖立在莽莽乌蒙山苗寨的《石门坎溯源碑》有言：“愿它野橄榄枝，接我真正葡萄树。”[11]这是本土苗族社会及其文化（“野橄榄枝”）与西方基督教文化（“真葡萄树”）的一次嫁接试验，曾取得惊人的成功，又经历了“销声匿迹”而“异军突起”的巨变，留下了深长的思考与追问——

为什么以儒教为代表的汉文化两千年来未使乌蒙山中的大花苗驯化，而基督教在不到二十年的时间里，却使他们皈依？

为什么传教士并没有揣来多少投资，却奇迹般地变出一个“海外天国”？

为什么这个昔日的“锡安圣地”，[12]而今竟找不到一名基督教徒，而在其附近的另一个基督教派葛布教会的信教人数却不断剧增？

这就是学术界所说的“石门坎——葛布现象”。

初步的探讨与分析是发人深省的。例如——

在以巫教等原始自然宗教为根基的贵州各民族地区，具有易于接受外来的、文明程度较高的神学宗教传播和影响的潜在文化心理机制；

外来文化（包括宗教文化）的传播，必须采取顺应本土文化传统的方式，即所谓“入境随俗”，在与本土原生宗教、风俗、习惯融汇相通的情况下方能为本地人所接受；因此，外来文化、宗教在贵州本土的扎根，必须以部分放弃自身原有教理、部分的变形，以至异化为代价，不能采取强制的、全盘输入的方式；

基督教进入苗族社会所采取的是由里及表的方式，即从文化的核心——宗教观念直接嵌入，转换为其他观念与体制，再转换为社会习俗和道德规范，最后转换为物态文化，这是其成功的重要原因。而这种从观念到物态的异向流布方式，或许有助于纠正将文化传播局限于物态文化的偏颇。[13]

第七编　藏在深山人未识——寻找、发现贵州

（一）夜郎千古谜

很多人都是因为“夜郎自大”这个成语知道贵州的；贵州人却因背上了不自量力的名声而感到不平，并因此而承受着沉重的心理压力。

熟悉文学史的朋友则从李白的《南流夜郎寄内》里，想象古夜郎高远崎岖的山景，贵州也就以贬谪流放的蛮荒之地的形象，留在国人的印象与记忆之中。

这样两个贵州形象，却从另一个方面激发了人们“探寻贵州”的

巨大热情。

对于土生土长在这块神奇的土地上的黔人，借用一位学者的说法，这是一个“我是谁？我从哪里来？将往何处去？”的问题。

“夜郎千古谜”，凝结着山外人发现未知世界的生命激情，和山里人心灵深处难以言说的焦虑与困惑。

从这一角度来重新认识围绕着“夜郎”所展开的种种叙述，研究与讨论，或许是格外有意思的。

（二）霞客仗履

明末崇祯十一年（戊寅），约为公元 1638 年，大旅行家、地理学家徐霞客作西南之游。三月二十七日由广西南丹入黔，五月初九日离黔赴滇，历时四十七天，写下了三万三千余字的《黔游日记》。他的行迹依次为独山、都匀、麻哈（今麻江）、平越（今福泉）、新添（今贵定）、龙里、贵阳、广顺、平坝、安顺、镇宁、永宁（今关岭）、安南（今晴隆）、普安（今盘县）。沿途陟高冈、渡深谷、探幽穴、穿密林、不畏艰险、劳累、饥饿。日记中有对山水洞林的描摹，有对风土人情的记录，有对山川河流源委的精细考述。他文采高妙，美景奇观一到笔下，无不鲜活灵动，并回荡着逸兴豪情。钱谦益称为“世间真文字、大文字、奇文字”。

而“真”、“大”、“奇”恰是贵州文化的精髓所在：这样的文化正需要这样的文字去书写。这是一个多么美妙的相遇！

贵州的“高山流水”终于等到了它的知音。

这是伟大的地理发现，更是一个伟大的文化发现。

如果说战国时的庄跻是发现贵州新大陆的第一人；那么，徐霞客就是发现贵州文化的第一人。

在贵州历史上，这是一个重要的时刻。

（三）王阳明龙场悟道

这又是一个闪光的历史瞬间——中原儒家文化的重镇王阳明与地处边远的贵州相遇了。

这是难得的结缘：在王阳明，是贵州成就了他的“龙场悟道”——学术界因此说“王阳明是在贵州建立其自己的学说的”（张岱年语），“贵州是阳明的良知之学的诞生地；修文的龙场是王阳明大彻大悟，并形成思想体系的圣地”（日本学者冈田武彦语）。在贵州，则是由王阳明开创了自由讲学之风，大大开拓了贵州全境的教育环境，“令学徒知所景仰，士风为之大变”，并形成了以孙应鳌、李渭、马廷锡为代表的“黔中王门”学派，影响尤为深远。而王阳明在寓黔期间所写的诗文，生动地描绘了贵州山民的生活状况和风俗人情，在某种程度上可以看作是这位心学大师对贵州的一个发现与传播——许多人都是通过收入《古文观止》的《瘗旅文》而了解贵州的。

“悟道”本是一种长期深思一旦顿悟的认识飞跃现象，在文化史和生活中都是随处可见，并不神秘的；而我们要讨论的是，贵州的生存空间与文化环境对王阳明的顿悟所起的作用。有学者指出，阳明先生从熙攘征逐的官场一下子坠降到冷落寂寞的穷乡僻壤，超脱于利害得失，有了进行形而上思考的环境，于是静极生悟，豁然开朗。特别是身遭不公正的人，那种忧愤苍茫的心境，更具有激发灵智的力量。正如司马迁说《周易》、《春秋》、《离骚》、《左传》都“大抵圣贤发愤之所为作也”。有的学者则强调，正是在贵州这样的文化边缘地带，在这个尚未完全被儒家正统思想浸润过的文化空间里，才能给那些有见地的思想家提供思考、发言的场所和机会，才使作为“异端”的阳明心学有了生长和发展的机会。

我们还要讨论的是，阳明先生在龙场形成了作为王学核心的“致良知”说，并在贵州讲学中首讲“知行合一”之说，而以后又形成了“黔中王门学派”，应该说，这些都是他为贵州思想文化界提供的新思想新资源；那么，它有没有，如果有的话，又是怎样融入贵州文化之中，产生了怎样的影响？我们今天将贵州传统文化作为发展现代贵州文化的资源来进行讨论时，又该如何看待“王学”（包括“黔中王门学派”）这份思想遗产？

面对“龙场悟道”，也许我们应该摆脱浮华与浮躁，以肃穆的心情，进行更带根本性与超越性的思考——或许有一天，我们中间也会有人豁然悟道。

（四）永历王朝在贵州

看到《安龙夕照》这个标题，不禁想起了毛泽东站在娄山关上写下的诗句：“苍山如海，残阳如血”——这自然是毛泽东对贵州景观的一大发现；而在我们看来，或许也是把握贵州历史的一个视角。

读读这里的文字吧：“十八先生”的死，何腾蛟的死，还有鲁迅所作的历史总结：“大明一朝，以剥皮始，以剥皮终”……

血漫过纸页，向我们叙述着历史的残酷。如鲁迅所说，这是“要令人毛骨悚然，心里受伤，永不全愈的”。[14]

但这却是真实：在某种意义上可以说，一部贵州史就是一部杀戮史，一部先行者前仆后继的牺牲史。

问题依然是鲁迅所说：我们要做“残酷的事实尽有，最好莫如不闻，这才可以保全性灵”的“雅人”，还是做“敢于面对惨淡的人生”的“俗人”。

（五）长征路上

红军长征过贵州的史实与历史意义是人们所熟知的。而我们感兴趣的是，“长征”对贵州文化的意义。

于是，我们在本单元中，着意编选了关于长征的三个叙述文本。毛泽东的《忆秦娥·娄山关》与《红星报》的通讯，是当事人在历史正在进行过程中的现场叙述与描写；《赤水河的传奇》则是历史尘埃落定之后，当事人的回忆记录，而记录者显然注入了自己经历了此后的历史变动的主观感受；而《乌蒙杜鹃》却把长征的历史变作了一个民间传说——“红军战士的血，像松脂般燃烧着溅进泥土”，长征的历史也逐渐融入贵州文化之中；这是一个由史实逐渐提升为一种精神，一个美丽的神话想象的过程，是一个逐渐内化、走进山民的心灵深处的过程。那“红得像血，亮得像红军的眼睛”的满山满谷的“乌蒙杜鹃”，终于化作了“贵州历史的开路者”的精神的象征，成为后来者的精神财富。

而有的读者也许还会联想起高尔基所描写的俄罗斯传说中的“丹柯的燃烧的心”：不同国家、民族的文化精神也会有相通之处；不过，这已经是另外一个话题了。

（六）联大师生西南采风

1937年“七七”事变后，国立北京大学、清华大学、南开大学奉命南迁，在长沙合并成立临时大学，年底，南京失陷，华中危急，临大又奉命西迁昆明，组建西南联合大学。师生中的三百二十名组成湘黔滇旅行团，在闻一多、曾昭伦等十一位教师率领下，徒步三千五百里，历时六十八天，抵达昆明。其间在贵州道上费时最长，收获也最大。闻一多在途中给夫人的信中，这样写道：“沿途所见到的风景之美丽奇险，各种花木鸟兽，各种样式的房屋器具和各种装饰的人，真是叫我从何说起！”他兴奋地重执画笔，画了几十张素描，保存到现在的有三十五张，其中三十三张画于贵州。联大的学生在行路中还作社会调查，收集民歌，后教育系学生刘兆吉编有《西南采风录》，闻一多为之作序，政治系学生钱能欣还逐日记录调查收获及沿途见闻，整理出版了《西南三千五百里》。

这是继徐霞客之后，第二次对贵州的大探寻，大发现。

但却有不同的意义：这是“五四”旗帜下成长起来的一代人，他们处于民族危亡的时刻，以建立现代民族新国家，现代民族新文化的眼光，与贵州的边地文化相遇，就有了全新的发现。读当年留下的文字，可以强烈地感到他们对居住在贵州的少数民族、山民的那种完全平等的态度，全然没有山外人常有的居高临下的傲慢，也完全抛弃了贵州蛮荒、落后的偏见，他们是诚心诚意地到民间来采风、寻根，吸取新鲜的空气、养料的。

正像当时联大外语系的学生、后来的著名诗人穆旦在《赞美》等诗里所说，他们在“原野上走路”，“把脚掌拍打着松软赤红的泥土”，感到“走不尽的山峦的起伏”，“数不尽的密密的村庄”，以及埋葬于其中的无数的“年代”，都在与自己默默地拥抱；而自己也“要以带血的手”与“在耻辱里生活的人民，佝偻的人民”“一一拥抱”，“因为一个民族已经起来”。他们是在贵州这块土地上，以及生息在其上的人民这里，寻找与发现民族的新希望的。因此，闻一多才以那样的激情为高喊“那家姑娘不爱我，关起四门放火烧”的贵州民歌辩护：“你说这是原始，是野蛮。对了，如今我们需要的正是它。我们文明得太久了，如今人家逼得我们没有路走，我们该拿出人性中最后、最神圣的一张牌来，让我们那在人性的幽暗角落里伏蛰了数千年的兽性跳出来反噬它一口。”在闻一多看来，贵州文化中的蛮性正是“精神上‘天阉’”的中华民族急需补充的。

于是，就有了林同济教授关于“山地文明”对于重建中华文明的意义的思考。他在《千山万岭我归来》一文中谈到中华文明，一向是在平原上发展，偏重于利用平原，对山地的价值始终不了解，“现在局面，已经逼迫着我们这个‘平原为基’的民族，来到‘山地’寻求复兴的柱石。我们必须要认识山地，爱护山地，发挥山地的威力——养林、开矿、牧畜、果艺……换而言之，创造‘山地文明’以补我们数千年‘平原文明’之不足。即进而就民族精神方面说，‘平原型’的精神，博大有余，崇高不逮。我们这个平易中庸的民族，所急急需要的，也许正是一股崇高奇险的‘山地型’的气魄！”——真是见解不凡。它把人们对贵州山地文化的认识提高到一个新的高度，使人们对于贵州文化的思考进入一个新境界，今天读来依然是掷地有声。

（七）山神的启迪

打开这一单元，扑面而来的竟是这一串串闪光的名字：茅盾、巴金、丰子恺、张恨水、金克木、徐悲鸿、刘海粟、叶浅予、马得……如此众多的现代文学艺术的顶尖人物，还有许多学术界、科学界、文艺界的名人：钱穆、竺可桢、茅以升、苏步青、张孝骞、叶圣陶、施蛰存、臧克家、马思聪……都聚集于贵州，这是现代文化与贵州文化的一次历史性的大会合。

这真是一个难得的机遇：抗战爆发后，华北、华东、华中、华南相继失守，偌大个中国，就剩下西南、西北两个边远的角落。各地军政机关、学校、医院、工厂、商号纷纷西迁，难民如潮水般涌向西部。一向默默无闻的西部大山，在民族最危难的时刻，挺身而出，成了支撑民族大厦的脊梁；西南川黔滇桂四省，成了抗敌的大后方，民族复兴的最后根据地。贵州介于西南各省之间，战略位置非常重要。贵阳由一个偏僻的山城，一跃而成为大后方的交通枢纽，流寓贵州及往来于贵州道上的人不计其数。这次大流徙，无论对全国现代文化的发展，还是对贵州文化的更新，都产生了深远的影响。

这是一个良性的互动：新文化人云集贵州，给贵州带来了新的知识与文化，更为贵州培养了大批人才，留下了带不走的精神财富。而贵州则以它独特的文化给这些山外人以发现的惊喜与全新的滋养，在潜移默化之中，他们的艺术观念，以至笔墨，也发生了微妙的变化，而显示出一种新的风貌。这里可以举一个例子：画家马得在贵阳流亡期间，受到了贵州多姿多彩的民族民间文化的熏陶，战后他以一组漫画《苗家山歌》引起了画坛的关注。这组画从构图到笔墨的运用，都受到了苗家蜡染纹饰的深刻影响，后来他专事戏曲人物画，并以此名世，但仍然保留了蜡染画的痕迹。半个世纪后，美术批评家王鲁湘初见马得旧作《苗家山歌》时，大加赞叹："这样原始又这样现代的漫画语言实在罕见。这样稚拙又这样诗意的漫画境界过去没有，现在更没有。奇怪的是，在商业文明和市井环境中的情歌总是赤裸裸地指向性，而边鄙山野中的苗族情歌却总在热辣辣地讴歌情、纯真、热烈、爽快、执着、决绝，黑就是黑，白就是白，爱憎分明。马得用怪诞诡异的笔墨塑造了一个远离市民社会的爱情伊甸国，童话般天真浪漫。"可以毫不夸张地说，是贵州的民族民间文化艺术造就了画家马得。甚至连丰子恺、徐悲鸿、刘海粟、叶浅予这样的完全成熟的艺术大师也从贵州的奇山异水中获得新的灵感，他们在发现贵州的同时发现了自己，人与艺术都进入了一个新的境界。

贵州的山神是宽厚的：它接纳一切，也毫不吝惜地给予回报。

（八）走进贵州的故事

对于贵州，这是异国的远方来客。他们一踏上这块土地，就痴迷于它，甚至愿意为它献身。岩濑妇佐这位日本女医生，终于成为"贵州人"，在莽莽大山中找到了自己生命的最后归宿。

这样的一往情深，自然是十分感人的。而我们还想探寻这背后的更深层次的文化动因：或许这正是揭示了贵州文化的世界性与人类性：它是人类文明的有机组成部分，既有自己鲜明的民族、地方色彩，也与人类其他地区、民族的文明相沟通，它属于生长在这块土地上的贵州人民，属于中国，也属于人类。

因此，当日本人类学学者鸟居龙藏于 1902 年 10 月 5 日至 11 月 15 日，行走贵州，开始他的人类学探察时，对于贵州，这又是一个重要的历史时刻：从此，她向世界撩开了自己神秘的面纱。鸟居龙藏，这位异国的“徐霞客”，后来提出了他的贵州发现，认为贵州苗族在族群系属方面与印度支那民族有着密切的关系，成为了“古代日本民族”的来源的一个组成部分。尽管这一结论学术上是可以讨论的，却为我们研究、思考贵州文化打开了一个新的思路。[15]

这样，我们的贵州纸上之旅，又踏上了一个新的高峰：眼前，是一个开阔的世界。

第八编　峨峨奇山藏灵秀

（一）彝族女杰奢香

从本编开始，我们将走近山中之人。——这才是贵州风景的最佳处。

而且我们第一个要见面的，是一位彝族女杰。

明清两代，贵州各少数民族中出了不少反抗官府、反抗朝廷的英雄人物，如苗族的张秀眉，侗族的姜映芳等。而像奢香这样远见卓识，维护国家统一、民族共存的政治家，却是绝无仅有。况且是那个男权时代的一位女性，就更加稀如星凤。反过来看看马烨，身为多民族聚居地区的军事长官，反而毫无政治头脑，满脑子的大汉族主义、大男子主义，最后被奢香釜底抽薪，丢了官，应是咎由自取。奢香随即主持修造龙场九驿，连通黔西北与滇、川、湘诸省的交通，密切了贵州各族人民与周边地区乃至中原、全国的联系，推动了贵州社会经济文化的发展，沿溉直至今日。贵州人和对贵州有兴趣的朋友，不可不知奢香其人其事。

（二）《桃花扇》和杨龙友

人们熟读《桃花扇》，却不知艺术家的想象委屈了一位历史人物，而且是我们贵州的才子——无论学识、文笔、人品，还是大节都相当出色的杨龙友。他是晚明以“诗、书、画三绝”而独破天荒的人物，诗列为“崇祯八大家”之一，画与董其昌、王时敏等齐名，合称“金陵九子”、“画中九友”。因此，谈到贵州人才是不能不提及杨龙友其人的。

本辑同时选录了孔尚任《桃花扇》中《寄扇》一场，以及今人所写的《杨龙友的死后是非》，将对同一个人的戏剧化处理与历史化叙述对照起来看，当会很有趣。在这个基础上，再去读读杨龙友自己写的两首诗，两篇日记，直接感受一下他的才学胸臆，则更有意思。

（三）西南大儒郑与莫

学术界在考察贵州文化与中原文化的关系时，已经注意到这样一个饶有兴味的文化现象：往往在中原的某个文化高峰过去以后，贵州才出现自己的文化高峰，其间的时间差甚至长达数百年之久。最突出的例子是中国诗词的高峰唐宋时期，贵州没有一位有全国影响的诗人，而临省的四川，却有了三苏、李白、杜甫都在四川留下了许多杰作。而在唐诗宋词的高峰过去以后，贵州的诗词却在明清两代勃然兴起，甚至有“清诗三百年，王气在夜郎”的说法。在这一时期，贵州确实涌现出了一大批名满全国的人才。除上一单元提到的杨龙友外，还有晚明的谢三秀，朱彝尊编《明诗综》称之为“天末才子”；清初周渔璜，不但诗作“异军突起”，而且在《康熙字典》纂修官中名列首位。

但论造诣之深，成就之高，名声、影响之大，其中的首席，却是遵义人郑珍。他字子尹，著名的遵义会议会址所在的子尹路，就是以它命名的。晚清大诗人四川赵熙评诗，持论极严，少所许可，对郑珍却极其倾倒，有诗说：“绝代经巢第一流，乡人往往讳蛮陬。君看缥缈綦江路，万马如龙出贵州。”“巢经”即指郑珍，他的诗集叫《巢经巢诗》。著名古文家巴陵吴敏树称：“子尹诗笔横绝一代，似为本朝所无。”现代清诗专家钱仲联说：“同光体诗人张学人之诗与诗人之诗合一之帜，力尊《巢经巢诗》为宗祖”，“子尹诗盖推源杜陵（按，杜甫），又能融香山（按，白居易）之平易，昌黎（按，韩愈）之奇奥于一炉；而又诗中有我，自成一家面目。”当代清诗专家胡先骕更认为“郑诗卓然大家，为有清一代冠冕。纵观历代诗人，除李（白）、杜（甫）、苏（轼）、黄（庭坚）外，鲜有远驾其上者”。对郑珍的诗都给予了极高的评价。郑珍还是震烁一代的大经学家、大考证学家。但读经早已成为历史陈迹，郑珍也就只以大诗人著称于后世了。

为适应本读本的读者，我们只选了郑珍几首平易亲切一路的诗，以示一斑。《郑珍诗传》选章，以散文诠释郑诗情景，从中可以想见诗人热爱乡土、爱书成癖、仁爱敏感的可亲可爱的性格，或许能够帮助读者走近这位大师级的贵州老乡。

莫友芝，独山人，是郑珍的挚友，两人齐名，世称“郑莫”和“西南大儒”。他也是一位大学者、诗人和书法家，著作等身。他俩合撰的《遵义府志》被梁启超评为“天下府志第一”。莫友芝的才力和成就都略逊于郑珍。

（四）“拗国公”

我们在前面说过，贵州是一个“开门见山”的地方，贵州人说话也是“直扛扛”，少有机心，不会变通，认死理，耿直诚实，拗而犟，是所谓“山民性格”。可贵的是，贵州人把这种山间野性也带到官场上，经常破坏官场的游戏规则，让那些官油子无可奈何，连皇帝老子有时也下不了台，而他们自己也自难有好下场。这些不会做官的官，倒有个美名，叫“拗国公”，民间口碑颇好，经常流传着他们的各种故事。据说清代嘉庆、道光年间，贵阳人花杰在京做官，直言敢谏，参倒不少奸臣，人称“花老虎”。数十年后，又出了个黄辅辰，也是敢于顶撞上司，不肯妥协，被称为“硬黄”。道光年间，贵阳人石赞清面对英法军队，始终不离官府，“贞亮死守”。清代名臣丁宝桢更是敢作敢为，以杀慈禧太后的宠信太监安德海而闻名天下。戊戌政变时期，在“公书上书”签名的举人共六百多人，贵州竟占九十五人，在全国居第二位。本辑所讲的是“现代拗国公”的故事：谌湛溪面折蒋介石，周素园为民请命，都显示出一种铮铮风骨，是很容易让人想起那沐雨栉风的山岩的。

（五）凡人碑

在为奢香、杨龙友、郑珍、莫友芝这样的贵州文化精英立传之后，还立意要为散布在贵州穷乡僻壤里的有名无名的“凡人”竖碑，是反映了我们对贵州文化的一种理解的。在我们看来，这些文化精英确实集中了贵州文化的精华，并具有极大的召唤力与影响力，后人在研究、讨论贵州文化时，首先把目光聚焦在他们身上，是完全必要的。但鲁迅先生说得好：“天才并不是自生自长在深林荒野里的怪物，是由可以使天才生长的民众产生，长育出来的，所以没有这种民众，就没有天才”，就好像“没有土，便没有花木了；所以土实在比花木还重要”。[16]可以说，正是这些凡人构成了贵州文化的基础，是那些亮人眼目的繁花巨木赖以生长的泥土，他们对贵州文化的贡献是不应埋没的。

请把眼光向下，关注你身边的那些走村串寨的工匠，那些行走在街头被唤作“背兜”的当年“盐背子”的后代，那些舟楫济众的世代相传的渡工吧，“虽其人其事平凡至极，而其德其功，于民众至钜，曾不略逊于历代之名公巨卿也”。

（六）寻常百姓家

请读这两段文字：

这一路堡子里的女人是最让人难以忘怀的……她们中的许多人一生的命运也许只是一杯茶的功夫就能说完，不大有人会去关心她们的喜怒哀乐，内心情怀。女人的生活总是围绕着家中忙不完的琐事，做不完的农活，对于这种平淡，她们已经习以为常。只有你细细倾听，才会有如丝的弦音响起，堡子里的女人似歌，诉不尽的悲欢离合。（《堡子里的女人》）

……刘老汉慢慢站起身来，担好那一挑桶，顺着一条隐藏在草丛中的小路，蹒跚地往下走。天是这样高远，博大，山野是这样繁茂，连绵，他呢，这样佝偻，这样迟缓，在这一片斜坡上，几乎无声无息，不显形迹。可是，渐渐地，一簇又一簇的刺丛，还是留在他的后边……（《种苞谷的老人》）

普通百姓的日子就是这样平淡、琐细，无声无息，不显形迹。真的只有细细倾听，才会有如丝的弦音响起，并且品味出那悠长的韵味，感受着其中的坚韧的生命力量。

当你得知那位“种苞谷的老人”，在做完了该做的事情，将一切都安排好了以后，才从容、安详地悄然远去，你有什么感觉？——你触摸到的，是这样一颗善良、仁厚的大心！

面对那位一肩挑起整个家庭的重担，却毫无怨言的“堡子里的女人”（这样的女人，在贵州，在中国，真是千千万万，千千万万！），你能感受到那永远也压不垮的坚毅、顽强的生命意志，默默奉献的精神吗？

《老人和她的遗嘱》的作者从一位朋友的母亲的遗嘱里，“看到了一个饱经风霜的老人才能得到的成熟、睿智和通达”，看到“坦然、无所畏惧的生死观”，并因此而感慨：“岁月和阅历，能使常人变成哲人”；那么，你又看到了什么？——比如，当这位老人回忆年轻时游梵净山的情景：笔立万仞峡谷高空，不顾性命地扬声高唱，“那声音一层层地落下去，一层一层地落下去……”你是否也感受到了大山赋予它的子民的生命的壮阔与激情？

而你在小巷深处蓦然发现那“绚烂之至的一片秋色”，又听到养花、护花的老人的曼声哦吟：“逐年月日不断写，自然风物来会合”，“人生寿数有一定，年年百花共生存”，也许就在这一瞬间，你捕捉到了苦苦寻觅而不得的贵州文化精神的神韵……

真的，你想真正了解贵州文化、贵州民性吗？到“重重青山那一边”的小小乡场去，到“黑漆剥落的木板门”背后的小院子里去，请走进“寻常百姓家”……

第九编　走出大山的山里人

（一）睁眼看世界的先行者黎庶昌

“走出大山”，可以说是山里人生命深处的一种渴望：在本书第一编第一辑曾编选了一篇《山崖上的守望》，文章就提到小时候总喜欢登高远望，对天外之天，山外的世界，怀有无限神往。正是这飞离的冲动与恋土情结，构成了山里人生命运动的内在张力；人们就在漂泊与固守之间做着艰难的选择。

19世纪中叶以后，当中国结束了闭关自守的历史，开始面对世界时，首先睁眼看世界的先行者中，就有贵州人黎庶昌，这是一点也不奇怪的：除了他个人的原因外，如前所说，对外部世界的好奇与探索欲求本来就是山里人的禀性，只不过这一回扩大到世界范围罢了。——说贵州人天性封闭，实在是隔膜之论，至少是缺乏分析的。

而且黎庶昌对世界的关照，也自有特殊之处。鲁迅曾说过，“中国人对于异族，历来只有两样称呼：一样是禽兽，一样是圣上。从没有称他朋友，说他也同我们一样的。”[17] 读黎庶昌的《西洋杂志》给人们最深刻的印象，正是这样一种把西洋人看作是“同我们一样”的“朋友”的平和、亲切的态度，在不卑不亢之中显示出文化的自信与开放的眼光。而他在描述欧洲各国政治、经济、交通、社会文化、风土人情诸方面，由于态度客观，文笔简练，描述生动，今人虽说超过了他，却仍能感受到他的文字魅力。

还值得再书一笔的是，黎庶昌以一个大学者、散文家的文化底蕴，出任与中国文化有极深渊源的日本使节，吸引了日本的大批高层文化人士，定期宴集唱和，情意融融，日人蒲松重章写有《重阳宴集记》，还由孙点编次为《黎星使宴集合编》，刊行于世，有兴趣者不妨一读。黎夫人赵曼娟曾与日本女学者藤野真子情同骨肉，夫人去世后，藤野真子亲撰亲书《清国钦差大臣黎公夫人赵氏墓志铭》，其辞曰：“其声是风，犹耳底存。其容是玉，犹眼里痕。讣音忽至，几许悲吞。恨海万里，波涛掀奔。不能墓下，焚香谢恩。”这也应是中日交流中的一段佳话吧。

（二）首倡“建京师大学堂”的李端棻

今人向往北京大学，却不知首倡“建京师大学堂”的，是贵州人李端棻。

其时（1896年），李端棻任刑部左侍郎，是所谓朝廷大臣，他在这年6月12日向光绪皇帝上了《请推广学校折》，首次明确提出自京师以及各省府州县均设学堂的建议，并主张“京师大学”“学中课程，一如省学，惟益加专深，各执一门，不迁其业，以三年为一期”；同时还提出为广开风气，应设立藏书院、仪器院、译书局，广立报馆及选派游历。后来梁启超1912年在北京大学演说时曾谈到“当时社会嫉新学如仇，一言办学，即视同叛逆，迫害无所不至”，因此，李端棻的主张一出，朝廷内外议论纷纷，但在光绪皇帝支持下，到1898年即戊戌变法那一年，终于开始筹办京师大学堂。作为首倡者，李端棻在北京大学校史、中国现代教育史上，自有其不可忽视的地位。

李端棻在戊戌变法中也扮演了一个重要角色。有人甚至说他之参与维新，似乎是命中注定。早在光绪十五年（1889年），他以内阁学士出典广东乡试，考生中有一少年，才华出众，气度不凡，其卷颇能“镕金铸史”。李端棻奇其才，取为举人第八名。发榜后，又请副主考王镇江作媒，以堂妹李蕙仙许配他。王亦有一女，也想得此少年为婿，然主考先请托，不便提起，只好相视而笑。此少年，即梁启超。此后李梁既是师生，又是姻亲，相与谈东西邦制度。后梁赴京会试不第，李端棻又密荐康、梁、谭于光绪帝，实施变法。政变作，康梁出亡，梁赴日本。据同与梁出逃的王照回忆，行前李端棻赠赤金二百两，梁用这笔钱在日本创办了《清议报》。李对梁有知遇之恩，故梁启超在所撰墓志铭中说，李公的去世，海内识与不识，匪不哀悼，“顾哀感未有如启超深者也”。

戊戌政变失败后，李端棻以“滥保匪人”的罪名被革职遣戍，后从新疆赦归原籍，常以诗遣怀，或忆诵旧作，其表弟何麟书常在侧，把所吟之诗记录下来，名曰《苾园诗存》，共一百三十五首，俱戊戌以后作，慷慨悲愤之情，颇类于《离骚》，抒发的是先觉者的痛苦。戊戌政变后，朝野噤若寒蝉，李端棻的维新思想从未改变，至老弥坚，俨然“拗国公”。贵阳经世学堂聘他为山长，他向学生宣讲西方民主政治，介绍康梁维新主张。此举在闭塞的山城引起轩然大波。守旧分子作竹丝词二首加以诽谤、威胁。其一云：“康梁遗党至今多，请尔常将颈子摩。死到临头终不悔，敢将孔孟比卢梭。”其二：“居心只想做奸臣，故把康梁分外亲。此君已被康梁误，复把康梁再误人。”学政迫于压力，只好解聘李端棻。《苾园诗存》中酬唱的对象，除了一个本地秀才，只有个别地方官。他在家乡，也是孤独的。

（三）“生于黔复能出黔”的姚茫父

在世就享盛名的贵州人不多，姚茫父是其中之一。如刘海粟先生所说，“近百年间京都画师夥颐，推及抗战前大家，必曰陈师曾、姚茫父、王梦白、齐白石。其中茫父代才多艺，与小学则精研文字训诂音韵，于学术则通悉画史、画论，得戏曲学理三昧，昆曲，皮黄、声腔、脸谱，钩稽校评古曲，为王瑶卿、梅兰芳、程砚秋、余叔岩、言菊朋诸大家敬重，化古为新，推波助澜，功德不限于剧场。”而姚茫父不看英文，不看印度文而译（徐志摩说是“演”）《五言飞鸟集》，遂与泰戈尔“相视而笑”，更是一段绝妙的文学奇缘。姚茫父才情绝伦，享誉是实至名归。

但时人在讨论姚茫父的影响时，也注意到他的创作生涯是在首善之区的北京度过的这一客观条件。生活在通都大邑，眼界宽，信息多，交流广，传播快，成功的概率自然大得多。比姚茫父早生七十年的郑珍，也是才学绝世的学者、诗人，因一生住在遵义家乡，虽著作等身，成就极大，但在全国知名度却与实绩大不相称。所以刘海粟在《〈姚茫父画集〉序》中强调“茫父生于黔复能出黔”，是言简意赅、切中肯綮的见解。

刘海粟的话或许还有另一层意思：姚茫父的成功首先仰仗于他“生于黔”，恰如论者所说，“贵阳一带的山水的奇特与瑰丽，本不是我们只见到平常培塿的江南人所能想象”（徐志摩），姚茫父“化雄山秀水人情世态为画之骨血”，化“与父老休戚相关之至情为画之思想，声音，表情”（刘海粟），自能别开他人所无之境界；而他又“复能出黔”，不受一地一山一水所限，而吸纳百川，包容万家，“化天地间至美之精英于幅间”，于是，就像徐志摩所说，“山抱着山，他到山外去插山”，“水绕着水，他还到水外去写水”，下笔自有说不出的胆量和无尽的想象，“不断的给你惊奇与讶喜”。——姚茫父真的把走出大山的山里人的创造力发挥得淋漓尽致。

（四）乡土作家蹇先艾

很多人都是因为鲁迅的《中国新文学大系》小说二集的序言，而知道贵州新文学的代表作家蹇先艾的；蹇先艾也因此获得了他的文学史地位：他是现代“乡土文学”的先驱者之一。

鲁迅说：“蹇先艾叙述过贵州……凡在北京用笔写出他的胸臆来的人们，无论他自称为用主观或客观，其实往往是乡土文学，从北京这方面说，则是侨寓文学的作者。”这就是说，现代乡土作家，其产生的前提条件，恰恰是作家与本土的分离，如蹇先艾先要“出黔”，来到“五四”新文化的发源地的北京，接受新思潮的冲击，从本土宗法社会造成的思想与艺术的桎梏中解放出来，才可能“回归于黔”，以全新的眼光去发现熟悉的本土生活的现代价值，从而创造出现代意义上的乡土文学，实现更高层面上的作家与本土生活的拥抱与结合。蹇先艾正是以新的人道主义的价值理想去反观家乡，才在鲁迅所称道的《水葬》里，“展示了‘老远的贵州’的乡间习俗的冷酷”；但他亲身感受着社会生活现代化的过程中道德的废弛而陷入苦闷时，又意外地发现了这片乡土上蕴藏着的原始的本性的“母性之爱的伟大”。正是这两个方面，构成了蹇先艾的作品超越于贵州本土的普遍价值：如鲁迅说：“贵州很远，但大家的情境是一样的。”

今天我们重读当年的作品，也许最容易引起共鸣的，还是鲁迅所说的隐现的乡愁。因为写的是故乡，即使是剖抉它的弊端，也不自觉地渗进一缕牵心挂肠的情怀。有一首歌说：“我的心充满惆怅，只为今天的村庄，还唱着过去的歌谣。”这一缕挥之不去，剪不断，理还乱的惆怅，正是乡土文学的动人之处。

（五）新文学先驱谢六逸

谢六逸是贵州现代文学的先驱者和代表性人物。从全国范围看，在日本文学研究、西方小说研究和儿童文学研究等领域，他也是与周作人、茅盾、郑振铎等同时的先行者，是文学研究会的中坚之一。他的《日本文学史》和《西洋文学发展史》，都是相关领域的发轫之作。他还是复旦大学新闻系的创建人，是新闻、出版界的老前辈。抗战爆发他回到贵州，任私立大夏大学文学院院长、教授，后又兼任贵州大学中文系主任、文通书局编辑所所长，并编有《黔南丛书》，共收明代以后贵州地方文献七十种，为家乡教育、文化、学术事业呕心沥血，于 1945 年 8 月 8 日在贫病交加中去世。茅盾、叶圣陶、郭沫若、郑振铎等人都发表了诗文，“同声一哭”。叶圣陶的悼诗说：“交流百辈春江畔，玉树堂前推谢公；谈说从容抽妙绪，教人宛觉坐春风。”诸人对其人品文品都极推许。这样的人物，天不假年，令贵州文学顿失重镇，令桑梓后辈扼腕痛惜。而先生身后的寂寞更令人感慨——今省政府后的八角岩山垭上尚存其墓，仅有一碑，并无墓主简介，已少有人知晓默默长眠于此的，是一位为贵州新文化发展作出了杰出贡献的、穷愁而死的教授。

（六）关山度若飞

王若飞是从大山里走出来的共产主义者的一个代表。与他并肩而立的，还有中共一大代表荔波人邓恩铭（作为水族人，他也是唯一的少数民族代表）、侗族人民的优秀儿子锦屏人龙大道、红军早期领导人铜仁人周逸群、思南人邝继勋……。

这是一群真正的理想主义者，王若飞在给大舅父的祝寿信中，这样表达了他和他的战友们的信念："要实现消灭阶级，消灭人剥削人制度的新社会，要实现人类真正平等，比现在更丰富快乐美满的社会。"尽管以后历史的发展，走了一条曲折的路，但他们当年的追求仍能给后来者以启示，他们为实现自己的理想而前仆后继，奋斗牺牲的精神，更是一笔宝贵的精神财富。

我们更联想起《木兰词》里"万里赴戎机，关山度若飞"的诗句，"王若飞"名字即出于此。身处山如海、关万叠的贵州，我们完全能够感受到当年那样一种奔驰万里、飞跃关山，从容赴难的英雄气度，并对这些山国的骄子油然而生敬意。

（七）敢为天下先

这里所讲的，是贵州第一所私立学校"达德学堂"，贵州第一所民办书局"贵阳文通书局"，全国第一个研究中国古建筑工程学的学术团体"中国营造学社"的创办人的故事。

面对这些乡贤的业绩，我们不禁浮想联翩：不仅看到一个边缘之省为摆脱落后所做的可谓艰苦卓绝的努力，更看到一种敢倡风气之先的创业精神；或许更让我们感动的，是前辈服务乡梓，为后人留下一点文化种子的拳拳之心；对接受了现代教育，怀有理想，面对现实，却时时感到无力与无奈的我辈，这样的文化坚守，确实是一个无声的榜样——在某种意义上，《贵州读本》的编写就是对先贤的努力的一个遥远的回应。

（八）城南记事

这里的两篇文章都具有很大的可读性，给我们讲了两个“老贵阳”的故事，唱了两曲“永远唱不完的老歌”，把我们带入了那个不可重复的20世纪20—40年代，并且给我们提供了一些极有意思的文化信息：例如，谢孝思先生父亲那一代已经因科举的废除“没有了继承先人读书仕进的希望”，到谢孝思这一代就完全接受新式教育了——谢先生关于正谊小学的回忆，极其生动地展现了过渡时期的学校教育的种种风貌，读来别有趣味。而乐黛云先生的父亲就已经是北京大学英文系的旁听生了，还接受过胡适的面试；却回到了贵州，过起“半新半旧，亦中亦西”的“新生活”来。乐黛云先生本人所受的教育，就更加丰富多彩了：她跟一位意大利修女学钢琴，以《闲情记趣》为启蒙读物；上小学前就由父亲教英语、算术，在母亲指导下背诵归有光《祭妹文》；读中学时就偷偷读起《江湖奇侠传》和张恨水的言情小说来；抗战爆发，又跟着“下江”学生高唱“工农兵学商，一起来救亡”，并接触了一位为革命而牺牲的共产党员吴先生；以后就迷恋《德伯家的苔丝》、《简·爱》、《飘》、《三剑客》，同时热衷于校园戏剧，扮演了曹禺《雷雨》中的鲁大海；而到了40年代末，兴趣转向了巴赫、贝多芬的音乐，以及劳伦斯的《查泰莱夫人的情人》，陀斯妥耶夫斯基的《卡拉马佐夫兄弟》，纪德的《伪币制造者》……这不仅是一个贵州学子的读书史，更展现了五四新文化运动所开创的思想解放、文化开放的新潮流，如何由北京等中心地区逐渐向贵州这样的边远地区传播、扩散，其所带来的多元文化，从西方的古典与现代文化，到中国的传统与新文化，怎样极大地改变了贵州这块土地上的知识者与青年学生的知识构成，精神结构，生命选择，成长道路，甚至渗透到他们的日常生活之中。对于贵州，这样的精神与文化的变迁是带有根本性的；而对五四新文化运动，这样的来自中国的边缘地区，来自社会底层的响应，才是真正显示了它的深刻性与深远影响的。

第十编　论黔

（一）说黔人

我们的贵州纸上之旅就要结束了。在看了各处风景以后，似乎应坐下来对我们在旅行中的各种感受，作一番清理，进行或一程度的理性的思考与讨论。我们想把这件事交给诸位读者。这倒不完全是偷懒，实在说连我们自己也没有想清楚。因此，我们仍像前几编那样，选一些有关文章，以供参考。我们只是出几个题目。例如，说“黔人”，其实就有三个问题值得讨论：

在贵州这样的地理文化与历史文化熏陶、培育下的“黔人”在精神、气质、性格上，有什么特点？或如写《黔论》的那位平坝老乡所说，何为“黔人之本”，何为“宜守”之“所长”，何为应去之“所不足”者？收入本辑的朱厚泽、张晓松两位的文章，站在当代贵州人的立场，就此发表了各自的看法，可以一读。

贵州到底有没有人才？——当年，写《桃花扇》的孔尚任就对贵州“人才辈出，诗文多有可观者”之说心存疑虑，直到读到吴中番《敝帚集》，才拍案叫绝：“即中原名硕以诗噪者，或不能过之”，乃知贵州“未尝无人”，并欣然为之作序。这也算是一段文坛佳话，个中滋味，却颇耐寻味。

于是，人们要进一步追问：贵州人才发展的环境与机制是不是出了问题？——当年，孔尚任就是这么提出问题的。尽管已经充分肯定了贵州的人才，但他在《敝帚集》序的开头仍然强调，如果要论全国“人才多寡之数”，贵州则几等于零：“非全无也，有之而人不知，知之而不能彩，彩之而不能得，等于无耳！”这话说得真是沉重极了，却是切中要害，一语中的：不是直到今天，还不断有人发出“贵州人出山即为龙，在山却始终是条虫”的感慨吗？或许这样的人才生态环境改变之日，才是贵州兴起真正有望之时。人的开发毕竟是第一位的。

（二）论黔文化及其发展

要问的是，为什么要讨论这个问题？

总的说来，这是一个“认识我们脚下的土地”的问题。我们在前言中已略有论述，此不赘。

对于贵州，这一问题或许更有一种迫切性。其实，在前面旅途过程中的即兴讨论中，敏感的读者恐怕已经觉察到，贵州要发展，其实有两大心理障碍需要克服：一是贵州的地理文化与历史文化的特点，造成了贵州人文化认同感的不足，内在凝聚力的不足；二是贵州长期以来被视为落后、闭塞、蛮荒之地，甚至演化出“夜郎自大”、“黔驴技穷”这类成语，既造成了外界对贵州的种种误解，更形成巨大的精神压力，造成了许多贵州人的自卑与自弃心理。这使我们想起了鲁迅在20世纪30年代曾经发表过的意见：不要“自欺力”，要有“自信力”，而“自信力的有无……要自己去看地底下”。[18]这是一个极其重要的提示：通过认识你脚下的土地，增强自信力与凝聚力，这恐怕是贵州文化建设与精神建设的当务之急。

这背后或许还有更深层次的问题，这就是贵州学术界的朋友已经提出的：“我是谁？我从哪里来？将往何处去？”——这关乎贵州存在的依据与根，黔人存在的依据与根，是不能不认真对待，深长思之的。

借用“千里之行，始于足下”的说法，要寻求千里、万里的大发展，必须始于对足下即立足之地的真实把握，这也就是通常所说的，贵州的开发是必须以对省情的科学分析为基础与前提的，其中一个重要方面就是对贵州文化的认识。

比如，就像我们在这次目游中屡屡提及的贵州文化所具有的多元混融的特点，这或许是一个文化奇迹：在看似封闭的贵州这块土地上，人与自然，人类的生活需求与自然物种之间，存在着如此和谐与平衡的关系；分属于不同文化传统、语言系统，有着完全不同的信仰、风俗、习惯的各民族长期和平相处；而源自不同国别、地区、时代的文化，诸如儒、释、道、巫传统文化，基督教文化，五四新文化……都在这里共生共荣，甚至形成了某些“文化孤岛”，完好地保存了许多已经消失的文化。

这样一个文化事实，应该使我们对两个几成定论的观念，即所谓“贵州封闭论”与“贵州落后论”进行新的反思。这当然不是简单地做翻案文章：必须承认，上述人与自然的和谐，多民族文化的和平相处，以及多元文化的共生共荣，是建立在发展的低水平基础上的，也确有保守、停滞的方面，因此，将其理想化是不可取的；但更应该承认，多元混融的文化特征说明，贵州文化从来不是封闭性、排他性的，相反，它具有很强的开放性与兼容性，甚至形成了一个能包容一切的弹性结构，而这正是我们今天进行新的文化引进与改造的一个最有力的文化传统的支持，而在长期的文化交汇过程中所形成的经验与文化机制更有着极其宝贵的借鉴作用（这个问题我们在讨论“石门坎文化”时曾有涉及，但还有待展开）。对所谓“落后”，其实是应该有更具体的分析的。我们在贵州这块土地上所看到的前述自然生态平衡与文化生态平衡，尽管它是低水平的，自然有落后的一面；但它又确实体现了一种人类的理想，特别是恶性的所谓现代化开发，造成了自然生态平衡与文化生态平衡的严重破坏，人们开始着手治理现代文明病时，突然发现了贵州这块净土，其所产生的惊喜感，是可以理解的，这再一次证明了，所谓原始与现代并非绝对对立，也有相通的一面。

作为贵州自身，当然不能安然做活化石、博物馆，自然要谋求新的现代文明的建设与发展，但这并不意味着要将自己的传统全盘抛弃，一切重起炉灶，特别是如果将前述体现了人类文明理想的宝贵的文化内核像脏水一样泼掉，那或许在取得某些方面的进展的同时，又造成了历史的局部倒退，这更是不可取的。难道我们真的还要重复那条人类已经付出了巨大代价的“先破坏，再恢复、重建”的老路?

但如何处理“保护与开发”、“继承与创新”、“理想与现实”的关系（类似的问题还很多），正如潘年英先生在其《矛盾的“文本”》一文中所说，都是一些“无可回避的矛盾”，这不仅是文化选择的困惑，更是贵州开发中的现实两难选择。我们在前面说“自己也没有想清楚”，指的就是这一方面的问题。

但有一点，却是我们想要强调的，就是必须跳出二元对立的思维模式：将新与旧、先进与落后、现代与原始绝对化；或者绝对肯定，或者绝对否定；或者全盘保存，拒绝任何变革，或者全盘抛弃，盲目求异，以他人的标准作为自己的坐标（如有的学者所指出，这也是贵州文化心理的一个弱点），这都是我们所不能认同的。我们设想，如果能够以较为复杂的态度来分析与对待贵州文化，或许我们将因此走向成熟。当然，有更多的问题是需要在文化实践过程中来逐步加深认识的。我们的纸上旅游，也算是一次文化实践吧，但愿我们所已经达到的认识，只是一个新的探索的开始。

再见，本书的读者——下面，该轮到你们发言了。

2003年2月21日—3月15日，3月29日—4月2日

注释

［1］张晓松：《山骨印记——贵州文化论》，贵州教育出版社2000年，第8页。

［2］张晓松：《山骨印记——贵州文化论》，贵州教育出版社2000年，第122页。

［3］田雯：《黔书·水西马乌蒙马》。

［4］王正贤：《奇异的石头世界——贵州岩石载体文化》，贵州教育出版社2000年，第1页。

［5］参看史继忠：《贵州文化解读》，贵州教育出版社2000年。

［6］张晓松：《山骨印记——贵州文化论》，贵州教育出版社2002年，第45页。

［7］鲁迅：《破恶声论》，《鲁迅全集》8卷《集外集拾遗补编》，人民文学出版社1981年版，第27页。

［8］杨昌国：《苗族服饰》，贵州人民出版社1997年版，第7—8页。

［9］吴正光：《贵州文化》，1990年3期。

［10］参看《六百年屯堡——明王朝遗民纪事》，高达、高嵩文，高冰摄影，贵州人民出版社2002年；《图像人类学视野中的贵州屯堡》安顺市文化局编著，贵州人民出版社2002年。

［11］野橄榄枝，见《罗马人书》："你这野橄榄枝接在其中，一同吸着橄榄树枝的肥汁。"真葡萄树，见《约翰福音》："我是真葡萄树，我父亲是栽培的天，凡属我不结果子的枝子，他就剪去，反结果的他就修理干净，使枝子结果子更多。"

［12］锡安，山名，位于耶路撒冷城南，传说大卫在此建立以色列首都，后犹太民族把它当作天国故土的象征。

［13］参看张坦：《"窄门"前的石门坎——基督教文化与川滇黔边苗族社会》，云南教育出版社1992年版。

［14］鲁迅：《病后杂谈（二）》。

［15］参看黄才贵编著《影印在老照片上的文化——鸟居龙藏博士的贵州人类学研究》贵州民族出版社2000年版。

［16］鲁迅：《未有天才之前》，《鲁迅全集》1卷《坟》，人民文学出版社1981年版，

166—167 页。

[17] 鲁迅:《随感录·四十八》,《鲁迅全集》1 卷《热风》,人民文学出版社 1981 年版,336 页。

[18] 参看鲁迅:《中国人失掉了自信力了吗》,《鲁迅全集》6 卷《且介亭杂文》,人民文学出版社 1981 年版,117—118 页。

抗战时期贵州文化与五四新文化的历史性相遇

抗战初期的1938年，国立长沙临时大学（西南联大的前身）两百多（一说三百多）师生组织“湘黔滇步行团”，于1938年2月19日从湖南出发，进入贵州后，沿着黔东南—黔南—贵阳—安顺—黔西南这一条线，最后进入云南，前后六十八天。

我们关注的是，这些中国最高学府的学子与学者，为什么会来到贵州，他们在贵州发现了什么？这样的发现对他们自身，以至中国的现代文化，具有什么意义？

（一）五四新文化对贵州文化的发现与吸取

贵州在抗战时期中国文化结构中的位置和作用

我们首先注意到的，自然是这一次发现贵州有一个抗日战争的大背景。这是一次名副其实的全民抗战，提出的口号是“全民总动员”，其中一个重要方面就是全民族文化的总动员，对一切文化资源的调动与利用。这就意味着，在抗战时期，对民族文化的理解，必然是强调它的全民族性与多元性：不仅是汉文化，也包括少数民族文化；不仅是中原文化，也包括边缘地区的文化；不仅是精英文化，也包括民间文化。特别是在中国社会文化结构中一直占据中心、主导地位的华北、华东、华中、华南相继失手，偌大中国只剩下西北与西南两个边远的角落，一向默默无闻的西部大山，在民族最危难的时刻挺身而出，成了支撑民族大厦的脊梁。在川、滇、黔、桂四省成了抗敌大后方、民族复兴的最后根据地的时候，西南地区的文化自然就成了人们关注的中心，成为民族文化复兴的重要资源。因此，在抗战中后期，大后方形成了四大文化中心：重庆、昆明、桂林和贵阳。当然，相对来说，贵阳的地位要弱一些，但也有自己的特殊性：贵州介于西南各省之间，战略地位非常重要，贵阳成为大后方交通枢纽，从广西到四川、云南，贵阳是一个重要通道。当时，贵州在整个中国的文化格局中起了两个作用。一个是文化保存的作用。大批学校、文化机构内迁到了贵州，如国立浙江大学、私立大夏大学、国立唐山工学院、国立湘雅医学院、国立军医学校、国立兽医学校、广西师院等大学，武汉日报社、大刚报社、力报社等新闻机构，都在贵州的大山的怀抱里，得到了庇护。更有大批的作家（茅盾、巴金、田汉、闻一多、熊佛西、端木蕻良、叶圣陶、臧克家、施蛰存、艾芜、张恨水、丰子恺……）、艺术家（徐悲鸿、叶浅予、马思聪、吴晓邦……）纷纷旅居或滞留贵阳等地。而最具有实质性与象征性的，则是故宫的国宝在贵州安顺的华严洞得到了完整的保存与保护。另一方面的作用，是我们将在下面详尽讨论的：贵州以自己独特的文化，给山外人以发现的惊喜与全新的滋养，获得了一次反过来影响民族文化发展的机会。

文化寻根：五四新文化发展的内在要求

西南联大师生的湘、黔、滇文化之旅，除了这样的抗日战争的大背景，也还有他们自我生命的内在要求，也是五四新文化发展的内在要求。闻一多在谈到自己选择参加步行团的原因时，说这是为了取得新的经验，并且说自己在此之前的生活是“假洋鬼子的生活”，“和广大农村隔绝了”。这主要指他战前在青岛与北平的学院生活：身处城市上层社会的象牙塔里，沉醉于以西方文化为标准与指归的精英文化，完全与中国现实脱节，与广大农村脱节，与民间底层社会脱节，一句话，与中国这块土地上的真实生活脱节。这自然是一个重要的反省。从另一面说，这也是对五四新文化的一个反思。五四新文化运动虽然一开始就提出了“平民文学”的口号，但实际上却是局限在城市知识分子与城市市民的范围内，与农民是处在隔绝状态的。五四新文化运动为了突破中国旧传统的束缚，主要向外国文化寻求资源，以后又提出了文学民族化的问题，进行了热烈的讨论，发展到了抗战时期，显然更加迫切地要求从民族传统与民间传统中获取新的推动力。五四新文化尽管一开始的自我指向就是全民族的文化，但它与少数民族文化的隔绝也是很明显的弱点。也就是说，五四新文化运动发展到 20 世纪 40 年代，它迫切需要补课，需要与农民对话，与民间文化、少数民族文化对话，进行文学的寻根。这就构成了西南联大师生这一次西南文化之旅的另一个重要背景，于是也就有了这样的自我命名：“西南采风。”有意思的是，四年以后，即 1942 年延安整风运动以后，在西北地区也有这样的采风运动，尽管有着不同的背景，但也同样具有五四新文化的寻根意义。

西南联大的学子在贵州受到了“灵魂的洗礼”

这一次采风保存下来的成果主要有两个：一是中文系学生刘吉兆编选、闻一多作序的《西南采风录》，一是政治系的学生钱能欣写的《西南三千五百里》。前者主要收集了各地的民歌民谣，也包括少数民族的歌谣，是为了寻找现代诗歌写作的源头，后者则是对沿途经济、政治、民族、民俗的观察，着眼点在西南文化的“开发”。正是因为怀有这样的寻找文学、思想、文化资源的目的，他们对居住在这里的少数民族、山民采取了完全平等的态度，全然没有山外人常有的居高临下的傲慢，也完全抛弃了贵州蛮荒、落后的偏见，他们是诚心诚意来了解贵州社会，吸取新鲜空气与养料的。

那么，他们发现了怎样一个贵州呢？——他们对贵州的直观感受、直接体验是两个惊人：这里的自然景观惊人的美，这里的人民生活惊人的贫困，这两个方面都引起了心灵的震撼。

他们和当年的徐霞客一样，首先感受到并被征服的，是贵州自然景观的真、大、奇——

> 大瀑布高四十余米，水流巨声，如雷如吼，如万马奔腾……七色的弧线跨在溪水上，如天堂的浮桥。

在镇宁的火牛硐里，“一个大石柱自八九丈高的圆顶上一直下垂接着底”，几十个人手里的烛光在空阔的石洞里若隐若现，“如在歌场里出演了‘诗人游地狱’，又似乎在圣彼得教堂里祈祷夜之和平”，“每个人都如考古学家发掘了古希腊的宫殿似的”。

人们很容易就注意到，这些一直在大城市里接受西方文化教育的青年，在刚接触贵州自然风光时，首先联想起的是书本里的西方世界，他们在东方边远地带神奇的山洞里感受到希腊、意大利、俄罗斯文明的魅力，这样的东、西方文化混融的感觉是颇为奇异的。

而对这些在书本里想象世界的城市青年，或许更有意义的是，他们终于亲眼看见了一个真实的现实社会：“恐怖的山谷，罂粟花，苗族同胞和瘦弱的人们……乡村充满了抽丁的麻烦或者土匪的恐怖。”

于是，他们宣称，自己受到了“灵魂的洗礼”。如一位研究者所说，本真形态的大自然的性灵，以及现实层面的民间疾苦，同时植入灵魂，他们“不再是原来足不出户的单纯青年，他们的生命形态，精神气质，已经被各地的山水民风所重塑”。

于是，全新的感受，全新的想象，就产生了全新的诗——

我们终于离开了渔网似的城市，
那以窒息的、干燥的、空虚的格子！
不断地捞我们到绝望去的城市呵！
而今天，这片自由阔大的原野
从茫茫的天边把我们拥抱了……
我们泳进了蓝色的海，橙黄的海，棕赤的海……
噢！我们说不出是为什么（我们这样年青）
在我们的血里流泻着不尽的欢畅。

（穆旦：《原野上走路——三千里步行之二》）

我要以一切拥抱你，你，
我到处看见的人民呵，
在耻辱里生活的人民，佝偻的人民，
我要以带血的手和你们一一拥抱。
因为一个民族已经起来。

我踌躇着为了多年耻辱的历史
仍在这广大的山河中等待，
等待着，我们无言的痛苦是太多了，
然而一个民族已经起来，
然而一个民族已经起来。

（穆旦：《赞美》）

可以看到，经过了包括贵州文化在内的三地文化的洗礼，这些原来接受西方文化教育的城市青年，对真实的中国大地——大地上的自然、文化与人民三者有了切身的体验，建立了精神上的血肉联系，他们从此将真正地走向成熟：自我生命的成熟，学术、艺术生命的成熟。

教授们发现了贵州山地型文化对民族振兴的意义

而他们的老师辈，就有了从中国文化发展全局出发的更为理性的思考。

在讲述闻一多的思考前，我们先来看一篇曾为“战国策”派的大将林同济教授写的文章：《千山万岭我归来》。他从重庆到昆明，途经贵州，第一次看到贵州的大山眼睛就为之一亮：“东方天忽朗，一望千里。西南群山好像都列在眼底。腾胸呼吸，乃觉天之高，地之厚，中国之大，中国之必定大有为！”由此而想到中国民族文化的再造——

> 我们中国文明，一向是在平原发展，偏重于利用平原；对“山地”的价值，始终不了解”，“现在的局面，已经迫使我们这个‘平原为基础’的民族，来到‘山地’上寻求复兴的柱石。我们必须要认识山地，爱护山地，发挥山地的威力”，“创造‘山地文明’以补我们数千年‘平原文明’之不足。即进而就民族精神方面说，‘平原型’的精神，博大有余，崇高不殆。我们这个平易中庸的民族所亟需的，也许正是一般崇高奇险的‘山地型’的气魄！

这几乎是第一次明确地提出重新认识贵州文化的意义的问题，强调贵州山地型文化对中国民族文化振兴与民族精神重塑的作用。

值得注意的是，闻一多从对贵州民歌的体认中也得出了同样的结论。他在为《西南采风录》所写的序中，特地引述了三首民歌。第一首是贵阳的："斯文滔滔讨人厌，庄稼粗汉爱死人；郎是庄稼老粗汉，不是白脸假斯文。"——闻一多大概由此想起了他对自身"假洋鬼子"生活的反省；而尤让闻一多击赏的，是盘县与另一没有注明出处的两首贵州山歌："吃菜要吃白菜头，跟哥要跟大贼头。睡到半夜钢刀响，妹穿绫罗哥穿绸"，"马摆高山高又高，打把火钳插在腰。哪家姑娘不嫁我，关起四门放火烧！"闻一多写道——

> 你说这是原始，是野蛮。对了，如今我们需要的正是它。……如今是千载难逢的机会，给我们试验自己血中是否还有着那只狰狞的动物。如果没有，只好自认是个精神上"天阉"的民族，休想在这地面上混下去了。感谢上苍，在前方姚子青、八百壮士，每个在大地上或天空中粉身碎骨了的男儿，在后方几万万以"睡到半夜钢刀响"为乐的"庄稼老粗汉"，已经保证了我们不是"天阉"……还好，还好，四千年的文化，没有把我们都变成"白脸斯文人。"

这里，有对贵州文化的再认识：该如何看待它的原始与野蛮？更有对民族危机的焦虑：难道我们真是个"天阉"的民族，已经失去了生命力与再生力了吗？于是，把民族文化复兴的希望，寄托在保留了淋漓的生命元气的非正统、非中心的民间的边缘文化上，希望从中获取新的源泉与力量。

当然，贵州文化如何给五四以来的新文化注入新的活力，这是需要做具体的研究的。根据所接触到的材料，可能更多是绘画等艺术领域的艺术观念与笔墨上的影响。不妨举一个例子。画家马得抗战时期流浪到贵州，一待就是七年。他后来回忆说："我常挤在人群里画速写，听他们唱（苗族）山歌。山歌大都是情歌，曲调高亢、淳厚、粗犷，蕴含着率真的热烈情感，歌词中形象的比喻、奇特的想象，通过自然嗓音的表达，生动自然、十分感人。”有意思的是，画家有了这样的感悟，却没有立刻转化为新的创作，而是潜藏于心，孕育了几年，1947 年到了南京，才开始了“用朴实的民间剪纸或版画形式来画山歌”即所谓“漫画情歌”的艺术尝试。我们这里先欣赏其中的几幅：“太阳渐渐要落坡，落坡哥哥要过河。铜打钥匙铁打锁，吊住太阳不落坡”，“鸡醒鸡开叫，马醒马吃草，天醒云跑掉，我心有怨谁知道！”“月亮出来两头尖，两个星宿挂两边。金钩挂在银钩上，郎心挂在姐心边”。不仅所漫画的情歌全是苗族的歌谣，而且从构图到笔墨的运用，都受到了苗家蜡染纹饰的深刻影响。以后马得从事戏曲人物画，仍保留了蜡染画的痕迹。当代批评家说：“这样原始又这样现代的漫画语言实在罕见，这样稚拙又这样诗意的漫画境界，过去没有，现在更没有。马得用怪诞诡异的笔墨塑造了一个远离市民社会的伊甸国，童话般的天真浪漫。”这里的“稚拙”中的“诗意”、“怪诞诡异”，其实是有着贵州文化的影响的，可以说是贵州民族民间文化艺术造就了画家马得。甚至连丰子恺、徐悲鸿、刘海粟这样完全成熟的艺术大师也从贵州的奇山异水中获得新的灵感。他们在发现贵州的同时，也发现了自己，人与艺术都进入了一个新的境界。

我说过，贵州的山神是宽厚的，它接纳一切，也毫不吝惜地给予回报。

（二）五四新文化对贵州的渗透与影响

谈到“接纳一切”，就涉及我们的论题的另一面：五四新文化对贵州的影响。

五四新文化运动发源于北京、上海等少数中心大城市，它怎样向贵州这样的边远地区传播、扩散，这是一个饶有兴味的文学史研究课题。这些年贵州的现当代文学研究者已经做了许多探讨，并且有了重要的成果，先后出版了《贵州新文学大系》（八卷，贵州人民出版社出版），《20世纪贵州文学史书系》（包括20世纪贵州小说史、诗歌史、戏剧史、散文史、民间文学史，共五部，贵州民族出版社出版），可以参看。

我感兴趣的是，五四新文化，它的精神、理念，它的文学艺术成果，怎样为贵州这样的边远地区普通老百姓与年青一代所接受，特别是怎样渗透到市民的日常生活中去的？这或许是更重要、更根本的。而在我看来，这样的接受与渗透，应该说是到抗战时期才发生的。但这样的研究遇到史料上的很大困难，因为很少见诸历史记载，这就不能不借助于有关回忆。我这里主要依据两个文本，一是戴明贤先生的《一个人的安顺》（人民文学出版社出版），另一是乐黛云先生的《追忆童年》（文收《贵州读本》），略作一点分析。

我所关注的是，这样的文化传播、渗透的途径、方式，及其精神内涵。

下江人与美国大兵

首先是人员的流动：抗战时期有两种人突然像一股劲风，破门窗而入，闯进内地普通人的生活，带来众多的新事物，全方位地冲击了山城传统的生活方式。戴明贤先生认为，这样的闯入，是继明代屯军带来中原文化（包括江南文化）之后的第二次冲击。这“两种人”，一是“下江人”（主要是流亡到贵州的长江下游的江南一带的难民），一是抗战时期援华来到贵州的“美国大兵”。

先说下江人。乐黛云有这样的回忆——

> 卢沟桥事变那年，我刚六岁，贵阳这座山城陡然热闹起来，市街摆满了地摊，出售逃难来的“下江人”的各式衣服、杂物。油炸豆腐、江苏香干、糖炒栗子、五香牛肉的叫卖声此起彼伏。一到傍晚，人群熙熙攘攘，电石灯跳动着小小的蓝火苗，发出难闻的臭味。我却喜欢和母亲一起在闹市中穿行，一边吃个不停。

请注意：首先是物质层面的诱惑，饮食文化的吸引，然后逐渐转入精神文化层面。而精神层面的进入，也是先通过表面的生活方式而逐渐到内在的文化理念。这是身处安顺小城的戴明贤回忆中的一个细节——

> 最碍眼的是一男一女挽臂而行，何况女人还是“鸡窝头”、红嘴皮，化了浓妆！……路人就要公然作侧目而视状，或互相挤眼努嘴；小孩们则尾随其后，拍手嘘哨。但下江人视而不见听而不闻，依然故我，渐渐地也就见惯不惊了。

不知不觉之间，当地的青少年也纷纷模仿：五四新文化中的新的爱情观、婚姻观等等，也就随之潜移默化于人们生活中了。

相处久了，就自然产生心灵的交流。在戴明贤（或许还有他的母亲，以及小城的百姓）的眼里，下江人最让人同情与感动的，是他们“背井离乡的凄苦”和“宁肯流亡三千里不做亡国奴”的爱国之情。这个从未离开过小城一步的小孩，很可能就是通过下江人，还有因为马帮运货与修建滇缅公路而路过的云南人这里，获得了一个超越于“家”的更大的视野，戴明贤回忆说：“江南给我带来了那么多凄婉惆怅、低回不尽的思乡歌曲”，“云南成为我童年幻想的源头之一”，全新的“大地域”也即“国家”的意识就萌生在这边地小城的年青一代的心中。

另一个闯入者，也带来了新文化的，是美国大兵。在戴明贤的笔下，“小城出现美国兵”成了一个划时代的事件：“他们蜂拥而来，小城立即热闹了许多。他们带来了大量的新鲜玩意儿：吉普车、短夹克、口香糖、冲锋枪、骆驼牌香烟，各种战地食品，大拇指加‘顶好’等等。”小城的生活方式也因为美国兵的到来而发生微妙的变化，比如说有了西餐馆，还有“国际饭店”——“国际”的概念也就悄悄地进入小城人民的生活中。

小城里还流传着这样的笑话：美军的车队穿城而过，一个乡下人目送小吉普飞驰绝尘而去，不禁惊叹道：“崽哟！这么点小点就跑得飞一样，长大还了得！”——这里美国大兵的张狂与风光，中国乡民惊叹中的美国想象，都颇耐寻味。

当时的小学生戴明贤这样回忆美国大兵给他留下的印象：“多是些活泼轻浮的小伙子，经常三五成群地找机会出来闲逛，猎奇，领略异国风情。”——这里多少已经包含了对美国文化与民族性格的某种直观的感受。

但作为省城里的高中生，乐黛云却有另一种感受——

> 高中三年中印象最深的就是美国。我最讨厌那些嚼着口香糖，伸出大拇指叫“顶好”，开着吉普车横冲直撞的美国兵。我每个周末回花溪，有时坐马车，有时走路，总会碰上那些载着花枝招展的时髦姑娘的美国吉普。车上美国兵常冲着我喊：“漂亮姑娘，要不要搭车？”我觉得受到了莫大的侮辱。

这样的反感或许就影响了后来乐黛云那一代人的人生选择。

“二战”之后美国在东方国家的形象，美国文化的影响，在普通民众与知识分子中的反应，这都是极有意义的研究课题。我们的讨论也只是略有涉及。

电影

传播新文化的另一个重要途径是电影。

前面所提到的西南联大学生所写的《西南三千里》里谈到，他们到了贵州安顺，也特别注意到当地“除了茶馆，还有一家湖广会馆改用的电影院可以消闲，每到晚上，自己用小马达发电，开映些《荒山女侠》与《十三妹》之类的‘名片’，倒是道地的国货”。

在戴明贤的回忆中，就有了更真切的描述——

> 都是大城市过时已久的破旧拷贝，断头多，动不动就中断情节，改变画面，正在室里对坐，一眨眼到了海边打斗。有时放着放着画面就静止了，几秒钟后开始变形解体，见多识广的看客就大喊：片子烧了，片子烧了！交代情节传达对话的字幕一出，观众们就出声朗读，场内一片嗡嗡声浪……

在纪念中国电影一百周年的时候，重温这样的边地小城的影院风景，是非常有趣的。

而且当时看的电影却又不只是《荒山女侠》，据戴明贤回忆，还有大量国产影片与好莱坞片，如《国魂》、《艳阳天》、《出水芙蓉》、《战地钟声》，苏联影片《大萝卜》、《青鸟》。最崇拜的明星是：刘琼、石挥、蓝马和谢添，女明星只有陈燕燕。

乐黛云则回忆说：“那些美国‘文艺哀情巨片’简直让我如痴如迷。泰隆鲍华、罗勃泰勒扮演的荧幕上的美国兵竟然成了我的英雄。我宁可摸黑走路回家，也要在星期六的下午赶两三场美国电影。”——对现实生活中的美国兵的反感与荧幕上的美国兵的崇拜，这样的反差本身就很有意思。

唱歌与演戏

第三个传播途径是唱歌与演戏。

戴明贤说："在童年记忆中，抗日战争是与歌声交织在一起的，甚至就是一回事"，"我没有亲见抗日战场，只饱听了抗日歌曲。战前出现过许多救国论，如'实业救国'、'教育救国'等等，其实没有错，只是远水救不了近火，倒是救亡歌曲不胫而走，深入人心，鼓荡起一片同仇敌忾的氛围，是正义战争的有力助手"。

这构成了这一代人的神圣记忆：站在窗外，听屋子里的外地来的宣传队员慷慨高歌："为我中华民族，永做自由人！""脚步连着脚步，臂膀挽着臂膀，我们的队伍是广大强壮！四万万被压迫的人民，都朝着一个方向！"——尽管对歌词的含义似懂非懂，但那样一种追求自由与解放的生命激情，团结向前的意志力量，却深深地植入了幼小的心灵中。

这又是一个难忘的细节——

> 背着书包去上学的男孩，口中念念有词，忽然会拔足飞奔，扬手高唱："冲呀——大刀向鬼子们的头上砍去！"解恨得很！

乐黛云的回忆中，也谈到了《大刀进行曲》，还有"工农兵学商，一起来救亡"之类流行歌曲。她还特地谈到了当时的校园歌曲。抗战时期原来在南京的东南大学附中迁到贵阳，成为贵州唯一的国立中学——第十四中，作为十四中的学生，乐黛云经常和同学们一起高唱《劳动歌》："神圣劳动，小工人爱做工；神圣劳动，小农民爱耕种……为什么读书，为什么读书，为辅助劳动。”——传播的也是“五四”“劳工神圣”的观念，乐黛云到了老年对歌词仍记得如此清楚，可见其深入人心。

抗战一开始，就提出了“文人入伍，文章下乡”的口号，周恩来、郭沫若领导的政治部第三厅组织戏剧宣传队，走向全国穷乡僻壤。剧宣四队、新中国剧社都来过贵阳、安顺，这也成了小城的重大事件。戴明贤至今还记得剧宣四队在京剧院上演老舍的话剧《国家至上》，跟着大人去看戏的情景：“我过去只看过言必唱动必舞的古装京戏，第一次看写实手法的话剧，非常刺激。特别是那位回族领袖马大哥，白胡须、红脸膛，目光炯炯，声如洪钟。有一场结束前他大吼一声，怒视周围，一跺脚，大踏步下场，那神采令我心醉神驰。”而且在剧宣队与新中国剧社影响与带动下，当地学校也组织各种剧团，“安顺的抗日演出活动真有点如火如荼”。据戴明贤说，他看过的话剧就有曹禺的《雷雨》、《日出》、《家》，老舍的《国家至上》（与宋之的合作）、《桃李春风》（与赵清阁合作），吴祖光的《风雪夜归人》，张道藩的《蓝蝴蝶》，这里大都是现代话剧的经典，可以说是为山城百姓与年青人打开了一个全新的世界。

书店与书摊

当然，最重要的还是文学作品的直接阅读。抗战时期全国许多著名书店都在贵阳开设分店，贵州本地人办的文通书局也有很大发展，成为全国七大书局之一。当时，贵阳可谓书店林立。戴明贤在最近写的《书店漫忆（贵阳篇）》里，讲起来如数家珍——

> （文通书）店在中华北路，灰色的洋楼，又朴实又气派。在这里见到了闻名已久的曹（未风）译莎士比亚戏剧集，地道的“抗战版”，灰蓝色粗纸封面；内页是黄褐色的草纸，粗而脆，字迹

不清晰。抗战时期的书，一律如此。

中华中路靠近大十字的中华书局门市部更是豪华，玻璃书柜里许多巨册精装的典籍，书架也很气派。

但我最爱的是开明书店……它开设在小巷醒狮路一座住家小院的过道里，又窄又浅，破旧不堪。店堂后壁还立着一架木梯，想来上面是店员的卧室。……陪我初次按址寻访的大朋友一路惊叹：书店开在这种地方，真叫酒好不怕巷子深了！……它又真是一个少年爱书人的宝库，它专卖开明版，我在这里买到最喜欢的书：吴祖光的《正气歌》等剧本，宋文彬的《鹿马传》，朱自清、叶圣陶的《文心》等等。在这里买到的王士菁的《鲁迅传》，是我读的第一本作家传记。

贵阳中华路和中山路上，还有好几家小书店，多为老板夫妻坐堂，可以临时决定打不打折扣，打多少折扣。

乐黛云关注的是地摊上的洋版书——

特别吸引我们的，是沿街销售的美军剩余物资的小地摊。从黄油、奶粉、口香糖、信封、白纸，直到简装本的古典小说和侦探故事都有。这种简装本六十二开，软封皮，不厚不薄，在车上，床上，特别是上课时偷看，都很方便。霍桑、海明威、辛克莱、斯坦培克，我都是通过这些简装缩写本读到的。当时，傅东华翻译的美国小说《飘》刚刚出版，真算得风靡一时。同学们都在谈论书中的人物，我和母亲也时常为此发生争论。

这一时期，我的业余时间几乎全部用来看外国小说，中文的、英文的，D. H. 劳伦斯的《查泰莱夫人的情人》、安德烈·纪德的《伪币制造者》，陀思妥耶夫斯基的《卡拉马佐夫兄弟》……

真是无所不看!

潜移默化

这都表明，五四新文化运动所开创的思想解放、文化开放的新潮流，如何通过抗战的新契机，向贵州这样的边远地区扩散，它所带来的中外新文化，极大地改变了贵州这块土地上的知识分子、青年学生的知识构成、精神结构、生命选择、成长道路，甚至渗透到他们的日常生活中。对于贵州，这样的文化传递及所引起的精神变迁是带有根本性的。而对于五四新文化运动，这样的来自中国边缘地区，中国社会底层的响应，才是真正显示了它的深刻性与深远影响的，因为历史的变革所达到的深度与广度，往往要看它对边远地区的蔓延、渗透的程度。

这就是我们所看到的，在抗战时期，贵州文化与五四新文化的历史性相遇。相遇的结果是彼此都发生了深刻的变化，但它又是潜移默化，难以言说的。我们以上所说，只是抄录了一些材料，未加更多的分析，但也许是更适合于这样的题目的。

2005年10月24日初稿，2005年11月29日、30日，
12月1日整理。

正史掩不住的光耀

——卢永康《马怀麟传奇》序

一口气读完这本二十五万字的《马怀麟传奇》，一时竟理不出思绪：是被传主的传奇人生所吸引，还是为其曲折的命运而感到生命的沉重？更为重要的是，这本书给我们每一位读者都出了一个难题：如何面对“这一个人”以及背后的“这一个时代”的历史？作者把写序的任务交给了我，我却不知从何写起。

情急之中，突然想起书中讲到的一个细节：马幺公晚年在面对许多非议时，曾反复读鲁迅的东西，而且“老在深夜读，读了就忘，忘了还要读”。尽管马幺公当年读的是什么，他有什么感悟，我们都已无从得知；但至少还是给了我们一个提示：或许可以从鲁迅著作里，去寻找对马幺公的人生的某种解读。鲁迅正是我所熟知的，是有话可说的。于是，就想起了鲁迅的一段话——

> 我们从古以来，就有埋头苦干的人，有拼命硬干的人，有为民请命的人，有舍身求法的人……虽是等于为帝王将相作家谱的所谓“正史”，也往往掩不住他们的光耀，这就是中国的脊梁。
>
> 这一类的人们，就算现在也何尝少呢？他们有确信，不自欺；他们在前仆后继的战斗，不过一面总是在被摧残，被抹杀，消灭于黑暗中，不能为大家所知道罢了……
>
> 要论中国人，必须不被搽在表面的自欺欺人的脂粉所诓骗，

却看看他的筋骨和脊梁。自信力的有无，状元宰相的文章是不足为据的，要自己去看地底下。

鲁迅的这段话录自他晚年所写的《中国人失掉自信力了吗》一文，他实际上提出了两个重大问题：如何看待历史，以及如何叙述历史？我们的讨论正可以从这里切入：如何看待马幺公一生的历史，以及如何叙述马幺公的历史？

马幺公的历史看起来似乎相当复杂，其实说起来也很简单，他的老乡用一副对联就概括了。上联："倡导革命，怀麟领前辈黑洞吃鸡血酒"；下联："改革开放，马老带晚生荒山建果园"。事虽两桩，却都轰轰烈烈，惊天动地。我要补充的是，这在完全不同的时代所做的完全不同的两件事，却是有内在精神前后贯通的，而且也有两种。在1946年办《力报》，1949年发动反抗国民党统治的"二一六"暴动时，马怀麟就抱定宗旨："要成为一种力量"，"要有自己的声音"；20世纪90年代马幺公在联户协作农场成立大会的讲话里，又大声疾呼："要靠自己的手改变命运。"这样的"要掌握自己的命运"的独立意志，正是马幺公一生奋斗不已的内在动力；这也是他的内心深处的痛苦所在："我们的生命从来属于自己，只是没有一块满意的土地容纳而已。"但马幺公从来都没有屈服于命运的安排：没有一块土地容纳自己，就自己来干。或拿起武器，或高举铁锄，在自己的家乡开辟出一方新天地！

我们还注意到，马怀麟早在1952年就有过这样的自述："我是大自然的一个人。"1988年他决心要到"瘦土地里刨金子"时又说："我要走向我的家乡，走向生我、养我，并支持我领导一次暴动的家乡。这不是落叶归根，而是报答。"他在解释自己老年办农场的动因时也这么动情地说："谁叫自己一辈子离不开这块土地呢？哪怕它贫瘠、瘦薄。”这都显示了马幺公和修文、贵州这方土地，土地上的文化和父老乡亲的血肉联系，这也是他的不竭的生命源泉和原动力。40年代末他发动“二一六”暴动时的口号是“保住儿子不当兵，保住谷子不交粮，保住银子不交款”；八九十年代他组织农场的动机就是“让那些为“二一六”做出过贡献的农民不再受穷”：一切都是为了维护父老乡亲的利益，这是几十年一以贯之的。

一定要维护父老乡亲的生存、发展权利，一定要让父老乡亲掌握自己的命运：这构成了本书的传主马怀麟（马幺公）生命的永远的目标，即使壮志未酬，他也要拼命向前，人们感叹于马幺公生命力的旺盛，其秘密即在于此。在我看来，他的这两大生命目标，是源于生他养他永远支持他的修文这块土地的。马幺公曾说“修文的老百姓单纯、有血性”，作者还特别提到当年在修文龙场悟道的王阳明“知行合一”的哲学的潜移默化的影响：这正是盛年的马怀麟、晚年的马幺公两次登高一呼，修文的乡亲和地方有识之士都毫不迟疑地响应、追随于他，真可叫“前仆后继”的原因所在：他是修文、贵州大山的儿子，更是大山的脊梁。放大了说，他就是鲁迅要我们“自己去看地底下”的“中国的脊梁”。

问题是，这样的“筋骨和脊梁”，在现实生活和历史叙述里，是不被承认，“被摧残，被抹杀”的。这里有我们阅读本书无法回避的两个问题。

首先是马怀麟领导的“二一六”暴动，直到他逝世时，还没有得到公正的评价，这大概是他难以瞑目之处。说出来的理由好像很多，关键却只有一条，即“二一六”暴动不是党直接领导、发动的；这大概也是事实，但如果因此而不能给这次反抗国民党专制统治的民间运动以历史的承认和充分评价，那就暴露了评价者所坚持的，正是鲁迅所说的“为帝王将相”也即权力的掌握者“作家谱”的“正史”立场：

这才是问题的症结所在。但也还是鲁迅说得好，“老百姓虽然不读诗书，不明史法”，但他们却是能“明黑白，辨是非”的（《“题未定”草（九）》）。其实在我们前文所引的那副对联里，就已经作出了老百姓自己的历史评价。而让我最为感动、眼睛湿润的是，在为马幺公祭祀时乡亲们的倾诉，述说的全是马幺公对他们每一个人、每一个家庭的关爱和帮助，表达的全是最朴实的真情：“你说解放几十年了，看到乡亲们光屁股就难过，你这样的好人都去了，我们莫非不难过？”还有最能见民心的“埋怨”：“老天爷，你天都当成了，咋个不睁开眼睛看清楚，哪个人去得，哪个人去不得，不要乱整嘛。”在我看来，这才是真正的历史判决：评价的标准是看是否真正关心老百姓，为他们谋利益；历史的功绩是表现在为一个个具体的老百姓个人和家庭带来实实在在的好处，而不是抽象地高喊“为人民服务”；最高的历史评价是成为老百姓心中“去不得”的人。因此，我要说，尽管马怀麟和他当年的战友在所谓正史里没有获得他们应有的位置，但如鲁迅所说，正史“掩不住他们的光耀”，民心自有结论：他们“就是中国的脊梁”。这是修文的大山：西望山、老将山、大锅寨群山、小白岩可以做证的。

还有马幺公生命的最后结晶“联户协作的下洞农场”的命运：在他走了不久之后，就在县里的指令下，“无声无息地消失，走下历史舞台，淡出人们的视线”。坦白地说，这是我阅读本书最感郁闷的一点。如作者所说，这样的处置或许出于某种实际的困难。而我的困惑却在其说出的理由：据说马幺公“太超前，急了一点”，“时代不一样”，以后还是要“各家各户自产自销”，“农场想通过积累来做的社会主义的事，国家会逐步考虑”。这里所说的马幺公“太超前”又是什么呢？于是，我注意到马幺公晚年的思考：他在重病中读《论马克思恩格斯关于股份制的思想》，读《对公有制重新定义》，并且写下了《论下洞农场股份制》的文章的要点："农村建设中的股份制问题，两权分离与联合问题，重建个人所有制问题……"；他还和本书的作者谈《资本论》，谈个人在历史上的作用，谈股份制农场……：他显然在思考与探索一条在市场经济的条件下，继续带领农民走共同富裕的社会主义道路的新农村、新农业的发展模式，既能避免过去吃大锅饭、剥夺农民的弊端，又能防止两极分化的出现。我正是从这里看到，越到晚年，马幺公思想越见活跃与成熟，他进入了一个生命的最高境界。但或许正因为如此，尽管他备受赞誉，但他的想法却无法被理解，在社会主义国家探讨新的社会主义农村组织模式的试验，竟被看作不合时宜的"超前"。这样的表面的肯定、实质的否定，这样的热闹中的寂寞，在我看来，正是马幺公命运中最令人感慨、欷歔之处。

于是，我也就理解了作者在《代跋》里所说的他的难处：他选择了一个"并非达人、大人、伟人，又颇有争议的普通人作为传主"。但我却要说，这恰恰是本书的价值所在。按我们一再引述的鲁迅的说法，我们的"正史"是为权力掌握者"作家谱"的，因此，自然只有"达人、大人、伟人"，而无"普通人"、小人物和有争议的异人。但这样的正史恰恰是应该质疑的，至少应该有另一种非正史的野史来作补充和制约。这也是鲁迅所倡导的，他说："野史和杂说自然也免不了有讹传，挟恩怨，但看往事却可以较分明，因为它究竟不像正史那样地装腔作势。"因此，他号召人们，特别是年轻人，要多读历史，"而且尤须是野史；或者看杂说"(《这个与那个·读经与读史》)。我注意到本书作者把他写的传记称为"传奇"，这固然是因为要强调传主经历的传奇性，但也未尝不含有"小说家言"，民间讲故事、杂说的意思，我们是可以把这本《传奇》当作野史来读的。本书的传主马怀麟（马幺公）既然进入不了正史，现在借这部野史在民间社会口口相传，倒真是得其所哉。而且本书作者还有发现：“马老这种人在今天更加有意思。”古人早已有言：“礼失求诸野。”在假冒伪劣充斥社会的时候，马幺公这样的未被承认的山野里的“真人”才显出他“掩不住的光耀”。

1912 年 1 月 14—16 日

永远压在心上的坟

离开贵州十五年了，却始终不能忘怀那一方土地。人说“千里姻缘一线牵”，这情缘却似有千条万线，总是梳理不清。

但我知道，有一条路通向那田间的孤坟——或许这坟早已不复存在，甚至从来就不曾有过……

那更是我心上的“坟”，连接着那个可怕而荒谬的年月，我那时正是夜郎国里的“罪人”。

什么“罪”呢？“出身”罪之外，还有一个“争夺”罪：我一生喜与青年结友，这本身就是一个罪恶的“渊薮”，难怪直到今天，还在交“华盖运”——但这已是后话。“争夺罪”在当时是一个非常严重的罪名，惩罚不仅落在我的头上，还会牵连到无辜的青年学生。于是，“革命师生”在揪出我这个“大牛鬼蛇神”之后，又“乘胜追击”，一夜之间，挖掘出十几个以“我”为首的“三家村”，以及一大批“小牛鬼蛇神”。

而我已关在“牛棚”里，与“世”隔绝了，但有一天我仍然从看守我的学生异样的神色里觉察到似乎又有了什么“阶级斗争新动向”。而且，很快就从他们的片言只语里得知，有学生公开跳出来“为反革命分子钱理群鸣冤叫屈”。这倒让我吃了一惊：这会是谁呢？这么天真、不懂事！我不免为这位学生，也为自己担心起来。不久就弄清楚：所谓“鸣冤叫屈”不过是不同意对我的某一条“罪行”的分析，认为“上纲上线太高，不符合实际”；而说这话的，是某某班一个名叫陈某某的女同学。说实在，我并不熟悉这位学生，仿佛记得她曾随着班上的同学到我那间小屋里坐过一两次，小个子，白白的脸，此外再没有给我留下任何印象。好像有同学告诉我，她出生在一个地主家庭，父母在生下她不久即已去世，是在地区教育局工作的哥哥把她抚养大的。当我费力地从记忆里仅仅挖出这一点印象，我的心变得沉重起来：这学生与我素无往来，如果把她牵连进来，未免太冤屈她了。但我又想，这一切很快就会查清的吧？于是，我又希望这学生早点与我划清界限，过了“关”算事，但以后却杳无音信了。我一再地想从“看守”中套出口风，却总无结果；而且也没有人找我对质、调查，尽管我早已做好了种种准备。打听不出，我也就把这事搁在一边，为自己目前的处境与未来的命运发起愁来。这样又过了好几天，喇叭里突然响起刺耳的尖叫声：“反革命分子某某某自绝于人民，罪该万死！”开始时我以为喊的是自己，或另外几个已被揪出的“同犯”；待终于听清楚那位女同学的名字时。我真正地吓呆了：简直不敢相信竟会有这样的结果！但不久就得到证实：一个“看守”偷偷告诉我，陈某某拒绝接受同学的批判，在一个深夜里，跑出学校，投湖自尽！……

我突然感到了恐怖！分明看见：一具在水里泡白泡大的尸体在湖里浮起，向我漂来，终于高悬于我的心上，一点一点地压下来，压下来……我在床上翻来滚去，大喊大叫，却怎么也挣脱不掉……

如此折腾了两三天以后，一切幻象忽然消失，而那心上的重压感却再也搬不掉、拂不去了。在思考力恢复以后，我开始冷静地审问自己：出身于剥削阶级家庭，即使我真的“罪孽深重”，与生俱来，也应由自己一人默默承受；为什么偏不甘寂寞，要用青年的热情慰藉一颗孤寂的心，结果却让他们付出了如此巨大的代价！这岂不是用青年的“生命”之“重”换取了自己的“苟活”之“轻”？！——我终于发现，并且承认，在无辜的青年面前，我有罪！

从此，这年轻人的尸体，这“有罪感”，便如梦魇阴影般永远没有离开过我。

不错，后来人们一再对我说，一切罪恶都源于那“四个元凶”，我们的党、人民、知识分子（当然也包括我在内）……都是受害者，都依然崇高、伟大；但我却仍然固执地认定：那孩子的死与我有关，我有罪。

后来，我离开了贵州，在更大的范围内，与更多的年轻人、学生接触、交往；但我总觉得，有一具沉重的死尸横亘在我与青年之间……

后来，我成了学者。当我以更开阔的视野，研究20世纪中国知识分子心灵的历程，以及探讨人类共同的精神困惑时，我都清醒地意识到，作为我思考的基础与出发点的，仍是已经化作我生命一个部分的、横卧在贵州高原上的死尸……

呵，我与贵州这方土地的万般情缘都源于这死尸，这有形无形的“坟”；那生命的沉重感与恐惧感，正是贵州——我的真正“故土”给他的儿子的最丰厚的赐予！

……

1993年11月24日急就

我读戴明贤其书其人

——《一个人的安顺》序

本书写的安顺石城，是我生活了十八年的第二故乡。明贤先生更是神交已久而一见如故的朋友。但是，我要说，真正认识安顺这座城，认识明贤先生和他的家庭，真正走进这城与人的心灵深处，却是在读了这本《一个人的安顺》之后：这也是我为之动心，甚至受到震撼的原因所在。

是的，我在那里生活、工作了十八年，书中提及的许多地名我至今都依稀记得，但我对世世辈辈根植在这块土地上的安顺普通百姓，他们的日常生活、习俗，他们的情感、内心渴求，他们的行为方式、人际关系、思维习惯……其实是十分陌生的，识其面而不知其心，我只不过是曾在这块土地上匆匆行走的过客。突然意识到这一点，对于自称热爱安顺的我，是难堪而痛苦的。

因为这涉及或许是更大的一个问题，去年我和明贤先生一起编选《贵州读本》时即已提出过："你认识脚下的土地吗？"这本《一个人的安顺》让我再次面对这个问题，而且有了新的思考。我发现自己一生竟是在不断地迁徙、奔走中度过的，于是，许多的城市：重庆、南京、上海、杭州、北京、安顺……都和我发生过关系，却都不深，缺乏刻骨铭心的生命的血肉联系。这也跟自己的生活方式有关：走到哪里，都是关在校园或公寓的封闭环境中，过着与世俗生活隔离的书斋生涯（我当年在安顺的十八年也是这么度过的），这在某种程度上就将自己从看似凡俗、具体、琐细，其实是更生动、活泼，也更真实的人的生活土壤中拔出，成了无根的人。

这样的人的无根化的悲剧，恐怕并不只发生在我一个人身上，它有着更深刻的时代根源：应该说迅速变化流动的现代生活本身，即容易使人成为失根的漂泊者；而我们那时代对人的世俗生活的绝对排斥（一律斥为“资产阶级、小资产阶级情调”），对人的纯精神化的要求与精心培植，就自然会产生像我这样的畸形人。据我的观察与感受，前一方面的问题将随着全球性的流动变得更加突出与复杂；而后一方面的问题，却并不具有普遍性，甚至出现了反向的排斥精神的现象；应该警惕的倒是对世俗生活的关注与表现，也变成是纯物质的，而忽略了其精神内核：这也是一种消解，而且是根本性的。

我也正是从这里看到了本书的叙述的价值：它将中国边地小城市民的日常生活、风俗习惯……如此真实而精微，具体可触地呈现给我们，这对我辈不知俗事的偏颇，自是一个有力的纠正；而作者对世俗生活背后的普通百姓的生命存在形态、精神面貌、命运……的关注，及其内在诗意的发掘，处处流露出对生息于故土之上的乡亲父老的深切理解，相濡以沫的悲悯情怀，则更有助于读者接近普通百姓真实的生活。这大概就是本书的格外动人之处吧。

据我所知，本书最初命名为《石城浮世绘》，作者显然有描绘市民生活中的人情世态，以展现大时代中的边地小城的历史风貌的自觉追求。这或许是我更感兴趣的，于是更以一种学术的专业的眼光来看这本书：它正是我多年追求而不得的。

我多次发出这样的感慨：在我们的历史叙述中，往往有事而无人，或者有大事而无日常生活的小事，有帝王将相学者名人大人物而无普通平民百姓小人物，有人的外在行为而无人的内心世界。这其实都是反映了一种颇为狭窄、机械与粗糙的历史观的。因此，在 20 世纪90年代初我开始进入40年代中国文学的研究时，便给自己提出了一个目标：一定要把研究的触角伸向普通百姓家的日常生活，将战争与文学对他们的生活与精神的影响纳入研究视野。为此我作了许多努力，包括大量查阅当时的报刊与有关回忆录，虽略有所获而沾沾自喜，又因远不及理想而沮丧。因此，当凭借明贤先生的生花妙笔，如此丰富多彩的关于战时教育、文化艺术、商业、警务、宗教，关于民间习俗、餐饮、缝纫、娱乐……方方面面的"清明河上图"式的生活长卷一一展现眼前；这么多的战乱中的小城人物："慈心与侠气兼备"的大姐，"始终娇慵着"的下江女人与"始终殷勤着"的下江男人，"披着灰白色的擀毡大氅，无比彪悍"的马哥头儿，"气质高洁"、"独来独往的剪花姑外婆"，有一只"维纳斯铅笔"、记忆中永远是一个"漂亮的大孩子"的裁缝师傅薛大哥，"洒脱和妩媚"的昌明和尚，并称"龙虎豹"的山城名师，还有"踽踽而去"的"卖葵花的皇帝"、"施施然而来"的食客……"江湖落拓人"一个个活生生地站在面前，传递着那个已经消逝的时代的生命气息，这样的超越时空的心灵的相遇，将把我们的历史研究带入怎样一个新的境界！

我终于进入了向往已久的历史情境之中，仿佛成为历史中人，遥远而陌生的变得可以理解，神秘莫测的也似乎可以把握了。真的，如果不是亲历其境（当然是经过戴明贤先生作为历史当事人的回忆与介绍），我们这些事后的研究者，就不会知道、更无法感受到，在这个边城的"孤独内向、整天生活在幻想世界里的小孩"的感觉里，"惶惶然的战争恐怖"是与小城的永恒记忆："肃杀的寒冬，闭塞的乡民、沉闷的大家庭，不幸的少女锁定在一起的"，于是，留下的战争记忆竟是这样一个"美丽的夭亡"。

作者关于在华严洞"躲警报"回忆，很容易使人联想起汪曾祺先生的同名文章，作者说："写躲警报写出这么些闲情逸事，可谓离题千里。但小城老百姓的躲警报生活不过如此。于是，他们更相信石城是块福地。”在我看来，这或许与小城是否“福地”无关，倒是反映了战争状况的某些真实的：即使是在战争中，人依然要生活，不仅要吃、穿、住、行，也要有唱歌、看戏、喝茶、下棋这类“闲情逸事”：这都是战争的发动者（例如日本侵略者）所试图摧毁而又摧毁不了的；也正因为如此，我们可以说，这些构成人的存在的基本方式的日常生活（包括闲情逸事）正是在战争的非常态条件下，才显示出其非常意义，为人们所珍惜，并津津乐道的。

当然，战争也自有日常生活中所少见的惊心动魄之处，例如作者特意描绘的那个场景：“……不明身份的飞机一次次迫近，全校学生一次次惊喊，胡坚校长始终兀然站在旗台下，神色不变。”我也认识胡坚校长，却没有想到她竟有如此不简单的定力！这真是一个永恒的瞬间：这危难时刻的镇定，与前述日常生活中的从容、洒脱，构成了山城市民，以至整个民族的战争心态，反映了这场全民抗战的本质和内在精神，现在都在明贤先生的笔端，毫发毕现了。

作为一个现代文学的研究者，我更惊喜地发现了战争中五四新文化在这个边地小城的传播与影响，而我尤感兴趣的是这种传播的途径、方式，以及其精神内涵。

作者告诉我们，正是抗战时期大批涌入贵州的“难民”（因江南人数最多，热情活泼，容易造成鲜明的印象，当地人将他们统称为“下江人”）成了传播新文化的使者，就同明代的屯军带来了中原文化（包括江南文化）一样。作者因此说：“这是继明初屯军以后，石城文化的第二个划时代关捩，意义非常的深远。”有意思的是，这样的影响首先是“下江人像一股劲风，破门窗而入，带进众多的新事物，全方位地冲击了石城传统生活方式”。“奇装异服，特殊口味之类犹在其次，最碍眼的是一男一女挽臂而行，何况女的还是‘鸡窝头’、红嘴皮，化了浓妆！……（于是）路人公然作侧目而视状，或互相挤目努嘴；小孩则尾随其后，拍手嘘哨。但下江人们视而不见听而不闻，依然故我，渐渐也就见怪不惊了。还形成了一个词叫‘吊膀子’……此词大约也来自重庆人。”——此话不确：鲁迅在30年代的杂文里就提到了上海滩上的“吊膀子”。“上海时髦”现在深入到中国内地小城，当地青少年纷纷模仿，生活方式的潜移默化也许是最根本的。

下江人还带来了许多“新玩意”：“师范教育、职业大学、话剧、音乐会、画展。”抗战要求着也必然带来新教育的普及与新文艺的普及。在所有的现代文学教科书（包括我们编著的《中国现代文学三十年》）里，都会提到抗战初期所提出的“文人入伍，文章下乡”的口号，以及周恩来、郭沫若领导的政治部第三厅组织的戏剧宣传队，走向全国穷乡僻壤，宣传抗战，实行“全民总动员”。现在，由作曲家舒模率领的剧宣四队（后来还有高博、杜雷等人的新中国剧社）就来到了安顺；几乎同时，著名的中学教育专家曹刍受中英庚款管理委员会之托，在安顺创办了黔江中学。这样，安顺就有了新文化、新教育、新文艺的中心。正是这中心传出的“为我中华民族，永作自由人！”“脚步连着脚步，背膀抗着背膀，我们的队伍是广大强壮！四万万被压迫的人民，都朝着一个方向！”……的歌声，震撼着山城，打破了古老的平静，封闭沉寂的心灵也被唤醒。《雷雨》《日出》《家》《风雪夜归人》这些中国现代戏剧的经典，《黄河大合唱》《生产大合唱》《义勇军进行曲》这些中国现代音乐的杰作，就这样走进了中国边远地区老百姓的生活中，成了这一代人的神圣记忆的有机组成部分。

重要的是，这一切在明贤先生的笔下，并不是教科书的抽象的概括，全是鲜活而传神的细节。你看那“影院风景”：“都是大城市过时已久的破旧拷贝，断头多，动不动就中断情景，改变画面。正在室里对座，一眨眼到了海边打斗。有时放着放着画面就静止了，几秒钟后开始变形解体，见多识广的看客就大喊：片子烧了！片子烧了！交代情节传达对话的字幕一出，观众们就出声朗读，场内一片嗡嗡声浪……”读着这样的可视可听可触可感的文字，依稀进入历史现场，这该是一件多么惬意的事！

战争就是这样极大地开拓了夜郎之国古朴之民的视野，改变了他们和外部世界的关系与想象。于是“小城出现美国大兵”成了一个划时代的事件。“他们蜂拥而来，小城立即热闹了许多。他们带来了大量的新鲜玩意：吉普车、短夹克、口香糖、冲锋枪、骆驼牌香烟、各种战地食品、大拇指加‘顶好！’等等。”

当然，西方世界打入中国内地的努力早就在悄悄进行。作者提醒我们注意：“小城原也有外国人的。那是天主堂的修女和神父”，“永远是沿着街边走，俯视疾步”。这都不是不经意的闲笔。而且我们还注意到作者特意刻画的小城里的“缙绅”“生意人”和“名师”，这都是小城的上层人物，既是小城的门面，又在相当程度上掌握、决定着小城的命运。在明贤先生的描述中，他们无论当官、经商，还是教学，无一不是半新不旧，用作者的话说，他们“都属于新旧交替的时代之子”，同时也就承担着历史过渡的重任。像作者的“太老师”吴晓耕先生就是学政法出身，后来教中学，多选鲁迅、胡适的文章作课文，讲郭沫若、茅盾，讲高尔基，还指导学生读三国西游红楼。那么，新文化的浸润，是早已在默默进行的。抗战是一个强力的推动，遂成为历史的转折点。

其实我们所面对的是这样一个历史过程：以“五四”为开端的中国新文化运动由其发源地——北京等少数中心大城市向贵州这样的边远地区的传播、扩散。看似很慢——从“五四”到抗战，已有二三十年；意义却非同小可。我曾经说过：“历史变革所达到的广度和深度，往往要看它对边远地区的蔓延、渗透的程度。”对于五四新文化运动而言，本书所描述的抗战时期来自安顺这样的中国内地和社会底层的响应，才是真正显示了它的深刻性与深远影响的。本书所传递的这一历史信息的重要性，应是不言而喻的。

当然，本书所描述的，不只是小城的历史变动。读这本《一个人的安顺》，我总要想起沈从文所提出的历史的“变”与“常”的概念与命题。我到现在还没有提及本书的开篇《浮世绘》，这正是最让我感动的篇章：我从中看到了某种永恒的东西。是“小城居民一生一世、每时每刻，没有离开过（的）石头”，是小城永远不变的散淡、潇洒的日常生活，还是小城人看惯宠辱哀荣的气定神闲的风姿，我都说不清楚。或许正是这城这人所特有的韵味，让我感受到了一种坚韧的生命力量。它在40年代的战乱中支撑了这座小城，这个国家，因而不朽。

最后，我仍然忍不住要谈谈本书的文字。过去读明贤先生的文章，总要被扑面而来的书卷气所吸引。而现在他的笔端又流泻出更多的来自世俗生活与生命本身的元气，但仍不追求淋漓状态，而几近于“不放不收，亦放亦收；不平不奇，亦平亦奇；不庄不谐，亦庄亦谐；不俗不雅，亦俗亦雅”的境界。而经常引得我这个曾被安顺雨水浸泡过的外乡人莞尔一笑的，还有作者对安顺方言俗语不露痕迹的随意插入，如“玩嘴巴劲”、“锅儿真是铁铸的”、“看‘过路神仙’”、“崽哟”之类，而有时随手拈来的日常生活中的大实话，如“大地方的人心不实”，也都十分传神，能写出一种民风民气。这实在是因为明贤先生把自己家乡的那方水土人情看熟了，琢磨透了，就达到了自如状态：读如此境界、状态中写出的文字，真是莫大的享受。而作者自觉的文体追求——将中国传统的笔记体小品（因此才有特意安排的“述异”篇）与渗透着文化人类学意识的现代文化散文糅合为一体，相信自会引起读书界与评论界的朋友的注意，我就不多说了。

2004年4月6日凌晨写毕

我的怀念温馨而恒久

——悼夏其模老师

老夏走了，我应该为他送行，却山阻水隔，只能遥望南天，欷歔不已。

老夏走了很久很久了，很多很多的记忆一起奔来，却又无法言说。

在我的精神的梦乡里，老夏有一席特殊的位置，我真不敢轻易触及。

我与他似乎是两个极端，本应无缘：他专攻古典，我情钟现代；他似水，我如火；他冷眼看世界，沉稳而多谋，我总是冒冒失失地投入生活的激流，经常陷入各种旋涡之中，弄得自己狼狈不堪……

但我们又确实有缘，有大缘。

我们大概是在那一刻相识的：70 年代初我刚从卫校来到师范，深夜，灯下备课，却遇到了一个难题：鲁迅《论雷峰塔的倒掉》里有一句话："'雷峰夕照'的真景我也见过，并不见佳，我以为。"为什么会采用这样一种特殊的句法呢？我想出了好几种解释，却不满意。情急之中，想起了刚见过面的夏老师，他是汉语专家，何不去求教呢？我敲开了门，他似乎有些吃惊，表示也要想一想。第二天一大早，他来敲门了，虽然一脸疲倦，却兴冲冲地谈了一大通，怎么说的，我已记不得了，但使我大为折服，却是永远也忘不了的——我们就这样成了朋友。

那么，是鲁迅将我们结缘的。或者说，我们一下子就触摸到对方心灵最深处的“鲁迅情结”，因而相通了。

老夏的心里是有火的，尽管经常包裹在冷峻里。“曾惊秋肃临天下，敢遣春温上笔端”，鲁迅的诗句是我们都喜欢的。

老夏的老辣、深刻，更来自鲁迅，是我所不及的。他因此对鲁迅的思想、文章、人格，常有许多独到的领悟与分析，是我达不到的。他在那一夜能够成为我的老师，并非偶然。我的根据自己的生命体验对鲁迅的一些体会，他大概也是感兴趣的。于是，泡一壶清茶，深夜神聊鲁迅，成了那个饥渴的岁月里最大的精神享受。我们实际上是在寻求一种精神的力量，因为那时候正是“文革”后期，许多的信念都动摇了，幸而还有鲁迅，那几乎是我们最后的支撑。我与老夏也就这样由相识而相知了。

我慢慢发现老夏的身上也有一股硬气。我经常感受到他的自我尊严感：是知识的尊严、士大夫的尊严、教师的尊严，也是人的尊严。在那斯文扫地的年代，自是十分难得，在我的周围，几乎是绝无仅有，我常常为之感动，并且受到了鼓舞。正是出于对知识的信念，在人们高喊“书读得越多越蠢”的时候，读书成为我们共同的嗜好和永远谈不完的话题：我们是在抵御对知识理性的侵犯，坚守着知识者安身立命的最后一块阵地。

老夏的沉稳正是建立在这种坚韧的精神之上。而我常常沉不住气，显得浮躁。老夏的那间小屋，渐渐对我有了一种特殊的意义：每当我由于某件事气愤难忍（这在我是经常发生的），只要到那里坐一坐，或者听老夏随便说上几句，便一切释然了。而我也可以感觉到，我身上的某些东西，比如生命的锐气与活力，也对老夏起到某种作用。正是这种精神的互补，使我们几乎是谁也离不开谁了。

但我们仍然小心地维护着自己的与对方的独立。那时候我正与一群年轻人经常聚会。我与老夏习惯于饭后散步，后来又加入了本良。而我常常是散步刚结束就急急忙忙地准备迎接我的小朋友。每当这时，老夏总是微微一笑，找一个借口，自动地让开了，从不多问一句，我也不向他作任何解释与说明。在我的感觉中，这是一种君子之交，彼此心气相投，却又保持一定的距离。这平淡如水的友情，让人感到温馨又恒久。

我不能想象，如果没有老夏，没有同龄的与不同龄的朋友，我将怎样度过对我来说是如此艰难的岁月。我因此而怀着永远的感激。

但我终于离乡而去。我已记不得我与老夏是怎样告别的，大概依然是什么话也没有说吧。以后又见过两面，却来不及从容交谈。相互的通信也并不多。我们有了完全不同的生活：我在历史的大变动中东奔西突，老夏依旧冷眼旁观；我悬浮在新的梦幻中，激情喷发而又痛苦，老夏伫立于现实的尘埃里，清醒而孤寂。而且我们再也不能倾心交谈，作精神的互补：我与他都感到了这是一个巨大的难以弥补的损伤。我有时深夜想起，不禁黯然失神，我相信，老夏也会有这样的感伤，只是不愿说，其实也是不必说的。但我仍然说出了，而老夏却再也听不见了……

留下的怀念，依然温馨而恒久。

1999 年 5 月 13 日夜，14 日晨写毕于燕北园

痛悼同代人的“死”

真没有想到，我要来悼念我的同代人——尚沸。周作人说，丧失老友的哀愁，“总是淡泊而平定的”，或许真该是这样吧：但在我，却依然感到惊慌与沉重——因朋友的死，而突然意识到自己也距大限不远，所要痛悼哀哭的，仿佛也就不是一个尚沸（他的死亡只是一个信号罢了），而是整整一代人的已经或即将丧亡，我自己也包括在内。——所谓对死人的悼念，本是为着活人的；让我们为尚沸，更为这一代人，为自己，放声一哭吧。

不知道后人将怎样观察、评价尚沸，评价我及我们这一代人；作为当事人，我却想提醒人们注意：我们的青少年时代是生活在一个封闭的，却又充满了信仰、理想、浪漫精神的，制造乌托邦的时代，成长在这样的时代文化氛围里的一代人，常常具有某种堂·吉诃德气质：执迷于一种幻觉——一个绝对的、纯粹的真、善、美的理想境界，不惜为之付出一切代价。尚沸在这方面可算是一个典型。他常常把他理想的对象尽情地美化——我至今仍不能忘怀，在向我描述他心目中美的化身时，他是怎样地动情，眼睛闪着光，微笑着，沉迷在一种宗教般的感情中，以至于旁观者都不忍心告诉他，那不过是他的幻觉；但很快他自己就会清醒过来，幻想破灭了，他又是那样的沮丧、痛苦，这时候谁要去责备他的轻信、轻率……都会是一种过分的残酷；但不久，他又会制造出一个新的美，又开始新的迷恋，新的破灭，新的痛苦……这就是尚沸：他永远是幻想的俘虏，认真、率真、真诚，甚至到了天真的地步。尚沸曾说过，他最喜欢童话，如果要搞创作，最适合于他的文体，就是童话；尚杰最近来信告诉我，他的遗作中，就有好几篇童话——实话说，他的内心世界一辈子都是生活在童话中的（那是50年代读过的安徒生童话埋下的种子），他也终生保持着，更确切地说，是终生追求着儿童的纯真：他是长不大的。但尚沸的不幸却正在这里：他长不大，时代，周围的环境，乃至周围的人，却迅速地畸形成长，越来越显示出丑恶的方面。尽管不能适应，他彷徨、苦闷，却依然不愿意放弃已经成为他的生命的一个部分的对于真、善、美的追求。最后，他甚至不得不（当然是不自觉的）将恶俗幻化为美来崇拜，以维持他心目中美的偶像：这样，他对幻美的执迷，就越来越具有堂·吉诃德的喜剧性。尚沸却并不自觉于此，甚至不惜与舆论相对抗。坚持着他的追求，就又另具一种悲剧性——不只是悲凉，还隐含着一种悲剧的崇高。据我的观察，他后来似乎有所自觉，却仍要勉力去做，这勉力就越来越带有自我挣扎的意味。据说，他生命的最后一程，是把他的全部的爱给了一个名叫“倩倩”的女孩的——当我听到这一消息时，心里竟为之一震：尚沸最终只能到儿童及儿童时代，即人类生命的原初状态中去寻找真、善、美，我又因此而想起了鲁迅“没有吃过人的孩子，或者还有？救救孩子……”那一声呐喊，我没有见过倩倩，但我敢断定，那一定是尚沸心目中又一个美（而且是更为圣洁的美）的化身，那么，他是至死也把他对于幻美的追求坚持到底的。

其实，作为同代人，我们每个人心中，又何尝没有尚沸那样的不免是虚幻的终级目标？只不过各人具体内容不同，我们又没有尚沸那般痴迷罢了。不知道后人将会怎样评价这一代人（甚至是一个时代）的堂·吉诃德精神，但我却明确地知道，人们，至少是不少人，对尚沸存有种种误解，我实在不想、也不愿为尚沸辩护——鲁迅早就说过，辩诬本身也是一种屈辱。但作为同代人，站在尚沸的墓前，我仍然要说——

尚沸，你应该自信与自慰：尽管你“一无所成”，但你毕竟追求过了——用你的全部生命，直到最后一刻。因此，你无愧于“人”的称号，你做到了历史允许你做的一切——这就够了。

剩下的问题是：尚沸死了，堂·吉诃德的时代结束了吗？

给亡友尚沸

尚沸：

原谅我，你走了这么久，才给你写信——我实在没有勇气正视这残酷的事实：你我已分居两个世界，这是封无法投递的信件。

但你给我的信还留在我这里，那是去年5月你在专区医院住院时写的：你用平静的语气向我通告，病名板上你的名字下“标着‘双箭’符号，亦为‘重危’病人”；但你却不知道，收到你的信时，我也躺在病床上，和你想着同一个字。我更惊喜地发现，这一回我们的态度竟又是这样的一致；你在信中说：“尽人事（主客观的努力），听天命（发展的必然）吧”，这也正是那一段时间我经常对身边的亲人、学生说的话。我于是想到我们俩大概都是鲁迅所说的“死的随便党”，对于终将到来的最后并没有多少的恐惧，只焦虑所剩时间不多，要“赶紧做”；我完全能体会你在信中向我宣布你的新写作计划，要“写个集子似的东西，叫做《弥留集》”时，是怀着怎样的激情与冲动——那不仅是文学的再创造，更是生命的最后冲刺。我也是在那时决心出院后立即着手写一本关于曹禺的书，以了却多年来的心愿；现在，可以告慰于你的是，经过半年多的日夜苦战，书已于昨晚最后定稿，但我却从尚杰的来信中得知，你的《弥留集》还未得一字。这倒是颇能显示我们之间风格的不同的：你作文行事，无不“随心所欲”，绝不勉强自己；我却囿于多年积习，惯于强制自己超负荷运转。因此，你活得洒脱，我却活得太苦太累。如今我们情同手足的这一对老友，“上帝”竟先招你而去——正如徐志摩诗中所说的那样，“轻轻的”你“走”了，你“轻轻的招手，作别西天的云彩”；却只留下我一人，仍在这多灾多难的人世间苦苦挣扎；我们之间谁更不幸，“上帝”厚谁薄谁，是说得清楚的吗？！

也就是在那封信中，你写到了“关于我死后丧事处理的问题”，还草拟了“自挽与自评书”；“挽联是‘情长气短，几多不幸；志大才疏，一无所成’。大致有以下优缺点：爱生活、爱文艺、有信念、较执着、乐助人、较开朗、尚通俗；感情脆弱、轻信、虚荣、自负、肤浅、轻率、优柔寡断。但总的说，是个善良的人。”我看了以后，大为感动，立即写信给你，说你如果真的死了，我将对你做出怎样的评价……——如今，这些话都成了谶语；但在当时，无论说话的我，还是听话的你都丝毫不觉得有什么犯忌之处，我们真是傻得可以。你在来信中，甚至欣然拜托我，在你死之后，对你作一个盖棺论定——此刻，正是这拜托烧灼着我的心；我必须给你回信，不管它能否寄到你的手中！

其实，你的“自挽”与“自评”已经说尽了一切：“人贵有自知之明”，而你还要说出对你来说并不轻松的真实；那“一无所成”的背后，那“脆弱、轻信、虚荣……轻率”的背后，内含着怎样沉痛的人生内容，你我都是清楚的；人们回避之掩饰之犹恐不及，你却要由自己（而不是别人）向世人、后人公开说出，这需要怎样的大智和大勇！你也因此为自己竖立了一座真实的人生纪念碑，宣告着你的“真”。——我不想把你说成一个从不说违心的话，不做违心的事的纯粹的真人，而只愿如实地说你是一个“真多于假的人”，并且是我的朋友中最真的一位——有这一点你已经足以自豪了，要知道在我们仍生活着的世界上，到处充斥着鲁迅所说的“做戏的虚无党”，而我们自己，仅仅为了生存，就不得不戴上各种各样的人强加于我们的，或者我们自己选择的面具，在不同的场合，不同的时间里，演戏、装假、说谎！尚沸，我是多么羡慕你，能够最后说出心中积蓄已久的真话，然后坦然地走向真实的人生归宿；而我，还得继续吃力地痛苦地扮演某种角色——前面所说的你之洒脱，我的累，其真实原因就在于此……

因此，尚沸，原谅我，除了你的“自挽、自评”外，我再也说不出什么；如果一定要说，只有引用徐志摩（我总觉得你与徐志摩有些相通之处）逝世以后，周作人所说的一句话——“（他）和蔼真率，令人觉得可亲近。就是有些小毛病小缺点也好像脸上某处的一颗小黑痣，也是造成好感的一小部分，只令人微笑，没有嫌憎感”。

还有一句，也是周作人的话——

> 我最厌恶那些自以为毫无过失、洁白如鸽子，以攻击别人为天职的人们……因为我自己也并不是完全无过失的人。

就让这作为你的“墓志铭”吧。

不敢说这是不是我写给你的最后一封信。随着时间的流逝，你的形象将会在我和朋友们的记忆中逐渐淡漠——这也是你、我都必须正视的真实，我们都不会相信“永远活在人们心里”之类的浮言虚词。也许有一天，因为某种机缘，你又会从记忆深处活蹦蹦的跳出来；但也许永远也没有这样的时刻——如果真是这样，那么，我们就此永别了，尚沸，我的老友！

我们共同的坚守和追求

——读袁本良《守拙斋诗稿》的断想

本良在《守拙斋汉语史论稿》的“后记”里说：“为学即为人，做学问的过程就是追求心灵净化、人格完善的过程。”做学问如此，写诗就更是如此。因此，我在阅读诗稿时，眼前总是闪动着本良的身影，唤起了许多温馨的回忆，同时又在进行有距离的观察和思考。于是，如乱云奔涌，许多的联想、遐想接连而来，却断断续续，漫不成篇：是为“断想”。

（一）“守拙斋”里“守”什么

我首先想的是：本良将他的书斋命名为“守拙斋”，他的论稿与诗稿也都冠以“守拙斋”的斋名；那么，这位“守拙斋”的主人，他要“守”什么呢？他是在什么情势下作如此的坚守的呢？他的这种坚守又有什么意义？

本良是自有说法的。他这样明示我们：这是“借以寄寓为人为学的一些期许和感慨”（《〈守拙斋汉语史稿〉后记》）。并且有诗为证——

> 人生当自在，何必利名牵。守拙不趋巧，该方忌斫圆。一心期向善，万事忌求全。悟得此中意，融融俯仰间。（《自励》，1999年11月）

性真人洒脱，句雅意纵横。(《致贺益洪先生》，1990年10月)

待到蓦然回首处，方知最贵是真诚。(《看〈渴望〉吟成四绝其四》，1990年10月)

真山真水出真意，真情挥洒思无邪。(《安顺地区诗词楹联学会成立七周年纪念会以顶针格作贺诗四首》，1995年8月)

为人为学诚为本。(《邹晓丽师寄赠〈传统音韵学实用教程〉读罢有赋》，2000年11月)

花开花落寻常事，云卷云舒坦荡姿。一朝抛却浮名后，正是人生自在时。(《偶感》，2002年6月)

“诗言志”。本良要坚守的，是人之本性，人之真情，以及为人之本分，读书人之本分。

他要老老实实做事，清清白白、堂堂正正做人。

本良在《诗稿》的“后记”中说，他的父亲“生性斯文”，将其爱子取名“本良”，大概也有期其坚守人之善良的本性之意。现在本良不过是要遵循家训。

如此而已。本良所要坚守的，不过是寻常人生，不过是一些为人处世为学为文的常识。

但在本良和我们所生活的这个时代，偏不让人寻常，要讲常识也不容易，甚至还要付出代价。

我们经历了两次大劫难。

1968年，本良有诗：“年来扰扰复纷纷，近日得书胜拾金。”(《丁未岁杪观书有感》)

其时“文革”的高潮尚未过去，“扰扰纷纷”的是一股革命旗号下的反知识、反文化的潮流，斯文扫地自是必然，“得书胜拾金”绝非夸大其词。更要命的是，革命把人性中最恶劣的方面全都诱发出来，而人的善良、爱美的本性却受到了遏制，人几乎成了嗜血的动物，相互批斗、厮杀——这是现代中国人性、文化（“斯文”）之第一劫。

1998年，本良又有诗：“世道尚钱文自贱。”（《清涛吟长赐诗敬步原玉》）这回，已经告别了革命，却在未经反思的现代化的旗号下，掀起了物质主义、金钱万能、实利主义、消费主义的狂潮。所谓“世道尚钱文自贱”，是指知识、文化、知识分子，都成了金钱的奴婢，还美其名“文化搭台，经济唱戏”：这是另一种形式的“斯文扫地”。可怕的正是“自贱”：“文革”时期的反知识、反文化是外在的压力，就会有反抗，以及反抗中的悲壮感；而现在，则是在利益（名利，名也是利）的驱动下，自动地将知识、文化，以及知识分子自身商业化，成为商的帮忙帮闲和官的帮忙帮闲，不但没有自省、反抗，而且还洋洋自得，并且为社会所称羡：这是舒舒服服的自卖与自贱。同样致命的是，无止境的物质欲望也把人性中最恶劣的方面全都诱发出来，人的追求真、善、美的本性再一次受到遏制，人又成了没有精神的生理化了的动物，为金钱、利益的厮杀，看起来不见血，其实是更为残酷的。正像我最近写的一篇文章所说，我们正面临一个日常生活伦理、价值解体，社会生活的底线被突破的危机（《乡村文化、教育重建是我们自己的问题》）。这真是一个逼良为娼的时代，我们要正常、本分、善良地活着，都很困难了——这是再一次的人性、文化（“斯文”）的浩劫。在我看来，因为它的自发性、内在性，也就更普遍、更深刻，更具有釜底抽薪的性质，更难走出其魔障。

把本良在“守拙斋”里的坚守，放在这样的背景下，我们就可以懂得，他的躲进小楼，绝不是对现实的逃避，本良绝不是中国传统中的隐士，而是以他自己的方式，在与时俗世风对抗，而且这是极其艰难的对抗，因为其所面对的是鲁迅所说的“无物之阵”。但其意义和价值也就在这里：他和他的朋友（我想，我们都在内）的坚守，虽然不免孤单（本良在《白园》诗中说“古来寂寞是诗人”，这大概也是表达了他自己的内心感受的），却是一个证明：在这价值虚无的时代，毕竟有人在坚守人和知识分子、读书人的本性，人、知识分子、读书人和文化的基本价值；人性和作为人性中的真、善、美的结晶的文化，可以蒙尘、遮蔽于一时，但却是永恒而不朽的——这也是我们共同的坚信。

（二）“活法”问题：追求什么样的生活方式

前引本良的诗“一朝抛却浮名后，正是人生自在时”，还引发了我另一方面的思考。我注意到，他还有这样的诗句：“世间何觅广成子，自在惟期善自休”（自注：自休，谓自得闲逸之趣）（《癸未春日书感》），“俗念早随宿雨去，闲情还趁晚晴来，从容敲韵好开怀”（《浣溪沙·为胡家扬词丈贺寿》）——在《诗稿》的《后记》里，本良还说过，自己“多年为生活工作所累”，深以“缺乏闲情”而苦，可见“闲情”以及诗中所说的“自在”、“自休”、“从容”，都是他所向往的生活方式。

这正是我感兴趣，并能够逗人遐想的。今年以来我曾写过好几篇文章，讨论“人活着的理由和价值”，并且准备以此作为我的第三本《退思录》的题目。其实，在“活着的理由”之外，还有一个“怎么活法”的问题，这也是我今年写的另一篇文章所讨论的：“什么样的生活是一种好的生活？”“作为现代中国人，我们要追求、创造怎样的生存状态和生活方式？”（《乡村文化、教育的重建是我们自己的问题》）这也是这些年全球许多人都在关注的人的生活幸福观的问题。它构成了人们关于现代化的反思的一个重要方面。

虽然这是一个世界性的问题，而按照我的思维习惯，却更多地想到我们的历史、我们走过的道路。

我们这个国家，曾经是崇尚精神至上的，因此，前有安贫乐道的古训，后有穷社会主义的鼓吹和实验。有意思的是，鲁迅对这两者都有质疑。他在《安贫乐道法》一文中，尖锐地指出，对每天工作十小时，因而精疲力尽、频频受伤的工人，大谈“乐此不倦”的职业兴趣，在衣不蔽体的穷人夏天赤膊睡马路上的生活中发现诗趣，并大肆鼓吹：“精神生活将充分发展，又何患物质生活之不足耶？人生真谛，固在彼而不在此也”，这其实是统治者治国平天下之“大经络”。据冯雪峰回忆，鲁迅在去世前多次表示，要写一篇文章，谈“穷并不是好，要改变一向以为穷是好的观念”；我们不要“穷的共产主义”（《鲁迅先生计划而未完成的著作》）。鲁迅因此提出“一要生存，二要温饱，三要发展”的目标（《忽然想到（六）》）。可惜的是，鲁迅当年的忧虑竟成了现实：我们后来果然搞了穷社会主义，其直接报应就是三年大饥荒。我注意到，本良的处女作就是写在那个年代（1961年），那个时代的“少年吟”竟是“饥肠欲断，梦里喝稀饭”，这既令人心酸，更包含了深刻的历史教训。而由此发出的“但愿天天吃饱，欢呼天下大同”的呼唤，也许是更为重要的——这正是由历史的教训逼出的一种幸福观。而且在我看来，它至今也还有极大的合理性与重要意义：争取天下所有的人的生存权与温饱权，追求所有的人都过上富裕的生活，始终是第一位的，这也是基本的幸福、公平和正义。而且我们距离少年本良所向往的人人都有饭吃的天下大同世界（在我看来，这是表现了少年本良的善良天性的），还有相当的距离。我们绝对不能忘了，今天的中国，特别是贵州这样的落后地区，还有许多人，特别是绝对数量并不少的农民和他们的孩子，依然像当年本良那样“腹中胃肠空空”。因此，鲁迅的警示今天仍有意义：绝不能将贫穷落后的生活理想化和诗意化，更不能充当安贫乐道的统治术的吹鼓手和穷社会主义的辩护士。如我们前面一再强调，这里有血的历史教训，历史也绝不能倒退。在这个意义上，本良将他的《少年吟》编入诗集，大有必要，是应该传之后代的。

但在基本上解决了生存和温饱问题以后，还有一个发展的要求，也就有了如何进一步确定我们的生活目标，如何对待精神和物质的关系的问题，这都涉及要建立什么样的幸福观的问题。迄今为止，在许多中国人的心目中，富裕就是幸福，而且所谓富裕是限于物质的富裕，而没有精神富裕的概念。我以为，对普通百姓的这样的幸福观，我们应该有一个同情的理解，不但如前文所说，许多老百姓至今还生活在贫困中，而且中国人实在是穷怕了，即使已经达到小康，仍心有余悸，希望能有更丰厚的物质基础，这都是合理、正当的。但这样的幸福观的偏颇也是不能忽视的；更重要的是，这些年种种因素所导致的消费主义、享乐主义思潮，却将这样的怕穷向富的民众心理推向了物质至上的极端，而一些用非法手段致富的暴发户（其中有许多是钱权交易的腐败官员）的奢淫腐化，更是败坏了社会风气，这就导致了今天物欲横流的局面。人的物质欲望被无限地诱发出来，赚钱、享受，成为全民性的追求目标，各级官员、各类知识分子，乃至普通百姓，年轻一代无不为钱而奋斗，沉溺于拜金狂潮之中。一如当年整个民族都卷入革命狂潮之中：我说过，中华民族早不再中庸，好走极端成为新的国民性了。

因此，本良一再提出要“抛却浮名”，“人生当自在，何必利名牵”，都是有感而发，显然有现实的针对性。本来，追求名利也是人之常情，在合理的限度内，是可以成为一种具有积极意义的生活动力的，我们也曾有过把对名利的合理追求横加个人主义的罪名而予以扼杀的历史教训。但如果过了度，为名利所牵引，支配，人就会为名利所累，进而为其所役，成为名奴、物奴、钱奴，成为给你名和利的权势者、老板和大众的奴隶，从而失去人的自由、自主，这实际是一种人的自我的异化。这就是鲁迅所说的，“钱是要紧的”，但“自由”也“能够为钱所卖掉”（《娜拉走后怎样》）。这正是本良提出“人生当自在，何必利名牵”的意义所在：它提出了一个新的人生目标，一种新的活法、新的幸福观，即追求人生的自在、自由和自主；而要做到这一点，就必须既超脱于名的虚荣和虚幻，又超越于物欲之利的过度追求，也就是要能够拒绝诱惑，从名缰利锁里彻底摆脱出来。

在我看来，这样的新的幸福观，使我们终于走出了总是在精神至上和物质至上的两极摆动的历史怪圈，在精神和物质的关系上，回到了某种平衡点：以物质的基本满足即做到衣食无虞（这大概就是人们所说的小康吧）为基础，更追求精神的丰盈和自由。可以看出，这样的平衡，并非简单的折中，而是在平衡中又有偏重的，就是说，在物质上，既要有基本要求，但又强调必须对人的物欲要有自觉的遏制，是一种有限度的追求，更注重的是精神的满足。在这个意义上，中国传统所说的“知足常乐”是有一定道理的：所谓“足”就是物质享受的限度，而精神之“乐”是要长久、不断地追求的。我以为，这样对精神的偏重，是由人的本性所决定的：人之为人，就在于它既是生理的，因此，它和动物一样都以生存和温饱为首要追求，是为人之“兽性”；但它更是心理的，它有动物所没有的“神性”，精神的追求，而且在某种意义上，这样的精神追求是构成了人的本质的。因此，本良提出“何必利名牵”，正是前文所谈到的他对人性的坚守的题中应有之义。

至于本良对“清闲”、“自休（自得闲逸）”、“从容”的生活的追求，不能简单地单纯看作是对中国传统文人生活的倾慕，也包含了对现代化的反思。其实，我们前面所讨论的消费主义、物质主义等都与人们对现代化、现代生活的想象有关，其基本特点就是高消费、高消耗、高效率、高速度、快节奏、高度紧张，其所带来的是许多现代文明病，包括个人的生理与心理的疾病，以及社会的种种弊端。由此而引发的是对“什么是理想的现代生活方式”的反省和思考。我在《对贵州和西部发展的一些遐想》一文中，就提出了这样的问题和设想：“我们能不能以一种‘从容坦荡的心态’来进行贵州的开发和建设，不那么急于追求高速度，而以‘慢而不息’的精神，追求社会经济更为平稳的发展，在‘紧张’与‘安闲’，‘进取’和‘散淡’之间取得某种平衡，重建既对传统有所继承，又能适宜社会发展需要的既旧且新的日常生活方式？”现在我从本良的追求中似乎找到某种共鸣。这一问题涉及如何认识传统与现代的关系，工业文明与农业文明的关系等更为重大而复杂的问题，需作专门探讨，这里说的只是断想。

（三）读万卷书与行万里路

本良对自在、自由、自主、自休的生活理想的追求，落实到日常生活，就是读书与笔耕。本良说：“面对艰辛的生活磨炼和浮躁的社会环境，能够给我带来精神慰藉并使我保持平和心境的，唯有读书作文一事。读书作文已经成为我自得其乐的习惯性生活方式。”（《〈守拙斋汉语史论〉后记》）

这也是有诗可证的：“一自启蒙岁月遒，诗书作伴无他谋。年来悟得自娱趣，独立苍茫唱暮秋”（《辛未秋日读书有感》），“爬格心虽乐，蛀虫神亦伤”（《辛未腊月十六自贶》），“朝朝耕锄砚中田，两鬓飞霜当自怜。莫笑报端豆腐块，换回几日杖头钱”（《改岁戏作》），“一统江山在小楼，书城墨海自优游”（《一统》），“质鲁书城难破壁，性耽学海尚行舟”（《癸未春日书感》），“斯文骨肉自相知，仰啸低吟只为痴”（《罗孝本先生赠瓜子微书诗谨酬七律一首》），“蜿蜒心径复谁知，继绝溯真人谓痴。”（《顺真道兄赐大作〈经验与超越〉并题萨迦班智达·贡嘎坚赞格言因报一绝》）——蛀书爬格的甘苦当是冷暖自知，而读书、写作背后的“继绝溯真”的痴心、痴情更自有感人的力量。

我要补充的是，在读书写作之外，还有漫游：这也逐渐成为本良，以及我这样的读书人的生活方式。我在读本良的诗稿时，也顺便记下了他的行游图，这本来是可以作一大篇文章的，但本文已经写得太长，只能略说几句。大体说来，从1965年，本良因“赴京入学首次乘坐火车三日后初见平原”，打开“长空明曙色，心似平畴宽”的新天地以后，就和大千世界的自然景观与历史景观结下了不解之缘，经过“文革”串联时期的“初识”，80年代的“小试”，到90年代，特别是进入新世纪以后，就有了“亲密接触”，更频繁，也更自觉了。而每有相会，本良必有会心，必有歌吟，因此，他的行游图，同时是行吟图。这和我不同：我是用摄影来表达自己和大自然相遇时的瞬间感悟的。我们另一个不同之处，我更关注的是纯自然，而有意忽略其背后的历史与人物；而在本良这里，自然景观和历史景观是交融的，他欣赏自然的同时，也在吟味历史。或者说，他的独拥书城和浪迹天涯是一体的，他的《黄果树观瀑有吟》：“上篇直露下篇藏，意溢兴酣势激扬。谁持倚天蘸海笔，书成绝壁大文章。”将自然奇观看作天公写的“大文章”，这样的联想是很有意味的。“学海行舟”的比喻更是道出了读书的本质就是精神的漫游，而行游在行走之外，其实也还有神游。在某种程度上，都是通过在读书过程中和古今中外的友人之间的神交，以及在行游中和大自然的神会，达到对现实的超越，以实现本良所说的“心灵净化、人格完善”（《〈守拙斋汉语史稿〉后记》）。

这样的生活方式和古人所说的“读万卷书，行万里路”自是一脉相通。不过，我仍想强调其现代意义。如果了解我们曾有过不准读书的时代，如今又是一个自己不读书的时代，就不难理解本良这样的几十年不变的书痴的难能可贵。而对在大自然中行走的兴趣，则和人们对人和自然关系的反思，显然有关。在摆脱了人的自大狂，走出征服自然的误区以后，人们终于醒悟到“人在自然中”的意义：这是人的最理想的生存状态，也是促进人的健康成长的最理想的教育环境。我们前面讨论的新的幸福观，也包括尽情地享受大自然的心灵洗礼的欢乐。本良诗云：“试挽白云天外走，此身自在便风流。”（《游武夷十绝·其五》）这是确乎如此的。

我还想谈一个“本良与花溪”的话题。曾经有一度，我经常梦到本良在娄家坡湖旁的那间小屋；而近年我一想起本良，就要浮现出一个在水光花木掩映下的身影。因此，在翻读诗稿时，我自然就特别留意本良笔下的花溪。我发现有如交友，其间有一个由远及近的过程。1966年，还是大学生的本良，“还家次日离去”，夜“宿花溪”，他还沉浸在自己的“别离”之情中，无心感悟花溪之美(《如梦令·宿花溪》)。到1992年，本良“偕（安顺）老年大学学员游花溪”：“此来观览多情致，游友年高未柱筇。”还是以一个客游者的身份看花溪。待到1996年本良移居花溪，即所谓“老来得此安居境，掏尽半生卖命钱”(《家骅郭琪乔迁赐宴打油六首志贺》)，当秋日“平桥散步”，老伴“脱口得一湾碧水映蓝天句”，本良“随韵赓成一绝”时，他们就完全和花溪融合了。以后，就不断有《陪叶玉超英吟长游花溪》（1998年8月）、《花溪春晚》（2004年）、《游花溪镇山村》（2001年7月）的诗作，流连、沉吟于“目极沙鸥远，心随云水宽”的诗境之中。最是动人的，是2005年3月的合家“郊行”：“梨树纷纷高垅雪，迎春点点地头金。行行来到布依村”（《浣溪沙二首·郊行》其一），“青障重峦掠鸟影，云光峡影荡江风。渔翁下网正从容”（其二）；还有4月的“清明漫步”：“春服既成日，行吟溪水东”，“林里毵毵绿，丛间簇簇红，风轻云影幻，舟荡碧水中”（《清明漫步化溪平桥》），这是令人不禁要想起孔老夫子所说“冠者五六人，童子六七人，浴乎沂，风乎舞雩，咏而归”的情景的。这是千古文人所向往的人生境界，本良有幸了。

细细想来，花溪地处城、乡之间，正可以出入于人和自然之间：追求回归人的本性的本良真是得其所了。

（四）英雄气和儿女情

在《诗稿》后记里，本良这样说到自己：“我这个人生性鲁钝麻木，缺乏激情。”这似乎也有诗可证：“英雄气早短，儿女情方长。”（《忆旧事赠内》）

本良确实是内敛之人，少有激情外露的时候。本良确实是一个情长之人，如在下文将要谈到的，他对友人、家人、学生的一往情深，是十分动人的。本良性本良，还是个散淡、忠厚之人，似乎与世无争。

但他又确实有潜藏着的另一面，是不可从表面简单视之的。

其实，“英雄气早短，儿女情方长”这句诗就颇耐寻味。我从中读出的信息，是他是本有“英雄气”的，不过“早短”，被扼杀了。这其中的原因却语焉不详，但这首诗还有上句：“天生狗崽子，何必逞高强。夹尾不低首，抄书诵典章。”这正是提醒我们：在观察本良其人时，不能不注意他所生活、成长的时代。本良年轻时候正逢一个高唱“革命”时代，但革命的权利又是被垄断的，“天生狗崽子”，出身有问题，就只能“夹尾巴”，将一腔豪情壮志全都收敛于心。但本良说他“夹尾不低首”，那么，这心中之火，是未曾熄灭的。到中年以后，本良又生逢乱世，人世、人心之险恶，让人瞠目结舌，就不能不谨慎处世，但如前文所说，仍有坚守，就自然保留着涉世之心。因此，英雄气与儿女情是并存的，既矛盾冲突，又相反相成，构成了心灵的辩证法。而其表现形态，却又有不同，儿女情是显现的，为人所瞩目，而英雄气则是隐藏的，只是偶尔露峥嵘，容易被忽视。

“诗缘情”，这样的情感的复杂性和丰富性都表现在他的诗词创作之中。从题材看，他写的多是行旅诗，诗友间的唱和，给友人、家人、学生的赠诗，以及读书的感悟，这是和他的生活方式相适应的。但他也写有《拟古打油词》和《闻市井语凑成二绝》《长城行》《假货行》《入伏杂感》《丙子除夕》这样的感时讽喻自嘲之诗：“年来越看越糊涂”（《丙子除夕》），“红灯绿酒何时了”（《虞美人四首·拟古打油诗》其一）），“尴尬人生堪自叹，老来抄袭愧为师”（《乙酉入伏杂感二首》）。也许写这类诗并非本良之所长，但都是骨鲠在喉，不能不发的。本良《读俞平伯〈古槐书屋词〉》有“闲情愤语俱成诗”之句，正是可以来概括他自己的诗词的。

或许更为重要的是，本良在他的诗中所展现的观景、察人的眼光。“清超浑似风前竹，秾丽真如雨后葩”（《奉答王恩浚先生》），总体而言，本良更注目、倾心于大自然的“清超”与“秾丽”，因此他的诗的风格是偏于“清丽”的。但他也别有观察和发现：“细沙软草情人语，危屿刚风壮士怀”（《青岛海滨四绝》其二），他独有会心的，正是这“细沙软草”的柔美和“危屿刚风”的壮美，“情人语”和“壮士怀”的奇妙组合。他也这样观人之诗画书法：“笔底情怀心底诗，风云舒卷百千姿。雷霆万壑瀑声壮，正是先生泼墨时。”（《黄果树宾馆观梁东先生作书》）其实只有同时把握“风云舒卷”与“雷霆万壑”这两面，才算是真正领悟了自然本性的魅力。而前引《读俞平伯〈古槐书屋词〉》，在一般人只注意俞平伯其人其词“闲情”这一面时，本良却察觉到他的“愤语”：这大概是缘于他的以心契心的感悟方式吧。

我还注意到，本良在古人古书中对屈原《离骚》的情有独钟，为之再三吟叹。年轻时他倾心于屈原“一安天下救民心”“九死其身”

而不悔的“兴国志”(《读屈原〈离骚〉》，1979 年)；人到中年，“昼长难效庄生梦，且旁庭阴读楚辞”时(《端午》，1991 年)，就颇多感慨了。待到“蒲节祭屈原”时，“神驰楚岭并湘天”，又力赞其“覃思自不惮吟苦，高举何尝畏路难”(《蒲节祭屈原》，1993 年)以自励。十多年后回首往事时，还有这样的感怀：“当代屈平溺难地，而今何处唱招魂？”(《忆旧赠内十八绝》其九，2005 年)这里所充溢的慷慨之气，其实是流荡于本良清丽之词之间的，构成了一种底蕴，是不可不察的。

(五)本良和我

而我更是从和本良的交往中感受到他生命深处的这种慷慨之气。

读这本诗稿，让我最为感动的，自然是本良因我而写的诗词，算一算竟有十一篇之多，感情之真挚与执着，我真有不堪承受之感。

第一首《怀友偶成二首》写于 1990 年 5 月：“理群兄久无来信，因有此作。”“久无来信”，是因为其时我正处在人生的低谷：外在的压力未减，内心的郁热益增，又突然发现左手掌的低度恶性神经纤维瘤，正是在这一月，我终于躺在病床上，接受手术。本良并不知这一切，但他感受到了当时的气氛，因此写下了这样的诗句：“云山渺渺路迢迢，今岁思君梦亦遥。欲问燕园春讯息，报书犹恐遇洪乔”(其一)，“初明复晦三春景，乍暖还寒五月天。寄语吾兄多保重，悃诚一片托云笺”(其二)——我懂得这“悃诚一片”的分量。当我读到这黔山“云笺”，有如掠过一缕春风，将内在的焦渴驱散一空，我的心被友情融化，顿时变热，变软……我对自己说，有了这样的能够在危难时刻相濡以沫的朋友，所付出的一切，都值了。而我又在“路迢迢……梦亦遥”、“欲问……犹恐”、“乍暖还寒”里，感受到本良内心的焦虑，以至惊恐不安，这固然是因我而起，但又显然隐含着更深更广的忧思，即所谓忧国忧民之情，平时不轻易流露，现在一泻而出了。

而我仍然感到不安：我这个人不安分守己，生活中总有惊风急浪，虽然最终有惊无险，却总让朋友为我担惊受怕。而其中最能体会我的处境，以至感同身受、一起承担的，当属本良和安顺的一批朋友。我一再梦见本良的小屋并非偶然：那里是我的心灵的庇护所。而我每次回到贵阳、安顺，本良也总是把我接到他的家里小住，并且总有深夜长谈，别处不可说、不便说，或者说了也不能理解的话，可以在这里敞怀、放情一说，说得眼湿润、心滚烫，说不出的舒畅、豁亮。本良是有心人，总是发而为诗，记录在案。这些同样滚烫的诗句，每次捧读，都怦然心动——

神追往事犹今事，心系兹乡胜故乡。撩动诗情人不寐，卧听时雨夜敲窗。(《为理群兄返黔作》，1994 年)

去日热肠小屋梦，来时霜鬓老童生。惯从炼狱求真理，岂向俗嚣逐浪名。走笔夜窗人不寐，胸中未息震雷声。(《读〈压在心上的坟〉有感而作二首用贺理群六十寿》其一，1998 年 2 月)

半世披肝沥胆，几番梦绕魂牵，回眸往事如云烟，未改真情一片。(《西江月 · 北京大学访理群兄》，1998 年 5 月)

几回遐路从君梦，今次惠风入我怀。世事多艰难遂意，余生有幸且倾杯。夜谈相瞩同珍重，疏发难禁岁月催。(《理群来筑夜宿敝舍》，2002 年 3 月)

黔水黔山耐品尝，黔人黔友共平章。书成更见友情长。(《浣溪沙 ·〈贵州读本〉发行理群自京返筑讲学明贤先生饷宴应国尧礼等在座》，2003 年 12 月)

几人知我心忧事，仆仆风尘鬓满霜。(《理群在黔演讲有感而赋》，2003 年 12 月）

知我者，本良也！同时，本良也把他的内心敞开了：“胸中未息震雷声”的，岂止我一人？这真是心心相印、惺惺相惜啊！

或许从外人看来，我和本良结为挚友，是有些奇怪的，因为我们性格的反差实在太大了：本良内敛含蓄，我则激情外露；本良温良忠厚，我则咄咄逼人；本良谨敬慎言，我则好事惹事；本良潇洒从容，我则峻急情迫。记得在怀念我和本良共同的挚友夏其模兄时，我也说过“我与他似乎是两个极端，本应无缘”，却有“大缘”这样的话(《我的怀念温馨而恒久》)，而且想起来，我的挚友差不多都是差异型而非趋同型的，我想过其中的因缘。其实“异”只是表象，骨子里的“通”，才是起决定作用的。这正是我们在前文讨论过的：人的内心世界比人们想象得要复杂、丰富得多，充满着各种对立矛盾，相反相成的因素；但主客观的种种原因，却使人只能将多种因素、多种可能性的某些方面得以发展，形成人们看到的此人的某种生命、性格形态。但只有他自己心里清楚，内心的另外一些因素、可能性实际是被压抑的，未能发挥的，这就形成了某种遗憾。而且因为是片面的发展，就必然存在许多缺陷，对一个追求生命的全面释放、发展的人来说，他对自己已成的生命形态和性格，必然是不满的，而渴求某种突破。在这样的不满与遗憾中，一旦遇到将自己未能发挥的“另一面”充分地发挥、发展的另一个人，就必然把这“另一个人”看作是“另一个自己”，而且是渴望而不得的“自己”，其如获知音、钦慕不已、倾心相待之情，是可以想见和理解的。坦白地说，我对本良就有这样的一份特殊的情结；我相信，本良对我也一定如此。我的内心深处，渴望着本良那样的平和、淡泊、宁静、潇洒、从容，我极其羡慕本良那样的自由读书、随意行走、任情挥笔泼墨的闲适的生活方式，我知道那也是我的生命因素里原本就有的，它是属于我的；但我由于另一方面发展的欲望过于强烈，而不得不有所舍弃，只有从和本良这样的友人的交往中，得到某种补偿和满足。我们在这里讨论的，实际上是一个更深层面的问题：人应该怎样发展自己的性格和生命：是单方向、单面的发展，还是在相反相成中求得多面发展？前者是一种现实的发展形态，后者却是理想的发展模式。我们不能不面对现实，但我们又不愿完全放弃理想，就只有用择友、交友的方式来作某种弥补。这样，朋友之间的关系，就超越了一般所说的“友谊”，而都成为对方生命的有机组成部分，做到“我中有你，你中有我”了。我能够在这个层面上和本良，以及安顺的友人结交，真是人生之幸事、快事！

（六）本良、明贤先生和安顺文化

说到安顺这批朋友，就不能不提到戴明贤先生：他是我们共同的挚友；而本良因是世交，又总称其为“大哥”，我和明贤先生相识较晚，却是一见如故。

也是我们共同的“年轻朋友”的杜应国君对明贤先生有过一个描述：“其性情内敛，温润沉毅，宽厚淳和，待人接物，一向谦恭俭束，极惮张扬”，“真所谓恂恂醇儒，蔼然古风”，“然识者论其书风（行草），则有谓：‘磅礴大气，潇洒自然，运笔如飘风骤雨，其势不可遏’”。于是就有了这样的议论：“窃以为，此中外表的对立，其实正是其内蕴丰富的性格张力所在”，“何人又敢断言，在温婉恬淡、宁静谦和的背后，就没有潜藏着慷慨激荡、豪气干云的另一面？”（《适斋记屑》）——我们自不难发现本良和明贤先生精神气质的相通。如果注意到他们（还应加上夏其模先生，可以称作我的安顺“三友”），同为安顺老乡，就自然会想到这样的精神气质，和安顺这方乡土的地气，有没有关系？

而且这样的联想，也并非没有根据。我曾经依据明贤先生所写的《一个人的安顺》的描述，将安顺的“城气”，概括为“永远不变的散淡、潇洒的日常生活”和“小城人看惯宠辱哀荣的气定神闲的风姿”（《〈一个人的安顺〉序》）。而在我写出“散淡”、“潇洒”、“气定神闲”这八个大字时，眼前同时闪现的，正是明贤先生和本良的身影。也就是说，在我的心目中，明贤先生和本良身上，是集中了安顺的“城气”的。本良有《乙亥腊月十六立春即景三律》：“久雨溅泥淖，时晴起路尘。满街多铺面，是处尽闲人。小巷浓烟绕，家家腊肉熏”（其一），“莫负晴光好，偷闲且出城。泡冬田水白，环舍竹林青。坡草始争绿，石山欣向荣。有风尚解意，吹送隔年情”（其三），本良对安顺风情民性可谓独有会心，并且融化入心了。

本良还有大量的咏诵安顺山水、古迹的诗章，这是《诗稿》不可忽视的重要方面。本良几度拜谒修文王阳明的故地（修文原属安顺，现归贵阳），所谓“倡明教化追心迹，玩易窝前思渺然”（《甲子仲夏游修文阳明洞》）。他最为折服的是“先生罹难却从容，绛帐宏开岩穴中”的从容坚守，而他心向往之的却是王阳明住地景物和气象的“清幽”：“洗心观妙留连久，难得此间避俗嚣”（《游修文四绝》）。本良还有诗：“黔山深处最清幽”（《陪南京大学鲁国尧教授游龙宫》），这几乎是他感悟安顺山水的一个独特视点。你看他《初游龙宫》，最注目的就是其“窍罅幽长通水府，洞天窈邃荡心魂”的幽深，“澄澈如斯未污染，濯缨洗耳任由君”（《龙宫天池》）的清纯。他眼中的天星桥，也是“此中清境绝尘嚣”，因此要“穿林枕石听鸣蜩”（《游天星桥》）。

本良笔下的安顺山水，更有“万千气象叹奇雄”的另一面。而最能显示安顺山水雄风的，自然是举世闻名的黄果树瀑布，它给本良带来的是“倏尔千寻来绝顶，訇然万丈下深潭”（《黄果树瀑布水帘洞》）的生命的酣畅感，“裂石崩崖下九陔，挟云裹雾进山隈”（《盛夏游黄果树大瀑布》）的心灵的震撼。本良在观看安顺著名的地戏时，也感到了这样的震撼：“呜呼山野动，奔突鬼神惊”（《安顺地戏》）——按刘纲纪先生的说法，“刚健”而“奇诡”本是安顺文化之精魄，它是与安顺文化精神的另一极“质朴”是相反相成的（《安顺文化沉思录》）。

而本良笔下的安顺山水的清幽与奇雄的两极，则是他对安顺文化的一种理解和发现。这乃是因为本良的精神气质中就有清幽气、奇雄气，这是一种主体的投射；但这二气又有安顺山水客体对本良主体性情的浸润，其魅力就在主、客体的交融、相互养成：安顺文化养育了本良，本良也发现和发展了安顺文化精神。

（七）人间最贵是亲情

最后要说的，或许是最重要的。本良早有声明：将诗稿“搜编成集，唯以报答家人、亲友及学生的错爱而已”，并提醒我们注意：“此集中不少诗作都浸润着我与家人的深厚情意”，“若干年来，遇有新作”，总是先在“内子文侠和我们的孩子——泉子和女婿哲勤、田儿和媳妇小洁”面前“试为吟诵，一同品味相携相恤、甘苦与共的山水旅程和岁月流光。每忆及此，我的心中便充满温馨的感动”（《〈守拙斋诗稿〉后记》）。

就本文所讨论的话题而言，无论是人性的复归、对幸福的理解和追求，还是生命存在形态和生活方式的选择，最后都要落实到家庭和亲情：家是人安身立命之处，是生命的最后的庇护所；而亲情则是人之至性、至情，是人的幸福感的最基本的源泉。正像本文一再提及的，我每每梦回本良那间温暖、雅致的小屋，这绝非偶然。我们讨论过“本良生活在自然中”的意义；现在还要补充说，“本良生活在家中”，或许是更能显示本良的本性，更有一种动人之处的。

因此，诗稿中最动情感人的篇章，自然是那些“赠内”、“示子”之作——

> 白日地头学耦耕，夜来披卷对孤灯。糊墙防鼠泥填洞，挑水践冰鞋绑绳（《忆旧赠内十八绝》其十五），单车一架四人骑，抱儿背女技不低。酱醋油盐车上挂，出城又是日偏西（其十七），娄家湖畔忆流光，半世回眸两鬓霜。粝食粗衣苦乐境，应知平淡最情长（其十八）。

在《守拙斋汉语史论稿》的“后记”里，还有这样的“对我的挚友、与我相濡以沫的妻子”的“感激与敬佩”：“数十年来，她给了我太多的体贴和照料，在我稍有懈怠或心有别骛的时候及时地给我以提醒和激励，而且为了我而牺牲了许多她本来应该追求、也可以得到的东西”，而“患难夫妻间的这种全然无私的纯真情谊是难以回报甚至是毋庸言谢的”。

还有《示泉子》：“书香墨气总怡情，远避俗嚣自在鸣。常葆胸中葱翠色，出山一似在山青。”

这是《示田儿》：“世事迷离当谨慎，性长咬得菜根香。”

对弟子又有这样的嘱咐：“得失应毋迷自我，短长何必听他人”（《送别弟子何映》），“人品高时学品高，为人为学路迢遥”（《赠弟子何亮》）。

真的无须再说什么了。

本文一开始就引了本良的一句诗："融融俯仰间"(《自励》)，现在我懂得了：他是在家庭、亲友及学生的爱的包围中达到这样的人生境界的；他也把同样的爱，回报他周围的人：这就是这本《诗稿》的真意所在。我也因写这篇读后感，而分享了这份人间最可贵的爱。这也是"毋庸言谢"的：因为我们都参与了这爱的创造。

2007 年 3 月 25—31 日

民间思想者：我的精神兄弟

——篮子（杜应国）《山崖上的守望》序

本书的写作与编辑，如作者说，都是并不轻松的“思想寻踪”。

两年前，读到朱学勤先生发表在《读书》上的《思想史上的“失踪者”》一文时，我和作者一样怦然心动，并且潸然泪下：我们同时想起了当年的那间小屋——尽管此时我在北京，他仍居山中，彼此已相距千里万里……

这精神兄弟间的心灵感应，正形成于那样的时代，非亲历者不会有，也难以理解；而竟能如此完整地保留至今，这又是让我们感到自慰，因此而格外珍惜的。

朱先生在文章中所提到的“民间思想村落”，我想，在20世纪的中国，大概出现过两次，而具体背景、情境、命运却大不相同。第一次出现在“五四”前后，现在已经进入正史：毛泽东等的“新民学会”、周恩来等的“觉悟社”、恽代英等的“互助社”……在一定意义上都可以视为“民间思想村落”，他们身处于那么一个时代大转变、思想大解放的时代，先是在民间进行自由的阅读与思考，然后生逢其时地投入五四新文化运动，以及随后的社会革命中去，把他们的思考转化为思想文化，以至政治、经济、军事、社会的变革实践，而最终改变了中国的面貌，以及他们自身的地位。

而在随之建立起来的高度统一与集中的国家体制内，也有过重建“民间思想村落”的努力。例如1956年北京大学的“百花学社”，江苏的“探索者”等等，但都被“反右”风暴扫荡。再经过历次运动，民间思考甚至于停止了——少数人体制外的思考自然是存在的，但在我们这里却只有个别的“点”，而形不成连续的历史线索，这与几乎处于同一状态下的苏联大不相同：应该正视这一事实，并加以反省，不过不属于本文讨论范围，就只点到这里。

在我看来，真正的民间思考的恢复，以及再建“民间思想村落”的努力，是在“文革”的后期，特别是在“林彪事件”以后。人们再也不能不面对现实了，当理想的面纱脱落，露出现实面目时，怀疑开始并且逐日增长了。于是，体制之外的民间独立思考，就由少数先驱者发展到相当的范围：不仅是各种类型的知识分子（顾准是他们中最杰出的代表之一），有一定知识的工人、农民，甚至还包括被排斥在体制之外的党的各级干部，以及张闻天这样的高级领导人的思考，当时也属于民间思考的范围。因此我们可以说，这种几乎是全民性的民间独立思考，事实上是为以后的以“实践是检验真理的标准”为开端的思想解放运动，以至整个中国的改革运动，作了思想的准备，以至骨干力量的集结与训练准备的。要真正认识与理解 1979 年以后中国社会的巨大变化，其实是应该溯源到这一时期的民间思考的。

我想，也许只有置于这样的大背景下，我们才能比较清晰地看出这一时期在全国各地自发建立起来的或大或小，或显或隐，或严密或松散的民间思想村落的特点、局限与意义。尽管无法获得具体的统计数字，但这样的村落散布得很广，却是可以肯定的。篮子在本书中的第一部分“流逝的音符”中的回忆，就足以说明，“文革”的风暴确实已经深入到中国内地最边远的少数民族地区，使最不易变动的中国社会的基础也发生了动荡，建立了各色名目的群众组织，展开了可谓生死的搏斗，历来与历史无缘的圈外人，例如作者写到的那位剪刀社的“一丁”，现在也卷入了历史的旋涡，连篮子自己，这样一个本已生活在下层社会的未成年的孩子，也被由居住在遥远的北京的领袖所发动的知识青年“上山下乡”运动所驱赶，被迫改变着自己的生活方式，去领教“公社书记的‘杀威棒’”，并因此由于生活本身的教育而加入到前述决定以后中国命运的民间思考的历史潮流之中。作者笔下的那个在自己的墓碑上赫然刻着“一个自觉的共产主义者”几个大字的“默默无闻的生者与逝者”的故事，正是表明了，这一民间思考的历史潮流是怎样唤醒与震撼着中国社会底层的心灵世界的。在这样的社会、思想基础上，由思考者的聚合而导致“民间思想村落”的产生，就几乎是顺理成章的。而在“文革”那样的特殊条件下，像贵州安顺（今天的人们只知道它是拥有龙宫、黄果树的旅游胜地）这样的天高皇帝远的蛮荒之地，反而是更便于自由思考的。因此，篮子在《剪不断的思恋》等文章里所回忆的那聚集在一间小屋的思想的群体，是可以作为那个特定时代的中国民间思想村落的一个典型来加以解剖的。

根据作者提供的材料（包括作为“附录”的当年的部分手稿），以及我自己作为其中一个成员的亲身体验，我想，或许可以作以下几个方面的分析：在保留下来的篮子1974年与他的朋友的通信中，有一段话很值得注意：“中国人民无疑地在等待着一个巨大而天翻复（覆）地的变革。他们对那些曾经是非常‘神圣’的油彩已经感到失望，进而……我想，这样的变革，是需要我们来推动的。领导亿万人民群众来创造他们自己的历史，而掀起一个波澜状（壮）阔的运动，这需要一个指导思想的理论，我们还做得不够，我们所拥有的还远远赶不上这种革命的需要，我们还要学习、学习、再学习！学习所有人的经验，学习马恩列斯毛的经典著作，我们要吸取新的知识！新的力量！给马克思主义以活的灵魂，这是我们的任务，这个任务太重大了！它需要我们——若干有着远大抱负的人去合力完成！摆在我们面前的道路是光荣的、艰险的！让我们一步一个脚印，坚实的（地）踏上去吧！”——这封信几乎是可以视为一篇宣言书的；它表明，这群人的聚合是有着自觉的历史意识的，他们的民间思考也是有着明确的方向的，即要为必然也必须到来的中国思想与社会的历史性大变动作思想的准备，铸造新的理论武器。这其实正是在历史大变动的前夕，先进的知识分子所应该担负的历史使命。

但当时的中国知识分子却正在作为被全面专政的对象，而受到全面的打击；而在残酷的迫害下，特别是长期的思想改造的结果，知识分子自身也正处于整体性的萎缩状态，客观与主观两个方面都不可能自觉地担负起实际上已经成熟的这样的历史使命。当然，作为知识分子中的个体，仍然有一些人，坚持自己的独立思考，成为我们所说的民间思考中的重要力量，并且在以后的中国思想解放运动及改革潮流中发挥了重要的作用，这也是必须看到并给予充分估价的。但在当时的专政条件下，他们的这种思考只能在个体的闭门反思的秘密状态下进行，不可能进行思想的交流，更无以形成群体性的思想村落，因此，他们也就不可能成为民间思考潮流的中坚力量。于是，只能由像篮子这样的半大孩子来作出“这样的变革，（由）我们来推动”的历史性的承担。

这眼光，历史自觉性，以及勇气，都令人感佩；但另一方面，又确实是勉为其难的。据我所知，当年的民间思想村落的主体部分，都是当时的知识青年（下乡之前，他们是红卫兵或红小兵，回城后以后又当了工人、民办教师等），学历最高的也只是高中毕业，篮子本人就是个初中生，还有些朋友只读完了小学（少数村落以“文革”时期的大学生为主，文化程度要高些）；同时，在这样的村落中，也常有少数五六十年代的大学生参加，起着老师作用，当时年轻朋友都称我为“钱师”，大概扮演的就是这样的角色吧，其实我也是三十岁刚刚出头。这样的成员结构就决定了这些民间思考者纵然有着使命感，却难以克服先天的不足。

首先显然是知识的缺陷，而当时实行的思想文化的封闭政策，即使想自学，也几乎无书可读，读书的范围就不得不主要集中在马克思主义，特别是列宁主义的经典著作方面，在此之外，世界社会科学与人文科学的新发展几乎是一无所知的，很多问题只能自己在黑暗中摸索；而贵州安顺地区本身文化的落后，更对我们这个小群体形成了一种限制。

另一方面，像我这样的五六十年代的知识分子，尽管经过“文革”的教训，开始思考一些问题，却没有从几十年的思想改造所形成的奴隶思想状态中根本解放出来，我自己更一直是毛泽东思想的崇拜者，处在老师的地位上，这些自我思想的局限就大大限制了整个村落思考的深度以至方向：这是我至今仍感歉意的。

今天，重读当年幸存下来的某些思想成果，就会发现，我们还是在一个大的思想框架下思考，例如针对“文革”“全面专政”理论对民主的根本否定，我们煞费苦心地从列宁后期思想中挖掘出关于“专政本身就包含着民主”的命题，然后小心翼翼地进行论证与阐述。那时候，不用说突破，连思想上的任何一点小小的推进，都要经过痛苦的思想斗争与激烈的争论。这种半是奴隶、半是挣扎的思考，是今天的年轻的读者难以理解的。他们看到本书附录的当年的手稿，定会觉得陈旧而新意无多；作为当事人，只能报以苦笑：路就是这样一步一步走过来的，最初哪怕很小的一步，也是艰难的。从根底上说，这是一群非知识分子（或谓“明天的知识分子”）在肩负时代已经提出的先进的知识分子应当承担的为社会大变动熔铸理论武器的任务。在知识分子被迫整体缺席的情况下，这些文化水平不高的年轻人毅然挑起重任，以体制外的民间独立思考开启了思想解放运动的先河，这无论如何是具有思想史的意义的。但提出的理论任务本身与担当者的实际理论能力的巨大差距，也同时决定了“文革”后期的这一次民间思想村落的思考，“只能是一种不足月的精神分娩，一次走不到头的精神漂流”，“他们思考的精神意义远远超过价值意义”：我完全同意作者在“后记”里所作的这一说来不免沉重的估价。我想补充的是，正因为这是一次“不足月的精神分娩”，以后中国终于发生的社会大变动，也就是今天所说的改革开放运动，也就先天地存在着理论准备不足的缺憾，这是改革开放中产生的许多弊端的深层次的原因之一。而当年中国知识分子的总体缺席，也造成了在承担历史提出的“铸造理论武器，提供精神资源”任务时，总是处于被动无力的地位。偿还这一历史的欠账，今天仍然是中国知识分子的一个任务，而且是愈加迫切的。

当新的历史转机出现时，这些民间思想村落也就完成了自己的历史使命，就像当年“五四”时期的那些年轻人一样，朋友们都迫不及待地投身于新的政治、经济、思想、文化的变革实践中去。在我看来，这终于到来的中国社会的大变动，既是自上而下在体制内进行的改革开放，同时又存在着一个自下而上的民间的推进运动。开始阶段这两方面都是相当活跃的村落的朋友们因此获得了一个大显身手的机会，并且都有出色的表现。但这也只是一个短暂的辉煌，很快就有了不同的命运。少数人，像我似的，实现了由边地向政治、思想、文化中心的转移，并且被大学体制所接纳，成了专业的研究者，因此得以继续当年的思考，并将其转化为学术。但当年的民间经历与体验已渗入灵魂，就像朱学勤先生在他的文章里所说的那样，“这些记忆难以被学院生活完全吸收”，或者说总还保留着某种民间野性，而对知识体制化负面因素怀有警惕与近乎本能的抵制，并转化为内心的矛盾与痛苦。于是我把自己定位为“学院里的精神流浪汉”，并曾在一篇文章里表达了“哪里也不是灵魂的安置（更不用说安息）处”的无所归依的漂泊感。

而另一些以篮子为代表的朋友，几经挣扎，又回到了生息之地，并且重新散落于民间。这或许就是朱学勤先生所说的“思想者的失踪”吧。但这也只是学院中人的一种观察，于实际恐怕是有些隔的。本书的第二部分“故乡道上”中作者关于他的生活与思想的记述，或许可以给我们提供某些真实状况。从这些文章中，可以看到，这些当年唯有使命感，而将个人置之度外的年轻人，现在回到了个人日常生活中，如作者在一篇文章中所说，人到中年，“开始相妻课子、米盐琐屑，兢兢业业的过起日子来了”（《平庸是什么》）。而且发现了并且品味着人的日常生活的美来，试读收入本书中的《独托幽岩展素心》《石头的灵性》《古道精魂》诸篇，就可以感受到养花、赏石、漫步古驿道中浓郁的诗情与诗意，这里也同样有一种作者所说的“在心灵的撞击下被发现、被领悟到的精神”（《古道精魂》），不能不加分析地贬之为“玩物丧志”。在一定的意义上可以说，从当年梦幻中的英雄人生到今天脚踏实地的平凡人生，正是人日趋成熟的表现。而由此获得的普通百姓的眼光、平常心，则是更为可贵的。

自然，正像学院体制存在着毒素一样，日常生活也存在着消磨人的意志的因素，需要警觉。于是又有了平凡人生中的文化与精神坚守。篮子与他的朋友在做好本职工作之余，又办起了专营学术书、文学书的书店，还主持了一张小报的副刊，本书有关这方面的记载中，流露出的惨淡经营的一番苦心，是令人感动的。的确，这里已不再有当年登高一呼，应者云集的领导潮流的壮志与豪情，只有服务乡梓，为后人留下一点文化种子的拳拳之心，还有与滔滔商潮中的一片蝇营作微弱抗争的小小野心，不可否认，也怀有作者自己所说的“聊作无益（或无害有益？）之事，以遣有涯之生”的落寞与无奈。但这绝不是后退，而是固守中的实在与坚韧。中国的真实的（而非梦幻中的）思想文化建设，实赖于这种精神的发扬。于是还有认真、严肃的思考，这就是本书中谈论顾炎武、陈寅恪、顾准……的文章，以及一些已刊与未刊的手稿：关于十月革命，关于列宁的后期思想，关于德波林学派，关于毛泽东，关于红卫兵——当年的思考仍在继续，又有了新的发现与新的深入；不必讳言，也显示出更大的局限。相对封闭的文化环境限制了作者的视野，而陷于物欲横流的世界包围中的精神孤岛的生存环境，更是使作者的思考无法深入。这都是当今中国民间思想者的局限，更是他们弥足珍贵的价值所在。这就是说，今天的篮子们几乎又重复了当年的命运：思考的精神意义仍然超过了价值的意义。

面对这样的事实，面对付出与收获的不成比例，心情不能不是沉重的。但我却要向我的这些苦斗着的精神兄弟表示更大的敬意。或者说，我更要强调他们这些民间思想者的存在本身，对中国的现在与未来的思想与学术发展的不可忽视与抹杀的价值。这也可以说是我切身的体验。我在一篇文章里曾经谈到，我的学术研究是不能离开我的这些散落在民间的精神兄弟的，他们对我的意义不仅是一种精神的支持与监督，他们既是我的写作也即精神对话的主要对象，而且也是我的思想、灵感的一个来源，我们之间确实存在着这篇序言开头所说的心灵感应，往往书信里、电话中的片言只语，就达到了精神的沟通，甚至会唤起新的想象力。

我由此而想到了学院的专业研究与民间的业余研究的关系与作用。对于一个民族思想、学术的发展，一般说来，前者往往是（但不总是）主力军，而后者则是基础与后盾。而二者的界限又不是绝对的，是可以、必须互相交流与转换的。不能想象，没有或缺乏广大而深厚的民间思考与业余研究，形不成浓厚的民族文化氛围，缺少源源不断的思想与人才的后盾，学院的专业研究，整个民族的思想、文化与学术，能够得到持续、健全而有力的发展。正是在这个意义上，篮子们在比我们这些学院的思想者艰难、恶劣得多的环境里的思想、文化的坚守，是应该引起更多的关注的。

这使我想起了篮子在收入本书中的一篇文章里的自我定位。这是对我的一篇倾诉漂泊者的困惑的短文的回应；他提出，“漂泊者”之外，还有乡土的“困守者”。与漂泊者的离去“通常所获得的成功相比，困守只有无言的艰辛和默默的忍耐”，“困守者从来都是以集体的方式，别无选择，无可违拗地进入命运预定的角色。当他们习以为常，不声不响地辗转于那从四面八方挤压过来的艰苦与繁巨、沉重与压抑、痛苦与失望、庸俗和琐碎时，他们所表现出来的那种沉着与平静，是怎样的默默无闻的英雄气概啊！”“这是一个国家、一个民族最深沉强固的存在基础，最悠久绵长的成长根须”。这就是说，篮子们这些精神的困守者是在与中国大地的困守者，生于斯、耕耘于斯、死于斯的普通百姓合为一体中，获得自己的生命意义的。这正是民间思想者的本质与价值所在。篮子说：“这是一种无言的伟大，卑俗的崇高。”那么，他当年的英雄气概依旧，不过已经转化为“无言”“卑俗”与“寻常”了：我的精神兄弟成熟了。

我静静地笑着。

是为序。

1997 年 12 月 19 日写于燕北园

“土地里长出的散文”

——我读宋茨林《我的月光我的太阳》，兼谈《黔中走笔》

茨林的文稿放在我的书桌上，已经很久了；年前应国又寄来了新出版的《黔中走笔》。那么，干脆将朋友们陆续惠赠的《一个人的安顺》《神秀黔中》《黔中墨韵》《屯堡乡民社会》一起“请”进书房，顿时就有蓬荜增辉、满屋春意之感了。此刻，正是元宵之夜，我们这个小区禁放爆竹，因而特别的宁静；而李晓刚从电话里告诉我：安顺大街小巷早已是“炮声隆隆”了。于是，几卷美文在手，遥听南国繁响，心向黔中乡人，竟是思绪绵绵，难以自禁……

该从何说起呢？——就从茨林文集的第四辑“文化的力量”开始我们的思考和讨论吧。

（一）“土地里长出的散文”

这是茨林在评论安顺两位散文年轻作者的新作时提出的一个概念；但在我看来，它是概括了近年来关于黔中文化、文学发展的许多思考和实践的，因此，有细加分析和讨论的必要：它大概有四个层面的意思。

首先，“土地”自然是指我们脚下的这块乡土。这是黔中作者生于斯、长于斯的热土，我们的生命和它有着天然的联系。但也正因为是天然、天生，就容易被忽视，天天厮守于此，就司空见惯，习以为常，没有感觉了。于是，这些年就不断有“我们认识脚下的土地吗？”这样的追问，而且有了认识上的升华。戴明贤先生在他的《一个人的安顺》的“后记”里的一段话，很能代表这个群体思想和心路发展的历程：“小时候看景看社会，一切都是天生如此，理所当然，后来离乡外出，求学和工作，有了参照物，才发现有差异。进入新时期，眼界拓宽了，尤其是读了一些有关文化人类学的著作，感到童年的家乡，竟有一份自己的文化，竟是一个完整的文化生态圈。”这就意味着我们发现了一个“文化的安顺”：这是另一个安顺，是我们既熟悉又陌生的安顺，如何光渝先生所说，这是“被遮蔽在历史深处”的“这座城的本原”（《构建地方文化的知识体系》，收《黔中走笔》）。而且它正在被遗忘，而且因为遗忘，在未加反思的“现代化”、“城市化”的逻辑下，正处在被瓦解，以至被摧毁的过程中。于是，就有了“如何在席卷而来的现代化浪潮中传承我们民族文化的精粹？如何在急剧扩张的城市建设和城市变迁中尽可能地保住那些一旦毁损就极可能丢失的珍贵历史文化遗存？”这样的焦虑和呼吁（朱学义：《神秀黔中》后记），并由此而进一步提出了“建构地方文化知识谱系”的理念：应该说，这是认识上的一个重大突破。

其次，在对安顺文化的体认中，我们又深化了对“土地”的认识。茨林在《两个人的安顺》一文里特意提到刘纲纪先生的《安顺文化沉思录》。刘纲纪先生正是在这篇文章里提醒我们注意：“安顺文化是安顺地区历史悠远的本土文化与外来文化相互撞击、交融的产物。”而纲纪先生又是从安顺文化的空间地理区位的特点来说明的，他指出：安顺“由于它地处‘黔之腹，滇之喉’，又为‘蜀粤之唇齿’，因此外来文化对它的影响和它对外来文化的吸纳改造，都比其他地方要更快更广”（文收《黔中墨韵》）。这是一个非常重要的论述。我们从明贤先生的《一个人的安顺》里，也得到了这样的启示：正是在40年代的抗日战争中，安顺来了“下江人”，带来了江浙地区的现代都市文明，来了剧宣队，带来了五四新文化，“二战”结束后，沿着滇黔公路，又来了“美国大兵”，安顺，以及贵州，也就不可避免地纳入了“二战”后的世界发展的大格局中。这都说明，安顺、贵州这块土地并不封闭，它是和中国，以至世界的更加广大的土地联结在一起，息息相通的。因此，如茨林反复强调的：我们对家乡土地的认识、把握和描述，就应该“立足岩山”，又“跳出岩山”（《我读张麟》），出于本土，又高于本土，有一个“大坐标的参照”，全国，以至全世界的大千世界的映衬，有更深层次的思考，也就是要有一个“大土地”的概念。正如论者所说，我们今天提出“构建地方文化知识谱系”，本身就有一个全球化的背景，是以“多元化多样性为支点的地方性特征”，作为“制约全球化单一和趋同法则的最重要的平衡点”（杜应国：《“破题”与“接题”，任重而道远——关于地方文化知识谱系的构建》，文收《黔中走笔》）。正是在这样的时代的“大土地”的视野里，“地方”、“乡土”才显示其意义：不仅是现实的意义，更有超越的、形而上的意味。如茨林在评论安顺年轻一代的散文所注意到的那样，在“土地”的意象里，是蕴含着“土地与时间，生命和命运，坟墓与死亡”（或许还有“精神家园”）这类的哲思和隐喻的（《土地里长出的散文》）。

在重新认识“土地”的文化意义与意味以后，还有一个文学的表现问题。这是我们要讨论的第三个层面的问题。明贤先生在他的《一个人的安顺》的“后记”里，就谈到他因“找不到一个惬心的形式”而感到的苦恼，甚至因此而迟迟不能动笔：“开始是习惯地想写成一部小说，还曾经拉过人物表，拟过提纲。但每次都感到这样一来，那些人和事都失去了鲜活的个性，掉进了类型化的模式里，一切都似曾相识（曾在众多的小说里似乎相识）。正如高尔基在自传三部曲里所说的，小说里的人物总不如生活中的人有趣。”我读了明贤先生的这段话，立刻想起我所研究的周作人，他也表示过类似的意思：那些“有结构有波澜的，仿佛是依照着美国版的小说作法而做出来的东西，反而有点不耐烦看，似乎是安排下的西洋景来等我们去做呆鸟”，他觉得“有意思的”，是“随笔风的小说”（《立春以前·明治文学之追忆》），也就是我们今天所说的“散文化的小说”。明贤先生说，使他豁然开朗的俄罗斯作家巴乌斯托夫斯基的《一生的故事》，就是这样的散文化的小说。明贤先生又发展了一步：去掉小说的虚构，写的是“忆旧散文，一切按记忆实录，‘述而不作’”。耐人寻味的是，这一文体的选择，竟也代表了安顺文化界、文学界朋友们的共识。这里可能有明贤先生独特的个人影响，也可以说是不约而同。我当年在给茨林的信中，虽然谈的是“新史学”，但强调“普通人的日常生活才构成了真正的历史”，主张为“在急剧变革中的中国边地小城镇的普通人的真实的生活”，留下“真实的记录”，“同时也具有一种历史的价值”（《尚待实现的希望》），也就包含了以“实录”写“历史”，而且是“小城百姓日常生活史”的期待。后来茨林提倡“新闻主义的文学流派”，强调“原汁原味的生活更具有记录的价值”，“记录百姓就是记录历史”（《“作家”与“文学”的假假真真——关于“新闻主义”的几点杂感》），表达的也是类似的愿望。

这或许也是反映了一种时代的文学思潮。如茨林所说，“我们正处于一个充满了戏剧色彩的时代，这个‘生猛的时代’正为我们提供无数的传奇故事，无数的精彩细节，生动的大量事实。无数的读者渴望最直接最迅捷地了解这些，他们呼吁：不要以假乱真，要让事实说话！”这几乎是生活在这个时代的人的共同感受：再荒诞、奇诡的文学想象，在荒诞、奇诡的现实面前，都显得苍白；而所谓文学虚构已经变成了某些作家逃避现实、粉饰现实、遮蔽真实的借口和手段。于是，就出现了“宁愿‘较真’不‘乱真’”的呼唤（《“作家”与“文学”的假假真真》）。这样，以较真的态度，直面现实和历史的真实的纪实体的文学，就成为这个时代的需要。这些年报告文学和回忆性散文（即明贤先生所谓“忆旧散文”）受到广泛的欢迎，当然不是偶然的。而明贤先生所说的“一切按记忆实录，‘述而不作’”的写作态度和策略，也很有意思，这也是我经常说的，如果我们真正面对历史和现实的复杂性、丰富性，就会感到，现有的一切理论和说法都是苍白的，我们已无力作出分析和阐释，只有如实地记录下来，留待后人评说。我因此对近年兴起的民间纪录片运动有很高的期待；而在我看来，我们所提倡和实践的纪实散文，就是一种用文字写下的“历史纪录片”。而这样的历史纪录片又是以前述“普通人的日常生活才构成了真正的历史”的历史观作为支撑，所以它所述说的是“老百姓自己的故事”；而出于“历史变革所达到的广度和深度，往往要看它对边远地区的蔓延、渗透的程度”这样的历史判断（《一个人的安顺》序言），又特别重视“在急剧历史变革中的边地小城的普通人的真实的生活”，即“小城故事”——我们的以小城记事为主的，追求老百姓原汁原味的日常生活实录的散文，就是在这样的时代文学、文化、思想、学术背景下，应运而生。

而这样的小城记事散文，又显然和前述文化乡土的发现息息相关，可以说，小城纪事散文的提倡与实践，本身就是“地方文化知识谱系”的有机组成部分。这也意味着我们的散文理解的一个深化。这就是所要讨论的第四个层面的问题。于是，我们注意到了明贤先生在《一个人的安顺·后记》里对他的散文的命名，说这是一部“散文笔调的文化志”，或是“文化志性质的散文”。这也应该视作一个群体命名，并且也是表达了一种共识的。在《神秀黔中》的“后记”里，就有过“大散文”观念的倡导，而按我的理解，所谓“大散文”，就是“把文、史、哲都包容在一起”，“包含了社会学、民俗学、文化人类学等等价值和功能”的文体，“已经超出了散文或文学的范畴”，其实就是明贤先生所说的“散文笔调的文化志”。而称为“文化志”，正是要强调，这样的“大散文”和中国传统的联系；如我在和应国交换意见时所谈到的：“其实，我们中国的传统散文就是一种‘大散文’。仔细想想，那些古典名篇，有几篇不是把文史哲都包容在一起的？”（《大山孕育的“大散文”》）如许多学者都已指出的那样，在中国传统中，文、史、哲本是融为一体的，在19世纪末，接受了西方的影响，才逐渐有了文学、历史、哲学的学科划分，以后，又陆续引入了诸如社会学、民俗学、文化人类学这样的新的学科范畴，逐渐形成了分工明确的学科体系；而到了20世纪末和21世纪初，又出现了交融的趋向：这样的“合——分——合”是很有意思的；而在以后的很长时期内，恐怕都会是既分又合的。在这个意义上，“大散文”的概念的提出，也是有深刻的思想、文化、学术潮流的背景的。

而对具体的作者来说，“大散文”恐怕更多的是一种自由表达的内在需要：当我们希望用散文的形式来讲述我们关于文化安顺的个人记忆，构建安顺地方文化知识谱系的时候，我们就必然如明贤先生所说，要求突破关于文学、散文的某些固定观念，某些“类型化模式”（《一个人的安顺》后记），进行茨林所说的“非类型化写作”，或者如他在《大山孕育的“大散文”》里所说，追求一种“自然、自在、自主、自为”的写作状态。这大概也是“大散文”概念的题中应有之义。而茨林又发现，这样的状态，其实是和安顺“大模大样”的“奇山异水”相契合的；因此，何光渝先生在这样的大散文中发现安顺文化传统中特有的“安详沉静之美”，也不是偶然的。或许我们可以说，是安顺的大山水孕育了这样的大散文。

作了以上四个层次的讨论以后，我们是否可以作这样的总结：在

“大土地”的视野下，对“文化安顺”的发现，构建“地方文化知识谱系”问题的提出；以及以“小城纪事”为主的，融“文学、社会学、民俗学、人类文化学、历史、哲学”为一炉的“大散文”概念的提出和实践，这两个方面，构成了这些年安顺文化界、文学界认识上的两大突破，并且已经具有了初步的理论形态，而且有了文学创作和学术研究的初步实绩，这些年陆续出版的戴明贤先生的《一个人的安顺》、郑正强的《大山深处的屯堡》、邓克贤的《子丑寅卯》、韦翰的《小城故事》和多人合集的《神秀黔中》《黔中墨韵》《黔中走笔》《屯堡乡民社会》等等，都是这样的实绩的集中体现。我们因此有理由相信，何光渝先生所寄以希望的“安顺流派”正在形成中（《构建地方文化的知识谱系》）。我们现在要做的事，就是通过对这些实绩的经验总结，使这样的流派追求更加自觉，以逐渐走向成熟，并把这些经验和理念传给年轻一代，以使安顺流派后继有人。

我在这里大谈“安顺流派”，似乎有些离题。但这本《我的月光我的太阳》是“文人”宋茨林和“报人”宋茨林劳作的结晶；而文人宋茨林的散文正是安顺流派创作的一个新的成果，报人宋茨林的贡献也只有放在形成流派的群体努力中才能得以呈现。如论者所说，安顺流派的形成，安顺地方文化知识谱系的构建，“实则是一个政府与民间，集体和个人互相结合，体制内外的资源的有限利用，良性整合的联动——共振过程。上有地方官员和政府部门的重视和支持，下有地方文化学者的努力和配合，这正是近年来安顺文化建设工作成果突出，绩效显著的原因之一”（杜应国：《“破题”与“接题”，任重而道远》）。据我所知，在这方面，安顺市的有关领导确实是不遗余力地倡导、扶持，安顺市的有关部门，如安顺市委宣传部、安顺市文联，都做了大量的组织工作，而安顺老、中、青三代作者的倾心合作更是不用说了；我要补充的是，其中还有地方报刊的作用：所有的有关讨论、我们这里说的几乎所有的实绩，都是首先在安顺报刊上发表，这个事实是能够给我们以启示的。据我所知，早在90年代，杜应国、李晓、罗迎贤、邓克贤诸位朋友在编《安顺广播电视报》“小世界副刊”时就有意识地发表了不少有关安顺文化的散文，起到了开风气之先的作用。而作为《安顺日报》副刊编辑和《安顺晚报》总编辑的茨林在这方面同样有着高度的自觉，他在一篇题为《春在溪头荠菜花——也说“保卫文化副刊”》的文章里，满怀激情地写道：“安顺一地”“在真山真水真情之中，弥漫着独特的地域文化，这些文化需要反映，需要表现，需要评价，需要研讨，需要解读，需要升华，需要一本打开的大书，每天都为之翻开崭新的一页。愚以为，这本‘打开的大书’，便是报纸，便是报纸的‘文化副刊’。”由此而逐渐形成了一个明确的“地方报纸应成为地方文化的载体”的办报理念：“本报同仁强调《安顺晚报》一定要有‘文化追求’，把展现、诠释和守护‘黔中文化’作为报纸的生命和使命。在这个理念的实践上，不独‘文化副刊’，整张报纸都应如此”，并且把“推动‘地方文化知识谱系的建构’”作为“实践自己文化追求的主攻方向”(《〈安顺晚报〉的生命和使命》)。绝不能低估这样的办报理念的意义：在报纸日趋商业化、低俗化的情势下，能够“盯住地域文化（历史人文）做文章，不受时尚的诱惑和干扰”（戴明贤语），如茨林自己所说，就是在“保卫文化副刊”，是对价值和秩序的坚守 (《春在溪头荠菜花》)。重要的是这些理念都变成了具体实践：《黔山夜雨》《潮音》等文化专栏的设置，“老照片”的征集、整理、发表，编者都以“主持人语”的形式加以引导，还有“建构地方文化知识谱系”的讨论等等，这些都引起了作为读者的安顺市民的强烈反响。于是，就出现了这样的街头小景：“小城安顺为数不多的阅报栏前，每天都有不少细心阅读《安顺晚报》专（副）刊的热心人，有的人甚至看得如痴如醉。”(《主持人语——敝帚自珍，爱我安顺》）更有读者主动为“老照片”提供线索，还有的有心人把副刊上讲述安顺老故事的美文仔细剪贴，小心保存。这都具有非同小可的意义：不仅是为安顺地方文化知识谱系的构建、大文化散文的创作，创造了良好的舆论氛围、社会环境，而且也通过报刊把成果传播到普通市民中，成为他们的精神资源，得以在民间社会之中流传、保存：这其实正是初衷所在。不然，变成文人雅事、少数人的消遣，就真的没有多少意思了。

现在又有了《黔中走笔——安顺报纸副刊文选》的出版。这不仅是一次成绩的集中展示，而且给进一步地总结、提升提供了一个研究文本，也为下一步的传播打下了基础：我是一直主张文学、文化资源要转化为社会精神资源和教育资源的（参看收入本书的《“诗意地在大地上栖居”——喜读〈神秀黔中·安顺地域风情散文〉》），在这方面，还有很多的工作要做，可做。

（二）具象反映安顺文化的一个典型文本

现在，我们终于可以来讨论茨林的散文了。

应该说，茨林散文的质量并不平衡，写得最好、反应也最好的，当属他的“我的月光我的太阳”系列：除了《庙与学校》《美丽的“鬼蜮世界”——安顺麻风村记事》两篇“主打”文章之外，还有《我的月光我的太阳》《邂逅放鸭人》《毛妹大哥与毛妹大嫂》《美的故事》《眼睛的故事》《粮票的故事》《简洁的欢乐》《花街书市》《我的校长》等一组写“20世纪六七十年代安顺故事”的文字。

这就和明贤先生写40年代小城故事的《一个人的安顺》有了一种历史的连接——前文曾提到刘纲纪先生着重从空间地理区位看黔中文化；现在，《一个人的安顺》和《我的月光我的太阳》则提供了一个时间坐标，引领我们穿过“时间隧道”看黔中文化（这里是借用刘学洙先生的说法，其《铸造大开放的黔中文化》一文收《黔中走笔》）。

当然，茨林之文和明贤先生之文之间，笔力和功力的差距，是自不待言的；而且他们的写法也很不相同。如明贤先生自己所说，他的《一个人的安顺》，是“以一个时段（抗战前后）的这个小社会为对象，取横的结构”，并“‘人以群分’，‘物以类聚’，多以群体为单位，写他们的共性和个性”，作者“只是一个好奇心很重的局外人”。而茨林则接近明贤先生说的另一种写法：“他是作品中的主角”，“以时间先后为序”，“人物依从与本人交往的过程次第出现”（《一个人的安顺》后记）。从表面上看，茨林的《我的月光我的太阳》更像是“我的故事”，但在他的自叙中或显或隐地出现了许多人、许多故事，有时寥寥几笔，留下一些细节、剪影，都能逗人遐想，在读者的想象补充中完成一个那个时代的“安顺小城故事”。比如，50年代初社会大变动中，那“疯女人”“疯狂的美丽和美丽的歌声”；在60年代风雨欲来的时刻，那位穿“黑色的粗呢中山服”、“黑衣黑裤黑帽而白髯”，用英语高诵孙中山《总理遗嘱》的刘恒先生，那“倒背着手在操场上踱步”、“若有所思，似有所忧”的王鼎山校长，“文革”中几次自杀而不得，面对昔日学生的问候，竟“视而不见，听而不闻，虽未拂袖但却漠然而去”（《庙与学校》）。而在“文革”初期的疯狂斗争中，迷茫的“我”准备“举行青春的水葬”（这使人想起蹇先艾笔下的，鲁迅称为“展示了‘老远的贵州’的乡间习俗的冷酷，和出于这冷酷中的母性之爱的伟大”的《水葬》），突然出现了“放鸭人”，一口屯堡土音，却不像农民，他救了“我”，又在月夜之下，用“一种奇怪的声调”唱了一夜的“‘三国’里的月明之夜”（《邂逅放鸭人》）；“文革”中后期，一群“落难人”却在“美丽的‘鬼蜮世界’”——与世隔绝的麻风村相遇：这里有因“和北方的老婆长期分居”而“犯了一点问题”而遭贬的“转业军官”，有“原来在‘国军’当兵，后在淮海战役被‘共军’俘虏，成为‘解放战士’”，却因此不被信任的“共产党员”，有“国民党军医出身，老国民党员，有‘历史问题’”的“主治医生”，有身份为“富农子女”的“医师”，有在“文革”中受到冲击而被解职下放的“原安顺县公安局长”、“原安顺县检察院院长”，自然，还有因母亲的“历史问题”而被视为“可教育的子女”被“照顾”安排在这里的“我”。他们就这样“奇怪地组合”在一起，身处“阴阳两界之间”，或“遗世而独立”，或“忧伤而寂寞”，但又“自然朴实”地生活着（《美丽的“鬼蜮世界”——安顺麻风村记事》）——在茨林的笔下，依次出现的这里的每一个人，都有一个故事，它们构成了一段真实的历史，小城人的历史，因而也就是小城的历史，同时，在我看来，也是揭示了20世纪五六七十年代共和国历史中某些重要方面，其内含着的丰富的意义，恐怕正是许多历史教科书所忽视，也说不清楚的。

这样的五六七十年代的安顺人的命运，自然和明贤先生笔下的40年代的安顺人，有着历史的传承，比如刘恒、王鼎山的故事，就可以看作是《龙虎豹》里的当年安顺中学界的名师故事的续篇，而那位麻风院里的旧军医就更是40年代留下的旧人。当然，也出现了40年代所没有的新的异乡人，如麻风院里的南下干部、复员军人，但已不是《下江人》里的流亡者，而是解放者了。有些老百姓日常生活内容的变化，对照起来看，也很有意思。比如说，年轻人生活中少不了的唱歌，明贤先生告诉我们，40年代唱的是“救亡歌曲”：“大刀，向鬼子们的头上砍去……”“昨夜我梦江南……”等等（《悲歌动地》）；茨林则一直记着：50年代小学校里黑老师教的“让我们荡起双桨……”60年代，自己作为下乡知青坐在解放牌载重汽车上高唱：“我们年轻人，有颗火热的心……”“我们走在大路上，意气风发斗志昂扬……”还有在知青“公房”里，躺在被窝里大唱“革命歌曲”

(《庙与学校》)。而看电影呢，40 年代是看无声影片《火烧红莲寺》、早期动画片《铁扇公主》，还有“美军放映的非洲寻宝片”，但都足以让明贤先生那一代人几十年后仍津津乐道（《影院风景》）；而茨林永远不忘的是，50 年代每到周末，就“欢呼雀跃相约相邀跟着兵的队列”到北教场看露天电影的情景，他的回忆文章，题目就叫《简洁的欢乐》；而到“文革”中，就只有在乡下场坝上一遍又一遍地看《地道战》和《地雷战》了（《庙与学校》），而麻风村里的“电影晚会”：“银幕架在这边的河岸上，放映人员在河这边放电影，麻风病人隔着河在那边看电影”。这又是一个影院风景，茨林说：“那场面一定很凄美。”（《美丽的“鬼蜮世界”》当然，每一代人都有自己的读书史：40 年代安顺少男少女拥有的是宣传队大哥赠送的《普式庚诗选》《茶花女》（《悲歌动地》），老师教的是鲁迅、胡适的文章，还讲郭沫若、茅盾、高尔基，由此获得的是精神的启蒙（《龙虎豹》）；而茨林这一代却是借在寺庙里偷得的苏联作家的《教育诗》、世界名著《堂吉诃德》、恩格斯的《费尔巴哈与德国古典哲学的终结》《反杜林论》，以及在花街书市上结识的右派老师家的藏书中发现的托尔斯泰、陀思妥耶夫斯基、车尔尼雪夫斯基、屠格涅夫的作品，在挑灯夜读里，获得精神的自救和自赎的（《庙与学校》）——这都是个人阅读经验，但个性里有共性：人们不难从中看到两个不同时代的安顺人不同的精神成长史的某个侧面。

这里强调的是不同时代，如果再作深入考察和分析，就会发现：明贤先生和茨林的两本书，所提供的考察安顺小城文化和人的命运的时间坐标，是有着内在的一致，又有深刻的区别的。简单地说，这是安顺（以至中国）小城史上的两个乱世：40 年代是由于外来侵略者发动战争而带来的战乱，而六七十年代则是在革命名义下发生的内乱。应国告诉我，安顺有一句俗话：“小乱进城，大乱下乡”。遇到土匪骚扰这类的小乱，可以躲进城堡，寻求保护；而遭到大乱，社会、伦理秩序都面临大破坏、大崩溃，相对稳定的乡村社会就成了一个人的生命和精神的庇护所。从这一角度看，在40年代的抗日战争中，偏隅西南一角的安顺（以至整个贵州），在全国格局中，自然是一个"乡村"，因此，当中国大半河山沦陷以后，人们纷纷到这里来避难，就是必然的了：那时，连故宫里的国宝——千年文物都到安顺来寻求保护了。明贤先生可以说是以一个乡村少年的眼光来观察和表现战乱中的小城的，因此，他的记忆的中心，自然是这些外来的逃难者（"下江人"、宣传队员，等等），还有后来的"解放者"（美国大兵）带来的新文化、新事物，所引起的小城人从生活方式到价值观念的变化，因而写下了《下江人》《来了美国兵》《歌之祭》《悲歌动地》《影院风景》这些迷人的篇章。明贤先生还用很多篇幅写小城的日常生活，如《十指生涯》《土话》《玩具》《食谱》《岁时》，写小城的各色人等，如《郑四爷》《江湖落拓人》《信徒》《"丘二"》《女先生们》《缙绅》，以显示变中的不变。但在安顺的内部结构中，明贤先生又是一个城市乡绅的儿子，因此，他的目光仍是集中在石头城内，而较少接触城外的乡下，仅在《五官屯看跳神》等少数篇章留下了乡村风景的剪影。因此，可以说，《一个人的安顺》写的是名副其实的小城故事。

正是在这里，显示了茨林的《我的月光我的太阳》的特点：他和他那一代的安顺人面临的是一场内乱，尽管也有外来者，如南下的红卫兵，他们是来散布革命种子的，来了就走了，主要的是安顺内部的流动。茨林本是城里顶尖学校的高才生，他的本来命运，应该是通过高考，进入全国一流大学，然后顺理成章地向上流动：至今这还是安顺城里的许多孩子的梦。但那场导致内乱的革命却堵住了茨林这样的安顺孩子向上流动的路，原因是他们的父母辈和40年代的旧社会、旧安顺有过这样那样的联系，就有了原罪，子女也就有了出身罪，就只有向下流动的唯一出路。于是，城里的高才生成了“新农民”，不过人们还是习惯性地把他们叫作“知识青年”，简称“知青”。他们是被城市（更准确地说，是被主宰城市以至国家命运的统治者）抛出来的，农村却接纳了他们；事后来看，他们实际上是到乡村社会来“避难”了：这正是“大难下乡”。这样，他们就和40年代的“下江人”有了相似的境遇——说不定那些乡村少年（他们中的有些人成了茨林的学生），也像当年的明贤先生一样，以好奇、羡慕的眼光看这些城里人所带来的新的生活方式、价值理念，并受着潜移默化的影响。但茨林们毕竟不同于40年代的“下江人”：他们不仅有着后者所没有的戴罪之身，而且“下江人”自有家乡，因此他们可以身在异乡而不断高唱“我的家在江南”，但茨林们却要重新寻找自己的“家”，生存的和精神的家园。

这也是事后才意识到的，当他们被迫来到农村落户，却无意中闯入、走进了“文化安顺”的根底。茨林所去的苏吕堡正是又过四十年的今天，被广泛关注的屯堡，那里存留着丰厚的屯堡文化。当茨林“邂逅放鸭人”，度过了让他感受“民间的深厚和山野的神奇”的难忘一夜；当他每天早上站在村口的平台上，“远远地看见毛妹从田坝里来了，像挑着两座小山”（《毛妹大哥与毛妹大嫂》），他实际上已于无意中领悟了刘纲纪所概括的安顺本土文化的三大基因：奇诡、刚健和质朴了。刘纲纪先生还分析说：“屯堡文化是安顺本土文化与外来的江南文化相互交融的产物。”其中一个重要方面，就是江南“重视风雅的精神”的影响，被人们视为“荒蛮之地”的安顺农村，仍有重视文化的优良传统，就不是偶然的了（《安顺文化沉思录》）。所以，后来“身材瘦小像只猴子”，却有大眼光的苏吕堡大队支书，力主恢复村办小学，并且力留茨林担任教师，这背后显然有传统的影响和作用，茨林也因此获得了栖身之地和精神庇护。

更耐人寻味的是，后来茨林由城边的苏吕堡，到偏远的胡家湾，最后到了几乎与世隔绝的大山洼里的麻风村，也就是一步一步地往下走，往深处走，一方面，这是生计的日渐艰辛，另一面却是和安顺文化的深部接触。当他走进“双凤山寺”、“玉皇阁遗址”，朝夕面对具有“参天气势”，又附会着“怪树成精”传说的五棵白果树，并亲身体验了“白衣女人神出鬼没”的恐怖以后，他就领悟了安顺文化固有的神秘性（《庙与学校》）。当他来到麻风村的“生命之河”：“夕阳映在河里，大红，软乎乎地浸在绿色的水里，显得异样的大，我第一次看见水里的太阳竟是这般的怪异”——刘纲纪先生的文章曾谈到《易经》有“天在山中”、“水在火上”之象，认为这都是“奇诡的想象”（《安顺文化沉思录》）；现在茨林所看见的“日在水中”之象，大概就最能体现安顺文化的奇诡之美了。还有那“山月惊马”：“跟着枣红马摸黑前进，很快就进入石林。马蹄踢踏石板，在石林中发出脆响，有如深洞滴水，虽说响如水滴，但铁蹄在石板路上击出火星，使我疑心这是匹神马。走出石林，忽觉眼前一亮，削壁后面猛地出现一个怪东西，又大又圆又红又亮——这是月亮，惊得枣红马差一点又掀翻驮子。”这样的奇景、奇境，是城里的高才生所绝对想象不到的，却是安顺山川、人文奇诡美的精魂之所结，现在，茨林领悟了。他也就在这奇诡的大自然里，发现了人的野性，看看这些驮马队员：“个个剽悍，令人生畏”，只要一出现在场坝上，“总是威风八面，出尽风头”，而这位“方脸，浓眉，大眼”的布依族队员更是身怀“马上打飞石”的绝技，拳头大小的石头纷纷掷出，呼呼有声，在岩石上击出火星，连发脆响：在这些神勇的“猛男”的身上，保留着的“侠士之风”，其实是内蕴着纲纪先生所说的安顺文化中的刚健之气的（《美丽的“鬼魅世界”》），但在安顺城里却由于种种原因，被淡化，以至消解了，现在，茨林被发配到山野，却意外地与之相逢了：这是幸，还是不幸？

而真正对茨林形成精神支撑的，却是依然留存于乡村底层，特别是村寨老人中的文化崇拜。听听这掷地有声的说话：“读书人是孔孟子弟，顶天立地的，怕哪样？砚台可以打鬼，毛笔可以杀鬼！天无忌，地无忌，秀才无忌！”说掷地有声，是因为此时的中国，正在革“文化”的命，“秀才”正面临灭顶之灾。山里的村民们或许并不知道这些，因此，这当然不是有意的反抗，而完全是已经渗入意识深处的前述安顺重视文化的传统在起作用。学者们把这样的传统称为“小传统”，即不同于以文化典籍形态存在的“大传统”，而是以一种民间的价值观念、思维与行动逻辑存在于普通百姓的日常生活中，它具有某种超稳定性，即使是“文革”这样的社会大动荡、大改组也未能将其根基动摇。也就是说，当作为“大传统”的载体的文化典籍面临被革命烈火烧毁的危险时，是民间的“小传统”将文化的血脉保存下来。正是身置在这革命之外的化外之境，在化外之民的庇护下，茨林才得以在那深山古寺之中，一面向农村的莘莘学子传授知识，一面自己挑灯夜读：这都是在进行文化的传承。而且这样的传承视野是相当宽广的：茨林所读的，不仅有中国的古典诗词，“五四”新文学、新学术著作，更有世界哲学和文学经典，身陷深山老林而心接中国和人类文明传统，这本身就是一个乱世文化奇观。几十年后茨林回顾这段历史，才慨然醒悟：“有了‘庙与学校’里的‘薪火承传’，无论是‘人作孽’还是‘天作孽’，教育不会死，文化不会死，民族不会亡，国家不会被断送！正如鲁夫子所道：‘石在，火种是不会灭的！’”（《庙与学校》）这里的“庙”和“学校”的关系是最值得关注的：在大乱之中，城里的学校被迫关闭，却在农村的庙里栖身，而安顺城里的高才生，也终于在存留于大山深处的安顺地方文化传统中找到了自己的精神家园，并由此出发，和中国与世界文化传统相连接：这都是意味深长的。而茨林的《我的月光我的太阳》，作为这段安顺精神、文化、教育史的重要一页的个性化叙事，因此也获得了自己的独特的认识价值和历史价值。

不可不说的，还有审美价值。安顺年轻的散文作者李天斌在读茨林的《我的月光我的太阳》时，首先想到的是“寂静的风暴”这一词语意象。天斌的感觉是敏锐的：他觉察到了“在平静的叙述之下”，“有一股夹裹着的风暴，正穿越历史而来”，而那段历史正是一场急风暴雨，它在作者的生活和心灵的深处，都曾激起万丈风暴。但我们现在在茨林的这篇“忆旧散文”（明贤先生就是这样称呼自己的《一个人的安顺》的）里看到的，却是“一个洗尽铅华的长者，很宁静地坐在太阳底下闲摆着曾经的经历，在冲淡平和的叙述中，我们根本看不出明显的惊涛骇浪和血与火，没有看到在‘文革’大环境下个体生命的惨烈挣扎。因为作者所给我们讲述的‘故事’，其实都是一些‘小事’，甚至有点‘文革’之外的‘局外事’的味道”（《寂静中的追问和反思——读长篇散文〈庙与学校〉》）。这又使我们想起了明贤先生，他说他就是以一个“好奇心很重的局外人”的身份和心态去写《一个人的安顺》的。那么，茨林的《我的月光我的太阳》在美学风格上就和明贤先生的《一个人的安顺》有了某种程度的接近——当然，也有不同，比如茨林一直向往与追求俄罗斯文学的“忧郁中的高贵、庄严和美丽”（《我的月光我的太阳》，参看《远东之旅》中《保重吧——尼娜》等文）。但这样的“接近”，却很有意思，也不是偶然的。我以为，这是因为他们共同受到了安顺文化的熏陶。在读茨林的《庙与学校》时，我就注意到一个细节：茨林在胡家湾教书时，村里曾有传闻，“说是有一披头散发之白衣女人夜半敲钟，老师胆量大瞌睡大福气也大，竟未被白衣女人吵醒”，一位读过旧书的老者说：“庙中老师有清奇之气，百怪皆莫能近也。”我读到这里，不禁哑然失笑；

但过后细想，老者说茨林有“清奇之气”，也不无道理：身处有奇诡之气的安顺文化环境中，人的精神气质也会在潜移默化之中发生同化的。我在为明贤先生的《一个人的安顺》写的序言中，曾对安顺小城的民性、城气，以及由此形成的文化精神，有过一个概括，说“小城永远不变的散淡、潇洒的日常生活”，“小城人看惯宠辱哀荣的气定神闲的风姿”，构成了“这‘城’这‘人’所特有的韵味”，“让我感受到了一种坚韧的生命力量”和“某种‘永恒’的东西”。明贤先生其人、其文的“散淡，潇洒”，“气定神闲”，是人们所公认的，在我的眼里，他就是安顺城气的一个象征。而茨林，本是血气方刚之人，他的文风，据说原也是“尖刻峻利”的，那么，现在他一改文风，以“平淡冲和”之笔，“平实”述说故事（见《安顺晚报》发表《庙与学校》的“编者按”），这里显然有一个将内心“风暴”转化为天斌所说的“寂静”的过程，而所谓“寂静”，既是心境，更是一种文字气象。这里的转化，其实就是将散淡、潇洒，从宠辱哀荣中超脱而出，尽兴吸纳，内化气定而神闲的安顺城气、文化精神，并最后外化为文。茨林说明贤先生其艺术、语言和人生都是“退过火”的，因而“强劲而不霸悍”（《“浪漫的现实主义”与“美丽的夭亡”——近读〈走近云里去〉与〈一个人的安顺〉》），而所谓“退火”，所谓“强劲而不霸悍”，就是将安顺奇诡、刚健、质朴的文化精神内敛而达于成熟的一个表现。可以看出，茨林是自觉于此的，他的《我的月光我的太阳》就是一部退火之作。而且有意思的是，茨林在评价他的同辈人的散文时，注重的也是这样的退火之后所达到的人生与文学的境界。他这样谈邓克贤的文字：“这份恬淡，这份冲和，这份从容，能给读者以平安祥和的感觉——一种安顺人独有的感觉。”（《主持人语：世家子·美食家》）这又使我想起了前文已经引述的何光渝先生对《神秀黔中》里的大散文的评价，说其中“有内功有定力，体现出安详沉静之美”（《大山孕育的“大散文”》)。这是可以概括安顺流派的美学风格的。因此，茨林的《我的月光我的太阳》就是在这样的风格的自觉追求中，获得了一种审美的价值。

（三）呼唤“一个人的安顺”的“大散文系列”

对茨林这本书的评说，到此该结束了：这篇序言写得实在太长。明贤先生对“文字冗长的倾向”早有警告：“究以文章精练为佳”(《戴明贤先生致信本报总编辑有说法》)。而精练、简洁也是安顺流派文风的一个特点，茨林还专门写文论述“简洁的快乐”。我不应该违背——但我还要多说几句赘言。

茨林对安顺文化的发展，有一个总体设想。他说：“要推动黔中文化进步，须具备三个起码条件，一是要弄清安顺文化的时空坐标，二是要概括安顺文化的美学特质，三是要有具象反映安顺文化的典型文本。非如此，便不能形成安顺文化艺术发展的‘大模样’。”(《两个人的安顺》)此言甚佳。其实，我的这篇序言也是从这三个方面来展开的。文章之所以一再将茨林的《我的月光我的太阳》和明贤先生的《一个人的安顺》对照着说，就是因为这两本书抓住了安顺文化发展的时间坐标上的两个关键时刻：40年代和六七十年代，来展现小城安顺文化的一线命脉的发展轨迹，讲述小城故事——相对来说，《一个人的安顺》在这方面的追求更为自觉，文本也比较完整，成熟，因而已经成为范本。而茨林的这本枝蔓较多，文字水平也不一致，从展示六七十年代文化安顺的方方面面的要求看，自然有许多缺失，主要是王尧礼在他的《地域风情的魅力》(文收《黔中走笔》)里，特别强调的地理、风俗、习惯、物产、饮食、衣饰的叙写的缺失，当然，这是不能责怪作者的，因为他本也没有这样的写“安顺小城文化史”的追求。但我们却可以期待茨林，在本书前述“我的月光我的太阳”系列文章的基础上，再补写系列文章，以向明贤先生的《一个人的安顺》靠拢——比如说，明贤先生写到40年代的安顺“江湖落拓人”、“畸人”，其实在六七十年代的安顺也是有这样的“落拓人”、“畸人”的，我依稀记得茨林就曾向我绘声绘色地讲过他们的故事，这都是写作的好材料。也就是说，我期待茨林也写一部自己的《一个人的安顺》，既是充分个性化，因此有别于明贤先生的《一个人的安顺》，但又是与之有连接的，构成时间上的一线命脉。

于是，我们又有理由期待：在有了明贤先生的40年代的“一个人的安顺”，又有了预期中的茨林的六七十年代的“一个人的安顺”以后，还有朋友陆续写出50年代的“一个人的安顺”，八九十年代的“一个人的安顺”，甚至21世纪初的“一个人的安顺”，最好是一个人写，也可以多人合写，而且每一个年代都不止一本。这样，我们就有了一个以大散文的形式，以时间的坐标为经，写小城故事——小城的文化演变故事和小城人的精神发展故事——的“一个人的安顺”系列。这将是安顺地方文化知识谱系的有机组成部分，又因为它是有着人的活动，而且是以安顺普通百姓的日常生活为中心的，记录的是民间小传统，而且都是和亲历者的生命血肉联系的回忆和纪实，它就构成了一部活的历史、生命化的历史、个性化的历史，这是可以和以典籍形态构成的大传统、正史互补的——这是一个相当吸引人的理想，但又是可操作的：正是茨林所说的“浪漫的现实主义”。

（四）《黔中走笔》：如何结构安顺小城历史

最后，还要说到这本《黔中走笔》，因为在我看来，它可以说是为我的这一设想和呼唤提供了一个基础。比如书中“乡人”的一组文章，不仅写到了明贤先生的《一个人的安顺》未曾涉及的何威风、任可澄、王若飞等安顺历史名人，而且写到的安顺名师（吴晓耕、黄国权、夏其模）、名医（陈知生）、名作家、画家、音乐家（蒙萌、刘式型、张清常）、名伶（刘汉培），都可以看作是戴著里《优伶》篇、《缙绅》篇，以及《"龙虎豹"》的续编。而"叙事"里所讲的40年代，五六七十年代的安顺小城故事，前者如《往事点滴》（刘纲纪）、《华严洞，寻访故宫文物藏宝秘史》（石庆利）、《闻一多先生过安顺》（文术）、《我的师长戴安澜在安顺》（王承厚）、《抗战时期的珠江音乐社》（蒋世伟）、《〈读书郎〉回乡》（洋涌）等，后者如《还记得》（陈黔生）、《阿拉在紫云》（范干平）、《知青往事》（黄鹤生）、《冬夜・男孩・火》（刘枫）、《小城旧事》（何平）等，都可以和明贤先生和茨林的个人记忆互补，可以说是多个人的安顺。而"物语"里的散文，则是叙述安顺历史沿革、地理、物产、语言、风俗的"杂记"，更是安顺地方文化展示中不可或缺的有机组成。

当然，更重要的是，《黔中走笔》所提供的八九十年代和21世纪初的安顺文化风景。其中可注意者有三。一是《安顺地戏出国演出纪略》（周青明）、《安顺地戏到台湾》（帅学剑）、《安顺蜡染东渡记》（洪福远）告诉我们，在改革开放的时代，安顺文化已经走向世界——这里还可以举出一例：我刚刚去埃及旅游，在开罗的中国餐厅里，就看到了安顺蜡染，真是又惊又喜。而《山外》里的文章，则揭示了新时代里安顺人的文化眼光，已不局限于山内，更关注山外的大千世界。这是又一部读书史、精神史：和40年代的明贤先生，五六七十年代的茨林们相比，眼界显然开阔了许多。读这一组文章，看山里的安顺人、贵州人如何看山外的蔡元培、沈从文、钱锺书、胡风，以及屠格涅夫、狄更斯、泰戈尔、普鲁斯特、博尔赫斯这些东西方的大师，是饶有兴味的。以上两个方面，可以概括为"世界发现了安顺，安顺也发现了世界”。这两个方面的发现，构成了一个文化的大视野，这正是印证了本文开始提出的“大土地”的概念，构成了我们观察、讨论八九十年代和21世纪初安顺文化风景的大背景。

也就是在这样的大土地的视野下，安顺人、安顺知识界重新发现了自己。这是《黔中走笔》的重心所在。这里有：“散板”里对安顺自然风景、地理文化的再发现，“叙事”里对安顺历史文化的再发现，“物语”里对安顺风俗文化的再发现，“乡人”里对安顺地方文化精神、性格的再发现，而最后一组“关切”里的文章则集中了关于“构建安顺地方文化知识谱系”的研讨，把前述发现提升到了理论的高度。如前文所说，这都是安顺文化史的大事。

相对而言，《黔中走笔》偏重于历史的叙述，而较少写到八九十年代和21世纪初安顺社会、经济、文化的变迁，和由此引起的人们日常生活（物质生活和精神生活）的变迁，这方面的安顺城里的故事和乡下的故事的薄弱，是需要弥补，而不可或缺的。正因为如此，我对茨林《风雨兼程到紫云》一文一直怀有浓厚的兴趣。这是一篇报道，写安顺运输公司实行承包制后“‘老乌鸦车’831历经风雨平安行驶”在“安顺—紫云”的“坎坷之路的过程”，既写出了80年代初安顺城、乡风貌的某一侧面，也有着“象征意蕴”，寄寓着作者对那个时代的理解和期待。当时我就从中读出了一种历史感，并特意写信给茨林，希望他利用记者的工作之便，“有计划地写一批类似这样的文章，以反映在急剧变革中的中国边地小城镇的普通人的真实生活、思想、情感、心理等方面的变迁。写作范围、视野可以更大，写法也可以更为灵活：可以写一人，一村，一个家庭，一个角落，一个瞬间，一个场面……最后汇集成一书：既为当代中国留下一份真实的记录，同时也具有一种历史的价值”。可惜由于种种原因，这样的努力并没有继续下去，但我仍希望安顺的朋友，特别是年轻的朋友，能够自觉地充当

这样的历史的记录者；还是我当年的那句话：“这是一件于己、于民族文化都大有裨益的事，值得一试。”(《尚待实现的希望》)

我特别看重的，还有收入《黔中走笔》的贾正宁的《回家》：这是全书中少有的安顺乡下故事，而且，它所提供的信息，给了我一种震撼。作者劈头就说：“我从未感到生命如此饥渴”，“在钢筋水泥建筑的挤压中，我感到了自己的虚弱，全身僵硬，僵硬成水泥板块中的一部分”。于是，他想“回家”，“回家尝试河水和山风”，“寻求大山的庇护”——读到这“庇护”二字，我立刻想起了前文所讲述的内乱中安顺城里的高才生到乡下寻求庇护的故事，现在进了城的农民的儿子又想回到乡下寻求庇护了：在这个意义上，可以把贾正宁90年代的故事，看作是宋茨林六七十年代的故事的继续。这当然也是两个时代小城故事的延续。但这又是怎样的延续啊：如果说，即使是在十年内乱中，乡下的河水依存，山风依存，尤其是民风依存，宋茨林们尚可以在那里避难安身；而现在，归乡的贾正宁们却发现，由于“村里人与自然反目与天地反目与同类反目”，“人欲膨胀飞禽锐减走兽绝迹”，村里的“小河日渐干涸”，河水不见了，“树林业已消尽”，又何来山风？于是，那惊心动魄的一刻终于来临：“在一个雷雨的夏夜”，曾经给村里人，尤其是童年的贾正宁们带来无穷欢乐，因而被称作“喜鹊树”的百年老香樟树，“轰然倒地”，母亲说，这是一种“山崩地裂的恐怖”；而“第二天一早，村里人围着撕成两半的喜鹊树，锯子霍霍地切割，斧头弯刀挥起又落下”，“每一家人都迫不及待地参与瓜分”，只有“裹脚的老人用拐杖支柱下巴战战兢兢地念叨：“作孽啊菩萨作孽啊……”但谁也不听她了——这或许是更加恐怖的：这是一种六七十年代政治的动乱也未曾达到的更为致命的内乱。不仅是人和自然的关系乱了，人与人之间的关系乱了，而且人心也乱了。也就是说，作为社会超稳定因素（即使是“文革”也未动摇）的中国乡村社会的基本秩序，底层民间社会的基本伦理、价值观念，都遭到了颠覆和毁灭。而这样的颠覆和毁灭，是发生在贵州、安顺这样的边远地区，即前文所说的“化外之域”、“化外之民”中，就足以说明是何等的彻底和深刻了。我曾在一篇文章里说，这样的颠覆和毁灭具有“釜底抽薪”的性质，因此，不仅城里的宋茨林们再也不能到农村及地方文化传统那里去寻求庇护，而且来自乡下的贾正宁们也无家可归。于是，就有了这一声长叹：“我命定生在旅途长在旅途梦在旅途死在旅途……”这长叹是具有历史性的，其丰富复杂的内涵更是难以言说的。

最后，还要说及的，是《黔中走笔》一书的结构，看来编者是很有用心的；而这样的用心却不可忽视。全书分六大板块，分别命名为“散板”、“叙事”、“物语”、“乡人”、“山外”和“关切”。这就使全书的编辑与阅读都成了一个动态的过程：由散而聚，由内而外，由具象而抽象。这同时也是阅读心态的指引：由不经意地散淡读来（这正符合安顺人的读书习惯），不知不觉地进入文化和哲理的沉思（这正是安顺读者与文人所欠缺的）。

而我所注意和感兴趣的，却是这样的结构，特别是它的主体部分“叙事”、“物语”和“乡人”，实际上提出了一个如何结构安顺小城历史的方法。这使我想起了司马迁《史记》的结构。我们知道，《史记》以“十二《本纪》，十《表》，八《书》，三十《世家》，七十《列传》”结成全书一百三十篇。据研究者介绍，“《本纪》固然详载帝王的事迹，可是同一时代社会上发生的重大变化也就有计划地编排进去，基本上成为有系统的编年大事记”——在我看来，这就是“叙事”。而所谓《表》，就是将“并时异世，年差不明”的事迹，仿周代谱牒的体制，编而为“表”，“于是历代传递相及的世系，列国间交涉纠纷的关系，主要职官的更迭等繁复混淆的事项都给这纵横交织的表格排列得头绪分明，眉目清疏了”——这是“叙事”的一个补充。所谓《书》，其实是“举凡天文、地理、政治、经济、风俗、艺术等等分门别类，写成了各种类型的专业史”——后来，《汉书》改《书》为《志》，就更是戴明贤先生说的“文化志”，《黔中走笔》里的“物语”，就包含了这方面的内容。所谓《世家》，写主要王侯、外戚的传世本末（《孔子世家》与《陈涉世家》为特例），而《列传》就是写社会各阶层各类人物的专传或合传，又将当时的外国或少数民族和汉民族关系的始末情由写成《匈奴列传》、《西南夷列传》等——这大概就是“乡人”的内容了。

如果我的以上联想成立，那么，我们这些年所写的安顺小城记事其实是为编写安顺《城记》作准备的。也就是说，我们应该在《黔中走笔》的基础上，进一步提出编写安顺《城记》的设想和任务。而命名为《城记》，则显然是提倡对《史记》“纪传体”历史体例的自觉借鉴，更有计划地写安顺各种专业史（教育史、商业史、交通史、风俗史、地方戏剧史、歌谣史、饮食史、方言史，等等），是为“书“(“志”)，不一定都写成专著，像司马迁那样写成专文即可；同时写安顺“世家”，安顺各色人等和民族的“列传”，以及记载历史大事件的“本纪”和“表”。《史记》的可借鉴处还有二：一是历史与文学的结合，二是“保留许多生动活泼的故事”，包括民间的“异闻口说”，就为以后的通俗演义和戏剧搬演”提供了素材基础，也就是说，它的衍生物是可以进一步丰富地方文化的内容的（以上关于《史记》的论述，均引自王伯祥：《史记选序例》)。

如果说，前述《一个人的安顺》系列是个人化的历史，可以构成安顺小传统；那么，这样一部《城记》就是安顺的正史，如果再加上对安顺历史、文化典籍的有计划的整理、出版，就构成了安顺的大传统：完成了这三大工程，我们就真的可以向后代交代了。

这自然都是我在读了《黔中走笔》以后，兴奋之余的胡思乱想。

但我又确实觉得它是可操作的，只要我们一步一步地去做，因此，这应该是宋茨林所说的“浪漫的现实主义”。写到这里，突然想到，司马迁是在四十二岁至五十五岁期间写出他的《史记》的；那么，安顺的这批朋友，在陆续从工作岗位第一线退出以后，也正是坐下来安心写史、写文化散文的年龄。儿女都已长大，自身也臻成熟，趁身体尚健，何不再为生养自己的故土做点文化积累的工作？——我一再提到司马迁，并不是要硬作攀附，而是要提醒诸君：不可妄自菲薄，小城里自有大文章，我们所做的工作，如我多次强调的那样，放在当今中国，以至世界，都是有大意义和价值的。这是值得作为一件事业来做的，不知朋友们以为如何？

贵州发展道路的遐想

对贵州这样的西部地区的开发与发展，我没有专门研究，情况也不了解，因此提不出什么具体意见。但我确实又关心这个问题，特别是前年到贵州几个市（地）州和当地大学生对话以后，更觉得需要做一些全局性的大思考，但这就远远超过了我的专业范围，是我力不能及的。我学文学，喜欢遐想；平时在读书看报时，看到许多专家讨论不发达国家、地区的开发建设问题，总要联想到贵州，并引出了许多异想天开的想法。我知道这些想法多少有点从理论、理想出发，未必符合实际；因此只是在与朋友聊天时，随便说说，并不想公开发表。但今天这个会上，主持人非要我发言，只能拿这些私下的意见姑妄说之。有时胡说八道，也能打开思路，大家且姑妄听之。

我想讲三个意思。

（一）开始要早，步子要慢；态度要积极，行动要谨慎

历史的教训

现在可以说有一个“西部开发热”，走到贵州，到处都听到人们在议论。这是可以理解的：贵州在全国各种发展指标的排名中，总是排在最后，各级领导当然着急；更重要的是，贵州老百姓实在太穷太苦了，和别的省份、地区的距离越拉越大，焉能不急？但我却老想起

中国老百姓的话："心急吃不了热豆腐"；还有一句古话："欲速则不达"。这都是前人吃了无数的亏，付出了无数的代价，甚至是血的代价才得出的人生经验和智慧。我说血的代价，并非故意夸大其词。我这样年龄的人最不能忘记的是"大跃进"的教训，那时候我们就是因为迫切地想改变一穷二白的落后面貌（那时有一个说法，叫"落后就要挨打"），而头脑发热，不顾科学规律，盲目地"大干快上"，"向地球开战"，结果遭到了大自然的严酷报复。年轻朋友若不信可以去问寨子里的老人，那是一段非常惨痛的回忆。我重提这段历史，当然不是说现在的西部开发就是"大跃进"，不过是一个提醒：当一个人、一个地区、一个国家，处在落后地位时，常常会产生改变现状的迫切愿望，这可以成为变革现实的强大内动力，是非常可贵的，应该引导与保护这样的积极性；但也要看到问题的另一面，就是有可能导致非理性的狂热，落后地区本来就存在现代科学文化根基不足的问题，就更容易办反科学的蠢事。因此，我们改变现状的心越热，头脑就越要冷静，一要讲科学理性，二要讲民主，不能凭主观意志、感情用事，不能凭长官意志办事：这都是"大跃进"血的教训。

面对落后的精神状态

因此，我想提出这样一个指导思想：搞西部、贵州的开发、建设，应遵循"开始要早，步子要慢"的原则，贯彻"态度要积极，行动要谨慎"的精神。这里包含两层意思，都是有针对性的。首先是"开始要早"、"态度要积极"，这是因为落后地区常常有一种惰性，容易满足于现状，不思上进。这看起来好像是和我们前面说的急于求成是矛盾的，其实是问题的两面，更准确地说，可以说是落后地区社会心理和行为的两部曲吧：开始是不慌不忙不着急，怎么推也不动；后来，由于种种原因，一下子睡醒了，就慌了、急了，于是慌不择路，事没想好，路没看清就急忙行动起来，恨不得三步两步就赶上先进地区，“一万年太久，只争朝夕”。其实还有个第三部曲：就是鲁迅说的，“幻想飞得太高，堕在现实上的时候，伤就格外沉重了；力气用得太骤，歇下来的时候，身体就难于动弹了”，“五分钟热度”过去了，一切又恢复原状，而且不再动弹了。现在就是要反其道而行之，也即换一种心理、思维，行动方式：一要反对“慢慢来”的惰性，“开始要早，态度要积极”；二要反对“急慌赶”的盲目冒进和“五分钟热度”，“步子要慢，行动要谨慎”。因此，这里实际上有一个鲁迅强调的“改造国民性”的问题：三部曲的背后，是一个面对落后的精神状态的问题，我们说“治贫先治心”就是这个道理——这个问题，我们到下面再作讨论。

确立“长期奋斗”的思想，提倡“慢而不息”的韧性精神

我要强调的是，提出“开始要早，步子要慢”的原则，是基于对贵州和西部建设的两个基本认识。

首先，要确立“长期奋斗”的思想，对贵州和西部建设的复杂性、艰苦性，必须要有一个充分的估计，清醒的认识。鲁迅当年就说，要改变中国的落后面貌，要“改革，奋斗三十年。不够，就再一代，二代……”这是1925年说的，到现在已经是八十年了，是若干代以后了，我们还在这里讨论改变中国，特别是贵州和西部地区的落后面貌的问题，看来，真还要奋斗好几代。我们通常说当干部的不要有短期行为，其实不要说不能期待和要求一个干部在他任职期间就能根本改变面貌，我们这一代人、下一代人都不能有这样的期待，不知道诸位怎么想，反正我虽然极其关心贵州的发展，却不指望在我的有生之年看到贵州面貌的根本改变，我只希望它逐渐变好。这不是悲观，而是实事求是地确定我们的目标。我们只要能做到三点就不错了：一、我

们没有耽搁时间，延误时机（所以“开始要早”）；二、我们没有乱来，留下后患（所以“步子要慢”）；三、我们给后人开了一个好头，为贵州的健康、持续发展打下了一个比较好的基础。因此，我们讲的“慢”，其实是包括“持续不断”的意思：与其“五分钟热度”，其起也快其衰也速，不如看似慢其实有后劲，这就是鲁迅所说的“不耻最后”，“即使慢，驰而不息，纵令落后，纵令失败，但一定可以达到他所向的目标”。因此，我们讲“步子要慢”其实是内含着这样的“慢而不息”的“不耻最后”的精神，也就是鲁迅说的锲而不舍的韧性精神的。在我看来，这应该成为我们西部建设、贵州建设的基本精神。

要有利于长远发展，有利于当地大多数人，在潮流面前保持清醒

鲁迅还说了一段很有意思的话，他说，奋斗“三十年，不够，就再一代，二代”这样的数目，从个体看来，仿佛是可怕的，“但倘若这一点就怕，便无药可救，只好甘心灭亡。因为在民族的历史上，这不过是极短时期，此外实没有更快的捷径”。这就是说，我们讲快慢，是要从“民族的历史”的长时段来看的。我还要补充一句，就是要着眼于民族和地方的长远发展。前一段《博览群书》曾发表过一篇《中国—印度乡村建设交流会摘要》，介绍印度“喀拉拉民众科学运动”的经验，其中谈到在引进科学技术和建设项目时，必须坚持两条原则：一是有利于长远发展，二是要有利于当地大多数人。因为有些项目有可能在当前有好处，但长远来看，坏处更多；也可能会使少数人受益，但大多数人却可能因此受到伤害，这就不能上。但如何坚持这两条，就需要科学论证，需要发扬民主，听取利益各方的意见，这都需要时间。匆忙决策，最大的可能就是只顾眼下利益，照顾少数强势群体的利益。因此，我们强调“步子要慢”，“行动要谨慎”，首先就

是强调决策要谨慎，要坚持长远的利益与多数人的利益。这是一个立足点，维护谁的利益的问题，这是关涉贵州和西部建设的方向的。

当然，这里也有一个思想作风、工作方法的问题。许多问题，一时看不清楚，或存在重大争论，就应该从长计议，不要仓促决定。有时候放一放、冷一冷是有好处的。需要特别提出的，是不要跟风。我们在建设中尝够了一窝蜂、赶潮流的苦头，这方面的教训实在太多了。要知道一个潮流的形成自然有它的道理与合理性，但却也有一个大势所趋之下，掩盖了许多问题的危险。因此，成熟的改革与建设者，他面临一个潮流，第一反应，不是拒绝，也不是紧跟，而是看，即仔细加以观察与研究，不仅看其正面，也要看其可能被掩盖的方面，更要考虑自身的主客观条件，想清楚了其可借鉴之处在哪里，其需要警惕、防止的方面有哪些，然后根据本地区的实际，择其善而从之，视其不宜者而不从之。看起来，好像是慢半拍，其实是一个实事求是的认真负责而又真正积极的态度。当然，也有的潮流，看来看去断定其不过是错误的历史泡沫，那就更应该坚决抵制。这里都贯穿着一种科学的精神与民主的作风。

须臾不能忘记四个“负责”

强调要慢、要谨慎，这背后还有一个责任感的问题。我们今天所进行的贵州和西部建设，是要向世世代代生活、劳作于这块土地上的父老乡亲负责，向历史负责，上对祖先下对子孙后代负责的：这四个“负责”是须臾不能忘的。因此，我们的决策，我们做任何一件事，是不能不如履薄冰、慎之又慎的。有时候就是一念之差，头脑一发热，作出错误的决策，就造成了灾难性，甚至是毁灭性的后果，而且有许多是无法挽回的，所谓“泼出去的水，收不回来了”，这可以说是一失足成千古恨。不知道诸位有没有想过，我们脚下的这块土地，是老百姓祖祖辈辈几千年辛勤耕耘、创造出来的，其间积累了极其丰厚的地理文化与历史文化，现在传到我们这一代，把治理权交到我们手里，我们是小心翼翼地善待它，还是掉以轻心，随意处置，以至肆意破坏，这是必须严肃思考与认真选择的，弄不好我们不但会成为“败家子”、“不孝子孙”，而且还不好向子孙后代交代，这就成了“千古罪人”。这绝不是危言耸听，我觉得我们如果能多想想这个问题，时刻以此警诫自己，我们的决策就会谨慎一些，少犯些错误——当然，不犯错误是不可能的，但我们应该力避犯大的难以挽回的错误，而且万一错了，也发现得早一些，改正得快一点，坚决一点。

“快与慢”的辩证法

这里还有一个“快与慢”的辩证法：你看，当初为了讲求快，匆忙决策，结果出了问题，只得推倒重来，反而耽误了时间。这样的蠢事我们做得太多了，但有的人就是不承认，还勉为其难地辩解，说什么当初这样决策是对的，现在推倒重来也是对的，等等。这其实都是自欺欺人，因为无论怎样辩解，一个基本事实是改变不了的：你想快，因为瞎折腾，反而慢了。如果相反，小心决策，反复研究，反复讨论，反复试验，想不清楚看不准绝不动窝，看起来慢了；但一旦想清楚看准了就做，一做就务必做好，做一件成一件，一步一个脚印，这样少走了弯路，减少了返工，时间一长就看出效果：反而快了。这就使我想起了 20 世纪 50 年代毛泽东在《论十大关系》的报告里，讲了一个“真想”与“假想”的问题，比如讲到“经济建设与国防建设的关系”，他说：“你对原子弹是真正想要、十分想要，还是只有几分想，没有十分想呢？你是真正想要、十分想要，你就降低军政费用的比重，多搞经济建设。你不是真正想要、十分想要，你就还是按老章程办事。这是战略方针的问题。”我们也可以套用毛泽东的说法：你是真想快，还是假想快；你要真想快，那就“开始要早，步子要慢”，“态度要积极，行动要谨慎”：这也是一个战略方针的问题。

（二）发挥后发优势，探讨另类发展的可能性

后发优势和后发劣势

当然，不能否认，我们贵州总体上，从全国范围看，确实是发展慢了，落后了，处于劣势、弱势地位；我们今天坐在这里讨论，就是要探讨改变我们的落后面貌的道路。其前提就是要承认落后，正视处于劣势的现实。但另一方面，也要看到，落后也可能包含某些积极因素，所以在一定的条件下，劣势是可以转化为优势的，这就是这些年好多学者都谈到的所谓“后发优势”。就是说，因为落后我们是后开发者，这样，就可以最大限度地利用先开发者的资源，将其转化为自己的发展资源。

我们所进行的中国的建设事业是带有很大的试验性的，有许多问题，许多矛盾是无法预知的，特别是初期只能是“摸着石头过河”；先开发地区是先行试验的，如一位经济学者所说，他们在取得了长足的发展的同时，也经历了各种利益冲突，各种经济危机，在这一过程中，各种矛盾与问题得以暴露，而且有了许多经验，也有许多教训。这些——无论经验，还是教训，都是非常宝贵的财富，而且是付出了无数的学费才获得的，因而是应该特别珍惜的。我们作为后发者，就不必一切重新开始，重新试验，而可以在先发展地区的试验基础上，进行我们的新的探讨。我们应该冷静地思考与消化先开发地区的试验，看看哪些经验是有普遍性的，可以结合本地区的实际，创造性地学习；哪些经验是地方性的，带有一定的特殊性，但也可以作为借鉴；哪些失误和教训，是应引以为鉴，力求避免的；暴露了哪些矛盾

与问题，是应该预防的；更重要的是，要通过对先发展地区试验的消化总结，达到对中国发展道路及某些规律的新的认识，用以指导自己的建设与开发：在最大限度地吸取先发展地区的经验的同时，探讨适合本地区实际的另类发展的可能性。如果我们能够做到既是创造性地借鉴，又是创造性地发展，那么，我们就可以获得“后发优势”。

当然，还有另一种情况，就是不耐烦对先发展地区的试验进行认真研究、消化——那是需要一番慢功夫的；而是采取草率态度，要么干脆拒绝，要么匆忙跟风、盲目搬用，其结果往往是学得皮毛，陷于形式主义，形变而神不变，依然固守自己的落后的东西；更危险的是，同时将先发展地区的教训当作神明，将其开发过程中的负面、消极的东西移植过来，这就是鲁迅所说的既保存了“本体自发之偏枯”，又传染了“新疫”，“二患交伐”，那就变成了“后发劣势”了。

某种意义上，我们现在所面临的正是发挥“后发优势”还是变成“后发劣势”的选择。

借鉴东部发展的经验与教训

以上所说，或许有些空泛；我们可以做一点更具体的讨论。

作为中国的西部地区，可以作为借鉴的，不仅有西方发达国家，更有中国东部地区，或许更应该重视的是后者，那是更为贴近的。关于东部地区的发展，我没有专门研究，只能谈一点所感与所想。

东部地区发展的成就是有目共睹的，其问题好像也很多，就是其发展是以自然环境的污染与文物的破坏为代价的，这两点都是灾难性的。在这方面，贵州这样的落后地区反而显出了一种优势，因为尚未开发，或开发不多，还没有来得及大规模地污染环境、破坏文物，比之东部的某些滥开发地区还多少保留了一点原生态的自然与文物。这也是越来越多的西部地区的人、东西方的外国人，对贵州特别关注的原因。我们对此，坦白地说，是一则以喜，一则以忧的。高兴的是这种关注可能给贵州的发展提供某种机遇，担忧的是，如果我们头脑不清醒，很可能重走东部地区的老路：在发展的同时，糟蹋了祖辈留给我们的纯净的山水与神奇的瑰宝。还要特别提起注意的，西方式的工业化发展道路，是以向落后国家、地区转嫁灾难为特征的，这就是专家们所说的“殖民地扩张”。这正是我们应该警惕的：我们在向发达国家与东部先发展地区进行资本与建设项目引进时，一定要防止成为污染工业的转嫁地，防止掠夺性开发导致的自身的“殖民化”——但愿这只是杞人忧天。或许正是出于这样的杞人之忧，我们才呼吁“行动要谨慎，步子要慢”。

单一、单向的经济发展模式所带来的问题

我想谈一个更深层次的问题，东部地区建设的一个最应该总结与反思的问题。在我看来，在某种程度上，它是一个单一、单向的发展模式。其表现主要有两个方面。

首先这是一种单一、单向的经济发展模式。本来经济发展优先，以增强经济实力，消除贫困，保证老百姓在改革过程中生活的稳定，并不断有所提高，这都是必要的，作为落后地区的贵州，消除贫苦至少在相当范围内恐怕还是一个最迫切的问题。问题在于“优先”变成了“唯一”，以及“如何发展经济”。

先谈第一方面的问题。如果把经济发展作为唯一的、终极性的发展目标，这首先就必然造成政治改革的滞后，精神发展、社会发展的忽视，其结果今天已经看得很清楚：经济发展了，却造成了分配的不公，形成了严重的两极分化、城乡发展与东西部发展的失衡、社会道德的失范，以及社会心理的毒化、社会秩序的混乱。

经济发展唯一化的另一后果是“经济发展就是一切”，“只要经济

上得去，可以采取一切手段”的破坏性思维导致的破坏性发展——这样的破坏性思维，在现代中国是自有传统的，只是过去强调“为了达到革命的崇高目的，可以不择手段”，现在则是为了经济发展（有时就干脆简化为“为了赚钱”）什么都可以干，还美名其曰“解放思想”、“与时俱进”，其结果就使得发展经济的过程成了掠夺自然、破坏自然的过程，形成了对社会弱势群体的利益损害，以至掠夺。

确立全面、科学的发展目标：富裕、安全、平等、幸福，让老百姓安居乐业

不能认为，以上两个方面的问题的出现，是所谓“历史的必然”，是“经济发展必须付出的代价”。作为后发者，我们必须重新思考与确立更为科学、更为全面的发展目标与发展道路，即经济发展与政治改革、精神建设、社会发展相互补充、制约，相互协调地发展，以达到经济富足、精神文明，人与人关系和谐、人与自然关系和谐的目标。

一位政治学研究者提出了“四个层次的目标”，我以为是非常有启发性的：“第一是消除贫困”；第二“要保证经济和社会安全”，据说“去年国际劳工组织出了一个世界经济安全报告，中国很不幸被排列到经济社会最不安全的国家之类，穷人固然感到不安全；哪怕你是有钱的，你也觉得不安全”，这其实正是中国人高储蓄、低消费，以及有钱人将资金外存的一个更内在的原因。“不安全包括失业。下岗除了对下岗工人本身以及他们的家属有影响以外，还造成了其他人对失业的恐惧，即使白领，赚很多的钱的人，也不知道是不是明天还能有同样的结果”，“我们现在谈到了医疗问题，包括教育问题，包括工伤，各种各样的事故，包括各种各样的职业病，更多的是经济和社会安全问题”；“第三个层次是缩小经济和社会的不平等，我们现在关注得比较多的是收入的不平等，实际上还有财富的不平等”，“同时不要

忘了社会不平等，例如性别不平等"；"最后一个层次是要实现幸福。幸福跟社会的不平等是相关联的"，经济发展了，生活富裕了，人们并不一定感到幸福。（参看王绍光：《在反思中深化改革》，《21世纪经济报道》2006年3月27日）——这"富裕、安全、平等、幸福"四个层次的指标，其实就是老百姓世世代代所追求的"安居乐业"，人人各尽所能，各得其所。在我看来，我们贵州和西部的发展，应该返璞归真，回到常识，回到老百姓的朴素要求上来，老老实实地以能够使老百姓"安居乐业"为目标，扎扎实实地努力，取得实实在在的成效。做到这一点，就算是尽职尽责，可以向这一方土地上的父老乡亲、祖先后代交代了。

正确认识贵州文化传统，利用历史资源，不能走"先破坏，再重建"的路

我们讲到"老百姓世世代代"的追求，其实还有另一层意思，就是应该看到我们今天搞贵州和西部建设，其实是这块土地上的老百姓世世代代的努力奋斗的一个延续，新的历史条件下的一个新的发展。因此，我们不能割断历史，应认真地研究传统，有自觉继承的意识，充分地利用历史资源，这是今天的建设的根基所在。

前几年，我和一批贵州朋友一起编《贵州读本》，对贵州文化有过这样的概括，即是"发展低水平上的人与自然的和谐，多民族文化的和平共处，多元文化的共生共荣"，并作了这样的发挥：我们在贵州这块土地上所看到的自然生态平衡与文化生态平衡，尽管它是低水平的，自然有落后的一面；但它又确实体现了一种人类的理想，特别是恶性的所谓现代化开发，造成了自然生态平衡与文化生态平衡的严重破坏，人们开始着手治理现代文明病时，突然发现了贵州这块净土，其所产生的惊喜感是可以理解的。这再一次证明了，所谓"原始"

与“现代”并非绝对对立，也有相通的一面。作为贵州本身，当然不能安然做“活化石”、“博物馆”，而且要对这样的意图保持高度警惕，要理直气壮地谋求新的现代文明的建设与发展。

但这并不意味着要将自己的传统全盘抛弃，一切重起炉灶，特别是如果将前述体现了人类文明理想的宝贵的文化内核像脏水一样泼掉，那或许在取得某些方面的进展的同时，又造成了历史的局部倒退，这更是不可取的。难道我们真的还要重复那条人类已经付出巨大代价的“先破坏，再恢复、重建”的老路？

当然，我们也同时意识到，如何处理“保护与开发”、“继承与创新”、“理想与现实”的关系，这都是一些无可回避的矛盾。这不仅是文化选择的困惑，更是贵州开发的两难选择，我们也没有想清楚。但有一点却是我们想强调的，就是必须跳出二元对立的思维模式：将“新”与“旧”、“先进”与“落后”、“现代”与“原始”绝对化：或者绝对肯定，或者绝对否定；或者全盘保存、拒绝任何变革，或者全盘抛弃、盲目求异，以他人的标准作为自己的坐标，这都是我们所不能认同的。

重建既旧且新的日常生活方式：在紧张与安闲、进取与散淡间取得平衡

回到我们讨论的发展目标的问题，我想到了一点，也是有些学者谈及的，就是我们在讨论社会的发展目标时，不能忽视“日常生活的层面”（参看黄平：《从“中国特色”走向“小康”与“和谐”》，《江苏社会科学》2005年第6期）。应该看到，贵州人民在创造了前述发展低水平上的“三个和谐”时，也形成了一种安闲、散淡的生活方式。这样的生活方式可能会带来某种惰性，必须进行一定的改造，注入更多的活力，以适应新的建设与开发的需要，这是没有问题的。但我们

是不是还应该对贵州老百姓长期形成也是历史选择的日常生活方式多些理解与尊重，并将其转化为新的建设的精神因素。比如说，我们能不能以一种从容坦荡的心态来进行贵州的开发与建设，不那么急于追求高速度，以前面所说的慢而不息的精神，追求社会经济更为平稳的发展，在紧张与安闲、进取与散淡之间取得某种平衡，重建既对传统有所继承，又能适应社会发展需要的既旧且新的日常生活方式？在我看来，这也是前述老百姓安居乐业的题中应有之义：要知道老百姓总是具体的，我们所要确立的贵州的发展目标，是必须适应这一方土地的水土的。

寻找发展经济的新途径：文化产业、手工业等

谈到“如何发展经济”的问题，我是更没有研究，也更无发言权的。但有一个想法一直缠绕着我，尽管想不清楚也说不清楚，但这里也不妨说一说。人们一讲到经济发展，就想到乡镇工业和集约化，高科技取代人力投入的农业产业化，仿佛这是发展经济的唯一的途径。我不否认在有条件的地方，贵州也应该发展乡镇工业，实行农业产业化；但我始终怀疑，在土地与人口如此分散，以及有着喀斯特地貌特征的贵州，这样的单一的经济发展模式有多大的普遍适应性，能不能试图寻找其他的发展可能性。

这几年大家都在讨论与尝试旅游经济的发展，也在讨论非物资产品的生产即文化产业的发展，这都表明了这样的单一发展模式的突破，当然也就产生了许多新问题。最近我读了一篇《西部人文资源与西部民间文化的再生产》的文章（作者：方李莉，《开放时代》2005年第5期），谈到了促成这样的文化产业发展的多种力量及由此形成的多种发展形态与前景，也谈及在这样的新的文化产业发展过程中，“这些艺术形式背后的，与农民们的宇宙观、道德观、生命观乃至生

产方式紧密相连的传统文化，似乎正在碎片化甚至空洞化”，这都是很有启发性的。

我一直关注的，还有传统手工业在今天的西部、贵州的建设中是否还有新的发展的可能性的问题。我经常收到一本叫《中华手工》的杂志，我也非常喜欢读，许多文章的观点都引起了我的共鸣，比如指出“现代技术创造繁荣也制造灾难。瓦解文明的威胁，不仅来自环境污染、物种灭绝、生态破坏或资源枯竭，还来自自动化生产对人的排斥，对人性即人的文化性的否定”，这包括对人的用手的劳动的否定与对手工劳动的原创性的消解，由此提出的是“必须改变工业生产方式一统天下的格局，把手工劳动重新引入社会实践”（参看吕品田：《为〈中华手工〉喝彩》，牟群：《手工是人类文明和人类劳动的本质》，《中华手工》2004 年创刊号）。这都是着眼于中华文明发展的全局的。我同时考虑的是，由于贵州及西部地区手工传统的丰厚，以及家庭手工业作坊的生产方式更适合于贵州和西部地区的地理生产条件，因而它或许有更大的发展必要性和发展空间。

单一的自上而下的政府主导的发展模式的弊端

东部单一的发展模式的另一个重要表现，是它是一种单一的自上而下的的政府行为。在发展与建设中，政府的作用无疑是十分重要的，在贵州与西部这样的落后地区，自上而下的组织领导与支持，尤显得必要，这都是没有问题的。问题仍是在“唯一”，没有一个自下而上的民间运动的补充与支撑。

这里的问题是很多的。首先是在指导思想上仍然没有摆脱传统的“官为民作主”的思路，而不是“人民自己作主”，也就是说没有确立普通民众在改革、建设中的主体地位，而往往看作是施惠的对象。

真正起主体作用的是政府，这就导致了政府，特别是基层政府职能的混乱，一方面，该管的不管，在公共服务上失职，在履行社会管理职能时又常常采取粗暴的方式，过多地依赖经济处罚；另一方面，该放权的不放，很多需要市场本身和企业、农民自己解决的问题，政府却要下指标、定考核，干涉企业、农民生产经营，替企业、农民决策。而这样的决策由于缺乏民主参与和监督，就必然是一种长官意志，我们前面所说的头脑发热、匆忙决策所造成的难以挽回的决策错误就是这么产生的。

问题的另一面，就是普通民众，特别是弱势群体的权利贫困——我们往往只注意物质贫困，而忽视或有意无意地掩盖更根本的权利贫困。权利贫困主要表现在组织权和参与、监督权的匮缺，而这两方面是相互关联的。这样的权利匮缺又会引发一系列的严重后果。

首先是在改革和建设的利益博弈中，普通民众，特别是弱势群体不能有力地表达自己的利益要求，有效地维护自己的利益，这就必然导致发展决策中利益关系的失衡，这其实就是我们在前面反复谈到的决策错误的根本原因。其结果就造成了利益分配的不公正：对改革和建设发展作出巨大贡献的普通民众、宪法规定为国家主体的工人与农民成了利益的受损者，这就必然导致改革、建设的合法性的动摇。

不能获得普通民众的有力支持和广泛的民间参与，又必然导致改革、建设内在动力的匮缺，而影响其持续发展。

在不可避免的利益冲突中，由于政府往往站在强势群体一边，或本身就是强势群体中的一员甚至主体，因而不能起到协调人的作用，而民众、弱势群体自身又处于无组织的状态，不可能进行有组织、有理性的协商与谈判，这样的缺乏协调、谈判机制的状态是非常危险的，很容易激化矛盾，引发暴力冲突，从而使政府陷于两难：强力压制可能引发更大冲突，即使一时收效，也会留下更大隐患；如果失控，就会造成社会的动荡，而根本危及改革和建设自身。

转变政府职能，培育民间公共空间

我们已经说过，改革和建设中的矛盾的形成和暴露是有一个过程的，应该说经过了东部地区先行的二三十年的实验，矛盾已经发展得相当尖锐，暴露得也很充分，作为后发者，我们就有可能在矛盾尚未尖锐，发展成危机的时候，采取预防性的措施；更重要的是，我们可以通过对矛盾、冲突形成原因的分析和总结，来寻找一条更为健全的发展道路。基于以上的分析和总结，我认为，贵州和西部地区的改革和发展，应该在转变政府职能和培育民间公共空间这两方面，作一些更富有创造性的实验，以形成自上而下的政府发动和自下而上的民间支撑，两者相互补充、制约、促进的良性互动的格局。这样我们就有可能获得一个更为健康的持续的发展，真正形成和发挥后发优势。

这里，我想着重讨论民间公共空间的培育问题，这是一个尚未引起足够重视的重大问题，因此，我的讨论也只能是初步地提出问题。

在我看来，首先是要培育各种形式的民间组织，把民众，特别是弱势群体组织起来。这样的民间组织可以成为政府和民众对接的载体，发挥两个方面的职能和作用。作为民间自治组织，它可以协助政府进行广泛的民间动员、组织和参与，调动各方面的积极性，使改革和建设真正成为民众自己的事，发挥其主体作用。同时，它又是民众，特别是弱势群体的利益代表，参与和监督政府的决策和实施，而在发生利益冲突，出现社会危机时，可以参与谈判，既代表民众争取其合法权益，又可将群众的不满引向理性的轨道，避免政府和民众的直接的非理性的对抗，起到矛盾缓冲器的作用。

在培育民间组织中，有一个问题不可忽视，就是对民间传统组织资源的利用和改造。温铁军先生在总结他们的乡村建设经验时，提出的“利用传统，走出传统；利用旧组织，发育新组织；利用旧制度，

发育新制度”三句话就体现了这样的利用与改造。（参看《产业资本与乡村建设》,《开放时代》2005 年第 6 期）

这些年还出现了各种形式、不同背景的民间志愿者的组织，这是城市反刍农村的一个非常重要的方面，他们给农村带来了急需的人力、物力与财力的资源，更带来了科学、民主思想，带来了新的理念，其影响是非常深远的，因此，应该创造条件给他们以更大的活动空间。而这些民间志愿者的组织，又应该担负协助农民组织起来的任务，他们自身也只有获得了组织起来的农民，特别是农村精英的支持，才可能在农村发挥有效的作用，并最终扎下根来。这样的城市民间志愿者组织和乡村农民的民间组织的良性互动，就会形成一个比较健全的民间组织的格局。

（三）把教育放在更加突出的位置

这也是一个大问题，今天上午的讲话中，我已经有所论及，以后还准备找机会来详细讨论。（按：后来我有一个《我的西部农村教育的理念和理想》的讲话，可参看）这里，就只讲一个题目。

学校教育和民众教育

我们讲“西部建设中的教育”，是包括两个部分的，即国民教育体系中的学校教育，和社区教育体系中的民众教育。前者人们谈得很多，后者却没有引起足够的重视。这是与我们另一个认识有关的：讲到落后和贫困，人们首先注意的是物质贫困，这也有道理，因为温饱问题具有更大的迫切性；但我们前面已经讲到如果忽视权利贫困就会有很大问题；其实还有一个精神贫困，是更加忽视不得的。而且这三大贫困是有内在联系，相互影响的。在某种程度上，可以说精神贫困是带有更根本性的，因为它涉及人的精神与素养。

最根本的是人的建设

我们讲贵州、西部建设，首先是“贵州人”、“西部人”的建设，是要确立人的主体地位，发挥人的作用，调动人的积极性，提高人的精神、素养，其中的关键就是教育。在这个意义上可以说，教育是决定和制约贵州和西部地区的长远的健康、持续发展的根本因素。贵州和西部地区的落后，最基本的就是教育的落后；东、西部的差距，最基本的也是教育的差距。而教育的最大特点，就是“慢”，它不能立竿见影，无法收一时之效，是“慢功出细活”，所谓“百年树人”，是需要长期、持续的投入，潜移默化，才显成效，但教育的作用又是最根本，影响最为深远的。我们讲“开始要早，步子要慢”，其中一个重要内涵，就是指必须紧紧抓住教育这样的百年大业，要有紧迫感，一点也耽搁不得，所以“开始要早”；但教育又是一个“慢的艺术”，性急不得，因此“步子要慢”。

办教育，是我们这一代能够为子孙后代做的最大的善事

正是基于这样的认识，我认为，应该把教育（学校教育与民众教育）放在贵州和西部建设中更加重要、更加突出的地位，给予更多的投入，从现在开始，毫不动摇、毫不放松地抓它十数年、数十年，使贵州和西部教育面貌有一个根本的改变，使贵州和西部老百姓与年轻一代的精神和素养有一个根本的提高，“根深而本固”，就为贵州、西部地区的健康而持续的发展，打下一个坚实的基础。这才是功德无量，是我们这一代人为子孙后代应该做、也能够做的大事、好事、善事。

着力解决物质、权利和精神的三大贫困，使农民成为“现代公民”

最后还要为民众、农民教育再说几句。在我看来，解决贵州这样的落后地区的物质贫困与权利贫困、精神贫困问题，当然主要是要解决观念与体制的问题，但民众、农民教育也是一个重要环节。我设想，这样的民众、农民教育应该包括如下内容与目标：通过文化卫生教育，现代科技（农业科技，网络、信息等）教育，环保教育，现代经营教育，提高民众、农民的自主发展生产、经营的意识与能力；通过公民教育，法律教育，地方文化教育，公共管理教育，培育民众、农民的参与民主管理，实行村民自治的意识与能力。而最终的目标是使民众、农民成为“现代公民”，成为马克思、恩格斯在《共产党宣言》里所说的“自由人”。毫无疑问，这样的民众、农民教育，是需要城市知识分子的积极参与的，这将是新的历史条件下，知识分子和民众、农民的新的结合。应该看到，这也是一个双向的运动，它不仅对民众、农民的精神素养，对农村建设发挥积极作用，也会反过来对知识分子自身的精神及知识生产，产生深远影响。

以上所说，都是遐想，不过是一个关心贵州和西部发展的人的个人思考，当然也吸取了许多引起共鸣的专家的意见。坦白说，已经郁结了许久，现在说出来，顿时有轻松之感。就凭这点，也应该感谢诸位有耐心听完我的书生之言。

2006年4月7日—12日整理、补充

我的关于地方院校教育的畅想与空谈

——在贵州大学座谈会上的讲话

我这次到贵州来，关心的是地方文化建设与教育问题，主要是来学习的。也想了一些问题，但并不成熟，而且很多想法显然是理想主义的，是所谓“书生空谈”。但教育在一定意义上可以说是一个理想主义的事业，我曾经对一些师范院校的学生和中学教师说，教师最重要的素质，就是理想主义的精神。办教育的，整天忙于具体的教学业务，有时候也需要跳出来，与教育现实拉开距离，考虑一些大的、远的、玄的问题，做一番遐思与畅想，来一点不着边际的空谈，做一回理想教育的梦。说不定真的就打开了思路，梦也就部分地变成了现实；有的梦永远也实现不了，但想一想本身也是很美好的。我今天讲的就是我的关于地方院校的理想，我姑妄说之，诸位就姑妄听之吧。

一、发掘本地教育资源

其实我也讲不了大的、远的、玄的问题，而且我还得先讲一个实际问题，就是办教育，就得有教育理念，而教育理念是不能凭空产生，需要吸取教育资源，我要说的就是到哪里去寻找教育资源的问题。通常的思路是到国外去寻找，例如20世纪50年代学苏联，现在则是以美国教育为学、追的目标。地方上的学校就眼睛盯着全国的名校，北大、清华传统这些年是为大家所津津乐道的。这样的到异域与外地去寻找资源的努力，是必要的，对于相对闭塞的贵州尤其重要。当然，其中也有许多问题，例如将某一国（当年的苏联，今日的美国）的经验绝对化，就会产生很大问题，不过这不是我们今天要讨论的。我想说的是另一方面的教育资源，被严重忽视了的教育资源，这就是我们本地自身的教育资源。

这里有一个认识上的误区：我们对贵州的落后缺乏一个辩证的认识，把它绝对化了，好像我们已经穷得响叮当，一无所有，除了到处讨饭吃就别无出路了。其实，落后与先进都不是绝对对立的，总体上的落后，并不等于就没有先进的资源。贵州是穷，但我们也有自己的"金娃娃"，看不到这一点，我们就会闹"抱着金娃娃讨饭吃"的笑话。我们贵州教育历史上就有两个"金娃娃"，而且都很大，全国、全世界都很重视，就是我们自己视而不见。一个是王阳明在修文办的书院，一个是抗战时期内迁到梅潭的浙江大学，这两次办学，都形成了传统，产生了很大影响，里面有很多宝贝，就看我们识不识宝，肯不肯下工夫挖掘。其实，就是贵州大学自身，它也是在抗战时期兴办的，与浙江大学这样的内迁学校一起，在贵州现代教育史上创造了非常辉煌的一页，也有许多宝贝，而且就在我们身边。新中国成立以后的教育，尽管有许多失误，但也有很多宝贵的经验，60 年代我在安顺卫校、师范教书，现在回想起来，那时贵州的中等专业学校是办得不错的，培养出来的学生对贵州的卫生、教育事业起了很大作用，但不知为什么这些年中专都不办了，在我看来，这是一个很大的损失。新中国成立后贵州大学的具体情况我不了解，但我想还是自有一个传统，也是应该继承的一个教育资源。

发掘本地的教育资源不仅是扩大资源范围，或许有更大的意义。前几天我们在安顺讨论屯堡文化，提出了一个非常重要的问题，就是农村的改造与建设必须要有内在资源与内在动力，光靠外在力量的注入，是不可能持续并产生实质性的变革的。在我看来，教育改革也同样存在这样一个发掘内资源与内在动力的问题，而且这又关系着能否使我们的教育真正具有贵州特色，因而这是一个事关全局的问题，确实不可小看。

二、我的书院教育梦

就我个人而言，我最感兴趣的是王阳明的书院教育，这关涉我的一个梦。书院教育其实是中国教育的一个传统。这方面已有许多专家作了深入的研究。在座的贵校张新民教授对书院教育及王阳明的书院更有许多精辟的论述。我没有专门的研究，自然不能提供什么新的意见。我关注的其实是一个实践问题，即这样的书院教育，对我们今天的大学教育，特别是研究生教育，是否有借鉴的意义与价值，我还想进一步做“书院式教育”的实验——这是我的一个教育梦想。

我之所以会做这样的梦，是因为感到现在的研究生教育出了问题，就想另寻教育资源作为参照与补充。我最强烈的感受，是现在的师生关系变了，越来越变成“老板”与“打工者”的关系，现在许多导师都被叫做“老板”，而且是名副其实的，据说现在当导师有一个条件，就是必须有国家或省的项目，有项目经费，说穿了就是给学生开得出钱，其实理工科早就如此了，现在又推广到文科。师生关系变化背后是教育的变质，变成知识的买卖。即使不是这样露骨的买卖，也变成纯粹的知识的传授。这里没有了心灵的交流、思想的碰撞、人格的影响、性情的熏陶、精神的吸引与传递，在我看来，这就意味着教育本质的失落。而正是在这些方面，中国传统的书院教育是有明显的优势的。在我的理解与想象里，书院教育除了重视师生、同学之间的密切交往，用今天的话来说，即所谓“零接触”；同时注重人与自然的感应。在人群的和谐与人和自然的和谐气氛下，人的生命就进入一个沉潜的状态，只有在这样的气氛与状态下，人才能尽情地享受读书之乐、切磋学问之乐，同时思考生命、宇宙、人生、人性、中国、世界、人类的大问题，以尽情享受思想之美，进入真正的教育与学术的境界。而这些又都是现代教育，特别是当下中国大学教育，研究生教育所匮缺的。我们的教育越来越急功近利，人们的心态越来越浮躁，这就意味着我们距离教育与学术越来越远了。在这样的情况下，哪怕是部分地引入学院式的教育方式，有一个短暂的实践机会，让年轻学子体验一下教育与学术的真味，也是好的。——我们现在的教育实在太败坏胃口，令人憎恶了。我的梦想就是建立在这样一个可怜的愿望基础上的。

而在我的想象里，或许贵州是进行这样的书院式教育实验的好地方。这当然首先是因为贵州有王阳明书院传统，同时贵州独特的自然条件，作为一个公园省，它的气候，风光，环境，是最适合读书与切磋学问的。我特别看重的是它的闭塞——看起来这是一个缺陷，但从另一个角度看，它因此而与外界浮华世界保持一个距离，这样的距离其实正是教育与学术研究，特别是书院式教育所必需的。很多事情都要从两面看。比如，相对来说，贵州发展机会比较少，但也因此没有多少诱惑，认准一个目标，就可以心无旁骛地去做。贵州比较空闲，生活节奏慢，有的人因此而变得懒散，但对另外的人来说，这样的闲暇，正可以摆脱急功近利的心态，悠悠闲闲、从从容容、潇潇洒洒地做学问。贵州外界的信息比较少，这自然需要用加强对外交流来弥补，但外在的东西少，却又把人逼向自己的内心，开发内在的想象力与创造力，对悟性好的人，正好把自己的生命与学问引入深厚。因此我经常说，贵州是一个练“内功”的理想处所。回想起来，当年我就是在贵州练了十八年的内功，才会有今天的发展。我们这里所讲的

“心无旁骛”、“悠闲从容”与“逼向内心”，都是书院教育的核心要素，是其真正魅力所在。在这个意义上，贵州推行书院式教育实验，是具有得天独厚的条件的。

讲到这里，突然想起，在“文革”的后期，我们当时在安顺有一个“民间思想村落”，就是一群朋友在一起读书，讨论，悠游——流连于大自然，更做精神的漫游，享受着“天高皇帝远”的自由。今天看来，这样的学习方式，就多少具备了书院教育的因素。当时，我们所效仿的是毛泽东青年时代在湖南办自修大学的模式，而毛泽东的自修大学显然对中国传统的书院教育是有所借鉴的——如此说来，我今天再做书院教育梦，其实是根源于我当年的贵州生活经验的。

为了使我的书院教育梦多少具有某种可实现性，我刚才在从安顺到贵阳来的路上，想了一个具体实施方案。不妨以暑期讲习班的形式，集中二三十名学员，由一位（至多两三位）导师主持，师生朝夕相处一个月，导师讲学之外，主要是学生自己读书，师生共同讨论，诘难。更多的时间是海阔天空地神聊，做无所顾忌、无所不至的精神漫游，并在大自然中做放荡纵情的神游，尽兴地享受“从夫子游”与“携弟子游”之乐，并通过写《游学记》等方式，将这样的从游之乐内敛为深层的思考与生命的感悟。我甚至具体设想，从游的学员，以研究生为主，可以吸收少量的高年级大学生与青年教师，还要给没有机会上大学，却有强烈学习愿望的社会青年，留下一定的名额。

三、“精神圣地”：地方综合大学的社会扩散影响与作用

我之所以主张办书院式讲习班要适当向社会青年开放，有一个更深层次的关于地方大学的作用与功能的考虑，这可能更是一个不切实际，甚至是不合时宜的梦想。

还是从我的北大经验说起。几乎从在北大教书那天起，我就发现了一个极有意思的现象：每次上课，都有大批旁听生。后来读张中行先生的回忆文章，才知道这是北大的一个传统，即所谓“不该来上课的每课必到，应该来上课的却可以经常不到”。后者是因为北大崇尚自学，一些学生宁愿钻图书馆而不愿听他看来受益不大的课程；前者则是指“有些年轻人在沙滩一带流浪，没上学而同样愿意求学。还有些人，上了学而学校是不入流的，也愿意买硬席票而坐软席车，于是踊跃地来旁听”。我曾经写过一篇文章对这样旁听现象作了如下分析：“这样，北大就自然成了渴望求知而无缘入学的‘精神流浪汉’的‘圣地’，他们或者由此而登入精神的圣殿，或者不过以北大课堂作为精神的栖息地，稍事休整，又继续自己的精神流浪。在我看来，这正是北大及同类高等学府的特殊价值所在；而自由听课，对不注册的旁听生的宽容态度，更应该看作是北京大学教学制度，以至教育传统的有机组成部分。它对不拘一格造就人才，培养学校与社会学术、精神自由气氛所起的作用，是无形的，却又是难以估价的；它应该成为中国现代思想、文化、学术、教育史的一个重要课题。”（参看拙作：《保留一块“精神流浪汉”的“圣地”》，文收《世界末的沉思》）。

而我感兴趣的，是这样一个现象：20世纪90年代末至21世纪初，当中国整个社会逐渐商业化，精神普遍失落，人们不再读书时，旁听生反而有增无减。退休以后，我在北大仅有的两次讲演，一次上课，都发现有大量的“精神流浪汉”前来旁听，而且课后围着和我进行热烈的讨论，久久不肯离去的，也是他们。我完全可以感受到他们对精神的渴求，因而感动不已，同时也对北大学生的相对冷漠而感慨不已。后者涉及这些年中国教育的重大失误，需要另作专门讨论，前者却证实了我的一个信念：“人之为人，总是要有超越物质的精神的追求——可以遮蔽于一时，这人的变动的生命中的永恒却不可能消解，并迟早要显示出自己的力量。”(《写在前面》，收《心灵的探寻》再版本）而且，在任何社会，大多数人会有趋同的倾向，但也总会有人作出逆向的选择；因此，当物质追求成为一种时尚时，就会出现与之对抗的精神的追求以至痴迷，尽管是少数，但我们这样的人口大国，它的绝对量却相当可观。尤其他们聚集在一起，就会形成不可忽视的力量。问题是需要这样的一个可以满足他们精神需求的聚集地，北大由于它的自由、民主的思想学术传统，以及它所集中的丰厚的精神资源，而成为全国精神流浪汉聚集的“圣地”，这是可以理解的。据我的观察，现在的许多网站事实上正在逐渐成为这样的精神流浪汉的聚集地，一个自由交流与相互支撑的精神园地。其对有追求的年轻人（他们正是民族未来的希望）的健康成长，对思想文化学术自由空间的开拓与社会风尚的变化的作用，是不可低估的，但这也是需要另作专门讨论的。

我想讨论的是大学与社会的关系问题。蔡元培提出了一个重要原则：“教育指导社会，而非追逐社会。”我理解这包含两个侧面的意思：一是大学应该与社会现状之间保持一定的张力与距离，不趋时，不唯上，坚守自身的独立性，至少大学的一部分教授与学者应该自觉处于社会与学术的边缘位置，以保持思想与研究的超越性、彻底性，以及本质上的批判性；二是大学又应该关注现实，积极参与社会变革，对社会发挥自己的发射性影响。坚守前者，大学就能起到社会清醒剂、净化剂的作用，坚守后者，大学就自然成为社会变革的精神推动力。我们说，大学应该成为一个国家，一个地区的精神“圣地”，就包含了这两个方面的意义。

我知道在今天的中国与学界来谈这些，近乎痴人说梦，因为现实的中国大学，一方面早已以追逐时髦为荣，已经彻底地世俗化与工具化，成了政治与商业时尚的双重俘虏；另一方面，却对现实与社会变革采取惊人的漠视态度，批判精神与实践精神的缺失，使大学实际上放弃了对社会的承担。或许正是不满意于这样的现状，我们才要在这里说梦话。我曾经说过，“一个民族的年轻人，如果连梦也不能做，恐怕就太可悲也太危险了”，因为“一个民族，特别是处于政治与经济双重困惑中的民族，是需要相对超越的一方净土的”（《中国大学的问题与改革》）。教育就其本质而言，是具有某种乌托邦性的；学校，也包括大学，本应该成为年轻人的梦乡。现在，大学放弃了梦的功能，我们就来说说关于大学的梦话吧。——我已经说过，今天的这番话，就是说梦，讲空话。

还是拉回到我要说的主题上：如前所说，即使在这个商业化、功利化的社会，也还有绝对量并不小的一些人，特别是年轻人，有着强烈的对精神的渴求；刚才我们又强调为社会提供精神资源，是大学的基本功能，那么，我们自然就可以得出这样一个结论：大学，至少说国家与地区的重点大学，应该成为一个国家、地区的精神中心，或者说精神基地也可以。这就是说，我们不仅要有北京大学这样的全国年轻人向往的精神圣地，而且各省、各地区也都应该有自己的精神圣地。不知道诸位有没有想过，或者说，诸位有没有这样的雄心壮志，要使贵州大学成为贵州的有精神追求的年轻人所向往的精神圣地？——就在我们贵州，明代的阳明书院，抗战时期的浙江大学都是这样的精神圣地，我们为什么不能继承这样的传统呢？贵州大学是贵州省的最高学府，而且是一个综合性的大学，更是有条件、有责任发挥这样的精神中心或基地的作用。

问题是，怎样才能对年轻人产生精神的吸引力？这里的关键仍然是要有一批不仅有一流的学识，而且具有精神与人格力量的教师、学者，首先吸引校内的学生；然后，定期举办向校外开放的讲座，如周末讲座，以发挥教育的辐射作用。我们还可以利用校外的资源，以弥补自身教育资源的不足。为了使我的设想不至于过于空泛，这里，我想提一个具有可操作性的建议：可以利用贵州得天独厚的自然条件，在暑期设立小学期，请全国一流学者来贵州疗养，同时为学生开设一门课（其中某些学者可以作我前面所说的书院教育实验的导师），或作向社会开放性的系列讲座。特别是这样的“贵州大学暑期讲座”，如果坚持三五年、七八年，就一定会产生巨大而深远的影响。可以预期，会有越来越多的青年在每年暑期从全省各地云集花溪，从而形成了“到贵大去充（精神之）电”的舆论，贵州大学就自然成为地方精神的聚集地与发散地，成为名副其实的贵州最高学府，在我看来，这才是一流大学的重要条件与标志。

四、地方院校的定位与培养目标

这些年走到任何一个地方院校，都可以听到一个中心话题：如何争取评上硕士点与博士点，很有点1958年“大跃进”的气势：“有条件的要上，没有条件的创造条件也要上。”各校各级领导为此耗尽精力与财力、物力，不惜代价，也不惜采取任何手段，由此而造成的腐败，已经到了见怪不怪的地步，成了中国大学教育的一个毒瘤。其中的原因自然十分复杂，这里我只想讨论一个理念的问题，即“地方院校的定位与培养目标”的问题。

记得当年蔡元培先生曾主张将大学分为“研究型”与“实用型”两类。在我看来，蔡先生的意见今天仍有指导意义；而且我认为非国家重点的地方院校，基本上应定位为实用型大学，它的主要任务是为地方经济、政治、文化、社会的全面建设，培养实用人才。因此，主要应办好本科与专科教育，完全没有必要在各系、各专业都设点培养研究生。当然，为适应本省、本地区的某种特殊需要，在有全国性研究实力与影响的专业，也应该适度发展具有本地特色的研究生教育，可以专门建立研究室、所，但绝对不能搞“没有条件的也要上”。只有明确了这样的基本定位，地方院校才有可能集中精力，搞好本科、专科的教学工作，扎扎实实地提高大学生的教育质量。

这里，还涉及对地方院校教师的要求，这也是这些年弄得极为混乱的问题。本来教师的本职就是上课，在地方院校更应如此，评价教师的主要标准，就是他的教学态度、教学水平与教学效果。这本来都是办教育的常识。但由于盲目地向研究型大学高攀，就在地方院校普遍形成了重科研、轻教学的倾向，以所谓“科研成果”（在什么级别刊物上发表多少文章，出版了多少专著）作为评定教师职称的主要指标。其结果就是课堂教学质量的急剧下降，导致教师的轻教与学生的厌学，更使腐败滋生。

这里也涉及对教育本质的认识。大学教育是应承担两个任务，具有两个功能的，一是“民族文化与人类文明的积淀与传承”，其中包括知识的传授与精神的传递两个侧面；二是“对社会发展的既定形态，对已有的文化知识体系，以至人类自身，做不断地反省、质疑与批判，并进行思想文化学术的新的创造”，“提供新的精神资源”（参看拙作:《中国大学的问题与改革》)。这就对大学教师的素质与能力提出了两个方面的要求，一是知识传授与精神传递，一是批判与创新，通俗地说，就是“课上得好，研究工作也上得去”。应该说，大学里确实有这样的教学、科研两个方面都出色的教师，这些理想状态的教师应该得到高度评价是理所当然的。但也应该看到，在现实的层面，恐怕更多的教师的素质是存在偏颇，处于不平衡状态的：有的课上得好，科研能力却相对要弱一些；有的研究能力很强，但却不善表达，教学效果并不好。这就决定了大学的教师是分成两种类型的，即所谓“教学型”与“科研型”；不同的课程对教师也有不同的要求，一般说来，基础课要求较高的教学能力，选修课则要求较高的研究水平。因此，我们对教师的要求与评价，就必须是有区别的，而不能简单地采用一个标准。

而如上所说，地方院校的实用型大学的定位，就决定了它必然是以教学为主，尽管也应该鼓励教师做一些研究，这是提高教学水平所需要的，但它对教师的主要要求却应该是课要上得好，也就是说，相对于研究型大学，地方院校的教师主要应是教学型的，教师的主要精力应放在教学上，对教师的评价标准也应主要看其教学水平与效果，在科研方面不必有过高的要求。而我们现在的做法是本末倒置的：不但片面地强调科研忽视教学，而且对科研水平的评价也是简单量化的。其结果必然是对地方院校的主要任务教学工作的严重干扰与破坏，而且也不利于地方院校科研工作的健康发展——我们强调地方院校教学工作的特殊重要性，绝不意味着应忽视科研工作和科研型教师，不应把教学与科研绝对对立起来，处理得好，两者是可以取得良性互动的。

五、地方院校应成为“培养乡村建设人才的基地”

我的这个讲话已经拖得很长，但最后我还想强调一点：地方院校应该成为“培养乡村建设人才的基地”。

这是由我们前面讨论过的地方院校应为地方建设培养人才这一问题引申出来的。特别强调培养乡村建设人才，是出于对我们的国情、省情的认识。曾经有一种说法，中国农村的唯一出路，是走城市化的道路。我不否认城市化是农村发展的重要方向，我质疑的是将其唯一化：在我看来，中国这样的国家，特别是贵州这样的地区，完全走城市化的道路是行不通的，必须走城市化与乡村建设同时发展的道路。在西部的开发、贵州的发展中，乡村建设理应占有一个战略性的地位；培养本土的乡村建设人才，这更应该成为贵州大学这样的地方院校的一个重大任务与战略目标。还必须预见到，随着贵州乡村建设事业的发展，贵州地方大学的学生就业必然要面对广大的乡村人才市场。因此，我们必须将完全面向城市的教育转向城乡兼顾的发展方向，在乡村建设问题基本上没有进入我们的视野的现状下，更应特别强调培养乡村建设人才。

我刚从安顺来，我在那里参加了屯堡文化研讨会，以及《屯堡乡民社会》一书的首发式。我特别感兴趣的是，我曾经任教的安顺师专所创造的“校村挂钩”的经验。他们选择了安顺屯堡的九溪村作为点，组织教师与学生深入村寨作社会调查与研究，同时积极参与九溪的乡村建设，帮助农民组织起来，获得了乡民与乡村精英的极大信任。同时也反过来促进了学校的建设：《屯堡乡民社会》一书即是他们的科研成果，得到了中国社会科学院社会学研究所专家的很高评价，认为提出了许多重大的前沿性的理论与实践问题，具有全国性的意义；更重要的是，在这一过程中，一批青年教师得到了锻炼，迅速成长起来，成为学校的骨干；他们正准备利用调查研究成果在学校开设专题课，将其转化为教育资源。

九溪村原村长、支书，屯堡文化研究会会长张文顺对此有一个很高的评价：“以前是工厂、农村挂钩，军民共建，还没有听见过‘校村挂钩’这一条。‘村校挂钩’可以说是21世纪农村发展的途径。”我以为，这样的评价是有道理的。而且在我看来，安顺师专所开创的“村校挂钩”的模式，不仅为乡村建设开辟了一条途径，而且也为省、市地方院校的教育改革，提供了一条重要思路。他们的经验应该引起重视并认真总结——我在一开头谈到的教育资源问题，其实，这样的来自本省实践第一线的经验，也许是更为重要与现实的资源。

原谅我说了这么多梦话与空话。坦白地说，许多话是我想了多年的，一直没有机会讲，今天总算多多少少说出来了，这要感谢大家耐心地听完。但仍然耽误了诸位的时间，这也是我深感抱歉的。

2005 年 9 月 29 日—30 日，11 月 3 日、5 日、6 日，11 月 25 日
陆续整理

屯堡文化研究的动力、方法、组织与困惑

——《学术视野下的屯堡文化研究》序

1902年，当日本人类学者鸟居龙藏路过今平坝天龙镇，并写下了他的考察记录时，大概没有想到天龙镇会成为21世纪的一个旅游胜地，更不会预料他已经开辟了一个“屯堡文化研究”的新领域，此后延续了整整一百年，至今势头不减。这也是一个奇迹：不仅屯堡文化历经六百年沧桑而不衰，连对它的研究也具有如此的生命力！

这其中的奥秘，值得深思。

（一）动力：全球化视域下的屯堡文化研究

于是，我注意到一个现象：屯堡文化研究，无论它的起端，还是每一次重要发展，都有一个国际的视野与背景。鸟居龙藏在观察到屯堡人作为“屯兵移居的明代遗民”，却“渐渐受到清朝众多移民的欺压和蔑视”时，首先想到的是“这种情形跟日本旧幕时代的情况很相似”，他在这里发现的是中国和日本，以至人类所共有的问题。或许正是这样的人类共通性问题的发现，成为他对这个中国边远地区的被称为“凤头苗”的“汉族地方集团”（这是他对“屯堡人”的第一个命名）进行人类学研究的最初动因。而如论者所说，八十年以后，屯堡文化研究掀起第一个高潮的直接契机，就是“安顺地戏于1986年赴法国和西班牙的演出，及演出所引起的轰动效应”[1]；那么，正

是中国结束了自我封闭，向世界开放，实行国际文化交流的需要，成为屯堡文化研究振兴的原动力。而在 90 年代，特别是 21 世纪初，屯堡文化再掀高潮，与全球化所提出的新问题的内在联系，更是为研究者所普遍认同。这也是我在阅读本书所收录的论文时，感受最为深切的一点。

正像研究者所指出，“世界经济一体化的浪潮席卷全球”，带来了“全球化与地方性的紧张、冲突”，并成为全球（当然也包括中国）学术界广泛关注的问题，“具有强烈地方性的特征的屯堡文化”就在这样的背景下而引人注目[2]。

这看起来是一个悖论：恰恰是全球化引发了国家、民族与地方文化知识重构的新冲动，成为这样的知识重构的强大推动力。受到最大冲击的，反而是在全球化中处于劣势，而又在努力追赶的东方世界：这都是饶有兴味的现象。这是可以理解的：因为正是这些落后的国家、地区长期以来一直处在“被描写”的地位，现在，他们要以独立、平等的地位、身份，参与全球事务，就必须从“重新认识自己”为新的起点。就中国而言，正是这样的“被描写”的地位（顺便提一点，第一个提醒我们注意这样的地位的，恰恰是在中国最具独立性，因而被视为“民族魂”、“骨头最硬”的鲁迅，这大概不是偶然的[3]），使得我们关于中国社会、历史、经济、文化、文学……的许多叙述，都是纳入到西方话语（也就是全球化的强势力量）体系里的；比如社会性质上的“封建社会”论，文学史上的“现实主义”、“浪漫主义”……论，等等。这样的话语体系，可能有助于一些中国传统话语体系中所没有注意、无法解释的现象的揭示，但毋庸讳言，也遮蔽了许多东西，有的更是削足适履。特别是这样的既定的关于中国叙述的话语体系，被僵化和神圣化以后，就成为我们发展自己的学术，科学地认识自己（国情、文化……）的一个障碍。如何突破这样的由西方话语主宰的话语体系的束缚，重建关于中国叙述的国家、地方文化知识体系，就成为全球化时代的中国学术的新的历史使命，这是整个中华民族文化重建的一个重要方面。——这是我们今天的讨论的一个大的学术背景。

具体到我们所讨论的屯堡文化，它在这样的国家和地方知识体系的重建中，能够发挥什么样的作用，这恐怕是更应该关注的。于是，我注意到许多论文的作者，都不约而同地谈到，这些年人们在重新考察中国社会、文化时，都注意到它的几个基本特点：多民族性，文化多元性，国家与地方文化的共同建构性，主流文化与民间文化的共同建构性。当人们进一步讨论：这样的多民族社会、文化结构，多元文化格局是怎样形成的？国家意识形态与地方文化之间，主流文化与民间文化之间，有着怎样复杂的关系？就不能停留在宏观的把握与讨论，而要进入具体的研究，进行历史与现状的两个方面的考察，以获得具体的认识，在进行面的研究时，还必须有点的个案研究。

屯堡文化正是在这样的研究的客观需求下，进入了人们的视野：它至少在四个方面显示出一种典型的意义和价值。其一，屯堡人作为明代汉族移民，自身有着强烈的汉族自我意识和归宿感，却被后来的汉族移民视为非汉族，以及它和周边的少数民族之间的复杂关系，就构成了一部“汉族下位集团的形成史”，并显示了“汉族和少数民族的民族学境界的流动性”。这样，如果把屯堡研究放在“近现代中华民族的形成过程”的大视野下，就具有了一种典型意义，由此生发出的是“对民族集团应该怎样研究”的方法论意义。[4]其二，屯堡文化作为一种移民文化，在漫长的六百年间，它既在周边异质文化的挤压下，坚守了原发地江南文化的某些特质，同时又吸收了周边异质文化的元素，自身也产生了新的变异，形成了意义、构成更为复杂的“屯堡文化”。这样，屯堡文化的形成史，在形成过程中所发生的坚守、吸取和变异，就为我们理解和把握贵州文化，以及中国文化的多元性的形成过程与机制、特质，提供了一个典型案例。[5]其三，如论者所说，屯堡文化是“中华文化涵盖下的有自身个性特征的地域文化”，其最重要的特征，就是它是明代所执行的“调北征南”和“调北填南”国家政策的产物，“大规模的军事移民，不仅代表了国家意志的远距离控制，而且更象征着国家力量的直接性介入，在与周围的少数民族杂居过程中，屯堡人既为一体多元的地域文化增添了新的色彩，影响了其他差异性的民族文化，同时也传播了国家观念或王朝意识，强化了大一统的地缘结构秩序”。另一方面，屯堡文化形成的必要条件却是“屯堡人由军事武力集团变为地域生活集团，屯卫渐渐变成村落”，“个人身份也从军人变为农民”，其结果又必然导致“国家意志淡化而民间社会特征突出”：这样的国家与地方、民间生活的复杂关系，同样也为我们对中华文化发展中的国家与地方、民间社会的共构关系及其内在机制的考察，提供了一个典型个案。[6]其四，屯堡文化的一个显著特征，就是它以儒家忠义伦理为其核心价值，并通过各种祭祀仪式，“建构了一个儒家伦理的礼俗世界”，但他们的日常生活和民间信仰，又在不同方面突破了儒家礼教，形成了“儒释道三家混杂的现象”，如论者所说，“这正是儒学深入民间世界之后，社会下层通俗文化反过来对其施加影响的结果”，这样，屯堡文化就为我们“了解和体认儒家文化如何不断世俗化、生活化的长时段历史过程，提供了一个难得的生活世界的活文化具体范例”[7]——显然，以上四个方面的概括是不全面的；不仅有些重要侧面未能论及（如妇女在屯堡文化建构中的作用及其普遍意义[8]），而且随着研究的深入，屯堡文化的意义，还会有新的呈现与认识。但讨论到这里，我们可以肯定地指出，屯堡文化研究是对于全球化时代所提出的“重新认识我们自己，自己描述自己，进行文化重构”的历史命题的一个回应，并因此而获得了不可忽视的研究价值。如张新民教授所说：“在这一意义上，也可以说，理解屯堡文化，其实也就是理解我们自身，既理解我们的传统文化，也理解我们的现代化处境；既了解中国社会的城市化发展过程，也了解原来固有的乡土性特征。区域文化或汉民族支系文化的解读，必然有利于更大范围的中华文化的解读。”[9]

张新民教授的上述分析，谈到了屯堡文化与“我们固有的乡土性特征”和“我们的现代化处境”的关系，是一个重要的提醒：屯堡文化不只是一个历史文化，更是一个活生生的现实存在，也就是说，如果我们仅仅把屯堡文化看作是一个历史的“活化石”，也会遮蔽许多东西。我们的目光，不只在过去，而更在现在和未来，我们对屯堡文化历史传统的关注，仅是一个出发点，我们的兴趣更集中在传统、现实与未来的历史联系。于是，屯堡文化在“全球化背景下的中国社会转型中的乡村改造与建设”中的资源性意义就浮现出来，成为另一个研究动力与问题意识。[10]而且在这方面已经有了一些重要的收获，如“乡民社会”、“乡村公共空间”等概念的提出，都表现出一种自觉的努力：“在具有传统中国农村特点的屯堡文化社会形态中，发现具有一般意义的积极因素”，从而跳出“在农业社会与工业社会、传统与现代、城市与农村之间非此即彼的解读模式”，在传统农村社会内部，寻找西部新农村建设的“内在的发展动力与机制”，以实现传统乡土社会向现代乡民社会的现代性转换。[11]而另外一些学者则将屯堡文化与旅游研究有机结合起来，试图建立新的旅游文化，并为正在兴起的屯堡旅游提供文化的内涵与理论的资源。[12]如研究者所说，“现代性的建设事业不能脱离人类学的基础，也不能脱离地方文化资源的实际”，[13]“通过屯堡文化的研究与开发，在传统与现代之间寻找一条可通达的桥梁”，[14]还有很大的空间。

（二）建立“屯堡学”：方法、组织、困惑

我们在讨论屯堡研究的动力时，即已经发现，它所引发的是多个学科的研究兴趣。因此，屯堡文化研究从20世纪80年代至90年代中期，对历史学、民族学、文学、美学、经济学等传统方法的运用，到90年代中期至21世纪初，民俗学、文化人类学、旅游学、社会学、宗教学、统计学、社会性别学等多学科理论与方法的大量引入，是一个必然的发展趋势，[15]它显示的是随着研究的深入，研究视野的扩大，屯堡文化的多重意义的逐渐呈现，以及它的内在的综合性的逐渐被认识。可以说，我们现在已经形成了对屯堡文化进行多学科的综合研究的基本格局。同时提出的还有进一步扩大视野，进行比较的，溯源性的研究的要求，[16]以及向宏观和微观两个方向开拓的要求：微观方面进入“村落组织、个人生命史等具体对象”，宏观方面，则有“更高的学术视野中的整体关怀”，“从研究屯堡到以屯堡为切入点，研究中国社会形态及其变迁”。[17]这都表明，屯堡研究正处在需要进行整体提升的阶段。因此，张新民教授2005年在于安顺召开的屯堡文化学术研讨会上提出：“应该像敦煌学和徽学那样，及早有组织、有步骤地建立地域性的专门学科——屯堡学。”可以说已经是水到渠成。

有了这样的总体目标指向，就进一步提高了我们研究的自觉性；同时提出的是学科建立和建设的组织工作的问题。有研究者注意到，屯堡文化研究正“逐步从个体研究进入团队研究”。[18]不过，我还是主张个体研究与团队研究的结合，这才能做到优势互补；而且团队研究也必须以个体研究为基础。因此，在我看来，学科建设的组织工作，也应该有两种形式：一种是民间的组织形式，如正在筹建的“贵州省屯堡研究会”；另一种是在大学或研究院里建立专门的研究机构，如安顺学院的“屯堡文化研究中心”。前者有助于民间研究力量的整

合，国际学术的交流，实现资源和信息共享；后者则可以用体制的力量，制订研究规划，更有计划、更有规模地推动屯堡文化研究，做到循序渐进、逐层推进。我们需要这两种力量的通力合作，以形成较为系统的“屯堡学”的研究体系与构架。

这里，我想对安顺学院的屯堡文化研究中心，多说几句。安顺学院是我的母校，我是从那里走出来的：20 世纪 70 年代中期（1973—1978 年），我曾在学校（当时叫安顺师范、师专）任教。我对她的感情自不待言，我也一直在关心、观察、思考着她和像她这样的地方院校的发展。记得 2005 年在贵州大学的一次演讲中，我提到了安顺学院所创造的“校村挂钩”的经验：他们选择安顺屯堡的九溪村作为点，组织教师与学生深入村寨作社会调查与研究，同时积极参与九溪的乡村建设，获得了乡民和乡村精英的极大信任，也反过来促进了学校的建设：不仅取得了具有全国影响的科研成果，出版了在屯堡研究中具有开拓性的《屯堡乡民社会》一书，而且将其转化为教育资源，开设了相关课程，开创了以屯堡文化为中心的本土文化教学新领域。他们的这一经验给了我很大的启发，就在这次演讲中，我提出了地方院校应成为“培养乡村建设人才的基地”的教育理念。[19]而现在，屯堡文化研究中心的建立，又使我想到，或许还应该加上一点：地方院校应该成为“建构地方文化知识体系的中心”。这一个“基地”，一个“中心”，都关系着地方院校的发展方向，以后有机会还应作更深入的讨论。有意思的是，安顺学院所创造的这两个经验，都是在屯堡研究中产生的，这大概不是偶然的。也就是说，无论是“校村挂钩”，还是“建立研究中心”，也为如何开展和组织屯堡文化研究提供了经验。“建立研究中心”提出的是发挥地方院校在屯堡研究中的核心作用的问题，前文已有论述；而“校村挂钩”对屯堡研究，以至学术研究的意义，我曾有过这样的阐述：“他们的工作是从学术出发的，但最后又内在地需要走出学术，直接参与到乡村的改造与建设的实际工作中来，这既是学术研究成果的现实化，又为学术研究的发展提供新的可能性；而现实的实践对屯堡文化内在潜力的激发，又会反过来加深对屯堡文化的体认，这是一个良性的互动过程。而在这一过程中，课题的参与者、研究者自身也会越来越深切地感到，自己的学术、教学工作，以至自我的生命，和生育自己的这块土地，与乡村改造、建设之间，存在着一种密不可分的联系。有了这样的感受，学术研究，文化研究才会显出其真正意义与价值，它不再为外在的功利目的所驱使，而是社会发展的内在需要，也是自我生命发展的内在需要。在我看来，这正是学术研究、文化研究的真谛。”[20]这也是屯堡文化研究的根本。

以上所说，多少具有理想主义色彩；因此，我们还需要回到现实来：屯堡文化研究既有着广阔的前景，又有着发展的机遇；但同时也存在着研究者所说的巨大的困惑。困惑首先来自生活本身，来自屯堡自身发展困境，屯堡文化自身的命运。这就是许多研究者所指出的：“目前，在现代化与市场化的强劲冲击下，屯堡文化已出现衰变现象，屯堡文化研究也有可能丧失原初形态及意蕴。”[21]“衰”是我们必须面对的现实，“变”则是对我们的研究提出的新挑战——顺便说一点，这“衰”与“变”不仅是屯堡文化所遭遇的问题，而且也是全球性的。我最近有一次“阿拉斯加之旅”，我本期待这是一次“文化之旅”：沿着当年淘金者的足迹，去寻求北方的原始的荒野文化。但我所见的，却都是满足今天大多数的旅游者的娱乐需求的，已经充分商业化了的文化符号，其文化内涵已经空洞化了，而且大多数旅游者也不再关心这些文化内涵，痴迷文化如我者，只能在永恒不变的大自然（雪山、冰川、河流）和杰克·伦敦小说的历史与文学记录里，在想象中勉力体会当年的文化意蕴了。我最终获得的是一次“休闲之旅”，尽管我也从中得到了身心的享受，但总有一种挥不去的失落感。而且我很自然地就联想起一直关心的屯堡文化的命运，这其实是显示了我们一开始就讨论的全球化与地方性关系的另一侧面的：在这全球化的时代，所有的地方问题都是全球问题；在这个意义上，我们在这里讨论与寻求走出屯堡文化困境之路，屯堡发展之路的努力，是具有世界意义的，是全球性的挣脱发展困境的努力的一个有机组成部分。

当然，我们更要面对的，是屯堡文化研究自身的困境。首先是这个学科的先天不足，这就是研究者所指出的，有关屯堡人的史料比较缺乏，我们看到的更多是屯堡人的现存生活状态，而对屯堡历史较为了解的民间老艺人，一方面缺乏传人，另一方面随着他们相继去世，屯堡文化正处在迅速消解的过程中，而我们的一些研究者又习惯于重复使用第二手史料，很少有人去探究原始材料，不重视田野调查，对史料运用的不慎重、不规范，导致了人们对屯堡文化的一些误解，以至造成了某种混乱。这都表明，我们要建立“屯堡学”，首先要确立的是“史料是第一位的工作”的观念；所有的研究都必须建立在充分、翔实、可靠的史料基础上，要花大力气作好史料的收集、辨别、整理、分类的工作，并采取一切手段，包括运用现代科学技术，对“日渐消亡的活态文化进行抢救性发掘和保护”。[22]

对史料运用的不慎重、不规范，反映的是学风和学术规范的问题。这就谈到了必须正视的另一个方面：我们所处的整体学术环境并不理想，学术体制与评价体系的缺陷，以及社会与学术空气的浮躁，都会影响到屯堡文化的研究。一篇研究述评指出：“在已经发表的近四百篇（本）的研究成果中，有一半以上是重复性、描述性的文章”，“大量的研究仍然处于表浅的研究层面”。[23]这样一个基本的研究现状，是不能不引起注意和担忧的。这里固然有研究水平的问题，但更有急于出成果的浮躁心态，以及以成果的量作为评价标准这些更为内在的原因。而且我担心，如果真的出现“屯堡研究热”，这样的低水平的重复研究还会大量出现。学术研究从根底上说，是需要沉潜的。我由此而想到，或者说我想发出这样的呼吁：我们需要用屯堡人的精神来研究屯堡文化——在关于屯堡人的描述中，最触动我的，是屯堡从事佛事的老年妇女，她们那份虔诚，那举重若轻的气定神闲，正是我们所缺少的，而又是真正的学术研究应有的境界。

2008 年 8 月 20—24 日

注释

[1][2] 杜应国：《屯堡文化研究概述》。

[3] 鲁迅：《花边文学·未来的光荣》。

[4] 参看［日］塚田诚之：《对民族集团应该怎样研究——以贵州“屯堡人”为例》，《贵州省西部民族关系的动态——关于“屯军后裔”的研究》，郑正强：《从对抗走向融合——屯堡人与周边少数民族文化的研究》，蒋立松：《田野视觉中的屯堡人研究》。

[5] 参看熊宗仁：《六百年的延续与变易——屯堡文化研究之我见》，朱伟华：《黔中屯堡文化性质新探》等。

[6][7][9][13] 张新民：《屯堡文化与儒学的民间化形态》。

[8] 参看孙兆霞：《家园的守护者与有意义的生活——对九溪妇女“佛事活动”的社会人类学考察》。

[10][14][20] 参看钱理群：《学术研究与乡村建设的有机结合——从〈屯堡乡民社会〉谈开去》。

[11] 参看孙兆霞：《屯堡乡民社会的特征》，王春光、孙兆霞、罗布龙、罗霞、袁葵、张定贵：《村民自治的社会基础和文化网络——对贵州省安顺市 J 村农村公共空间的社会学研究》，张定贵：《乡村治理的社会变迁及其文化、制度分析》，吕燕平、张定贵：《乡村社群与社区和谐发展——对黔中屯堡村落 J 村的社群研究》，吴羽：《传统乡村组织机制在新农村建设中的作用探析——以贵州安顺“屯堡第一村寨”九溪村为例》。

[12] 参看陈瑶：《面对凝视：“屯堡人”的选择与适应——对贵州中部汉族亚文化族

群人际传播特征的人类学研究》，陈玉平：《“弃新复旧”：村寨旅游开发中的新景观——以贵州省平坝县天龙屯堡为例》。

[15][17][18][21][22][23] 参看龚文静、吴羽、张定贵、彭菁、宋吉雨：《屯堡文化研究述评》。

[16] 这方面已经有了初步的成果，如古永继：《从明代滇、黔移民特点比较看贵州屯堡文化形成的原因》，万明：《明代徽州汪公入黔考——兼论屯堡移民社会的建构》。

[19] 参看钱理群：《我的关于地方院校教育的畅想与空谈》。

好人联合起来做一件好事

——在《安顺城记》预备会上的讲话

先说编撰《安顺城记》的“缘起”，谈谈历史。

我个人接触与思考贵州、安顺地方文化、历史的书写问题，大概是从2001年读了《20世纪贵州文学书系》以后开始的。我当时写了一篇书评，其中谈到鲁迅的一个观点。他说，近代以来，中国一直处于“被描写“的状态。这是一个弱势民族、文化在与强势民族、文化遭遇时经常面对的尴尬。我由此联想到贵州：在现代中国文化的总体结构里，贵州文化也是一种弱势文化，也会面对“被描写”或者根本被忽视的问题；因而提出一个命题：“用自己的语言，真实而真诚地描写我们自己！”呼吁“黔人和黔友联合起来，认识和描写贵州”。

于是，就有了2001—2003年《贵州读本》的编写，在“认识和描写自己”的基础上，又提出了一个新的命题：“认识我们脚下的土地”。这又是一个惊心动魄的发现与自我反省。戴明贤先生在他的《一个人的安顺》后记里说：“小时候看景看社会，一切都是天生如此，理所当然，后来离乡外出，求学和工作，有了参照物，才发现有差异。进入新时期，眼界拓宽了，尤其是读了一些有关文化人类学的著作，感到童年的家乡，竟有一份自己的文化，竟是一个完整的文化生态圈。”——这意味着我们发现了一个“文化的安顺”，这是另一个安顺，是我们熟悉而又陌生的安顺，这是“被遮蔽在历史深处”的“这座城市的本原”。应该说，“文化安顺”命题的提出，是我们对贵州和安顺认识的一个大飞跃，足以惊天动地。

作为一个黔友，我也感到震惊。尽管一直把贵州、安顺视为“第二故乡”，但我突然发现，自己实际上并不认识贵州和安顺。因为我在贵州、安顺的那个年代，是曾将一切民间习俗与节庆活动。看作是“封建迷信”，严加禁止的。很长时间以来，在我的印象里，安顺地戏是“跳神弄鬼”，是与落后、愚昧联系在一起的。意识形态的偏见，让我们五官迷乱，“有眼不识泰山”，不识黔中真面目。

这样，我们就面临着重新认识脚下的土地，寻回失去了的文化安顺的任务。

这背后隐含着两个问题。

首先是我们自身的问题：我们自己及下一代的“失根”危机。我在《贵州读本》的“前言”里说到，生活在贵州这块土地上的人，通常有两种选择：走出大山和不离故土，漂泊与坚守。但无论是漂泊还是坚守，都应有自己的家园：漂泊中有乡思，坚守里有依傍。但现在却面临着釜底抽薪的危险：当人们，特别是年青一代，对培育自己的这块土地，土地上的文化与人民，产生认知上的陌生感，情感、心理上的疏离感的时候，就失去了精神家园。漂泊者从此走上心灵的不归路，坚守者就陷入了心灵的空虚。这是民族精神危机，更是人自身的生命存在危机。这样，我们对文化安顺的重新发现，对贵州、安顺历史的自我描写，就具有了自我拯救与民族精神建设、地方文化教育建设的重大意义。

我们同时发现的，是贵州发展方向、道路上的危机。我写过一篇关于“安顺城气”的文章。谈道：“这些年每次来安顺，都看到城市建设的新成就，也不断听朋友们说起这样那样的城市建设新规划，作为安顺老居民，自然是高兴的。但无可讳言，也同时看到、听到、感到安顺城气的衰败，传统城气的失落：气定神闲的风姿不再，到处是一片浮躁之气；浮华代替了质朴，萎靡趋走了刚健；浪漫的想象为实利的经营所放逐，诡奇已无容身之地，安顺已不是我的安顺。”于是，就提出了这样的问题：“城市是会越来越现代化，但是，一个失精神、没了气的城市，对我们有什么意义？我们就把这样的城市交给子孙后代吗？我们又怎样向列祖列宗交代？现在是重新审视我们城市建设的方向和道路的问题的时候了。如果把城市建设变成单一的经济开发，而完全忽视政治、文化、精神、社会建设，我们就真的走向了歧途，而且是后患无穷。不是说‘以人为本’吗？那就请还一个属于安顺人的安顺，一个具有安顺‘人气’和‘城气’的安顺。”这样，我们对文化安顺的发现与书写，就具有了拯救城市发展危机，创造具有“人气”和“城气”的新贵州、新安顺的意义。

正是在这样的“认识脚下的土地”的指导思想下，在2003年至2004年期间，安顺出版了五本书：图文集《大山深处的屯堡》、散文集《神秀黔中》、小说集《迷离的屯堡》《小城故事》（韦翰）、散文集《一个人的安顺》（戴明贤）。

这五本书引发了何光渝先生的思考，他在2005年提出了“构建地方文化的知识谱系”的历史任务。这是我们对贵州、安顺认识上的又一个重大突破。

如戴明贤先生所说，这样的努力早已开始。他举出的例子有：五卷本《贵州通史》《贵州民族民间文学选辑》《贵州民间文化研究丛书》《贵州旅游史系列丛书》《20世纪贵州文学史》《贵州新文学大系》等一大批大型图书陆续出版，以及陈福桐、史继忠、黄万机、刘学洙、熊宗仁诸先生的研究成果，都为谱系的建立打下了坚实的基础。

对何光渝先生提出的“构建地方文化的知识谱系”命题，杜应国先生作了两个方面的阐释。他首先指出，放在全球化背景下来考察，这一命题“实则已经超越了具体的地域区限，而具有了某种普泛性的蕴含”。在全球化（世界经济一体化）快速消灭差别、去个性化、文化趋同的背景下，以多元化与多样性为支点的地方性特征，已成为制约全球化单一与趋同法则的最重要的平衡点。地方文化知识谱系的构建，就成了一个世界性的问题。而且是来自内部的一种自我阐释冲动，是源于自我意识觉醒以后的自我审视、自我描写，是格外有意义的。

杜应国先生对“如何构建地方知识谱系”提出了他的设想：这不是一堆杂乱无章的知识堆积，而是有内在逻辑结构以及学科构成与学理支撑的知识体系架构，是一个多学科、多层面，协同努力、互相递进的系统工程，涉及考古学、历史学、经济学、社会学、人类学、民族学、文化学、民俗学、文献学、语言学，及文学、艺术、音像、戏曲多种门类、学科。

有了全球眼光，就加深了我们对安顺文化，对脚下土地的认识。刘纲纪先生有一个重要概括：安顺“由于它地处黔之腹、滇之喉，又为蜀粤之唇齿，因此外来文化对它的影响和它对外来文化的吸纳、改造，都比其他地方要更快更广”。安顺这块土地并不封闭，它是和中国，以至世界的更加广大的土地连接在一起，息息相通。这就提醒我们：对家乡土地的认识、把握、描述，必须本于本土，又高于本土，有一个全国、全世界的大坐标，即要有一个“大土地”的概念。在“大土地”的视野里，我们通常说的“地方”、“乡土”，就显示出一种新的意义。

在“构建地方文化知识谱系”指导思想下，又出现了一系列著作：《黔中墨韵》（2005年，安顺市文联编）、《黔中烟霞》（2006年，安顺市文联编）、《黔中走笔》（2006年，安顺日报社编），加上之前出版的《神秀黔中》（安顺市文联编），就构成了四大“黔中丛书”。还有两本研究著作《屯堡乡民社会》和《屯堡文化和地戏形态研究》先后出版。这些年安顺政协主编的《安顺文史资料》，以及企业家创办的《黔中文化》《京海百合》等刊物，也发表了许多地方文化的历史资料。

文史资料的整理之外，还有我所提出的构建地方文化知识谱系的“三大工程”。

一是地方典籍的整理。比如我们可以仿鲁迅《会稽郡故书杂集》编《安顺故书杂集》，在《黔中墨韵》基础上编《安顺先贤文丛》等。这方面的最新成果是袁本良、杜应国重新点校的《安顺府志》。

二是关于地方文化的文学书写，即“大文化散文”的创作，也可以称为“文化志性质的散文”或“散文笔调的文化志”。这是由戴明贤先生的《一个人的安顺》首创的。其写作原则是“一切按记忆实录，述而不作”，特点有二：追求老百姓原汁原味的日常生活的实录；把文、史、哲包容在一起，包含了社会学、民俗学、文化人类学等价值和功能。

除《一个人的安顺》，这方面的成果还有：宋茨林的《我的阳光我的月亮》、邓克贤的《子丑寅卯》，以及《神秀黔中》《黔中走笔》里的不少文化散文。我曾经说过，戴明贤先生写了40年代的“一个人的安顺”，宋茨林先生写了六七十年代的“一个人的安顺”，还应该有八九十年代、21世纪的“一个人的安顺”，形成一个以大散文的形式，以时间的坐标为经，写小城故事（小城文化演变的故事和小城人的精神发展的故事）的“一个人的安顺系列”。这将是安顺地方文化知识谱系的有机组成，它有人的活动，以安顺普通老百姓的生活为中心，记载民间小传统，而且是和亲历者的生命血肉相连的记忆和纪实，它就构成了一部活的历史、生命化的历史、个性化的历史。这是可以与典籍形态构成的大传统、正史互补的。

三是《安顺城记》的编写。这是最后出场，带有集大成性质的大工程。因为就是说，我们在做了以上充分准备以后，就可以来进行“民间修史”的尝试。这就是今天提供给会议的《编撰构想》里提出的任务："以撰写一部仿《史记》体例的《安顺城记》，以现代眼光、现代视角，采取国史体例与地方志体例相结合的方式，尝试为1949年以前的安顺历史作民间修史的探索，以形成一部较完整的、角度不同、手法新颖的地方志书写，使此前散乱、零碎的地方资料有一个系统的整合与富于现代语境的言说。"

这就要进入我今天要讨论的第二个问题——

编写《安顺城记》的理念、方法和史观。

我们的设想里，最引人注目的，自然是"仿《史记》体例"。

为什么要提出这个问题？主要是出于对现行史学、历史书写的一个反省：它是深受西方史学影响的一个产物。传统的西方史学，具有学科界限清晰，分期合理的优势，但也存在问题。我曾经将其概括为三大问题：有史事而无人物；有大人物而无小人物；有人物的外在事功而忽略了人的内心世界。最根本的问题还在于，今天包括历史学研究在内的中国学术，越来越知识化、技术化、体制化，缺少了人文关怀，没有人、人的心灵、人的生命气息。这样的学术、史学，只能增知识，不能给人以思想的启迪、心灵的触动、生命的感悟。

这就使我想起了中国自己的传统，即司马迁《史记》开创的传统。它的最大特点，就是文、史、哲不分，《史记》既是一部历史学经典，又是一部文学经典。它至少有三大优势：其一，不仅有大人物，而且有小人物；不仅有人的事功，更有人物的性格，形象和心理；其二，在体例上，将通史和国别史、专史与区域史相结合，史事和人物互相穿插，就能够较好地处理史观与史识的表述。它的"本纪"、"列传"、"表"的结构，也很有启发。其三，在历史叙述上突出文学的表现手法，其中最重要的，就是注意历史细节的感性呈现，以及对历史人物个体生命的呈现。因此，提出了这样的设想：如果在吸收《史记》的观念与方法基础上，再吸收一些传统的方志学的体例优势（如分篇较细、门类较专等），取长补短，相得益彰，就会有一个新视野、新叙事，背后是新观念。

这样的设想，是建立在学术思潮史的一个分析基础上的。在中国的传统中，文、史、哲本是融为一体的。在19世纪末，接受了西方影响，才逐渐有了文学、历史、哲学的学科划分。以后，又陆续引入了诸如社会学、民俗学、文化人类学这样一些新的学科范畴，逐渐形成了分工明确的学科体系。而到了20世纪末21世纪初，又出现了学科交融的趋向。这样的“合—分—合”是很有意思的。而在今后很长的时间内，恐怕都将是既分又合的。我们正是在这样的学术发展的新趋向下，设计《安顺城记》的写作的。

这样，我们期待的《安顺城记》的写作，将有以下特色，其中又贯穿着我们的历史观。

首先，这是一部以安顺这块土地、土地上的文化、土地上的人（乡贤与乡民）为中心的小城历史。“土地”、“文化”和“人”（乡贤和乡亲），构成它的中心词、关键词——这是对选材、历史叙述的对象的基本要求。具体又有几个要点。

1. 要注意安顺地理文化（地理位置，地貌特征）、风景文化与历史文化的关系，对安顺文化性格的影响。

2. 它所呈现的是一个多元与开放的安顺文化，对内要突出多民族并存与相互影响、交融的特点。对外要突出与外部世界的交流与吸取（徐霞客、鸟居龙藏、湘滇黔旅行团、故宫南迁等）。

3. 正确处理乡贤和乡亲的关系，这背后有一个历史观，我们主张的是精英和平民共同创造历史，要突出乡贤的历史贡献，也要关注老百姓中的人物、风俗习惯与日常生活。

其二，这是一部以小城故事为主的，融文学、社会学、民俗学、人类文化学、历史、哲学为一炉的“大散文”笔调写的历史著作——

这是对历史叙述的基本要求，也有几个要点。

1. 注意文学性，注重文笔，讲究语言，可适当运用安顺方言土语，突破类型化模式，是一种非类型化的写作。

2. 尽可能有一点形而上的意味。其实我们反复强调的“土地”的意象里，就蕴含着诸如生命与死亡、空间与时间、精神家园……这类哲思与隐喻的。我们或许可以在民间神话、传说，民间宗教……这些领域发掘这块土地上的人们对于世界与宇宙，此岸与彼岸的理解与想象。

3. 要有生命气息。这里有一个生命史学的观念，对人的个体生命史的关注。我们的叙述要带有个体生命的体温，要通过一个个具体民族、家族、个人生命的叙述，体现城市生命，写出小城历史的“变”与“常”，小城文化性格。我在戴老师的书序里写道：“我从中看到了某种永恒的东西，是小城人永远不变的散淡、潇洒的日常生活，小城人看惯宠辱哀荣的气定神闲的风姿。”这城与人所特有的韵味，构成了一种坚韧的生命力量——这也是我们的《安顺城记》应该显示与追求的境界。

4. 增强直观性，追求历史的原生形态：这也是一种历史观。要有“图像志”，收入有关安顺的图像学资料，包括省、地史籍所载的地理图经，具有一定写实意义的绘画作品，人物图片，以及各时代的老照片。

最后，对这套书的编写工作，发表一点议论。

最近，我刚刚完成了一项大学术工程：《中国现代文学编年史——以文学广告为中心》，在《总序》里谈到了在当下学术背景下的两点追求，或许也可以作为本书的追求。

一、针对当下学术平庸化的倾向，强调“学术研究的创造性和想象力”。应该说，我们这套《安顺城记》的设计，是具有想象力的，对此我们要有充分的自信。我们的预设目标是一部有创造性、实验性、开拓性的，有自己鲜明特色的历史著作。

这一目标内含着三层意思。首先，“创造、实验、开拓”这三性，就决定了它对当下历史写作具有显然的挑战性；其二，但它并不试图否定现有历史写作模式，而是要求自己的生存权，并自我定位为“多元中的一元”；其三，这同时意味着一种清醒：追求“鲜明特色”，也就必然有局限、有缺陷，这就是我经常说的，是一种“有缺憾的价值”。我们是民间修史，不承担传播历史知识的任务。我们只追求特色，而不求全，因而必然会有遮蔽，我们的叙述模式不能涵盖的东西。我们总的指导原则是：“发挥特长，承认局限。”要不断修订，自我怀疑，保持一种开放性。

二、在当下学风浮躁，学术商业化、体制化的背景下，我们强调并追求——

1. 学术的严肃性，严谨性，科学性。要在史料的发掘、整理上下大工夫。著作之新，要建立在大量新史料的基础上。

2. 提倡沉稳、沉潜的学风。不要急。以安顺人特有的气定神闲之风写《安顺城记》。三年时间完成就不错了。

3. 提倡学术研究的理想主义，拒绝名利。参与《安顺城记》的编写，就要有一点奉献精神。付出自然会有回报，但主要的恐怕不是丰厚的物质，而是丰厚的精神。

最近，我在教育界提倡“静悄悄的教育存在变革”；今天，我又要在这里呼吁“静悄悄的学术存在变革”。面对世风日下、学风日下的现实，我们这些无权无势的知识分子，无力改变整体格局和体制，但我们可以从改变自己和身边的教育存在、学术存在开始，集合一批志同道合者，按照我们的良知和追求，做我们的教育、学术与创作。而每当要寻求志同道合者时，我总要把目光投向我的第二故乡贵州、安顺的精神兄弟姐妹。我曾经借用一位学者的说法，提过一个“好人联合起来做好事”的口号；今天，就是在这里呼吁我的第二故乡的“好人”联合起来，做“一件好事”，写一部我们自己认可的《安顺城记》，这是一件泽被后代，功德无量的事。

我最近宣布“告别教育”，实际上这也可能是我能为贵州做的最后一件事。当然，我还有两个期待——

1. 以《安顺城记》的写作，作一次试验。如果获得成功，就可以以我们的经验教训，推动《贵州城记》的写作。我没有奢望，至少贵阳可以一试。因此，这一次也请了贵阳的朋友和我们一起做。

2. 把我们的历史研究、学术研究，转化为文学资源和教育资源。我始终认为，写安顺小城故事的大文化散文，还是大有可为的，而且是一个培养青年作者的好途径。希望这一次《安顺城记》的写作，能对此有所推动。我还希望编乡土教材，这也是关乎后代子孙的大事。我经常说，我们现在的研究、写作，其实都是在为未来研究、写作。

我刚出了一本书：《梦话录》，说到自己总是在这个不宜做梦的年代不断地做梦。刚才又说了一大堆梦话。但我又觉得有些梦还是可以实现的。

谢谢大家耐心地听完了我的梦话，可能还要和我一起去做梦。

2012年12月25—26日整理

附录一：钱理群著作目录

1.《中国现代文学三十年》(合著)，上海文艺出版社，1987年8月；北京大学出版社，1998年8月，修订版；

2.《心灵的探寻》，上海文艺出版社，1988年7月；北京大学出版社，1999年11月，补充了部分注释，校订了部分引文，标点符号也作了部分调整，并删去了“题记”，增加了“写在前面”与“再版后记”；

3.《二十世纪中国文学三人谈》(合著)，北京：人民文学出版社，1988年9月；北京大学出版社，2004年8月将本书与《漫说文化》合为一本重版；

4.《中国现代文学函授讲义》，载北京人文函授大学编《函授教材》，1988年印；

5.《周作人传》，北京十月文艺出版社，1990年9月；2001年2月第2版，校正了1版的一些错误，又删去了第1版引述的未公开发表的《周作人日记》里的有关内容；台北：业强出版股份有限公司，1991年10月出版，删去了前四章，将五、六章合为一章，改题为《周作人传：凡人的悲哀》；北京：中国华侨出版社，1997年4月，此为台湾版基础上的压缩版，改题为《周作人》；北京：华文出版社，2013年1月，对2001年版作了少数的修改与补充，订正了若干引文、出处和错字；

6.《周作人论》，上海人民出版社：1991 年 8 月；台北：万象图书股份有限公司 1994 年 1 月；北京：中华书局，2004 年 10 月，改题为《周作人研究二十一讲》；

7.《心系黄河——著名水利专家钱宁》，北京科学普及出版社，1991 年 9 月；

8.《丰富的痛苦——堂吉诃德与哈姆雷特的东移》，长春：时代文艺出版社，1993 年 5 月；北京，北京大学出版社，2007 年 1 月；

9.《人之患》，杭州：浙江人民出版社，1993 年 9 月；

10.《删余集》，作者自印，1993 年；

11.《大小舞台之间——曹禺戏剧新论》，杭州：浙江文艺出版社，1994 年 10 月；北京大学出版社，2007 年 1 月；

12.《彩色插图本中国文学史》（合著），美国祥云出版公司，1995 年 7 月，海外版；北京，中国和平出版社、美国祥云出版公司，1995 年 12 月，联合出版国内版；贵阳：贵州人民出版社，2004 年 6 月；韩国艺谭出版社，2000 年，将“新世纪文学”部分译为韩文出版；

13.《名作重读》，上海教育出版社，1996 年 6 月；上海教育出版社，2006 年第 2 版，补充了《“游戏国”里的看客（一）——读〈示众〉》等十二篇文章；

14.《精神的炼狱——中国现代文学从“五四”到抗战的历程》，南宁：广西教育出版社，1996 年 12 月；

15.《压在心上的坟》，成都：四川人民出版社，1997 年 7 月；

16.《世纪末的沉思》，石家庄：河北人民出版社，1997 年 8 月；

17.《1948：天地玄黄》，济南：山东教育出版社，1998 年 5 月；

北京，中华书局，2008 年 12 月；

18.《学魂重铸》，上海：文汇出版社，1999 年 1 月；

19.《拒绝遗忘——钱理群文选》，汕头大学出版社，1999 年 5 月；北京：大百科全书出版社，2009 年 5 月，有删节；

20.《对话与漫游：四十年代小说研读》，上海文艺出版社，1999 年 8 月；

21.《六十劫语》，福州：福建教育出版社，1999 年 8 月；

22.《话说周氏兄弟——北大演讲录》，济南：山东画报出版社，1999 年 9 月；

23.《走进当代的鲁迅》，北京大学出版社，1999 年 11 月；

24.《返观与重构——文学史研究与写作》，上海教育出版社，2000 年 3 月；

25.《读周作人》，天津古籍出版社，2001 年 10 月；北京：新华出版社，2011 年 5 月，改题为《钱理群读周作人》；

26.《语文教育门外谈》，桂林：广西师范大学出版社，2003 年 7 月；

27.《与鲁迅相遇——北大演讲录之二》，北京：生活·读书·新知三联书店，2003 年 8 月；

28.《鲁迅作品十五讲》，北京大学出版社，2003 年 9 月；台北：五南图书出版股份有限公司，2001 年，改题为《鲁迅作品的十五堂课》；

29.《我存在着，我努力着》，哈尔滨：黑龙江人民出版社，2004 年 1 月；

30.《远行以后——鲁迅接受史的一种描述（1936—2001）》，贵阳：贵州教育出版社，2004 年 4 月；

31.《追寻生存之根：我的退思录》，桂林：广西师范大学出版社，2005 年 1 月；

32.《对话语文》(合著)，福州：福建人民出版社,2005 年 6 月；

33.《钱理群教授学术叙录》，北京大学二十世纪中国文化研究中心编，2005 年 9 月印；

34.《生命的沉湖》，北京：生活·读书·新知三联书店，2006 年 8 月；

35.《鲁迅九讲》，福州：福建教育出版社，2007 年 1 月；

36.《钱理群讲学录》，桂林：广西师范大学出版社,2007 年 5 月；

37.《拒绝遗忘："1957 年学"研究笔记》，香港：牛津大学出版社，2007 年 10 月；

38.《我的精神自传：北大演讲录之三》，桂林：广西师范大学出版社，2007 年 12 月，为删节版；

39.《删余集续编》，2007 年 12 月自印；

40.《漂泊的家园》，贵阳：贵州教育出版社，2008 年 3 月；

41.《致青年朋友：钱理群演讲、书信集》，北京：中国长安出版社，2008 年 7 月；

42.《我的教师梦》，上海：华东师范大学出版社，2008 年 8 月。

43.《我的精神自传——以北京大学为中心》，为广西师范大学出版社《我的精神自传》第二部分完整版。台北：台湾社会研究杂志社，2008 年 8 月；

44.《那里有一方心灵的净土：退思录之二》，北京：中国文联出版社，2008 年 9 月；

45.《我的回顾与反思——在北大的最后一门课》，为广西师范大学出版社《我的精神自传》第一部分的完整版，台北：行人出版社，2008 年 10 月；

46.《与周氏兄弟相遇》，香港：三联书店有限公司，2008 年 10 月；上海，复旦大学出版社，2010 年 8 月；

47.《论北大》，桂林：广西师范大学出版社，2008年10月；
48.《知我者谓我心忧：十年观察与思考（1999—2008）》，香港：星克尔出版有限公司，2009年6月；
49.《做教师真难，真好》，上海：华东师范大学出版社，2009年8月；
50.《中国知识分子的世纪故事——现代文学研究论集》，台北：人间出版社，2009年12月；
51.《钱理群语文教育新论》，上海：华东师范大学出版社，2010年1月；
52.《解读语文》（合著），福州：福建人民出版社,2010年4月；
53.《活着的理由——退思录之三》，桂林：广西师范大学出版社，2010年10月；
54.《幸存者言》，上海：复旦大学出版社，2011年1月；
55.《钱理群中学讲鲁迅》，北京：生活·读书·新知三联书店，2011年1月；
56.《智慧与韧性的坚守：我的退思录之五》，北京：新华出版社，2011年9月；
57.《中国现代文学论集》，桂林：广西师范大学出版社，2011年9月；
58.《毛泽东时代和后毛泽东时代：历史的另一种书写》（上下册），台北：联经出版事业股份有限公司，2012年1月；韩文版由韩国Hanul公司于2012年9月出版，日译本由日本青土社于2012年12月出版，改题为《毛泽东和中国——一个中国知识分子眼里的中华人民共和国史》；
59.《梦话录》，桂林：漓江出版社，2012年2月；
60.《血是热的》，南京：江苏教育出版社，2012年4月；

61.《重建家园：退思录之四》，桂林：广西师范大学出版社，2012年4月；

62.《中国教育的血肉人生》，桂林：漓江出版社，2012年6月；

63.《经典阅读与语文教学》，桂林：漓江出版社，2012年6月。

附录二：钱理群编纂目录

1.《纪念钱宁同志》，北京：清华大学出版社、水利电力出版社，1987年5月；

2.《王瑶先生纪念集》，天津人民出版社，1990年8月；

3.《鲁迅小说全编》（与王得后合编，《前言》由钱理群执笔），杭州：浙江文艺出版社，1991年11月；

4.《鲁迅散文全编》（与王得后合编，《前言》由钱理群执笔），杭州：浙江文艺出版社，1991年11月；

5.《说东道西》（为《漫说文化》丛书之一种），北京：人民文学出版社，1992年5月；上海：复旦大学出版社，2005年；

6.《乡风市声》（为《漫说文化》丛书之一种），北京：人民文学出版社，1992年5月；上海：复旦大学出版社，2005年；

7.《世故人情》（为《漫说文化》丛书之一种），北京：人民文学出版社，1992年5月；香港：勤+缘出版社，1993年4月，删去了《序》及三分之一选文；上海：复旦大学出版社，2009年；

8.《父父子子》（为《漫说文化》丛书之一种），北京：人民文学出版社，1992年5月；上海：复旦大学出版社，2009年；

9.《中国文学纵横论》，台北：大安出版社，1993年1月；

10.《鲁迅杂文全编》（上下册）（与王得后合编），杭州：浙江文艺出版社，1993年2月；

11.《鲁迅语萃》(与王乾坤合编,《编序》由钱理群执笔), 北京：华夏出版社，1993年9月；
12.《周作人散文精编》(上下册), 杭州：浙江文艺出版社，1994年10月；
13.《遗爱永恒》(此为二哥钱临三的纪念文集), 1994年自印；
14.《冰心自传》(与谢茂松合作), 南京：江苏文艺出版社，1995年6月；
15.《王瑶文集》七卷本(钱理群负责编选第二、五、七卷); 太原：北岳文艺出版社，1995年12月；石家庄：河北教育出版社，2001年1月，编为八卷，并改题为《王瑶全集》;
16.《钱天鹤文集》, 北京：中国农业科技出版社，1996年5月；
17.《先驱者的足迹——王瑶学术思想研究论文集》, 开封：河南大学出版社，1996年6月；
18.《鲁迅学术文化随笔》(与叶彤合编), 北京：中国青年出版社，1996年9月；
19.《百年中国文学经典》(八卷本)(与谢冕合编，负责第一至四卷编选), 北京大学出版社，1996年12月；
20.《二十世纪中国小说理论资料》第四卷(1937—1949), 北京大学出版社，1997年2月；
21.《吴组缃时代小说》, 上海：上海文艺出版社，1997年8月；
22.《二十世纪中国文学名作中学生导读本》, 南宁：广西教育出版社，1998年9月；
23.《中国沦陷区文学大系》(七卷八册), 钱理群主编，封世辉副主编，南宁：广西教育出版社，1998年12月；
24.《二十世纪中国文学与大学文化丛书》, 钱理群主编，包括《东南大学与学衡派》(高恒文)、《二三十年代的清华校园文化》(黄延复)、《西南联大历史情境中的文学活动》(姚丹)、《抗战时期的延安鲁艺》(王培元)；桂林：广西师范大学出版社，1999年5月，2000年3月、4月、5月先后出版；

25.《走近北大》，成都：四川人民出版社，2000年1月；

26.《新语文读本》中学卷，十二册。钱理群主编，南宁：广西教育出版社，2001年3月；2004年5月，农村版；2007年3月，修订版；

27.《王瑶和他的世界》，石家庄：河北教育出版社,2002年1月；

28.《中国现当代文学名著导读》，钱理群主编，北京大学出版社，2002年1月；2004年作为“博雅导读丛书”之一重版；

29.《二十世纪中国小说读本》，钱理群主编，杭州：浙江文艺出版社，2002年2月；

30.《新语文写作》，钱理群主编，南宁：广西教育出版社，2003年5月；

31.《贵州读本》，贵阳：贵州教育出版社，2003年8月；

32.《诗化小说研究书系》，钱理群主编，包括《镜花水月的世界：废名〈桥〉的诗学解读》(吴晓东)、《〈边城〉：牧歌与中国形象》(刘洪波)、《鲁迅诗化小说研究》(张箭飞)三本著作，南宁：广西教育出版社，2003年8月；

33.《中国大学的问题与改革》(与高远东合编)，天津人民出版社，2003年10月；

34.《尽是尘寰警世诗——钟朝岳文钞》，这是为四川的一位右派编选的书，2003年自印；

35.《中学生鲁迅读本》，南京：江苏教育出版社，2004年3月；台北：台湾社会科学杂志社，2009年9月，改名为《鲁迅入门读本》；北京：中国长安出版社，2012年8月，简体版；

36.《那时我们多年轻：北大—人大（1956—1960）》，中国人民大学新闻系五六级十三班集体编写，2004 年 4 月自印；
37.《大学文学》（与李庆西、郜元宝合编，负责编选第二编《中国现代文学》），上海教育出版社，2005 年 1 月；
38.《鲁迅杂文选》，武汉：长江文艺出版社，2005 年 2 月；
39.《鲁迅杂文选读》，北京：人民文学出版社，2005 年 3 月；
40.《二十世纪诗词注评》（与袁本良合作），桂林：广西师范大学出版社，2005 年 6 月；
41.《鲁迅作品选读》（此为中学选修课教材），与南师大附中语文教研室合编，南京：江苏教育出版社，2005 年 6 月；
42.《鲁迅作品选读教学参考书》，与南师大附中语文教研室合编，南京：江苏教育出版社，2005 年 6 月；
43.《伤逝·阿金·在酒楼上》，天津人民出版社，2005 年；
44.《鲁迅散文全编》，在 1981 年浙江版基础上重编，补充了“南腔北调演讲词”，并重写“前言”，西安：陕西师范大学出版社，2006 年 3 月；
45.《现代教师读本》，钱理群为主编之一，南宁：广西教育出版社，2006 年 7 月；
46.《附中：永远的精神家园》，2006 年 9 月自印；
47.《我的父辈与北京大学》，北京大学出版社，2006 年 11 月；
48.《新语文读本：一段历史，一个故事》，南宁：广西教育出版社，2007 年 5 月；
49.《小学生鲁迅读本》（与刘发建合编），桂林：广西师范大学出版社，2009 年 5 月；
50.《地域文化读本》，包括《北京读本》、《上海读本》、《江南读本》、《楚湘读本》四本，与王栋生共同担任主编，上海：华东师范大学出版社，2010 年；

51.《诗歌读本》，共分《学前卷》、《小学卷》、《初中卷》、《高中卷》、《大学卷》、《老人、儿童合卷》六卷，和洪子诚共同担任主编，南宁：广西师范大学出版社，2010 年 10 月；

52.《小学生名家文学读本》，共分《鲁迅读本》、《冰心读本》、《老舍读本》、《叶圣陶读本》、《朱自清读本》、《丰子恺读本》、《巴金读本》、《沈从文读本》、《萧红读本》、《汪曾祺读本》等十本，杭州：浙江少儿出版社，2012 年。